Cherry Chic

El tiempo que tuvimos

montena

Papel certificado por el Forest Stewardship Council®

MIXTO
Papel | Apoyando la silvicultura responsable
FSC® C117695

Penguin Random House Grupo Editorial

Primera edición: mayo de 2023
Octava reimpresión: julio de 2025

Printed in Spain – Impreso en España

ISBN: 978-84-19357-43-4
Depósito legal: B-4.221-2023

Compuesto en Compaginem Llibres, S. L.
Impreso en Black Print CPI Ibérica
Sant Andreu de la Barca (Barcelona)

GT 5 7 4 3 4

A los que tienen la suerte de seguir creyendo
en la magia, incluso cuando parece
que se ha extinguido.
Sobre todo entonces

Parte 1

«Tú y yo vamos a tenerlo todo. Tendremos los grandes momentos y los pequeños y serán para la eternidad».

This Is Us

1

Grace

Primera firma

Liam ahondó un poco más la tierra con los dedos. Ya podía imaginar cómo iba a enfadarse su madre cuando le viera las uñas negras. Le advertí que era mejor utilizar mi rastrillo, pero el tonto dijo que no porque tenía un lazo rosa. ¿Y qué más daba?

—¡Un rastrillo es un rastrillo tenga los lazos que tenga, Liam! —exclamé con las manos en la cintura.

—Bueno, pero no me gusta tu rastrillo, Grace. Puedo hacerlo solo, ¿ves? Ya casi está.

—Es poco profundo.

—Está perfecto.

—Seguro que, dos minutos después de que lo cubramos, Niall lo encuentra y escarba.

—Entonces no dejes que tu maldito chucho escarbe en la tierra.

—¡Niall no es ningún maldito! ¡Y mis padres dicen que, si vuelves a maldecir, hablarán con los tuyos!

—¡Mis padres dicen que, si tu perro vuelve a escarbarnos la tierra, hablarán con los tuyos!

Fruncí el ceño y lo miré mal. A veces Liam era un idiota, pero era mi mejor amigo, así que tenía que aguantarme. Mamá decía que los chicos a menudo eran un poco bobos y papá siempre se enfadaba cuando la escuchaba. Entonces, ellos discutían y yo me imaginaba que las cosas serían así entre Liam y yo cuando nos hiciéramos mayores.

Entonces no sabía lo que nos deparaba el futuro.

—Niall está triste porque gritas mucho.

Liam miró a mi perro, que estaba lamiéndose sus partes, y sonrió.

—Yo no lo veo triste.

—Tú no lo conoces.

Soltó una risita porque lo conocía. Claro que lo conocía. Éramos vecinos, nuestras granjas estaban juntas, o, mejor dicho, estaban unidas por la valla que separaba las tierras de su familia de las tierras de la mía. Para llegar a su casa, siempre tenía que dar una buena caminata por el campo, pero no me importaba, porque tenía a Niall conmigo y, además, así aprovechaba para saludar al ganado.

—Creo que ahora sí que lo está.

Liam se levantó y se limpió las manos en los pantalones. Sí, su madre iba a matarlo. Para tener ocho años, era un chico alto. Todo el mundo decía que parecía mayor, al contrario de lo que ocurría conmigo. Todo el mundo decía que era una pequeña adorable.

Odiaba ser pequeña y adorable.

¡Quería ser como Liam! A él siempre le decían los mejores piropos. Él era el chico fuerte y yo la princesita. Él iba a hacerse cargo de todo el legado de la familia O'Callaghan y yo seguro que ayudaría a mamá en sus quehaceres. Arg. Ser una chica era un rollo. O a lo mejor era porque Liam era el hermano mayor y yo era la tercera. Ser la tercera era horrible. No podía estrenar mucha ropa, salvo los vestidos que me ponía el día del solsticio, y mamá y papá estaban tan ocupados que, al final, quienes más me mandaban eran mis hermanos mayores: Ollie, que tenía nueve años y Aidan, que tenía doce y se pensaba que ya era adulto y podía darle órdenes a todo el mundo.

En ese sentido, Liam había tenido muchísima suerte. Tenía dos hermanas también, pero eran pequeñas ¡y eran chicas! Mi mejor amigo solía decir que seguro que habíamos nacido en familias equivocadas. Él debería estar en la mía con los chicos y yo en la suya con las chicas. Siempre pensé que eso habría sido genial.

—Grace, ¿me escuchas? Tienes que atenderme antes de que vengan Eve y Sarah y lo arruinen todo.

Eve y Sarah eran sus hermanas pequeñas. Tenían dos y cinco años y su juego favorito era perseguir a Liam por todas partes.

También era el juego favorito de Aidan y Ollie.

—De acuerdo, creo que ahora sí que nos sirve.

Saqué de mi bolsa de tela la caja de latón que había cogido de la granja. Dentro estaban la libreta con el contrato que habíamos hecho juntos después de que en clase nos explicaran para qué servía. También metí un anillo con forma de trébol, porque teníamos que poner algo importante para nosotros y ese me lo había regalado papá la primera vez que había montado a caballo yo sola. Liam puso un pequeño peluche de un leprechaun que había tejido su madre cuando era bebé, porque decía que ya no lo necesitaba para dormir. Me parecía una buena elección, porque los dos habíamos cogido algo que nos importaba mucho y eso hacía que todo fuera más especial.

—¿Estás lista para firmar? —preguntó él sacándose un bolígrafo del pantalón.

—Antes tenemos que leerlo en voz alta.

—¿Para qué?

—Para que los dos estemos de acuerdo.

—Claro que estamos de acuerdo. ¡Lo hemos hecho juntos, Grace! —Lo miré mal y él suspiró tan fuerte que su flequillo negro le cayó en los ojos, los tapó por un momento hasta que resopló y volvió a subírselo—. Está bien, léelo.

—Yo leeré una parte y tú la otra.

Iba a resoplar de nuevo, pero lo miré tan mal que al final no lo hizo. Eso sí, sus ojos azules se hicieron más pequeños, como siempre que se molestaba conmigo. No me importó. En realidad, Liam tenía poca paciencia y no era mi culpa que nunca quisiera hacer las cosas bien. Como era debido.

Abrí la libreta por la primera página y leí:

> Nosotros, Liam O'Callaghan y Grace Fitzgerald, prometemos ser amigos durante toda nuestra vida. No importa cuántas veces peleemos ni que Liam sea un poco tonto a veces ni que Grace sea un poquitín mandona. Lo importante es que nos queremos y siempre siempre siempre encontraremos el modo de volver a estar juntos.

—¿Por qué yo soy «un poco tonto» y tú solo «un poquitín mandona»? Eres muy mandona, Grace.

—Bobadas. Lee tu parte.

Su frente se arrugó, pero tiró con fuerza de la libreta que yo tenía y leyó:

Firmamos este contrato hoy, 23 de junio, porque esta noche celebramos la fiesta del solsticio de verano y así sabremos cuándo volver para desenterrarlo y firmar de nuevo. Firmaremos cada dos años para demostrar que los mejores amigos pueden serlo toda la vida.

Asentí, contenta y orgullosa de esa parte; se me había ocurrido a mí. En realidad, yo quería firmar todos los años, pero Liam dijo que no. Que era mucho trabajo desenterrar una cápsula del tiempo cada año. En el fondo, sabía que tenía razón, por eso dejé que me convenciera.

—¿Y ahora lo firmamos, lo enterramos y ya está? —preguntó.

—Eso es.

Me dio el bolígrafo, puse mi nombre y la fecha y luego se lo pasé a él para que hiciera lo mismo. Metió la pequeña libreta en la lata junto con el anillo y el peluche y le puso la tapa.

—Dentro de dos años, cuando yo tenga diez y tú nueve, volveremos a firmar —me dijo.

—¿Y estás seguro de que no se moverá de aquí y podremos encontrarla pase lo que pase?

—Claro, Grace. Para eso lo enterramos junto al árbol de las hadas. Estará seguro y protegido.

Miré el gran árbol de las hadas. Para todos en el pueblo era el árbol más importante del mundo. En Irlanda, todos los árboles de las hadas lo eran. Nadie podía tocarlos ni cortarlos porque eran mágicos. Papá y mamá me contaron que el árbol de las hadas creció solo hace muchos muchos muchos años y ni el gobierno podría quitarlo, ni siquiera para construir encima, pues no era conveniente enfadar a las hadas.

El árbol estaba ahí mucho antes que las construcciones hechas por el ser humano. Había acompañado a nuestros antepasados y seguiría en el mismo lugar cuando nos fuéramos y vinieran generaciones futuras. No entendía bien por qué papá hablaba de esto, pero lo decía cada vez que salía el tema.

Florecía en mayo y contaba la leyenda que, si estabas muy muy atento a sus ramas entre mayo y octubre, cuando el muro entre el mundo de las hadas y el de los humanos era más fino que nunca, podías tener la inmensa suerte de verlas. Si eso ocurría, podías pedir un deseo y seguramente ellas te lo concederían, siempre que luego siguieras tu camino y las dejaras tranquilas.

Por eso Liam quiso enterrar nuestro contrato justo a sus pies. Para asegurarse de que nada ni nadie se acercaría a nuestra cápsula y la encontraríamos sin problemas cada dos años.

—Y para que las hadas lo protejan, aunque yo ya no crea mucho en eso —me dijo.

Miré a mi mejor amigo y sonreí. Decía que no creía en ellas, pero yo pensaba que sí. Estaba segura. ¿Cómo no iba a hacerlo? Claro que no dije nada porque no quería discutir. Era muy fácil discutir con Liam.

Sujeté un extremo de la caja, él hizo lo mismo, y juntos la pusimos en el hoyo que había hecho. Luego la enterramos con las manos y suspiramos, orgullosos.

—¿Quieres esperar un rato para ver a las hadas? —preguntó Liam.

—¿No dices que ya no crees en ellas? —No pude aguantarme las ganas de replicar.

—¿Quieres o no?

Me reí y me senté en el suelo por toda respuesta. Él se sentó a mi lado. Claro que queríamos verlas. ¿Cómo no íbamos a querer? ¿Cómo iba yo a perderme la oportunidad de ver una y pedir mi deseo más grande?

Crucé las piernas, miré fijamente las ramas durante un buen rato y, cuando sentí que una brisa especial las movía, pese a no ver con claridad a ningún hada, me convencí de que sí la había visto. Quizá porque en realidad sí la vi. O quizá porque necesitaba verla y eso era lo más importante. A veces, tener fe en algo es más valioso que el hecho de que exista o no. Cerré los ojos y concentré todas mis fuerzas en un único pensamiento:

«Deseo que Liam O'Callaghan y yo seamos mejores amigos por siempre jamás».

2

Liam

Segunda firma

Quité las zanahorias del plato de Eve y las puse en el de Sarah. A continuación, quité las judías del plato de Sarah y las puse en el de Eve.

—¿Contentas? —Ellas me miraron con sus inmensos ojos azules antes de asentir—. Bien, os lo tenéis que acabar todo. Yo vendré muy pronto, ¿de acuerdo? No podéis seguirme.

—¿Vas a ir con Grace? —preguntó Sarah.

Tenía siete años y había pasado de ser una niña pequeña molesta a ser una niña mayor que podía convertirse en un verdadero incordio. Eve, de cuatro años, había decidido hacía un tiempo que, si tenía que obedecer a alguien, sería a Sarah, así que yo tenía todas las de perder hiciera lo que hiciera.

Grace solía decir que la culpa era mía porque no usaba lo bastante la inteligencia. Yo empezaba a pensar que papá tenía razón cuando decía que no había inteligencia que pudiera contra la mente de una mujer. ¡Y yo estaba frente a dos! Aunque fueran pequeñas, no podía infravalorarlas. Sabía bien que, si querían, podían hacerme la vida muy difícil.

—Sí, pero tardaré poco. Estaré aquí justo a tiempo para irnos a la fiesta del solsticio.

—Mamá dice que no va a ir. —Los ojos de Eve bajaron al suelo—. No quiere salir de su habitación.

—No pasa nada, peque —susurré acercándome a ella y le puse una mano en el hombro—. Iremos nosotros con papá y será genial, te lo prometo.

Mi hermana no levantó la mirada y estuve a punto de no salir de casa, pero Sarah rodeó sus pequeños hombros con un brazo y me señaló la puerta.

—Vale, te esperaremos. Yo me ocupo de bañar y vestir a Eve.

—¡No me quiero bañar! —gritó nuestra hermana pequeña.

Sarah puso los ojos en blanco y, simplemente, le acercó más su plato de la cena. Yo aproveché el momento para salir de casa y correr hasta el árbol de las hadas, donde Grace ya me esperaba un poco enfurruñada.

—Llegas tarde, O'Callaghan. ¿Tan complicado te resulta llegar puntual a nuestras citas?

—Llego un maldito minuto tarde. Y esto no es una cita, Grace. ¡Las citas son para la gente mayor!

—Tengo nueve años.

—Oh, sí, toda una mujer —murmuré de mal humor.

Grace puso los ojos en blanco obviando mi sarcasmo y me dio una pala.

—Es de nuestro granero. Nada de lazos rosas. Pensé que esta vez te gustaría usar algo distinto a las manos.

La verdad es que sí lo prefería, pero eso no significaba que no odiara que Grace pensara que tenía razón siempre. En todo. Y odiaba aún más que, por lo general, acertara.

En aquel instante, por ejemplo, sus labios estaban blancos de tanto apretarlos para no decir nada más. Era fácil saber cuándo intentaba mantenerse callada, porque normalmente sus labios eran del color de los melocotones. Hacían juego con sus pecas, aunque ella detestaba que se lo dijera. Tenía el pelo naranja, casi rojo; los ojos verdes más mágicos del mundo, porque cambiaban de color cuando les daba el sol y les salían motas marrones o amarillas, dependiendo del día, y las paletas nuevas le habían salido separadas, algo que me parecía gracioso, aunque ella lo odiara. Era una niña rara. Le importaba mucho que sus dientes no estuvieran juntos, pero no tenía problemas en llenarse de barro mientras jugaba. No se parecía mucho a las otras niñas de la escuela, o eso me gustaba a mí pensar. Más tarde entendí que, en realidad, lo que ocurría era que yo no me fijaba en ninguna otra niña de la escuela. No como me fijaba en Grace.

—¿Vas a cavar o estás esperando a que las hadas salgan y te lo ordenen?

Bufé y miré de reojo las ramas del árbol. Tenía diez años, ya era lo bastante mayor como para estar seguro de que las hadas no existían. Y, aun así, cuando mi padre juraba que él las había visto una vez, yo dudaba. Claro que dudaba. Mi padre no era un hombre mentiroso y yo… yo necesitaba creer en algo que me hiciera tener esperanza en que las cosas cambiarían.

—Voy a cavar —murmuré—, pero también podrías hacerlo tú, ¿sabes?

—Yo volveré a enterrarla.

No quise decirle que enterrarla era mucho más fácil porque eso ella ya lo sabía. Aprendí muy pronto que con Grace era mejor no entrar en batallas absurdas, ya que, de alguna manera, siempre conseguía ganar y entonces mi frustración era aún mayor que al inicio.

Cavé la tierra donde sabía que estaba nuestra cápsula y, en apenas unos minutos, la punta de la pala se topó con la caja de latón. Niall, el perro de Grace que siempre la acompañaba, se volvió loco y metió de inmediato el hocico, pero lo aparté con suavidad y miré mal a Grace.

—Controla a tu chucho, Fitzgerald.

Ella se agachó y abrazó a Niall por el cuello. Estaba demasiado expectante por ver la caja como para protestar. Era un poco tonto, en realidad. ¿Qué esperaba encontrar? Dentro habría lo mismo que habíamos puesto nosotros dos años atrás. Ni más ni menos. Y, aun así, aunque no quisiera reconocerlo, la entendí. Sentía una especie de hormigueo en las manos mientras sacaba la caja y la abría. Como si estuviéramos a punto de ver algo maravilloso. Con los años entendí que así era.

El cuaderno tenía la tapa arrugada, muestra de que había sufrido la humedad, pese a estar dentro de la lata. El anillo de trébol y el peluche estaban intactos.

—Envolveré la libreta en tela —dijo Grace mientras le quitaba a Niall un pañuelo que llevaba al cuello—. Así absorberá la humedad los próximos dos años.

Asentí para mostrarme de acuerdo. La abrí, miré nuestro contrato y me saqué un bolígrafo del pantalón. Estaba a punto de firmar de nuevo cuando Grace me detuvo.

—¿No vas a decir unas palabras?

—¿Qué palabras quieres que diga?

—No sé, algo bonito.

—No se me ocurre nada bonito que decir, Grace. Es un contrato que ya firmamos. ¿Quieres que lo leamos de nuevo?

—No, Liam. Quiero hacer algo especial.

—¿Y vas a querer hacer algo especial cada dos años? —pregunté un tanto horrorizado.

Ella puso los ojos en blanco, me quitó la libreta y luego me tiró de la mano. Me colocó la palma sobre el contrato y puso la suya sobre el dorso de la mía.

—Prometemos volver dentro de dos años y firmar otra vez. Seremos amigos por siempre jamás y, si no es así, que las hadas nos castiguen. —Quité mi mano de inmediato y la miré mal—. ¡Eh! —exclamó.

—¿Qué es eso de que las hadas nos castiguen? No me gusta.

—Oh, vamos. ¿No decías que no crees en ellas? Entonces ¿qué más te da? Solo son palabras.

Mi ceño se frunció y me sentí acorralado.

—No me gusta decir ese tipo de cosas. Eso es todo.

—¿Crees que no seremos amigos por siempre jamás? —preguntó ladeando la cabeza.

—No es eso. Claro que lo seremos.

—Entonces ¿por qué tienes miedo, Liam? Todo irá bien.

Colocó la mano de nuevo sobre el contrato y me miró. Tragué saliva, de repente estaba nervioso, pero cuando su sonrisa se abrió paso en su cara, algo consiguió calmarse en mí lo suficiente para poner mi mano encima. Y Grace repitió las palabras:

—Seremos amigos por siempre jamás y, si no es así, que las hadas nos castiguen. Ahora dilo tú.

—Seremos amigos por siempre jamás y, si no es así, que las hadas nos castiguen —murmuré de mala gana.

Sé bien que mi tono no fue entusiasta y también sé que a Grace no le sentó bien, pero no dijo nada. Firmó el contrato, puso al lado la fecha y me pasó el bolígrafo para que yo hiciera lo mismo. Después envolvimos la libreta en el pañuelo de Niall y la devolvimos a la caja justo antes de enterrarla.

Tardamos poco y lo hicimos en silencio, cosa que me gustó. No tenía muchas ganas de hablar aquellos días.

—¿Cómo está? —preguntó Grace cuando nos sentamos sobre la tierra que habíamos puesto encima de nuestra cápsula, mirando hacia el árbol.

Sabía a qué se refería. Encogí los hombros y arranqué una brizna de hierba que tenía entre los pies.

—No quiere salir de su habitación.

—Debe de ser muy triste pasar por algo así. Mamá dice que el cielo le enviará pronto un nuevo bebé que calme su dolor, Liam.

Tragué saliva y no la miré. No quería que viera cuánto me dolía todo aquello. Todo parecía ir como siempre. No recordaba bien el parto de Sarah, pero sí el de Eve. No parecía que nada fuese mal, pero cuando llegaron al hospital, y después de un parto muy complicado, mi hermano nació muerto y mamá… Bueno, no sé, creo que una parte de ella también se murió allí, en ese hospital.

Volvió a casa con las manos vacías y papá me hizo guardar rápidamente todo lo que había tejido para el bebé. Ella se encerró en su cuarto y apenas salió más que para asearse o comer con nosotros. Nos besaba y acariciaba, pero siempre acababa derramando más lágrimas que sonrisas. Entonces volvía a la cama, donde se dormía llorando mientras nosotros la oíamos, aunque pensara que no.

Sabía que papá estaba muy preocupado por nosotros y también por mamá. Habían pasado casi tres meses y ella no parecía estar mejor.

—¿Crees que eso lo arreglaría, Grace? —pregunté en un impulso.

—¿Tener un nuevo bebé? —asentí, y ella suspiró—. No lo sé. Mamá dice eso, pero yo creo que es como cuando la madre de Niall murió y mi padre compró otro perro para cuidar del ganado. —Acarició a su mascota sin darse cuenta—. Niall sabe que no es su madre, pero juega con ella, ¿sabes? Corren juntos por el campo y, no sé, no parece que esté tan mal después de un tiempo. Quizá un nuevo bebé no le haga olvidar al que ya no está, pero la ayudará a sonreír.

—Nos tiene a nosotros, ¿por qué eso no le basta?

Grace me miró con tanta lástima que tuve que desviar los ojos. Tardó unos instantes en contestar y, cuando lo hizo, sentí su mano rodear la mía. Sus dedos se entrelazaron con los míos sobre la tierra y la hierba.

—No lo sé, Liam. Creo que los mayores son complicados. No los entiendo mucho.

Sí, en eso estaba completamente de acuerdo. Miré arriba, a las ramas del árbol y, de nuevo, pese a tener ya diez años y considerarme mayor, deseé como nunca poder ver a las hadas. Una sola, aunque fuera. Una carita sonriente que me mirase desde alguna de las ramas, esperando a que yo lanzara mi deseo.

Eso no ocurrió, pero recordé lo que Grace solía decirme: que ella pedía siempre un deseo, aunque no las viera con claridad porque, que ella no las viera, no significaba que no estuvieran ahí, ¿no?

Siempre había pensado que era el modo que tenía Grace de consolarse para llegar a la escuela jurando que las había visto, pero en aquel instante me aferré a ese pensamiento con todas mis fuerzas. Cerré los ojos, inspiré hondo y pensé:

«Que mi madre vuelva a ser feliz. Por favor, si de verdad existís, llevad la alegría a su vida de nuevo».

—Vamos a estar bien, O'Callaghan —susurró Grace a mi lado.

—¿Cómo lo sabes?

—Porque estamos juntos, ¿recuerdas? Mejores amigos por siempre jamás.

Me abrazó de lado con la cabeza apoyada en mi hombro y, aunque la tristeza siguió pellizcándome con fuerza, logré sonreír un poco.

Al menos me quedaba aquella certeza: Grace Fitzgerald siempre estaría a mi lado.

3

Grace

Tercera firma

Corrí antes de que Aidan descubriera que me había escapado sin terminar de limpiar la parte del granero que me había asignado. En realidad, ¿hasta qué punto tenía yo que obedecer a mi hermano mayor? Según él, era prácticamente su esclava. Según papá, solo debía hacerle caso cuando la clara ganadora de la orden fuese la granja. Según yo… Aidan era un imbécil que pensaba que, por tener dieciséis años, ya era un hombre y podía mandar sobre mi vida. ¡Ja! Sobre mi vida no tenía derecho a mandar nadie. Bueno, papá y mamá hasta que fuese mayor de edad. ¡Pero nadie más!

Cuando llegué al árbol de las hadas, encontré a Liam esperándome, pero no estaba solo. Entre sus brazos sostenía a Lucas, su hermano pequeño. Recuerdo que, cuando nació, le grité que por fin había un chico en su familia y dejaría de tener solo hermanas, pero entonces me respondió que se llevaban demasiados años y, para cuando Lucas creciera un poco, él ya no querría jugar a cosas de niños pequeños. En ese momento, viendo el modo en que lo sostenía contra su cuerpo, pensé que tenía razón.

En verdad, Liam solo tenía doce años, pero, no sé, a veces parecía mayor. Hablaba de dejar los estudios para trabajar cuanto antes mientras yo… yo no tenía nada claro eso de quedarme toda la vida trabajando en la granja junto a mi gente. Es decir, quería a mi familia y me gustaba la vida en la granja, pero, justo antes de cumplir once años, había escuchado a mamá y papá hablar acerca del futuro de mis hermanos y mío. Mamá había dicho algo que me impactó: que de algún modo le gustaría que sus hijos probasen otras cosas antes de entregarse a la granja para siempre. Que disfrutasen un poco la vida. Papá le preguntó si ella sentía que no había disfrutado de la vida y mamá solo… se quedó callada. Guardó silencio y aquello, de algún modo inexplicable, me dolió. Ningún niño quiere saber que sus padres son infelices.

Aunque en realidad creo que mamá y papá no eran infelices todo el tiempo. Supongo que, como la vida, había momentos en los que ninguno deseaba estar en ese lugar y otros en los que estaban seguros de que no podían pertenecer a ningún otro sitio. Yo todavía no sabía lo que quería, pero Liam… Liam parecía tenerlo tan claro que me hacía fruncir el ceño porque me recordaba mucho a papá. Él también estaba seguro de que no había nada mejor que la granja y aquel rincón del mundo. Y a mí me gustaba también, pero…

—Se suponía que ibas a dejar de llegar tarde a todas nuestras malditas citas, Fitzgerald.

Liam se acomodó a Lucas en la cadera y el bebé intentó tirar del estúpido sombrero que mi amigo se había puesto. Era un sombrero estúpido porque era feo, pero también porque Liam se empeñaba en taparse el pelo con él cuando lo tenía un poco más largo y se entreveía el modo en que algunos mechones se revolvían en la parte superior, formando gruesos rizos.

—Se suponía que tendríamos que venir a hacer esto solos, O'Callaghan —le respondí.

—¿Crees que lo traigo porque quiero? —preguntó de mal humor—. Mamá está ocupada con Eve. Vuelve a tener gripe y la ha llevado al doctor.

—¿Y tu padre?

—Con el ganado. Bueno, ¿lo hacemos ya? Hoy tengo que volver antes.

Asentí, me agaché y, esta vez, escarbé yo la tierra. Podría haber cogido yo a Lucas y obligar a Liam a hacerlo, pero así era más rápido. Aunque me encantaba molestarlo, se notaba que estaba nervioso por tener que hacer tantas cosas.

Era lo malo de ser el mayor. En realidad, a Aidan también le pasaba. Si Ollie o yo enfermábamos y mamá tenía que quedarse cuidándonos, él tenía que ayudar el doble. La vida en la granja no era tan bonita como en las películas, por eso no podía entender del todo el amor que todos en el pueblo parecían profesarle.

A veces, en momentos así, en los que me preguntaba si estar en la granja toda la vida era lo que de verdad quería, me sentía un bicho raro. Creo que nadie más se hacía esa pregunta. Quizá Liam, pero yo no lo sabía, porque nunca me había atrevido a sacar el tema.

Desenterramos la caja y comprobamos con alegría que esta vez el pañuelo de Niall había hecho su parte del trabajo, apenas había humedad en el cuaderno. Lo sacamos, lo releímos y luego, como habíamos hecho la última vez, pusimos las manos sobre la hoja y volvimos a hacer el juramento.

—¿Firmas tú primero? —preguntó él sacándose un bolígrafo del bolsillo trasero del pantalón.

Lo cogí, firmé, puse la fecha al lado y se lo ofrecí. Liam hizo lo mismo y yo me hinqué de rodillas y volví a enterrar la caja. Después me senté encima, como había hecho las veces anteriores, y miré a Liam, que se mordisqueaba el labio.

—Hoy no puedo quedarme —repitió.

—Lo sé.

—Pero ¿te vas a quedar tú?

—Sí, quiero ver si tengo suerte —dije señalando el árbol.

Liam puso los ojos en blanco. En aquel entonces, él ya no creía nada de nada en las hadas. Era una verdadera lástima, pero no podía obligarlo.

—Como quieras. Nos vemos esta noche en la fiesta del solsticio.

Se dio media vuelta y, cuando ya había caminado unos pasos hacia su granja, lo frené:

—¿Alguna vez te preguntas cómo sería la vida lejos de aquí? —lancé—. ¿Cómo sería salir de aquí y ver otras partes del mundo? ¿Te lo imaginas?

Liam me miró por encima del hombro, sin girarse del todo, y me dedicó una sonrisa que, incluso a mis once años, me resultó triste.

—Todos los días —confesó. Eso me sorprendió porque siempre pensé que a él le encantaba la granja, aunque gruñera a diario por tener que trabajar en ella.

—¿Sí? ¿Y a dónde irías? ¿Cómo es el lugar que imaginas? —pregunté.

—No lo sé.

—¿No lo sabes?

—No, cuando lo imagino, solo nos veo a nosotros corriendo lejos de las granjas. Lejos del pueblo. Lejos de todo. A veces lo único que veo es tu pelo naranja alzándose con el viento.

Lo miré confusa, no lo entendía del todo.

—¿Imaginas que voy contigo? —pregunté sonriendo.

—Claro. Mejores amigos por siempre jamás, ¿recuerdas?

No pude responder porque Lucas comenzó a llorar como un loco, así que Liam lo afianzó más contra su pecho y avanzó rápido para llegar a su casa. Yo me volví, miré el árbol de las hadas y sonreí cuando me pareció ver un destello.

—¿Sabéis? —les pregunté a los pequeños seres mágicos que no había conseguido ver nunca—. En realidad, creo que lo más bonito de la aventura es no saber hacia dónde te diriges, pero sí con quién.

Imaginé cómo se vería el pelo de Liam al viento, igual que él hacía conmigo, mientras corríamos lejos, muy lejos. Descubrí con una sonrisa que ese pensamiento me hacía casi tan feliz como firmar nuestro contrato cada dos años.

No sabía lo que significaba aquello ni por qué imaginarlo había hecho que mi pecho se hinchara de felicidad, pero sabía que era un sentimiento lo bastante poderoso como para convertirlo en un secreto que solo compartiría con las hadas.

4

Liam

Cuarta firma

Esquivé los juguetes de Lucas como pude para salir de casa y me reí cuando lo vi ponerse de pie para seguirme.

—*Iam* —dijo extendiendo los brazos.

—Hoy no, peque. Te prometo que luego pasaré tiempo contigo.

—¿Te vas con Grace? —me preguntó mi madre desde la silla en la que estaba tomando un poco de té antes de seguir preparando la cena para la fiesta del solsticio.

—Sí, tenemos que desenterrar la caja.

—Es una tradición preciosa. —Me sonrió con dulzura y se levantó para coger a Lucas cuando este llegó a mi altura—. Ve y pásalo bien, dale un abrazo de mi parte, ¿quieres? Hace días que no la veo.

—Lo haré.

Salí de casa corriendo, porque no quería llegar tarde, y pensando en ese abrazo que mi madre quería que le diera. En realidad…, Grace y yo habíamos dejado de darnos tantos abrazos. No sabía en qué momento había ocurrido y no es que no nos tocáramos nunca, pero ella… ella había cambiado. Su cuerpo. Había partes de su cuerpo que cambiaban rápidamente y yo… Bueno, yo no podía abrazarla todo el tiempo sin sentir ciertas cosas que no quería sentir. Cosas que no comprendía del todo bien. O sea, sí sabía lo que era, pero no sabía por qué me ocurría con Grace. ¡Era mi mejor amiga! Y me daba tanto miedo que ella supiera que había algo raro en mi comportamiento que, simplemente, dejé de tocarla tanto como antes. Ya no éramos niños, no teníamos por qué ir de la mano a todas partes, ¿no?

Llegué a la altura del árbol de las hadas a tiempo de verla cruzar la valla que separaba nuestras granjas. Traía el pelo recogido en una coleta con un lazo verde que hacía resaltar sus ojos y un vestido que dejaba sus blancas piernas a la vista. Era otra cosa que había cambiado. Últimamente, Grace ya no quería jugar si eso implicaba ensuciarse y en días especiales no protestaba si tenía que ponerse un vestido. No sabía qué pensar acerca de eso.

—¿Por qué llevas vestido? —pregunté.

—Esta noche es la fiesta del solsticio —me recordó como si fuera un poco lelo—. Ya sabes, eso que hacemos para celebrar la llegada del verano y…

—Ya sé lo que es el solsticio —dije poniendo los ojos en blanco—, pero eso es esta noche.

—Sí, pero cuando acabemos, iré a los acantilados. Quiero ayudar con las hogueras.

—¿Por qué?

—Será divertido. —Encogió los hombros como si fuese obvio.

—¿Te parece divertido preparar una hoguera?

—Sí, Liam. Y me parece divertido llevar un vestido bonito y bailar. Que tú seas el único irlandés que odia bailar no significa que yo también tenga que odiarlo.

—Estoy bastante seguro de que no soy el único irlandés que odia bailar.

—Lo dicen las estadísticas.

—¿Qué estadísticas? ¿Las que te acabas de inventar?

Ella rio, lo que me dio la razón. Tenía una risa bonita, no era como la de las demás chicas. Más tarde, de adulto, me preguntaría los motivos por los que la risa de Grace me hacía vibrar, pero en ese entonces yo solo sabía que era una risa distinta, más alegre y sincera que cualquier otra.

Desenterramos nuestra caja, firmamos de nuevo y comprobamos que tanto el peluche como el anillo estaban en buen estado. Aun así, Grace trajo una tela que abarcara también los objetos y no solo el cuaderno. Lo envolvimos todo y, cuando lo enterramos y me senté encima, como hacíamos siempre, ella se quedó de pie.

—Ven conmigo, Liam.

—¿A dónde? —pregunté.

—¡A las hogueras! —exclamó exasperada—. Ven conmigo.

—Ya sabes que no me van mucho las hogueras.

—Tampoco te van las hadas ni bañarte en el mar. A ti no te va nada que sea mínimamente divertido porque solo te interesa trabajar y gruñir. —Cruzó los brazos sobre su pecho y me miró con el ceño fruncido—. A veces pienso que tienes el alma de un señor mayor gruñón.

Me reí porque ver a Grace enfadada era divertido, aunque no me gustara lo que decía.

—Me gusta montar a caballo y hoy no has querido venir tú conmigo.

—Ya te lo he dicho: ahora tengo la regla y mamá dice que no debería montar para no sentirme peor. No quiero sentirme peor, Liam, ya es bastante malo tenerla sin ganar puntos extra.

Fruncí el ceño. Había empezado a hablar de la regla unos meses antes. Nos habían explicado lo básico en el cole, pero, a fin de cuentas, a mí lo único que me importaba era que eso había hecho que Grace dejara de apuntarse a planes divertidos cada vez que la tenía. Quise decirle que me parecía una mierda, pero, francamente, bastante tenía con tener que soportarla, así que solo suspiré y miré el árbol de las hadas.

—¿Ni siquiera vas a probar suerte? —pregunté mirándola de reojo.

Ella rio y se acuclilló a mi lado, sin llegar a sentarse. Apoyó los codos en las rodillas y miró el árbol.

—Hace mucho que dejaste de creer en ellas.

—Pero tú no.

—Tengo trece años, ya no soy una niña.

—Tampoco pareces una mujer.

Grace hizo una mueca con la boca. Con el tiempo entendí que, en realidad, le dolía que dijera esas cosas. No quería herirla, de verdad, era solo que… que no quería que fuera una mujer, porque entonces yo tendría que ser un hombre y tampoco quería.

—Callum MacDonnell me ha enviado un mensaje hoy. Dice que quiere besarme esta noche después de las hogueras.

Cuadré los hombros y la miré mal.

—¿Por qué ibas a dejar que el apestoso de Callum te besase?

—¿Y por qué no? —preguntó ella mirándome.

—Se pasa el día fumando desde que descubrió cómo hacerlo. ¿Quieres que tu primer beso te lo dé un chico que sabe a cenicero?

—Soy la única chica de clase que no ha recibido su primer beso. Sinceramente, Liam, empieza a servirme cualquiera.

—Tienes trece años, Grace.

—¿Y qué?

—¡Que hablas como si tuvieras cincuenta y nadie te hubiera besado!

—Bueno, a veces me siento como si tuviera cincuenta. ¿Por qué soy la única a la que nadie ha besado? Es absurdo, porque no soy fea. Maldita sea, aunque lo fuera tendría derecho a un beso, ¿o no? Estoy harta de ser la última.

Pensé que, en realidad, el problema de Grace no era que no la hubieran besado, sino que era la única de clase que faltaba por estrenarse. Siempre le había ocurrido, no soportaba quedarse atrás y eso la llevaba a hacer cosas impulsivas y un tanto estúpidas. No quería que besara a Callum MacDonnell por primera vez. De verdad que ese tío era un capullo, por eso cogí a Grace del brazo e hice que se sentara con un movimiento. Ella me miró enfadada, pero entonces me acerqué a su boca y dejé mis labios a solo unos centímetros de los suyos.

—¿Quieres besar a alguien esta noche, Fitzgerald? Bien, aquí me tienes.

No di el último paso. Puede que fuera un chico gruñón e impulsivo, pero no era estúpido. No iba a robarle a Grace su primer beso si ella no quería que se lo diera yo.

Pero quiso. Sonrió, como si hubiese tenido la mejor idea del mundo. Eliminó la poca distancia que quedaba entre nuestros labios y pegó su boca a la mía con un beso que hizo reventar mi pecho, no por lo bonito, pues con el tiempo aprendí a hacerlo mucho mejor, sino porque era… era Grace. Me dije que sentía aquello porque era mi mejor amiga. Me autoengañé pensando que solo se trataba de un favor, pero lo cierto es que, cuando se separó de mí, estuve a punto de pedirle que se quedara justo donde estaba y me besara más, mucho más.

En cambio, Grace sonrió, se levantó, se alisó el vestido y soltó una risa.

—Verás cuando cuente que por fin he dejado de ser la única a la que no han besado. ¡Gracias, O'Callaghan! Eres un gran amigo. Elegí al mejor para hacer la cápsula del tiempo.

Saltó la valla y salió corriendo campo a través de vuelta a su granja, seguramente para contarle a todo el mundo que ya había dado su primer beso. Yo me quedé un poco más allí, sentado sobre nuestra cápsula mientras miraba el árbol de las hadas y pensaba en lo que acababa de pasar. Sentía el corazón aún algo desbocado y la sangre muy revuelta. Me eché el flequillo hacia atrás y suspiré, frustrado.

—Si de verdad existierais, os pediría que me ayudéis a olvidar esto. Algo me dice que sin un poco de magia no voy a ser capaz de hacerlo.

5

Grace

Quinta firma

Empujé la puerta de la cocina y me encontré con Aidan en el salón.

—No, ni hablar, Grace. Tienes que ayudar con la cena.

Me puse las manos en la cintura y lo miré mal.

—Sabes perfectamente que tengo que ir a renovar el contrato con Liam.

—Ese estúpido contrato puede esperar a mañana. Estoy hasta arriba con los animales y no vas a escaquearte.

—Serán diez minutos.

—Solo en ir allí tardas eso.

—¡Aidan, por favor! —exclamé—. ¿Puedes dejar de ser tan aguafiestas? —Me miró mal y puse mi mejor cara de pena—. Te prometo que no tardaré más de media hora.

—Te va a convencer. —Ollie, nuestro hermano, nos miró a ambos antes de beber leche directamente de la botella.

—Mamá va a matarte por eso —murmuré.

—No si no se entera.

—Oh, se enterará —sonreí maliciosa.

—Grace, en serio, necesito un poco de ayuda —interrumpió Aidan.

—Mamá lo dejó casi todo listo, no comprendo por qué te ahogas en un vaso de agua.

—Es la primera vez que se toman unos días de descanso y quiero que, al volver, estén orgullosos de nosotros.

Miré a mi hermano detenidamente. Aidan tenía cinco años más que yo, ya había cumplido los veinte y, aunque podría decirse que los años le habían hecho madurar, lo cierto es que no recuerdo ninguna etapa en la que no fuera un niño responsable. Y un mandón. Supongo que es cosa de los hermanos mayores, porque Liam tenía amargadas a sus hermanas. Tenía amargado incluso al pequeño Lucas.

Sabía que por las malas no iba a conseguir nada, así que me acerqué a él. Ignorando a Ollie, que estaba en medio, lo abracé por la cintura y puse mi mejor cara de pena.

—Solo te pido media hora cada dos años. ¿De verdad es tanto, Aidan? Vamos, te prometo que luego vendré y haré la mejor cena de solsticio que puedas imaginar. Cuando nuestros padres lleguen, se encontrarán un manjar encima de la mesa.

Mi hermano se lo pensó, pero no demasiado. Cuando ponía esa cara, rara vez se resistía a mí. Ollie lo sabía, de ahí que se aguantara la risa. De haberlo tenido más cerca, le habría dado una patada tremenda para que se centrara. Aidan me miró solo unos instantes antes de separarme de su cuerpo y hablar enfurruñado:

—Media hora, Grace, ni un minuto más.

Grité de emoción, lo besé en la mejilla y salí corriendo sin perder ni un segundo. Mis firmas con Liam siempre eran especiales, pero esta lo era más, porque había algo… Había algo que me carcomía desde hacía un tiempo. Algo que tenía que hablar con él.

Cuando llegué al árbol de las hadas, Liam ya me estaba esperando. Llevaba un vaquero con algunos rotos, una camiseta lisa y sorprendentemente limpia, lo que me hacía pensar que se había duchado antes de venir, y ese estúpido sombrero que llevaba siempre. No sé cuántos años tenía la dichosa prenda, pero con cada uno que pasaba la odiaba más y más. Me gustaba ver su pelo negro, me encantaba que el viento se lo moviera y el modo en que se desordenaba hasta hacerlo parecer un poco alocado. Aun así, me obligué a no decir nada, no quería que se enfadara. No me convenía con lo que tenía que decirle.

—¿Al final has podido engañar a tu hermanito mayor?

—Aidan es un santo, ya lo sabes. Es un mandón, sí, pero, si mi libertad dependiera de Ollie, estaría encerrada en el granero día y noche.

Liam se rio porque sabía que yo tenía razón. A mí se me encogió un poco el estómago. Desde hacía un tiempo, la risa de Liam había cambiado. Era ronca y mucho más varonil. Ya no sonaba como un niño y eso era raro, pero no para mal. Era una risa que me ponía un poco nerviosa.

—Bien, hagamos esto rápido —dijo, y cavó para rescatar nuestra caja.

El ritual fue rápido, en efecto. Firmamos el contrato poniendo la fecha al lado, comprobamos que mi anillo y su peluche seguían en buen estado y volvimos a enterrarlo todo. Yo tenía más prisa que él, cosa que lo tenía extrañado.

—Sí que tienes que volver pronto —dijo mientras yo pisaba la tierra para afirmarla sobre la caja.

—No es eso, es que tengo algo que hablar contigo.

—Tú dirás.

—¿Nos sentamos?

No le di mucha opción a responder pues, al decirlo, me sentaba encima de la tierra y cruzaba las piernas. Él hizo lo mismo a mi lado y me miró un tanto extrañado.

—¿Bien? —Sus ojos azules me parecieron más profundos que nunca.

Tragué saliva, intentando pensar por dónde empezar. No necesité mucho tiempo para saber que no soy una chica sutil, así que tampoco me extrañó que tuviera ganas de lanzarme al vacío.

—Dicen que Ellie Maguire ya no es virgen. —Liam alzó las cejas y después sonrió despacio.

—Ah, ¿no?

—No. ¿Sabes algo de eso?

—¿Y qué debería saber? —preguntó mientras se echaba para atrás y se apoyaba en los codos.

Me fijé en el modo en que la camiseta se ceñía a su pecho y miré la hierba de mi lado. Odiaba con toda mi alma que algo tan estúpido me afectara y me acelerara el pulso.

—Oh, venga ya. Has estado saliendo con Ellie.

—Sí, es cierto.

—Os habéis liado más de una vez.

Oí su risa y, de nuevo, me afectó que fuera tan… varonil.

—Ajá. Sí, es verdad. —Después de un segundo de silencio, oí su voz—: ¿Grace?

—¿Mmm?

—Si vas a preguntarme si soy yo quien se ha follado a Ellie, deberías mirarme a la cara.

Lo miré en el acto, pero solo porque me molestó un montón su tono de sabiondo.

—No deberías usar esa palabra.

—¿Cuál? ¿Follar?

—Sí, es como… sórdido. Como si no fuera importante.

—El sexo no es importante.

—¡Claro que lo es! Oh, Dios, ¿le has quitado la virginidad a Ellie y piensas así? Por favor, dime que al menos no se lo has dicho a ella. No puedo imaginar lo que tiene que doler que alguien sea tan cretino como para…

—Grace, no he sido yo.

—¿Eh?

—No me he acostado con Ellie.

—¿No?

—No.

—Pero… Pero ella y tú…

—Sí, pero no era serio. Los dos lo sabíamos, así que no me debe fidelidad ni nada de eso.

—¿No?

—No —respondió riéndose—. Si Ellie ya no es virgen, me alegro por ella y espero que fuera genial, pero no ha sido conmigo.

—¿Y con otra? —pregunté. Él alzó las cejas—. ¿Lo has hecho con otra?

—¿Hasta el final? —Asentí—. No.

—¿Hasta dónde…?

—No voy a contarte hasta dónde he llegado, Grace.

—Tienes razón, es una falta de respeto —dije avergonzada.

—Me da igual eso —rio—. Es simplemente que no quiero que me imagines haciendo guarradas con otras.

El modo en que Liam decía las cosas… Nunca había tenido pelos en la lengua, pero desde hacía un tiempo hablaba con una franqueza que a veces me dejaba desarmada.

—Entonces, supongo que estás libre para aceptar la oferta que quiero hacerte.

—¿Oferta?

—¿Recuerdas que nos dimos el primer beso juntos? —El modo en que tensó los hombros me dejó claro que sí lo recordaba—. Quiero perder la virginidad contigo, Liam.

—Joder, Grace.

Se sentó de golpe, se pasó una mano por el pelo e hizo que el sombrero se le cayera. Su pelo rizado se posó sobre sus ojos y me habría gustado sonreír, porque me encantaba verlo así, pero no era un momento para hacerlo, supongo.

—¿Qué? Vamos, Liam, piénsalo. Has dicho antes que el sexo no te parece importante.

—¡Pero tú sí! Una cosa es un beso y otra… otra…

—¿Tan malo sería? ¿Tanto te costaría hacerlo? —pregunté un tanto herida.

Él me miró con los ojos como platos.

—No es lo que estás pensando. No es que no me gustes. Me gustas, Grace. O sea… —Sus mejillas se pusieron rojas y carraspeó—. No me refería a que me gustes como una novia, sino a que… bueno, eres mi mejor amiga.

—Por eso, Liam. ¿Con quién mejor que contigo? Sé que no me harás daño, serás cuidadoso y cariñoso. A ti podría decirte que no me gusta si es que no me gusta y pararías. No sé si eso pasará con otro.

—Si alguna vez estás con un chico, le dices que pare y no lo hace, estará abusando de ti, Grace, ¿entiendes eso? —dijo muy serio.

—Sí, claro que sí. Me refiero a que… a que en ti confío al cien por cien. Sé que contigo no tendría que fingir.

—Solo tienes quince años —dijo entonces—. Eres menor.

—Tú también eres menor. Y en clase todas…

—A la mierda, Grace. Esto no es como tu primer beso o como competir por tener el mejor vestido. Esto es más serio. Se supone que el sexo es más importante.

—Tú has dicho que no…

—Para mí no lo es, pero quiero que lo sea para ti.

—¿Por qué?

—Porque tú te lo mereces.

Quise decirle que él también, pero entendí muy pronto que Liam pensaba que había muchas cosas que no merecía o que, simplemente, no le importaban lo suficiente. Él me miró muy serio, como si estuviera pensando algo que decir a toda prisa. Yo estaba igual, así que no me extrañó. Al final, los dos empezamos a hablar de nuevo al mismo tiempo y, tras una risa tensa, fue él quien dijo.

—Date hasta el próximo contrato —susurró.

—¿Qué?

—Date de tiempo hasta el próximo contrato. Si para entonces sigues sin haber tenido relaciones de ningún tipo con nadie y quieres que lo haga yo…, lo haré. —Tragó saliva y sus mejillas se pusieron aún más rojas.

—¿Y si encuentro a alguien con quien hacerlo antes?

—Estará bien —admitió—. Si deseas hacer algo, lo que sea, con alguien, deberías hacerlo. Solo estoy intentando decirte que, si en dos años sigues pensando igual, estaré dispuesto, Grace.

—¿Cómo lo sabes? ¿Cómo sabes que en dos años querrás, si ahora no quieres?

Liam no contestó de inmediato. Creo que buscaba la manera adecuada de decirme lo que pensaba. Al final, tras un par de minutos interminables, habló:

—Porque estoy seguro de que siempre querré hacerlo contigo, sin importar el tiempo que pase, pero al menos dentro de dos años no sentiré que me aprovecho de ti.

Me quedé impactada por lo sincero que parecía. ¿Qué quería decir que siempre querría hacerlo conmigo? ¿Él…? Tragué saliva, intentando digerir sus palabras, y me quedé solo con la parte que me interesaba en aquel instante.

—No creo que te aproveches de mí si aceptas ahora.

—Yo siento que sí. No puedo hacerlo así, Grace, ¿lo entiendes?

Asentí, avergonzada. Miré de reojo el árbol de las hadas y, pese a mis quince años, pedí un deseo sin que Liam lo supiera y sin esperar ya verlas con claridad. Hacía mucho que había dejado de esperar ver a las hadas.

«Por favor, que Liam O'Callaghan no se olvide de mí en los próximos dos años. Que no se olvide de mí nunca».

Después, como si me avergonzara mi propio deseo, salté la valla y me alejé a toda prisa de Liam, nuestra cápsula y las hadas. Temía que mis propios deseos se volvieran en mi contra.

6

Liam

Sexta firma

Miré una vez más el papel que había encontrado en mi chaqueta el día anterior con la letra de Grace. ¿Quién demonios podría dormir después de leer algo así?

Todavía quiero que seas tú. ¿Sigue en pie tu propuesta?

Hacía dos años que habíamos hablado de ello. Después de aquel día, ninguno de los dos volvió a mencionar lo ocurrido. Dos años no pasan rápido, precisamente. Yo no podía ser falso y decir que no había pensado nunca en ello. Cada vez que Grace salía con algún chico, me preguntaba si... Bueno, si llegaría al final. Si nuestro trato dejaría de estar vigente. Nunca le pregunté. Grace seguía siendo mi mejor amiga, pero habíamos llegado a una especie de acuerdo tácito en el que yo no me metía en lo que hacía ella con los chicos y ella no me preguntaba por las chicas con las que salía. Era raro, pero ahora entiendo que ninguno era especialmente feliz imaginando al otro con alguien más.

Además, me sentía un poco traicionero. Yo sí me había acostado con alguien. Y sabía que Grace se había enterado. Todo el maldito mundo se había enterado, porque, finalmente, Ellie Maguire había decidido acostarse conmigo y pregonarlo a los cuatro vientos. No es que me arrepintiera, pero no me gustaba airear mi vida privada. Puede que solo tuviera dieciocho años, pero tenía el cerebro suficiente como para saber que nunca era buena idea hacer partícipe a los demás de mi vida sexual. Ellie, al parecer, pensaba distinto. No era mala chica, para nada, pero sus ansias de protagonismo no iban mucho conmigo.

El caso es que sabía que Grace se había enterado, sin embargo, ella no dijo nada. Aquella misma tarde, quedamos para tomar unos batidos en el pueblo y lo único de lo que habló fue de la granja, de que, según ella, sus padres la explotaban y del último cantante que había conseguido enamorarla. Ni una sola palabra de Ellie. Y me sentí agradecido, pero lo cierto es que también estaba un poco… decepcionado. Eso era un comportamiento un poco asqueroso, ¿no? ¿Quería que ella estuviera molesta porque yo me había acostado con Ellie? Sí, era un comportamiento un poco asqueroso y, aun así, era algo instintivo. Casi primitivo.

Fuera como fuese, el tiempo pasó. Me acosté con otras chicas y nunca supe nada de Grace, porque ella sí consiguió ser lo bastante discreta como para no comentarlo nunca. Hasta la noche anterior, yo no era capaz de decir si había perdido la virginidad o no.

Y entonces encontré su nota.

La leí de nuevo. Una vez más. Solo una. No le había respondido. No supe qué decir y, de todos modos, me pareció que había cosas que era mejor hablar en persona. Estábamos a punto de firmar por sexta vez el contrato. Parecía un buen momento para hablar de ello. Un momento genial para decirle que estaba dispuesto a acostarme con ella. Claro que lo estaba. ¡Estaría loco si no lo estuviera!

Grace... Ella... Había crecido. Seguía siendo una chica inteligente, con un humor raro y cierta predilección por las listas y los contratos personales, pero, además, su pelo naranja se había intensificado. Sus ojos eran aún más verdes y sus labios, del color de los melocotones, habían adquirido una sensualidad de la que ni siquiera ella era consciente. Era bonita de un modo único e incomparable. Sus paletas seguían un poco separadas y sus pecas seguían adornando el puente de su nariz. Y, por mucho que ella lo odiara, yo siempre pensaba que era lo que la hacía única. A menudo le decía que podría reconocer sus pecas entre un millón sin ningún tipo de problemas. Grace solía reírse y decirme que, por desgracia o por fortuna, no tendría que ver un millón de pecas para poder comparar.

—¡Liam! —El grito de Eve se oyó alto y claro desde la planta inferior. Bajé los escalones y miré a mi hermana—. ¿Puedes llevarme al pueblo? Quiero ir a tomar un helado con Sarah.

—Es un día intenso y hay mucho que hacer, ¿por qué no ayudáis un poco? Iremos al pueblo todos por la noche. Para el solsticio.

—¡Pero quiero ir ahora!

—Eve, no puedo llevarte. He quedado con Grace. Que te lleven papá o mamá.

—Papá y mamá están en casa de los Fitzgerald. ¡Se supone que estamos a tu cargo!

—Pues si estáis a mi cargo, Eve, lo ideal sería que no me cabrearais, ¿no crees?

Sarah entró en el salón directa desde la cocina y nos miró a ambos con expresión neutra.

—¿Qué pasa?

—¡Liam no quiere llevarnos al pueblo!

—Bueno, hoy tiene que renovar el contrato con Grace.

Miré a mi hermana agradecido. Tenía quince años, pero ya entendía lo importante que era aquello. Lo importante que había sido toda la vida.

—¡Estoy harta de ese maldito contrato! —se quejó Eve.

—Ni que tuvieras que firmarlo tú —murmuré—. ¿Sabes qué? Me voy ya. Te llevaré al pueblo en cuanto vuelva.

—¿Cuánto tardarás?

—Un rato.

—Pero…

La dejé con la palabra en la boca. Si mi hermana Eve quería discutir, no había ser humano capaz de impedirlo y yo no tenía ni el tiempo ni las ganas ni la energía para hacerlo. Sobre todo teniendo en cuenta que era un saco de nervios.

Atravesé el campo hasta la valla y el árbol de las hadas pensando en la mejor manera de responderle a Grace. ¿Deberíamos firmar primero el contrato? Así luego podríamos encargarnos de lo otro… ¿Y qué pasaba con nuestra amistad? ¿Nos acostaríamos una vez y después seguiríamos siendo los mismos amigos de siempre? Odiaba que todo fuera tan confuso.

Aun así, respiré un poco más tranquilo al saber que había sido el primero en llegar. No era plato de buen gusto hacer esperar a Grace, porque se dedicaba a mirarte cada vez peor mientras te acercabas a ella. Aquel día no quería ver a Grace mientras me acercaba a ella poco a poco. No, prefería que fuera ella la que se acercara a mí. O eso pensé hasta que la vi a lo lejos, corriendo hacia mí. En realidad, Grace casi todo el tiempo venía corriendo a nuestros encuentros, aunque fuese la primera en aparecer o no llegara tarde. Daba igual, le gustaba correr por el campo, sobre todo cuando Niall la acompañaba. Hice una mueca al recordar el año anterior, cuando falleció. Aquello dejó a Grace destrozada. De hecho, pese a tener cachorros en la granja, todavía no había elegido a ninguno como perro doméstico de compañía. Los trataba con cariño, pero no los tocaba más que lo justo y necesario. Yo la entendía, no es fácil despedirse de un amigo y Niall fue muy especial para ella.

—Liam O'Callaghan llegando puntual a una firma. ¡Esto sí que es algo para celebrar! —dijo cuando estuvo a mi altura.

Tragué saliva. Si hubiera escuchado lo rápido y fuerte que me latía el corazón, se habría quedado de piedra. Aun así, me contuve para no parecer nervioso.

—Te recuerdo, Fitzgerald, que por lo general soy yo quien tiene que esperarte a ti.

—¡Ja! —Se rio moviendo la cabeza en un gesto negativo—. No tienes remedio. ¿Y bien? ¿Hacemos el trabajo?

Sabía que se refería al contrato. Lo sabía, pero no podía dejar de pensar en lo otro. Ella, en cambio, parecía tan tranquila que llegué a plantearme que la nota fuese una broma.

Desenterramos la caja y comprobamos que mi peluche había sufrido un poco con la humedad, aunque seguía bastante bien, teniendo en cuenta que llevaba diez años bajo tierra saliendo a respirar unos minutos cada dos años. Su anillo estaba prácticamente negro. Es el problema de la plata. Le sugerí a Grace que lo limpiáramos con algo especial, pero dijo que no, porque justo así era como demostraba el paso del tiempo y eso era bonito. Como ya he dicho muchas veces, Grace Fitzgerald era una chica rara.

—¿Listo para tu firma más especial? —preguntó Grace sonriendo.

La miré confuso, nervioso, con un tren de pensamientos tan frenético que apenas podía centrarme en sus palabras.

—¿Especial?

—Tienes dieciocho años. Eres, oficialmente, mayor de edad.

Bufé, incómodo con haber fallado una vez más lo que querían decir sus palabras.

—Me siento exactamente igual que cuando tenía diecisiete.

—Es bueno saber que las cosas tampoco cambiarán gran cosa para mí. —Se rio, como si hubiese contado un chiste, y me miró con malicia—. Aunque espero que algunas sí cambien.

Me alegré de haberle pasado el bolígrafo unos instantes antes, porque creo que se me habría caído de la impresión. Si en algún momento había pensado, aunque fuera de casualidad, que estaba listo para enfrentarme a una Grace coqueta y… sensual, estaba completamente equivocado. No estaba listo. Y, aun así, no dejé que fuera consciente de mis nervios.

Por el contrario, sonreí y, cuando firmó el contrato, le guiñé un ojo.

—Así que me has estado esperando…

—Oh, yo no sería tan vanidoso. Es una cuestión de confianza, de mejores amigos, ¿sabes?

—Ah, ¿sí?

—Quiero que tú seas el primero porque eso me dará la libertad para decirte qué me gusta y qué no. Sé que me tratarás bien, no eres demasiado capullo. De hecho, eres un ser humano bastante aceptable y…

—¿Bastante aceptable? —Alcé las dos cejas—. Te he oído hablar mejor de tus caballos.

—Es que mis caballos son maravillosos.

—Yo soy maravilloso.

—Tienes tu punto.

—Tengo algo más que mi punto.

—¿Ya estás enfurruñado?

Bufé y miré a un lado. Maldita Grace, qué don tenía para sacarme de mis casillas.

—Oye —dije para zanjar el tema—, si de verdad quieres hacerlo, podemos ir esta noche a mi casa. Todos estarán en la fiesta del solsticio, así que podemos escaparnos y… Bueno, mi habitación es más grande que la tuya. Mi cama, quiero decir.

Fui consciente de que mis últimas palabras salieron tensas, pero creo que Grace no se dio cuenta.

—Tu cama es más grande, pero la mía es más cómoda.

Hablaba con conocimiento de causa. Ella conocía a la perfección mi habitación y yo la suya. No por nada éramos mejores amigos desde niños. Aun así, no me dejé ganar en esa batalla, por nimia que fuera.

—No necesitas excesiva comodidad, Grace. No vas a usarla para dormir.

Por primera vez desde que todo aquello había empezado, la vi sonrojarse y, joder, aunque suene fatal, sentí que eso despertaba una reacción física en mí. Una reacción física lo bastante fuerte como para que ella lo notara si le daba por bajar un poco la vista hacia…

—Está bien, en tu cama —murmuró—. ¿Tienes preservativos?

Asentí, nervioso e incómodo. Me sentía como si estuviéramos haciendo un trámite cualquiera y no era así. Estábamos pactando acostarnos juntos, joder, no quería que fuera algo como nuestro contrato, premeditado y ensayado. No debería ser así tampoco para ella, de modo que, cuando Grace enterró nuestra caja, aplastando la tierra con los pies, y dio un paso atrás para marcharse, tiré de su brazo y la atraje hacia mi cuerpo.

Atrás habían quedado los días en que éramos más o menos de la misma altura. Ahora yo le sacaba una cabeza y ella… ella se amoldaba sorprendentemente bien a mi cuerpo. Enmarqué su rostro entre las manos y la besé, no como un amigo, sino como alguien que se moría por quitarle la ropa y explorar todo lo que había debajo. Y ella lo notó, porque me abrazó. Durante el instante que duró aquel beso, no fuimos Grace y Liam, los mejores amigos. No, durante ese momento fuimos amantes, aunque aún lleváramos la ropa puesta. Saqué la lengua y la pasé por sus labios invitándola a darme más. Y lo hizo. Ella me besó como si también estuviera perdiendo la cordura por mi culpa, lo que era un alivio, porque yo no quería ser el único.

Rodeé su cintura, la estreché más contra mi cuerpo y, cuando la oí gemir, supe que acababa de sentir hasta qué punto me afectaban su presencia y sus besos. Mordisqueó mi labio inferior y dio un paso atrás para separarse de mí.

Tenía los ojos nublados, los labios hinchados y las pecas más marcadas que nunca.

—Lo de esta noche... —Cogió aire y lo soltó poco a poco, intentando calmarse—. Lo de esta noche va a ser genial, O'Callaghan.

No respondí. No pude. La observé saltar la valla y volver a su casa mientras yo me quedaba allí, quieto como una estatua y rezando para que las horas pasaran cuanto antes y se hiciera de noche.

Recé para volver a tenerla entre mis brazos y comprobar si todos esos fuegos artificiales que había sentido podían multiplicarse aún más. Miré de reojo al árbol y, aunque no lo quisiera, pensé: «Esta noche sabremos si entre los dos podemos crear más magia de la que juran que tenéis vosotras».

Volví a casa, llevé a Eve y Sarah al pueblo y me quedé con Lucas dando una vuelta. Al regresar, me encontré con mis padres manteniendo una discusión que se interrumpió en cuanto entramos. Pudieron evitar que los oyese, pero no consiguieron disimular sus gestos lo bastante rápido. Mamá estaba llorando y papá... muy pocas veces lo había visto tan serio y preocupado. Envié a Lucas a su dormitorio y, en cuanto oí que estaba en la planta de arriba, les pregunté:

—¿Qué ocurre?

Dicen que hay momentos en la vida en que las cosas se confabulan para suceder al mismo tiempo. Sobre todo si son cosas malas. Ese fue uno de esos momentos. Mis padres no pudieron hablar, porque la puerta de casa se abrió con tanta violencia que los tres nos giramos sobresaltados.

Grace estaba despeinada, las lágrimas corrían por su cara y sus mejillas estaban tan rojas como su nariz. Tenía la respiración entrecortada y… yo nunca la había visto así. Jamás. Me asusté tanto que corrí hacia ella y la cogí por los hombros.

—¿Qué sucede?

—¿Tú lo sabías? —Su pregunta fue tan desgarradora como debía sentirse ella—. ¡Tus padres lo sabían! ¿Y tú? ¿Lo sabías?

—¿Qué? ¿Saber el qué? —Miré a mis padres. Mi madre volvía a llorar, por más que intentara evitarlo, y mi padre miraba directamente al suelo. Grace soltó un sollozo tan profundo que me hirió el alma—. Eh, cálmate —le dije—. Vamos, ¿qué tengo que saber?

—¡Que nos vamos! —gritó—. Que mi padre… —El llanto fue tan hondo que me asusté de veras—. ¡Que nosotros nos vamos, Liam!

—¿Os vais? ¿A dónde?

La puerta volvió a abrirse, dando paso a Aidan y Ollie. Los dos tenían los ojos rojos, lo que me asustó aún más. Aidan nunca lloraba. Verlos solo hizo que Grace llorase con más intensidad. Tanta como para dejarse caer al suelo. Si no se golpeó las rodillas contra la alfombra fue porque la sujeté con fuerza.

—¿Qué demonios está pasando? —pregunté desesperado, a nadie y a todos.

—Nuestro padre está enfermo —susurró Aidan.

—¿Cómo…? ¿Cómo de enfermo?

Ollie no pudo retener las lágrimas, así que miró hacia abajo y se acercó a nosotros, intentando abrazar a su hermana por la espalda.

—Muy enfermo —dijo Aidan intentando mantener la entereza que lo caracterizaba—. Tanto como para vender la granja y marcharnos a Estados Unidos para intentar salvarlo.

El grito de Grace rompió las paredes de mi casa. O quizá solo fue lo que yo sentí cuando esas palabras calaron en mí.

Dicen que el primer llanto de un recién nacido se cuela en la vida de todos los que lo presencian y se queda grabado en sus recuerdos para siempre.

Aquel día, mientras la abrazaba y oía su llanto agonizante y desesperado, supe que necesitaría más de cien vidas para olvidar el momento exacto en el que a Grace Fitzgerald se le partió el alma en dos.

Parte 2

«La valentía más grande del ser humano es mantenerse de pie,
incluso cuando se esté cayendo a pedazos».

Gladiator

7

^^Grace(L) dice:

¿Cómo está Doyle? Recuerda que odia correr a media tarde. ¡No lo obligues, Liam!

Liam dice:

¿Qué te hace pensar que estoy obligando a correr a tu caballo a media tarde?

^^Grace(L) dice:

¡Que te conozco!

Liam dice:

Hace casi seis meses que te fuiste. Eres prácticamente una desconocida para mí.

^^Grace(L) dice:

Eres un idiota.

Liam dice:
Perdone, ¿usted quién es?

^^Grace(L) dice:
¡Liam!

Liam dice:
Anda, se llama como yo.

^^Grace(L) dice:
Te odio 😔

Liam dice:
No es verdad, me adoras.

^^Grace(L) dice:
Ya quisieras.

Liam dice:
Quiero, pero además es verdad.
¿Cómo está tu padre?

^^Grace(L) dice:
Mamá dice que se pondrá bien, pero no es verdad.
Está mal. Muy mal.

Liam dice:
Igual deberías intentar ser un poco más optimista, como ella.

^^Grace(L) dice:

Solo soy realista. Se pasa las horas rezando, Liam.
¿De verdad piensas que ayudará a mi padre con eso?

Liam dice:

No lo sé. Intento no cuestionar la fe de nadie.

^^Grace(L) dice:

Su fe no nos ayuda.

Liam dice:

A ti no, pero quizá a ella sí.
Oye, Grace, sé que es tu padre y lo quieres,
pero también es su marido. Su compañero de vida.

^^Grace(L) dice:

Lo sé.
Soy una persona horrible, ¿verdad?

Liam dice:

No. Solo estás sufriendo.

^^Grace(L) dice:

No solo sufro. También siento rabia. E ira.
Y odio. Quiero volver a casa.

Liam dice:

Estás en casa. En tu nueva casa.

^^Grace(L) dice:
Tienes razón. La que yo consideraba
mi casa ahora es tuya.

Liam dice:
Grace...

^^Grace(L) dice:
Lo siento.

Liam dice:
No, no lo sientes y está bien, pero deberías hacer un pequeño esfuerzo por dejar de volcar tu rabia en nosotros. Compramos la granja, sí, pero ¿preferirías que la hubiesen comprado unos extraños?

^^Grace(L) dice:
Claro que no.

Liam dice:
Tus padres querían que la tuviera mi familia y no vender no era una opción. De hecho, era muy necesario. Pero todo está bien, de verdad. Estamos cuidando de la casa y de los animales. Todo es igual que cuando estabais aquí.

^^Grace(L) dice:
Solo que no estamos.

Liam dice:

No, no estáis, pero míralo por este lado:
siempre quisiste ver mundo.

^^Grace(L) dice:

¡Pero no así! Y Texas no entraba en mis planes, ¿sabes? Yo pensaba más bien en algo con playa.

Liam dice:

Aquí ya tenías playa.

^^Grace(L) dice:

Me refiero a playas en las que sea agradable bañarse. Ya sabes, de esas cálidas en las que puedes tomar el sol y pasarte horas.

Liam dice:

Siempre puedes ahorrar y visitar California, por ejemplo. Ahora estás más cerca.

^^Grace(L) dice:

Sigo estando muy lejos. Y no quiero ir a California. Yo solo… solo quiero volver.

Liam dice:

Lo sé y debería decirte que te animes, pero la verdad es que me encantaría que volvieras. Te echo de menos.

^^Grace(L) dice:
=(

^^Grace(L) dice:
Todo es una mierda. Y no hago más
que pensar en nuestro contrato.

Liam dice:
¿Qué pasa con él?

^^Grace(L) dice:
No estoy allí.

Liam dice:
Lo sé.

^^Grace(L) dice:
¿Alguna vez piensas en ello?

Liam dice:
¿En el contrato? Sí.

^^Grace(L) dice:
Sí, bueno, ya sabes…

Liam dice:
También.

^^Grace(L) dice:
Yo también…

Liam dice:
Falta más de un año para la nueva firma. Quizá para entonces tu padre haya mejorado y podrías volver.

^^Grace(L) dice:
Liam, dicen que, si el tratamiento no funciona, no durará más de un año.

Liam dice:
Lo sé, perdona. Solo quería animarte.

^^Grace(L) dice:
Lo entiendo, pero no me mientas. De verdad, si no sabes qué decir para animarme, prefiero que no digas nada antes que meterme en la cabeza esperanzas de cosas que no van a pasar.

Liam dice:
Lo siento. Solo digo que los milagros ocurren, Grace. A veces pasa que, situaciones que resultaban imposibles de resolver, se resuelven. ¿Por qué no puede la situación con tu padre ser una de esas?

^^Grace(L) dice:
Porque eso sería como creer en las hadas. Y ya no creemos en ellas, ¿verdad?

Liam dice:
A lo mejor deberíamos.

^^Grace(L) dice:
A lo mejor sí. O tal vez deberíamos aceptar la realidad de mi vida. No estoy en casa, mi padre está muy enfermo y todo, absolutamente todo, es una mierda.

Liam dice:
Te olvidas de una realidad importante.

^^Grace(L) dice:
¿Cuál?

Liam dice:
Me tienes a mí. Siempre me vas a tener a mí.

^^Grace(L) dice:
Estamos muy lejos.

Liam dice:
Podrías estar en otro planeta y me seguirías teniendo.

^^Grace(L) dice:
Eso dices ahora, pero no será para siempre.

Liam dice:
Lo será.

^^Grace(L) dice:

Ya veremos.

Liam dice:

Lo veremos.

8

Liam dice:

Feliz cumpleaños, Grace. Sé que no quieres que te felicite, y sé que te da igual cumplir años, pero acabas de cumplir 19. ¿Te das cuenta? Eres una adulta. En dos años más podrás beber alcohol en Estados Unidos.

Grace(L) dice:

Ya bebo alcohol.

Liam dice:

Espero que no demasiado.

Grace(L) dice:

No por falta de ganas.

Liam dice:

Vamos, Grace…

Grace(L) dice:

Mamá dice que debería estar contenta porque a papá
le gustaría que estuviera contenta. ¿Te lo puedes creer?

Liam dice:

Bueno, no parece el peor razonamiento del mundo.

Grace(L) dice:

Está muerto, Liam. No sabe lo que a mi padre le gustaría.
De hecho, si alguien pudiera preguntarle, posiblemente
le encantaría no estar muerto. Pero lo está.

Liam dice:

Sé que aún es pronto, solo han pasado unos meses,
pero mejorará con el tiempo.

Grace(L) dice:

¿De verdad lo crees? Es como vivir con un agujero
en el pecho. Un agujero podrido y lleno de gusanos.
¿Crees que en algún momento se cerrará?
Y, de hacerlo, ¿crees que los gusanos se quedarán dentro?

Liam dice:

Ya sabes que no soy muy bueno para las metáforas y esa, en concreto, me parece un tanto asquerosa, pero creo que con el tiempo conseguirás sonreír. No siempre dolerá tanto.

Grace(L) dice:
Odio cada día de mi vida desde que mi padre murió.
¿Y sabes qué más odio, Liam?

Liam dice:
Dime.

Grace(L) dice:
Odio que no pudieras venir a su entierro. Pero por encima
de eso odio que, durante todo el tiempo que duró,
yo solo pensara que sería mucho mejor si tú estuvieras
ahí, conmigo. Más llevadero. Menos doloroso.

Liam dice:
Me habría encantado y lo sabes, pero mis padres ni se
plantearon la posibilidad de que fuese yo en lugar de alguno
de ellos y, por desgracia, no podía dejar la granja.
Además, los billetes son caros…

Liam dice:
No es una justificación, de verdad me habría
encantado y odio que la vida a veces sea así.

Grace(L) dice:
Lo sé. Y, de todas formas, como dijo Aidan,
tampoco es que se pueda solucionar nada viniendo
o celebrando algo en su honor.

Liam dice:
Eso es cierto, pero me habría encantado abrazarte.

Grace(L) dice:
Me habría encantado que me abrazaras.

Liam dice:
Te echo de menos, Grace. Demasiado, teniendo en cuenta que hace más de un año que no nos vemos.

Grace(L) dice:
Todavía no me lo creo, ¿sabes? A veces pienso que nos vimos hace unos días. Recuerdo tu cara como si fuera ayer.

Liam dice:
La recuerdas porque has visto fotos mías.

Grace(L) dice:
Sí, pero da igual. Hay algo más que no captan las fotos. Ni siquiera los vídeos. O a lo mejor me estoy volviendo muy mística por el trauma de la muerte de mi padre.

Liam dice:
No creo que sea místico.

Grace(L) dice:
¿A ti te pasa?

Liam dice:
Sí, claro. Tus pecas no se ven igual en fotos que en persona. Da igual cómo de buena sea la imagen. Bueno, eso en las pocas que me mandas.

Grace(L) dice:
No estoy para fotos.

Liam dice:
Lo entiendo y sabes que no me importa. Me basta con hablar contigo.

Grace(L) dice:
Me alegra leer eso.

Grace(L) dice:
En fin, tengo que ir a pasear. Aidan dice que es bueno para mí. Yo pienso que Aidan podría pasear él solo y dejarme en paz.

Liam dice:
¿Cómo está él? ¿Y Ollie?

Grace(L) dice:
No sé. Dicen que bien, pero no es cierto. Lo único realmente cierto es que en esta familia nos estamos volviendo adictos a no mostrar lo que sentimos.

Liam dice:

Bueno, Grace, no puedes exigirles nada cuando tú no te abres.

Grace(L) dice:

Sí que me abro.

Liam dice:

¿Les has dicho cómo te sientes?

Grace(L) dice:

Te lo he dicho a ti.

Liam dice:

Yo no cuento.

Grace(L) dice:

Eres, de hecho, quien más cuenta.

Liam dice:

Joder, Grace.

Grace(L) dice:

Tengo que irme. Hasta luego, O'Callaghan (L)

Liam dice:

Que vaya bien, Fitzgerald (L)

9

Liam dice:

[Imagen]

Grace dice:

¡No lo puedo creer! ¿Te has acordado?

Liam dice:

Esta noche es el solsticio y hace dos años que firmamos la última vez, claro que me he acordado. La he traído a casa y la llevaré junto al árbol de nuevo cuando acabemos de hablar.

Liam dice:

Eso sí, tendrás que darme permiso para firmar por ti.

Grace dice:

¡No me importa! Dios, ¿cómo está todo? ¿Se mantiene en buen estado?

Liam dice:

Igual que la última vez, más o menos.

[Imagen]

Grace dice:

No puedo creer que esté igual.

Liam dice:

Ahora toca firmar.

Grace dice:

¿Cómo lo haremos?

Liam dice:

¿Confías en mí, Grace?

Grace dice:

¿Por qué lo dices?

Liam dice:

Porque voy a hacer una promesa en tu nombre.

Grace dice:

¿Eso es legal?

Liam dice:

Si tú me das permiso, sí.

Grace dice:

¿Seguro?

Liam dice:

Grace, es un contrato que escribimos con siete y ocho años. ¿Y ahora te preocupa la legalidad y la formalidad que tenga?

Grace dice:

Igual tienes razón.

Liam dice:

Igual sí. ¿Me dejas o no?

Grace dice:

Siempre que no me comprometas a hacer algo que no me guste o atente contra mi integridad.

Liam dice:

Joder, ¿por quién me tomas? Se supone que somos los mejores amigos por siempre jamás.

Grace dice:

Bueno, vale, haz lo que quieras. De todos modos, no estoy allí para firmar, así que todo esto no deja de ser un poco falso.

Liam dice:

No es falso. Estamos cumpliendo nuestra promesa, aunque físicamente no puedas estar aquí.

Liam dice:
Grace, voy a firmar, ¿vale?

Grace dice:
Ok

Liam dice:
Ya está.

Grace dice:
Quiero verlo.

Liam dice:
¿Para qué?

Grace dice:
¡Acabas de hacer una promesa en mi nombre! ¿Y si has puesto que todo mi dinero será para ti cuando muera?

Liam dice:
No podría haber puesto eso porque es bastante obvio que voy a morir antes que tú.

Grace dice:
Eso no lo sabes.

Liam dice:
Sí, lo sé. Te prohíbo morirte antes que yo.

Grace dice:

Ah, vale, de haber sabido que era tan fácil,
se lo habría prohibido a mi padre.

Liam dice:
Grace…

Grace dice:
¿Qué?

Liam dice:
No frivolices con la muerte de tu padre solo porque te duele.

Grace dice:
¿Me enseñas el contrato o no?

Liam dice:
[Imagen]
Yo, Grace Fitzgerald, prometo volver a creer en las hadas.

Grace dice:
Tengo diecinueve años, Liam.

Liam dice:
Lo sé, Grace.

Grace dice:
Es estúpido.

Liam dice:

O no.

Grace dice:

Infantil.

Liam dice:

O no.

Grace dice:

Te odio.

Liam dice:

Yo te quiero. Y te echo de menos.

Grace dice:

Voy a salir a pasear, me has puesto triste.

Liam dice:

Lo siento, Grace, pero no lo voy a cambiar.

Grace dice:

¿Por qué?

Liam dice:

Porque no hay nadie que merezca más que tú volver a creer en las hadas.

10

Grace dice:

¡Hola, Liam! ¡Feliz cumpleaños! ¿Cómo te sientes al tener veintiuno?

Liam dice:

Pues, mmm, en realidad me siento igual.

Grace dice:

Eso suena muy tú.

Liam dice:

¿Muy yo?

Grace dice:

Sí, siempre reaccionas así ante todo. Como si nada fuera lo bastante importante.

Liam dice:

Ah, ¿sí?

Grace dice:

¡Sí! Y sí que es importante, Liam. ¡Tienes veintiún años! Deberías emocionarte más.

Liam dice:

Perdón, supongo.

Grace dice:

No tienes que disculparte, idiota. ¿Qué tal va todo?

Liam dice:

Bien, bueno, Lucas lleva unos días especialmente intenso, pero nada que no pueda controlar.

Grace dice:

Es solo un niño.

Liam dice:

Un niño que tiene que aprender a controlarse. En fin, ¿cómo te va todo a ti? Hace semanas que no hablamos.

Grace dice:

Lo sé, pero es que no hay muchas novedades. Aidan por fin está estudiando veterinaria. ¿Te lo dije?

Liam dice:

Me lo dijo él hace un tiempo, cuando hablamos.

Grace dice:

¿Seguís hablando?

Liam dice:

Sí, claro, no como contigo, pero sí.

Grace dice:

Bueno, conmigo hablas poco, ¿eh? Últimamente se te olvida que tienes una amiga en este lado del mundo.

Liam dice:

Internet y el teléfono funcionan en dos direcciones, Grace. Ya no me escribes casi nunca.

Grace dice:

Porque no hay novedades, ¡te lo he dicho!
Además, lo estoy haciendo ahora.

Liam dice:

Porque es mi cumpleaños.

Grace dice:

¿Estás enfadado?

Liam dice:

Qué va. Es solo que, si sientes que ya no hablamos tanto, que es cierto, pues deberías saber que mi puerta está siempre abierta.

Grace dice:

Lo sé, he estado muy ocupada.

Liam dice:

¿Por algo bueno?

Grace dice:

Sí, creo que sí. Me he unido a un grupo de bricolaje.

Liam dice:

¿En serio?

Grace dice:

Sí, ¿por qué pareces tan sorprendido?

Liam dice:

No sé, no te pega mucho.

Grace dice:

Bueno, puede que no me pegara antes, pero ahora resulta que me encanta. Estoy haciendo una mesa.

Liam dice:

Una mesa.

Grace dice:

Mesita, más bien. Es pequeña, para ponerla al lado de la cama.

Liam dice:
O sea, estás fabricando tu propia mesita de noche. ¿Eso dices?

Grace dice:
Sí, exactamente eso.

Liam dice:
No consigo imaginarte haciendo bricolaje.

Grace dice:
Pues, para tu información, he descubierto que es muy gratificante. Ahora soy una persona que, antes de tirar algo, intenta repararlo. Y eso se aplica a muchos ámbitos.

Liam dice:
¿Como cuáles?

Grace dice:
Muchos, Liam, muchos. Mejor cuéntame qué tal tú.

Liam dice:
No hay mucho que contar. Sigo en la granja, trabajando
más horas de las que tiene el día y sintiendo que,
aun así, necesitaría el doble de tiempo para ponerme
al día con todo lo que hay pendiente.
Ah, sí, han abierto un pub nuevo en el pueblo. No está mal,
aunque no voy demasiado. A las chicas les encanta.

Grace dice:

¿Cómo están Sarah e Eve?

Liam dice:

Bien, bien, sin muchas novedades. Oye, tengo que dejarte, vamos a celebrar el cumpleaños, cenaremos juntos y comeremos pastel.

Grace dice:

¿Ha hecho tu madre ese de limón que tanto me gusta?

Liam dice:

El mismo, ya sabes que es mi favorito.

Grace dice:

Ojalá pudiera comer un trozo. De pronto he sido consciente de que hace mucho que no lo pruebo.

Grace dice:

Hace años que no nos vemos, Liam, ¿te das cuenta?

Liam dice:

Tres años, sí. Es curioso que los días se me hagan eternos y, en cambio, los años pasen tan rápido.

Grace dice:

Sí, tienes razón. En fin, no quiero distraerte.

¡Disfruta del cumple, O'Callaghan! (L)

Liam dice:

Gracias, Fitzgerald (L)

11

Liam dice:

Ey, Fitzgerald, ¿qué tal?

Grace dice:

¡Hola, Liam! Pues mira, he llegado ahora de dar un paseo.

[Imagen]

Fíjate qué atardecer. ¿No es precioso?

Liam dice:

Lo es, aunque no tanto como los de aquí.

Grace dice:

Es cierto. Me encantaban esos atardeceres y, sobre todo, los amaneceres. ¿Qué tal va todo por allí?

Liam dice:

Bien, preparándonos para el solsticio.

Grace dice:

¡Es cierto! Oh, Dios, acabo de caer en que deberíamos renovar el contrato, ¿no?

Liam dice:

Sí, bueno, si te apetece, sí.

Grace dice:

¿Y por qué no iba a apetecerme?

Liam dice:

No sé, llevas cuatro años fuera de casa y… no sé.

Grace dice:

Me apetece, Liam. ¡Es nuestro contrato! La única forma de que no lo firmemos será si uno de los dos está muerto.

Liam dice:

Pero es un contrato de mejores amigos, Grace.

Grace dice:

¿Y?

Liam dice:

Ya no hablamos tanto. ¿Seguimos siendo mejores amigos?

Liam dice:

¿Grace?

Grace dice:

Sé lo que me dices, pero, no sé, Liam, para mí nuestra amistad es un poco así, ¿no? Da igual el tiempo que pasemos sin hablar, siempre seremos los mejores amigos. Es cierto que los trabajos nos absorben y quizá deberíamos hacer el esfuerzo de hablar más, pero no sé.

Liam dice:

No sé si hacer un esfuerzo para hablar más es un indicativo bueno o malo.

Grace dice:

Vamos, Liam...

Liam dice:

Pero, si quieres, firmamos el contrato, claro. Iré el solsticio y firmaré por los dos, ¿vale?

Grace dice:

Muchas gracias. Ojalá pudiera estar yo allí para hacerlo.

Liam dice:

¿No te has planteado volver a casa?

Grace dice:

Aquí está mi familia.

Liam dice:
¿Y ellos no se lo plantean?

Grace dice:
No lo sé, no hablamos nunca de ello. En realidad, no hablamos de nada que implique meter en la conversación a papá. Mamá tiene trabajo y parece estar bien, igual que los chicos, pero, en cuanto nombramos a papá, el ambiente se vuelve feo, gris. Pero no ese gris bonito, ¿sabes? Es más bien ese gris tan oscuro que no sabes si es negro. Necesitas unos instantes para comprobarlo. Así es mi familia ahora: gris oscuro.

Liam dice:
Es normal, tu padre era un gran hombre.

Grace dice:
Lo era. Y, además, ya no tenemos nada allí.
Ahora la que fue nuestra granja es vuestra.

Liam dice:
Nunca has preguntado por ella. Sí has preguntado por Doyle y el resto de los animales, pero no por la granja en sí.

Grace dice:
Prefiero no tener información. En realidad, prefiero
hacer como si no existiera.

Liam dice:
¿Por qué?

Grace dice:
Porque duele, Liam. Duele demasiado. Sé que piensas que estoy alejándome y olvidándome de todo, pero las cosas no siempre son como se ven desde fuera.

Liam dice:
¿Y cómo son?

Liam dice:
Grace, dime, ¿cómo son?

Grace dice:
Da igual, Liam. No te preocupes, ¿vale? Es difícil de explicar y no quiero discutir.

Liam dice:
Antes no te importaba discutir.

Grace dice:
Lo sé, pero… es difícil.

Liam dice:
Está bien, Grace, lo entiendo. De verdad, no hay problema. Oye, firmaré el contrato y te mandaré fotos, ¿vale?

Grace dice:

Mil gracias. Eres el mejor amigo del mundo.

Liam dice:

De este lado del mundo, al menos =)

12

Grace dice:
¡Feliz Navidad, Liam! Espero que tu familia y tú paséis unas fiestas increíbles. Aquí no haremos gran cosa. Los chicos trabajan y yo también.

Grace dice:
Oh, eso me lleva a pensar que no te lo conté. ¡Tengo trabajo nuevo! No me iba mal como camarera, pero cerca de casa hay un taller de restauración de muebles antiguos y necesitaban a alguien como ayudante. Hice la entrevista y empecé hace un par de meses. La verdad es que estoy contenta.

Grace dice:
¿Qué tal va todo por allí?

Liam dice:
¡Hola, Grace! Feliz Navidad =). Por aquí todo bien. Como siempre, en realidad. Bueno, Sarah tiene novio, lo trajo a casa hace unos días y, después de ver cómo reaccionó mi padre, yo, si

fuera ese pobre diablo, no volvería por aquí. Tenemos más trabajo que nunca y no sé si eso es una suerte o no. Supongo que sí, porque hemos podido restaurar el granero.

Grace dice:
¿Qué le ha pasado al granero?

Liam dice:
Se cayó con el último temporal, hace unos meses. Pero ya está restaurado, no te preocupes. Bueno, sí, también hemos adaptado la casa en la que vivíais para ofrecer alojamiento a algunos trabajadores que vienen de fuera.

Grace dice:
Oh.

Liam dice:
Lo siento, sé que no te gusta saber mucho de la casa.

Grace dice:
Descuida, no te preocupes. ¿Todo bien, entonces?

Liam dice:
¡Sí! Todo genial. ¿Cómo está tu familia?

Grace dice:
Bien, bien, todo genial. ¿Ya no hablas con Aidan?

Liam dice:

A veces, pero muy poco, la verdad. Estamos todos ocupados.

Grace dice:

Sí, la vida de adulto es dura, ¿no?

Liam dice:

Más de lo que pensé, aunque tiene sus cosas buenas.

Liam dice:

En fin, ¡espero que Santa se porte bien!

Grace dice:

Lo mismo digo, Liam. Ahora tengo que salir y no puedo hablar más, pero manda un saludo a todos de mi parte, ¿vale?

Liam dice:

Claro =)

Grace dice:

Un abrazo, O'Callaghan.

Liam dice:

Nos vemos, Fitzgerald.

13

Liam dice:

Feliz cumpleaños, Grace. ¿Cómo es tener veintitrés años?

Grace dice:

¡Hola, Liam! Pues no sé, solo llevo un día con esta edad. ¡Dímelo tú, que ya tienes veinticuatro! ¿Cómo te sientes?

Liam dice:

Mayor.

Grace dice:

Bah, eso ha sonado a anciano. ¡Eres muy joven!

Liam dice:

No me siento muy joven. Nunca me he sentido muy joven, en realidad.

Grace dice:

Cierto, siempre fuiste un poco «señor mayor». ¿Qué tal va todo?

Liam dice:

Bien, bien, nada reseñable. ¿Por allí? ¿Qué tal todo?

Grace dice:

Genial.

Liam dice:

¿Sigues restaurando muebles?

Grace dice:

Sí, pero ya no soy ayudante. Ahora tengo bastantes responsabilidades. Estoy pensando en abrir mi propio negocio.

Liam dice:

¡Me alegro! Nunca hubiese dicho que acabarías restaurando muebles, pero la vida es así, ¿no? Siempre lista para sorprender.

Grace dice:

Sí, dímelo a mí. Lo que no pensé nunca fue acabar aquí, en Estados Unidos.

Liam dice:

¿Eres feliz, Grace?

Grace dice:

No lo sé. Me encantaría decirte que sí. Algunos días sí que lo soy, pero otros… no lo sé. Es confuso. ¿Y tú, Liam? ¿Eres feliz?

Liam dice:
Tengo una buena vida.

Grace dice:
Eso no responde muy bien mi pregunta.

Liam dice:
No, pero es todo lo que puedo ofrecer.

Grace dice:
Ya, lo entiendo. En fin, espero que los veintitrés traigan revelaciones bonitas en cuanto a la felicidad.

Liam dice:
A mí no me llegaron, pero ojalá a ti sí. Y ojalá más que revelaciones, encuentres la felicidad constante.

Grace dice:
Lo dudo. Si algo he aprendido es que eso no existe.
La felicidad nunca será constante y siempre faltará algo.
Como mamá, por ejemplo, que cuando papá vivía discutía con él y, ahora que no está, ella vive a medias. A veces pienso que la felicidad solo está en los recuerdos.

Liam dice:
¿En los recuerdos?

Grace dice:

Sí, muchas veces vivimos momentos sencillos y, en apariencia, sin importancia, pero, cuando pasa el tiempo, los recordamos y sonreímos. Creo que eso es la felicidad. Recordar momentos donde, sin saberlo, tenías todo lo necesario. Momentos donde todo estaba bien. Por eso la gente no consigue alcanzarla nunca, porque no está en el futuro, sino en el pasado.

Liam dice:

Te has vuelto muy filosófica, Grace. Y es un concepto un poco triste, ¿no?

Grace dice:

Sí, creo que sí. Pero no sé explicarlo de otro modo.

Liam dice:

Creo que lo entiendo. La verdadera felicidad sería detectar esos momentos en el presente, en vez de recordarlos después con nostalgia.

Grace dice:

Sí, algo así. Siempre has sabido entenderme.

Liam dice:

Lo intento, al menos =). En fin, vuelvo al trabajo. Espero que pases un día estupendo. ¡Celébralo por todo lo alto! No todos los días se cumplen veintitrés. Podrías comprar un pastel, comértelo entero tú sola y nadie podría decirte nada.

Grace dice:

¡Suena bien! XD

Un abrazo, Liam.

Liam dice:

Hasta pronto, Grace.

14

Grace dice:

Feliz veinticinco cumpleaños, Liam =)

Liam dice:

Gracias, Grace. ¿Todo bien?

Grace dice:

Sí, sí, ¿y vosotros?

Liam dice:

¡Todos bien!

Grace dice:

Me alegro mucho =)

Liam dice:

Gracias =)

15

Liam dice:

Feliz Navidad, Grace.

Grace dice:

Feliz Navidad, Liam.

16

Grace dice:

¡Feliz cumpleaños, Liam!

Liam dice:

Gracias, Grace.

Grace dice:

¿Todo bien?

Grace dice:

¿Liam?

Parte 3

«Nunca olvides lo que eres, el resto del mundo no lo hará. Úsalo como una armadura y no lo utilizarán para herirte».

Juego de tronos

17

Grace

Texas tenía muchas cualidades, bien lo sabía yo, que las había descubierto con el paso de los años. Desde la oportunidad de encontrar trabajo y poder prosperar con un sueldo bastante digno, pese a proceder de otro país, hasta el atractivo característico de algunas ciudades en las que, al entrar, podías sentirte como en una de esas pelis del Oeste. Sin contar con los avances médicos de Houston, la ciudad que elegimos para mudarnos cuando mi padre enfermó. Era un buen sitio para vivir, aunque al principio yo no quisiera verlo. Aprendí a apreciar muchas partes de la vida allí, pero sus amaneceres y atardeceres…

Sus amaneceres y atardeceres nunca serían ni siquiera comparables con los de Kilway, el pueblo irlandés que abandoné junto a mi familia años atrás. El lugar que me vio nacer y crecer.

Estaba convencida de que no existía un sitio más bonito para ver cómo salía y se escondía el sol que nuestra antigua granja. Si cerraba los ojos, todavía podía verme a mí misma observando el modo en que atardecía junto a Niall, mi adorado perro y compañero de aventuras. Sentía que algo en mi interior se encogía, en parte por la nostalgia, porque siempre echaría aquello de menos, y en parte por la felicidad de haber podido ser testigo de todos aquellos momentos.

Sentada en el patio interior de nuestro apartamento en Houston, en el que apenas cabía una mesa pequeña con dos sillas, observaba el jardín comunitario mientras la lluvia caía como un manto empapándolo todo. De hecho, sentía que la ropa se me iba mojando con el agua que se filtraba por los barrotes que delimitaban el minúsculo patio (o balcón grande, para los optimistas). Podía parecer que estar allí era una mala idea, pero en días como aquel, en los que todo salía mal, en realidad, era la única idea posible.

Me chupé los dedos después de comerme el tercer dónut de la caja que había comprado esa tarde al salir del trabajo. Era una caja de seis y ya me había comido la mitad, pero miré el cartón valorando la posibilidad de seguir. Abrí la tapa, me fijé en el que estaba relleno de algo de color rojo y decidí que me lo merecía. Después de todo, me habían despedido; lo mínimo que podía hacer era comerme una maldita caja de dónuts. Y, si alguien protestaba, siempre podía alegar que sería mucho peor mitigar mis penas con alcohol, ¿no?

Por fortuna, nadie protestaría. Mamá estaba en clase de cerámica, Ollie estaría en casa de su novia y Aidan, muy posiblemente, todavía no había salido de trabajar de la clínica veterinaria en la que estaba, pese a que hacía rato que su hora de finalizar la jornada había pasado.

Mordí el dónut y sentí que brotaba la mermelada bajo mi paladar. Era como un estallido de sabor. Fresa. Me encantaba la fresa. Me relamí los labios y di un bocado más, consciente de que me había tragado el primero tan rápido que apenas lo había podido saborear.

—¿Qué haces?

El sonido de la voz de mi hermano mayor me sobresaltó. Lo miré dando un respingo y sentí que se me resbalaba la caja de dónuts. Me apresuré a cogerla, no quería que se cayera al suelo, que a esas alturas ya estaba empapado.

—Cenar —respondí en un tono cortante.

No me molestaba tanto que Aidan hubiera vuelto a casa como que no me hubiera dado cuenta. Sí, llovía a mares, pero aun así debería haber oído, como mínimo, el chirrido de la puerta del patio al abrirse.

—¿Cenar dónuts?

Aidan, con sus treinta años, era la representación perfecta de un señor mayor en cuanto a actitud, así que no me sorprendió el tono de regañina.

—He pensado que me los merecía.

—Entra en casa, te estás empapando.

—No me des órdenes, Aidan.

—Entra en casa, Grace.

Podría haberme rebelado y haberme negado, claro, pero vi que los pantalones se me habían mojado. La caja de cartón de los dónuts también estaba húmeda y la lluvia no hacía sino intensificarse. Hasta yo sabía cuándo era hora de obedecer y dejar de hacer el tonto. Me metí el medio dónut de mermelada que me quedaba en la boca y entré en casa con los mofletes llenos y la mirada acusatoria de Aidan siguiéndome de cerca.

—¿Qué ha pasado? —preguntó en cuanto estuvimos en el salón.

Me senté en el sofá gris de esquinera que ocupaba prácticamente la mitad del salón, me descalcé, crucé las piernas y coloqué la caja de cartón sobre ellas.

—¿Qué te hace pensar que ha pasado algo?

—Tu pelo es un desastre, tu ropa está empapada y estás comiendo mierda inservible en cantidades industriales.

—Si hubiera un premio al hermano más exagerado del mundo, tú ganarías el primero, el segundo, el tercero y hasta el de consolación.

—Grace…

—Aidan…

—Deja de ser impertinente.

—En cuanto tú dejes de ser un pedante gruñón y mandón.

—¿Ahora es pedante decirte que deberías vigilar más lo que comes?

—Estoy más delgada este mes que el pasado.

—No hablo del peso, Grace. Hablo de salud. —Se acercó en dos zancadas y tiró de la caja de dónuts, pese a mis protestas. La abrió y resopló—. ¿Te has comido todo lo que falta?

—No todo. Le di un poco a las ardillas.

Sus cejas se dispararon en el acto.

—¿Las ardillas han bajado de los árboles con este tiempo para comerse esta mierda?

—Son ardillas muy golosas.

—¿Qué ha pasado? —preguntó de nuevo. Sabía que no iba a conseguir que diera mi brazo a torcer.

Pensé seriamente en mis opciones:

1. Podía hacerme la tonta e insistir en que no había ocurrido nada importante, pero no me creería y, seamos sinceras, no se trataba de Ollie, al que podía mentir con facilidad. Aidan parecía tener un radar para detectar mis emociones. Debía de ser cosa de los hermanos mayores.

2. Podía decirle la verdad e intentar que entendiera mi postura y por qué me comportaba así.

Me pareció que la segunda opción era la más razonable y me encantaba pensar que yo era muy razonable, así que carraspeé y le conté lo sucedido.

—Recorte de personal.

—Oh, mierda.

Los ojos verdes de Aidan, tan iguales a los de nuestro padre (y a los míos), se oscurecieron de inmediato, llenándose de preocupación.

—Estoy bien —mentí—. Solo era un trabajo más.

—Te encantaba trabajar allí. Estabas entusiasmada con todos los muebles que has restaurado y…

—Solo son muebles, Aidan. No se acaba el mundo.

Mi hermano me miró, meditaba sus siguientes palabras. Era obvio que no me creía, pero también era un hombre listo. Sabía cuándo debía dejar de presionarme, así que fue hasta la pequeña cocina que se comunicaba con el salón por una barra alta y lo vi abrir la basura y tirar mi preciado regalo de consolación.

—¿Por qué haces eso? Mamá querría probarlos.

—Encontrarás algo enseguida, estoy seguro —contestó ignorándome.

—Claro.

—Lo digo en serio, Grace. Eres una gran restauradora.

—Lo soy.

—En un mes será Navidad. Te aseguro que, para entonces, tendrás trabajo.

—Si tú lo dices, hermanito, no hay más que hablar.

Aidan no dijo nada más. Sabía que mis niveles de sarcasmo se elevaban por las nubes cuando me ponía a la defensiva. No iba a admitir ni muerta lo mucho que me había dolido que me despidieran del primer trabajo que me había hecho sentir realizada en mi vida.

En realidad, era algo más que eso. Restaurar muebles se había convertido en mi pasión. Desmontar, lijar, montar, imprimar, barnizar y, en definitiva, dejar como nuevo algo que en teoría era inservible me hacía sentir mejor. Me hacía sentir que no hay nada que no se pueda arreglar con un poco de mimo.

Trabajar allí también me había hecho sentir que, después de todo, mudarnos a Houston no había sido tan mala idea, porque en Kilway jamás habría averiguado lo mucho que me gustaba aquello. Mi vida en Irlanda tenía partes muy buenas, pero la granja no dejaba espacio para probar muchas cosas nuevas. Eso había que reconocerlo.

Aidan se acercó a mí y se sentó a mi lado, en el sofá. Tiró de mis hombros, rodeándome y pegándome a su costado. Besó mi pelo de ese modo que siempre hacía papá, con lo que tuve unas repentinas e inmensas ganas de llorar. Cuando se dio cuenta, miró al frente para darme la privacidad que sabía que necesitaba.

—Todo saldrá bien, ardillita.

—Si vuelves a llamarme «ardillita», te romperé todos los huesos del cuerpo, Aidan.

Mi hermano se rio, consciente de sus muchos músculos y mi poca estatura, fuerza y destreza para la pelea.

—¿Peli?

Podría parecer que no era un buen hermano, que no se implicaba emocionalmente porque no insistía en hablar las cosas, pero en realidad, de no ser por Aidan, estoy segura de que mi vida habría sido un completo desastre de principio a fin. No era el hermano más comunicativo del mundo y, desde luego, no tenía el carisma de Ollie o ese don para tomárselo todo a broma, pero, cuando se trataba de cuidar a la familia, no había nadie mejor que Aidan Fitzgerald. Apoyé la cabeza en su hombro, centré los ojos en la pantalla del televisor y me obligué a no pensar en nada que no fuera lo reconfortante que resultaba tenerlo en mi vida, aunque a veces fuera como un enorme grano en el culo.

18

Grace

—Eh, ¿le has escrito a Liam?

Las palabras de Ollie fueron como un puñal por lo inesperadas, más que otra cosa.

—¿Para qué? —pregunté.

—Para felicitarle la Navidad. ¿Para qué si no?

A favor de Ollie había que decir que normalmente no se enteraba de nada. Era un hombre ocupado, sí, pero sobre todo se debía a su egocentrismo. Mi hermano no era malo, pero era el que mejor y más rápido había rehecho su vida en Estados Unidos. En ocasiones, cuando hablaba con él, sentía que ya era tan estadounidense como cualquiera de las personas que había conocido allí. Era raro, pero él parecía feliz. Se había integrado, tenía amigos, una novia que me caía bien y un trabajo que le gustaba en un supermercado. Quizá por eso me sorprendió tanto que de pronto preguntara por Liam. Sabía que Aidan y él se llevaban bien y mantenían alguna relación, pero Ollie no guardaba trato con nada ni con nadie de Irlanda, mucho menos de Kilway.

—Liam y yo ya no hablamos.

Odié cada segundo del silencio que se hizo en la mesa. Mi madre, Aidan y Ollie me miraron como si hubiera dicho que había pensado en implantarme un ojo en la frente.

—¿Por qué no? —preguntó mi madre.

Me fijé en su pelo; era del mismo tono anaranjado que el mío, aunque mucho más corto. Se había hecho un recogido para la comida de Navidad y parecía contenta. Serena. En realidad, mi madre había sido todo un ejemplo de superación. Cuando papá murió, se quedó destrozada, pero no permitió que la situación se alargase. Buscó trabajo, se apuntó a clases de pintura, más tarde de cerámica y consiguió hacer amigos y rehacer su vida con el paso de los años. Había pasado mucho tiempo, pero yo todavía me preguntaba si ella pensaba en él tanto como lo hacía yo.

Aunque me avergüence reconocerlo, me preguntaba a menudo si alguien más en la familia pensaba en el modo en que lo habíamos cambiado todo para nada.

—No lo sé, mamá —dije sonriendo, no me encontraba con humor—. ¿La vida?

—¿No discutisteis? —insistió Ollie.

—No. Simplemente nos alejamos. Es lo normal, él tiene su vida allí y yo la mía aquí. —Todos me miraron como si estuviera diciendo que ese año Santa Claus iba a vestirse de verde y no de rojo—. No sé de qué os sorprendéis tanto. Vosotros ya no tenéis contacto con nadie de Kilway.

—No es cierto. Sigo hablando con los padres de Liam cada cierto tiempo —dijo mi madre.

Me sorprendió saberlo. Nunca había comentado nada.

—Yo no hablo con nadie, pero es que no tenía ninguna amistad importante. En cambio Liam y tú…

—Ollie, ¿me pasas el puré? —lo interrumpió Aidan.

El motivo por el que lo cortó de un modo tan brusco fue evidente incluso para nuestro hermano, que torció la boca y le pasó el puré de patatas.

—Como sea, él se lo pierde —dijo después de meterse un buen trozo de pavo en la boca.

Sonreí. En realidad, el pobre Ollie no tenía la culpa de no enterarse de nada. Encogí los hombros y pensé en Liam y en que esas Navidades ni él me había felicitado ni yo tampoco le había escrito a él. Claro que, después de que no me respondiera el día de su cumpleaños…

—¿Alguien va a querer postre? —preguntó mi madre—. Estoy llena.

—Yo —dije—, pero antes quiero un poco más de pavo.

—Hija, ya has comido mucho.

—¿Lo has controlado? —pregunté sorprendida.

Mi madre pareció ruborizarse.

—Por supuesto que no. Lo único que digo es que a veces no entiendo dónde metes tanta comida.

Me pasó la fuente con el pavo, pero me negué a cogerla.

—No, ya no tengo apetito —murmuré.

—Cariño, no quería hacerte sentir mal.

—Tranquila.

El ambiente se enrareció y ninguno supimos qué decir. Solía pasar a veces, cuando las cosas se ponían tensas. En ocasiones Ollie hacía una broma desafortunada, pero que relajaba las cosas y otras… bueno, pasábamos unos minutos incómodos y luego fingíamos que no sucedía nada.

Entonces todavía no lo sabía a ciencia cierta, pero más tarde corroboré que ese fue uno de los grandes errores de mi familia: fingir que todo estaba bien, aun cuando no lo estaba.

—Voy a por el postre —dijo Aidan levantándose.

—Me lo he pensado mejor. Creo que voy a echarme un rato. Tanta comida me ha debido de sentar mal.

Todos me miraron dejando claro que, por supuesto, no me creían, pero me dio igual. Me retiré de la mesa sin importarme que fuera el día de Navidad. En realidad, aquellas fiestas no podían importarme menos. No entendía bien por qué seguíamos celebrando algo que se supone que servía para reunir a la familia. Nosotros ya vivíamos juntos, así que comíamos cada día reunidos. En mi opinión, aquellas fechas solo servían para que los que habíamos perdido a alguien fuéramos más conscientes de ello que nunca.

Antes de tumbarme, encendí el ordenador, desbloqueé la pantalla y, por impulso, busqué la conversación con Liam en la aplicación de mensajería.

Me relamí, pensándome si debía escribirle o no, pero vi mi último mensaje enviado, el día de su cumpleaños, medio año atrás, y sentí que el enfado resurgía. ¿Por qué tenía que escribirle cuando era él quien se había mostrado frío y distante? Observé la pantalla unos instantes más, hasta que empecé a pensar en la posibilidad de que se me fueran los dedos por impulso y le escribiera, así que cerré la aplicación y miré el fondo de pantalla del ordenador.

Me daba igual. Me repetí eso durante un buen rato. No me importaba si ya no quería saber nada de mí. De todos modos, ¿qué sentido tenía mantener una relación de amistad a distancia? Era estúpido. Habíamos crecido, ya no éramos niños y aquello era lo mejor.

Sí, desde luego que lo era.

No me importaba lo más mínimo Liam O'Callaghan.

Me repetí aquello hasta la saciedad, pero las horas pasaron. La noche engulló mi dormitorio y, ya de madrugada, me descubrí yendo a la cocina, sacando el pastel de la nevera y comiendo hasta que me dolió el estómago.

Después, con náuseas, pesadez y remordimientos, me fui a la cama, me tumbé de lado, rodeándome el estómago con los brazos, y lloré como no lo había hecho en mucho tiempo.

Aún hoy, cuando lo recuerdo, me pregunto si mis lágrimas eran de verdad por el pastel o por las esperanzas que murieron al ser consciente de que el último hilo que me mantenía conectada a Kilway se había partido en dos y no había forma de restaurarlo.

19

Grace

—¿Qué estás haciendo?

Grité por el susto que me dio Aidan y lo miré furibunda.

—¿A ti qué te parece?

—Te estás pesando. Otra vez.

—¿Y qué más te da?

—Ya te pesaste ayer. Y antes de ayer.

—¿Me estás espiando?

—No puedes pesarte cada día, Grace. No es sano.

—Solo estoy tratando de bajar los kilos que he subido en Navidad.

—Estás igual y, aun así, tienes que dejar de pesarte compulsivamente.

—¡No me peso compulsivamente, Aidan!

—¿Qué está pasando? —preguntó mi madre al entrar en el baño.

—Se está pesando otra vez.

Mi madre miró a mi hermano, luego me miró a mí. Yo seguía encima de la báscula y ella hizo un gesto con la mano, como si desechara la situación.

—Son cosas de chicas, Aidan. Deja a tu hermana en paz.

Respiré aliviada, bajé de la báscula y salí del baño, empujando a mi hermano por el hombro.

—Maldito metomentodo —murmuré.

—Grace…

No hice caso de su llamamiento. Me metí en mi dormitorio, cerré la puerta y me dispuse a vestirme. Llevaba en paro demasiado tiempo. Era hora de volver al mercado, aunque no fuera restaurando muebles. Había hecho un par de entrevistas, una para una tienda de antigüedades y otra para una pequeña tienda de restauración, pero no había tenido suerte. En la primera pedían más estudios de los que yo tenía y en la segunda me dijeron que no tenía suficiente experiencia. ¿Y cómo demonios se consigue la experiencia si no es trabajando?

Abrí el armario dispuesta a elegir algo que me hiciera sentir bien. Necesitaba un subidón de autoestima para afianzar mi seguridad en mí misma. Me puse mi pantalón vaquero favorito y saqué un jersey verde que hacía juego con mis ojos. El problema fue que, al ponérmelo, me lo vi demasiado ceñido. Había subido unos kilos en los últimos meses y, por más que lo intentaba, no lograba volver a mi peso. A veces conseguía olvidarme, pero había momentos, como ese, en que la ropa me hacía ser dolorosamente consciente de la nueva realidad de mi cuerpo.

Mis pechos, de por sí grandes, habían crecido, lo que me había supuesto dolor de espalda en más de una ocasión. Mis caderas parecían más anchas y había algo en mi barriga que no estaba bien. Era como… No sabía explicarlo. Solo sabía que, cada vez que me veía desnuda en el espejo, desviaba los ojos, incapaz de soportar verme así.

Tragué saliva, me quité el jersey y lo tiré dentro del armario con violencia, como si fuera el culpable de que yo hubiese engordado.

Elegí otro jersey de color rojo, mucho más feo, pero también más holgado. Al ponérmelo, no sentí ningún subidón de autoestima, porque además, digan lo que digan, no todos los tonos de rojo les sientan bien a las pelirrojas. De cualquier modo, se me hacía tarde, así que me puse un poco de máscara de pestañas, un brillo en los labios y salí de casa directa a la entrevista.

Al llegar, no tenía la seguridad en mí misma que me había prometido sentir.

No me sentía guapa.

Ni con una gran autoestima.

Pero hice la entrevista, porque me negaba a ser cobarde. Me dije que yo podía con aquello. Cuando me despidieron con esa famosa frase de «ya te llamaremos», no pensé que fuera algo generalizado que le dicen a todo el mundo, sino que de verdad creí que me lo decían con desprecio. Casi con asco.

Salí de allí con el ánimo por los suelos, aún en paro y con la certeza de que, por supuesto, no había causado una gran impresión.

En ocasiones veía esas películas en las que las chicas entraban en un despacho preciosas, tan empoderadas y seguras de sí mismas, y exigían lo que sabían que les pertenecía por derecho. Entonces, la envidia y algo parecido a la añoranza me comían por dentro.

Yo no me sentía segura de mí misma, empoderada ni exigente con nadie, salvo con mis hermanos y mi madre. Y, si les hubiera preguntado a alguno de ellos, habrían dicho que lo que yo catalogaba como «seguridad» ellos lo llamaban más bien «tener un genio de mil demonios».

Retomé la vuelta a casa y paré en una cafetería que estaba a medio camino. Me tomé un batido extra de chocolate y pensé en lo asquerosa que era la vida de adulta.

Cuando llegué a casa, Aidan y mamá estaban charlando frente a una taza de café.

—¿Cómo ha ido? —preguntó mi hermano. Me encogí de hombros, me deshice de la chaqueta y la tiré en el sofá—. Bueno, aparecerá algo. No desesperes.

—Claro que sí. —Mi madre intentó animarme—. ¿Por qué no te apuntas a cerámica conmigo? Hay muchos jóvenes. Estoy segura de que conocerías a gente. Podrías hacer amigos y…

—No necesito amigos —gruñí.

—Entiendo que este es un país distinto y…

—Mamá, sinceramente, ese discurso estaba bien hace ocho años, pero ahora no sirve. No tengo amigos porque no quiero tener amigos, no porque este sea un país diferente o yo me sienta fuera de lugar. No es eso, ¿de acuerdo? Me gusta esta ciudad, conozco gente, tengo excompañeros de trabajo con los que tomar algo si quiero, pero no quiero.

—Pero tienes solo veinticinco años. Deberías salir más. Mira a Ollie, por ejemplo.

—Creo que las comparaciones no van a ayudarnos —murmuró Aidan.

—¡Exacto! —grité—. Gracias, hermanito. Mamá, te quiero, te adoro, de verdad, pero tienes que dejar de atosigarme.

—Yo solo digo que no me parece sano que una chica de tu edad se pase los días entre libros, revistas de restauración y series de televisión. Si hicieras un poco más de vida social, o de deporte, quizá…

—¿Qué tiene que ver el deporte? —pregunté a la defensiva.

—Nada, nada, solo digo que si llevaras una vida un poco más saludable…

—Mira, mamá, déjalo, ¿vale? No me apetece hablar.

—Hija, por favor, no te encierres en tu dormitorio.

Tarde. Era tarde. Seguramente pensarían que me comportaba como una adolescente enfadada al encerrarme a mis veinticinco años, pero la realidad era otra: vergüenza.

La vergüenza de saber que tenía razón en todo me carcomía. Yo veía, igual que los demás, que algo no estaba bien, pero no era capaz de detectar el motivo. Solo sabía que los días se me iban sin sentir, cada vez me costaba más mantenerme todo un día motivada o contenta y, por más que quisiera, la maldita dieta no funcionaba.

Algo estaba yendo mal, pero no sabía el qué. Me sentía como si tuviera que realizar un aterrizaje de emergencia sin tener ni idea de cómo manejar una avioneta. Quería, pero… no podía.

No sabía.

La avioneta cada vez bajaba más, yo veía que iba a estrellarme, pero, por más que buscaba, no encontraba el freno ni el modo de estabilizarla.

Iba a estrellarme, lo sabía. Lo que no sabía era cuándo ni cómo, pero, si las cosas seguían así, aquella avioneta se estamparía contra el asfalto de un modo catastrófico. Daba igual que mi familia intentara avisarme o manejarla por mí, porque ellos no estaban dentro, conmigo. Sino fuera, a salvo, pero obligados a mirar mi descenso.

Era horrible, para ellos y para mí, pero es que, para mí, la vida era así: desenfrenada, rápida, despiadada y letal.

20

Grace

Me paré junto a un banco y resollé tanto que pensé que iba a darme un vahído. Mi costado ardía, mis pulmones ardían, mi garganta ardía. ¡Todo ardía! Me senté, tenía la seguridad de que mis mejillas estaban rojas, pero no de un modo bonito. Estaba segura de que se me veía como un tomate al que estuvieran acuchillando y sí, era algo bastante desagradable. ¡Por eso lo pensaba!

Miré el sendero de Buffalo Bayou Park por el que había llegado corriendo. Apenas había conseguido mantener el ritmo doce minutos antes de necesitar sentarme. Observé el sendero que seguía hacia delante y vi, a lo lejos y en pequeñito, a Ollie y Aidan, que se pararon cuando se dieron cuenta de que yo no iba con ellos. Miraron atrás, para buscarme, y alcé un brazo para que vieran dónde estaba. Luego les hice señal de que siguieran ellos, pero ¿desde cuándo mis hermanos hacían nada que yo les pidiera? Deshicieron el camino y volvieron a mi lado. Por fortuna, estaban tan lejos que, cuando llegaron, yo había conseguido controlar la respiración, al menos un poco.

—Dios, tu resistencia es mucho más lamentable de lo que imaginábamos —comentó Ollie con el ceño fruncido.

—¿Tienes que ser siempre tan desagradable?

Ollie me miró un poco confundido. En su cabeza no había hecho nada malo. Ese era el problema con él. Te insultaba, pero no sabía que lo hacía y eso era mucho peor, porque al darte cuenta te sentías doblemente insultada.

—¿Crees que puedes aguantar un tirón igual al que has hecho después de descansar un poco? —preguntó Aidan.

Quise decirle que no, que era una idea horrible y que me dejara en paz, pero le había prometido salir a hacer ejercicio con él una vez a la semana como mínimo. Por aquel entonces, todavía pensaba que yo era una mujer de palabra. Que no me gustaba incumplir promesas.

—Está bien —dije—. Pero, si me muero intentando correr, será culpa vuestra. Tenedlo en cuenta cuando hagáis el discurso junto a mi tumba.

—Diré que te fuiste haciendo lo que más te gustaba: maldecir a tus hermanos. —Ollie me guiñó un ojo.

Me reí, resultaba difícil no hacerlo. Mi hermano Ollie era un idiota, pero un idiota gracioso y de buen corazón. Me levanté del banco, dispuesta a demostrarles que podía hacer aquello y, después de calentar un poco, arranqué a correr de nuevo. Bueno, a mí me gusta decir que corría, pero en realidad se podría haber definido como un trote suave.

Aguanté el camino a duras penas y, cuando por fin mis hermanos dijeron que era hora de volver a casa, estuve a punto de saltar de alegría.

Ya me visualizaba dándome una ducha y descansando en el sofá cuando Ollie sugirió que saliéramos de fiesta.

—¿Juntos? —pregunté un tanto extrañada.

—¿Por qué no?

—Porque tú nunca me has llevado a ningún sitio y Aidan no sabe bailar.

—No te llevaba cuando eras un incordio de niña, pero ya eres adulta, Grace, aunque algunas veces se te olvide.

—Y yo sí sé bailar —siguió Aidan ofendido.

—No, no sabes. —Mi sinceridad podía resultar un poco cruel, pero es que ver a Aidan bailar era un espectáculo, y no uno bonito—. Además, yo no quiero bailar. Quiero ducharme, cenar algo calentito y rico y ver una peli.

—Joder, Grace, ¿qué tienes? ¿Noventa años?

—No, Ollie, solo soy una chica que no disfruta especialmente yendo de fiesta.

—Necesitas hacer cosas nuevas y pasar tiempo con tus hermanos. Te estoy ofreciendo la oportunidad en bandeja.

—Tiene razón —añadió Aidan—. Mira que me molesta dársela, pero la tiene.

Intenté negarme algunas veces más, pero ninguno de los dos parecía muy dispuesto a dejarlo ir con facilidad. Al final, pensé que quizá era buena idea eso de pasar tiempo con ellos. Después de todo, podía tumbarme en el sofá el resto de los días.

—Vale, vale —dije alzando las manos—. Salimos de fiesta. Solo por hoy, vosotros mandáis.

No debí decir nunca eso. Me arrastraron a un sitio en el que no había un puñetero banco en el que sentarse y, cuando alegué que me dolían los pies, Ollie se empeñó en que daba igual, tenía que bailar de todos modos.

Lo intenté, pero me rendí cuando el tercer tío borracho intentó poner su boca en mi oreja, sin tener en cuenta para nada mi espacio personal, solo para susurrarme alguna mierda acerca de hacerme pasar la mejor noche de mi vida.

—¿En serio? —le dije—. Te tienes en pie a duras penas. Posiblemente ni siquiera seas capaz de desvestirte solo, mucho menos atinar a ponerte un condón, y ¿crees que vas a darme la mejor noche de mi vida? —El chico me miró completamente cortado mientras sus amigos, que al parecer me habían oído, se reían de él.

Me dio pena, pero poca. Me caían mal los tíos que, para ligar, se comportaban como si ellos fueran adonis y las chicas tuviéramos que sentir algún agradecimiento por caer en sus manos. El chico en cuestión era guapo, pero de verdad iba tan pasado que dudaba que pudiera hacer algo digno de que una chica lo recordara.

Busqué a Ollie, que estaba morreándose con su novia como si acabaran de conocerse, cuando en realidad llevaban un tiempo juntos. Me gustaba esa chica, era simpática, inteligente y cariñosa. En mi opinión, a Ollie le había tocado la lotería. Los dejé a lo suyo y fui a buscar a Aidan. Para mi sorpresa, estaba morreándose con otra chica. Sorpresa, porque él no tenía novia. De hecho, yo no le había conocido ninguna relación. Sabía que tenía sus líos con mujeres, claro, era un hombre bastante guapo, pero nunca lo había visto… en acción.

Bajé los hombros. Acepté que la noche de hermanos se había convertido en la noche en la que todos ligan menos Grace. Quizá no debería haber sido tan exigente con el baboso borracho.

Fui hasta la barra, pedí una copa más y fui consciente del modo en que el camarero me miraba.

—A esta invito yo.

Sonreí dándole un sorbo a mi copa. Era guapo. Rubio, de ojos verdes, o puede que grises, no sabría decirlo con aquellas luces. Tenía los dientes alineados y bonitos y no estaba borracho. Cumplía mis expectativas. ¿Eran expectativas tristes? Puede ser, pero no quería ser la única que saliera de aquel sitio sin haber vivido algo pasional.

Me quedé cerca de la barra, dándole conversación en los pocos momentos en los que él no tenía a nadie a quien atender. En cuanto fue el turno de su descanso me avisó. Salió de su puesto, tiró de mi mano y me pegó a su pecho.

—¿Quieres dar un paseo por el almacén? Hay algo que me gustaría enseñarte.

No era tonta. Ni una niña. Tenía veinticinco años y sabía muy bien lo que quería enseñarme. Cuando le di la mano, lo hice siendo consciente de todo lo que pasaría.

Y pasó. Claro que pasó.

Acostarme con aquel desconocido no fue excesivamente placentero. No fue una revelación en ningún sentido, pero tocó los lugares correctos de mi cuerpo. Cuando me levantó el vestido para entrar en mí, estaba tan excitada que me importaba poco no conocerlo de nada.

Lo hicimos rápido y fuerte, sin demasiados besos, buscando cada uno su propio placer. Alcancé un orgasmo que me hizo sonreír y, cuando pensé que la noche acabaría por todo lo alto, se acercó a mí y me mordió el labio inferior antes de hablar:

—Joder, me encantan las tías con buenas caderas —gimió.

Pretendía ser un halago. Lo sabía, pero aun así mi mente disparó todas las alarmas. Por fortuna, él acabó poco después, así que salió de mi cuerpo y me preparé para largarme de allí, buscar a mis hermanos y volver a casa cuanto antes. Había algo... un pellizco en mi pecho, una sensación de que aquello era vergonzoso que antes no existía. Y no era por el sexo, sino por... mí. Porque él me había hecho consciente, sin darse cuenta, de la realidad de mi cuerpo. No era su culpa, no pretendía insultarme, sino todo lo contrario, pero yo, desde ese momento, solo pude pensar en que no solo mis caderas habían crecido al hacerme adulta, sino también mis pechos y el vientre y... De pronto, lo único que quería era estar en casa.

Nunca supe el nombre del chico. Intentó quedarse con mi número de teléfono, pero le solté la peor excusa del mundo: le dije que tenía que buscar a mi novio para marcharnos.

Su cara fue digna de enmarcar, pero no me importó. Acababa de perder el rumbo, otra vez, y solo quería volver a casa. Encontré primero a Aidan que, por fortuna, ya no estaba con ninguna chica. Creo que vio que algo iba mal reflejado en mi cara, porque tiró de mí y me sacó de allí.

—Espera, ¿y Ollie?

—Seguramente dormirá con Julia.

Julia era su novia, por supuesto, así que no puse objeciones. Dejé que mi hermano mayor me llevara a casa y, una vez allí, me duché en silencio, no quería despertar a mi madre.

Cuando salí del baño, lo hice deseando comer algo, dormir y olvidarme de todo lo que había ocurrido. Fui a la cocina, encontré una bolsa de patatas y me la comí allí, de pie, apoyada contra la encimera y mirando al vacío mientras pensaba en… nada. La verdad era que no pensaba en nada. No sé el tiempo que tardé, solo sé que, cuando acabé y me encaminé hacia mi habitación, me encontré con Aidan apoyado en el pasillo, cruzado de pies y brazos, esperándome.

Habíamos tenido muchas discusiones en los últimos tiempos. Demasiadas como para no saber cuándo estábamos a punto de tener otra.

—¿Qué…?

—No puedes seguir así —dijo—. Sea lo que sea, tiene que acabarse, Grace.

No sé si fue su tono serio o la preocupación que vi en sus ojos, pero los míos se llenaron de lágrimas.

—Yo…

—Está bien —murmuró acercándose y abrazándome—. Conseguiré que todo esté bien, te lo prometo.

Quise decirle que era una promesa absurda. Él no podía hacer que yo estuviera bien porque ni siquiera yo sabía cómo lograr eso, pero estaba avergonzada, defraudada conmigo misma y tan cansada que lo único que hice fue dejar que me abrazara, que me acompañara a mi cuarto y que me arropara como si fuera una niña pequeña.

—Tengo veinticinco años… —susurré con tono cansado.

—¿Y? ¿Acaso hay una edad en la que uno debe dejar de cuidar de la familia? —Su pregunta me desarmó. Aidan me besó la frente y me palmeó la mejilla con cariño—. Descansa, hermanita.

Salió de mi habitación sin decir nada más. No lo necesitaba. Los dos sabíamos que yo no estaba lista para hablar, porque en aquel entonces ni siquiera pensaba que lo necesitara y él… No sé qué pensaba Aidan aquella noche, pero, con todo lo que ocurrió después, sé que debió de dormir más bien poco.

21

Grace

Febrero había empezado con frío, pero no más del que yo recordaba en Kilway. Llegué a casa envuelta en mi abrigo, lo solté junto a la puerta y me encontré con mi madre y mis hermanos sentados alrededor de la mesa del salón.

—Estábamos esperándote —dijo mi madre.

Fue lo único que necesité para saber que algo no iba como debía ir.

Bueno, en realidad, muchas cosas no iban como debían, pero aquello fue determinante para darme cuenta.

—¿Y eso? ¿Reunión de brujas? —intenté bromear.

—Te he conseguido trabajo. —Aidan sonrió, pero estaba tenso, lo conocía bastante bien.

—¿A mí? ¿En qué? ¿De qué? ¿Y sin entrevista ni nada?

—Siéntate, Grace —siguió Ollie.

—Me estáis asustando.

—Para nada, es algo bueno, hija —dijo mi madre, pero sus ojos se llenaron de lágrimas, así que, por supuesto, me asusté más.

—Mamá…

—No te preocupes, se emociona, pero está contenta. —Aidan parecía convencido, luego me pasó una libreta en la que habían anotado una serie de condiciones—. Es un pequeño negocio de restauración, aunque no solo hacen eso. También venden antigüedades y cosas así. El dueño está mayor y necesitan ayuda a jornada completa.

—Oh, suena interesante —dije mientras leía—. ¿Me pagarán esto?

—Sí, no es mucho, pero es un buen sueldo base.

—Sí, sí, no tengo quejas —murmuré—. Cobraba más o menos lo mismo donde estaba antes. —Sonreí mirando a mi familia—. ¿Y quieren que empiece ya? ¿Así de sencillo?

Se miraron entre ellos y supe que no, no sería así de sencillo. Nada lo era cuando se trataba de mi familia.

—Solo hay un pequeño problema que, si lo piensas en frío, no lo es en absoluto, porque yo iré contigo —dijo Aidan.

—No necesito que estés conmigo mientras trabajo —le contesté riéndome, aunque un tanto tensa—. Soy una mujer adulta, Aidan.

—El trabajo no es en Houston, Grace.

No supe si me ponía más tensa el modo en que mi madre y Ollie guardaban silencio o la cautela con la que me trataba Aidan.

—Puedo coger el transporte público —sugerí, pero en un tono mucho más dubitativo.

—Grace…

—¿Qué? ¿Qué pasa? —pregunté tensa—. ¿Acaso es en el fin del mundo?

Fui consciente del carraspeo de Ollie, pero Aidan no movió ni un músculo de la cara. En cambio, su mano se acercó a la mía por encima de la mesa, entrelazó nuestros dedos y acarició los míos con tanta dulzura que quise llorar. No entendía nada, pero sabía que, fuera lo que fuera, sería importante.

Lo bastante importante como para que mi madre estuviera llorando de nuevo y Ollie no consiguiera sostenerme la mirada.

Lo bastante importante como para que Aidan me hablase con voz ronca y baja, como si temiese asustarme.

Tan importante como para volver a cambiarme la vida.

—Grace…, el trabajo es en Kilway.

Parte 4

«El cambio es bueno, sí…, pero no es fácil».

El rey león

22

Liam

—¿Estás seguro de que es lo mejor?

Miré a mi hermana Sarah, que entrecerraba los ojos azules intentando que el sol no la deslumbrara.

—Deberías usar gafas de sol —murmuré.

—¿Y a qué demonios viene eso, Liam?

—Te están saliendo pecas.

—¡Serás idiota!

—No lo digo como algo malo, ¿vale? Solo... Bah, déjalo.

—Si nos lo confirma, no lo voy a soportar. —A mi lado, mi hermana Eve se mordisqueaba las uñas con nerviosismo.

—Es lo mejor, chicas, lo hemos hablado muchas veces.

—Eso no hace que sea más sencillo —insistió Sarah.

En eso no podía quitarle la razón. Cuando el veterinario salió del establo, solo necesité verle la cara para saber cuál era la valoración definitiva.

—Sé que queréis mucho a Doyle, pero está sufriendo demasiado. Su circulación no es buena y su pata está muy lejos de mejorar.

—¿Lo tienes claro?

El señor O'Neill suspiró, visiblemente frustrado.

—Ojalá no fuera así, chico, pero creo que lo mejor, por razones humanitarias, es sacrificarlo.

—¿Cómo va a ser humanitario sacrificarlo? —sollozó Eve.

—Está sufriendo y cada vez irá a peor —dijo el veterinario.

—Pero...

—Llevamos ya un tiempo así. No mejora, al contrario, empeora, y cada vez irá a más. Su riego sanguíneo ya es terrible. No va a volver a ser el caballo de antes, cielo. Mantenerlo con vida es más un acto egoísta que otra cosa.

Mi hermana se tapó la boca, horrorizada. De todos nosotros, era la más sensible y Doyle era importante para ella. Para toda la familia. Lo conocíamos desde que éramos prácticamente niños, cuando pertenecía a la granja de los Fitzgerald.

A Grace.

Me relamí los labios, que se me secaron de repente al recordar sus primeros mensajes cuando se marchó a Estados Unidos, no dejaba de preguntar por él. Por un instante, sentí el impulso de escribirle y hacerle saber que su caballo, porque seguía siendo un poco suyo, estaba a punto de morir, pero después pensé en nuestros últimos intercambios de mensajes y... no.

Lo mejor era dejar las cosas como estaban.

De todos modos, ella también había dejado de preguntar por Doyle. No de golpe, claro, había sido algo gradual. Pareció olvidarse del caballo igual que de todo lo demás, con una lentitud agonizante, pero sin detenerse en ningún momento.

—Mirad, chicos, si queréis esperar un poco a que el nuevo veterinario le eche un ojo, no hay problema. Quiero que tengáis claro que no es un capricho mío, sino una recomendación, por el bien de Doyle.

—¿Nuevo veterinario? —pregunté.

—Estoy viejo, O'Callaghan. ¿Acaso no te has dado cuenta? —Soltó una carcajada y se limpió las manos en la tela de los pantalones—. Se lo dije a tu padre, ¿no te lo ha contado?

No, no me lo había contado, pero tampoco podía culparlo. El trabajo en la granja estaba siendo abrumador. Tanto que había días en que ni siquiera veía a mi padre y eso que seguíamos viviendo más o menos juntos.

Más o menos, porque hacía unos meses que había decidido mudarme a uno de los apartamentos que había sobre el granero. Eran dos en total y, hasta no hacía tanto, se habían alquilado a trabajadores esporádicos de la granja. En aquellos instantes, los que teníamos se quedaban en la casa de los Fitzgerald, que habíamos adaptado para que pudieran convivir con más espacio. Yo me había quedado con uno de los apartamentos y corría con los gastos de mantenimiento. El otro, mientras no fuera necesario, lo ocupaban Sarah e Eve en días alternos, dependiendo de quién lo necesitara. Era un incordio, porque normalmente lo usaban para organizar quedadas con amigos o, peor, noches de chicas cuando alguna de ellas o sus amigas estaba deprimida por culpa de algún tío y necesitaban un lugar en el que odiar profundamente al género masculino. Esas noches eran las peores, porque bebían y, cuando lo hacían, se acordaban de que yo era un hombre. Más de una vez había oído a mis hermanas gritar que todos los tíos deberíamos pasar un mes en el infierno para aprender a valorar lo que de verdad importaba en la vida. Solo una vez se me ocurrió decir que no todos éramos iguales. Recordar lo que ocurrió después de aquello todavía me provoca escalofríos.

El caso es que, debido a la saturación de trabajo, no había visto a mi padre en un par de días. Aquella misma noche cenaría en casa y supongo que me lo contaría, pero, por el momento, lo importante era lo que el señor O'Neill opinaba de Doyle.

—Si es lo mejor para él…

—Yo quiero que lo examine otro veterinario —dijo Eve. La miré mal. No me gustó que hablara así cuando nuestro veterinario de toda la vida todavía estaba delante—. No lo digo porque no confíe en usted, señor O'Neill. Es solo que… que… ¿Y si hay alguna posibilidad?

El veterinario, lejos de tomárselo a mal, sonrió y asintió.

—Te entiendo, pequeña Eve. No te preocupes por mí. Deseo de corazón que el nuevo veterinario te pueda decir algo distinto.

Pero no lo diría y yo no sabía hasta qué punto debíamos esperar, porque cada hora que pasaba era una hora más de sufrimiento para Doyle.

—¿Cuándo llega?

—Si nada lo impide, hoy mismo. —Frunció el ceño mirándome—. De verdad me extraña mucho que tu padre no te haya dicho nada.

—Apenas nos hemos visto.

—Aun así… —murmuró—. En fin, estaré trabajando un tiempo más, hasta que todo se estabilice, así que, si necesitas cualquier cosa, llámame.

—De acuerdo. ¿Tienes el teléfono del nuevo veterinario? —pregunté.

El señor O'Neill sonrió y encogió los hombros.

—¿Sabes qué? Le diré que venga hoy mismo, así se lo pides tú.

Me despedí de él y, después, entré con mi hermana en el establo. Doyle estaba en su habitáculo, pero parecía… triste. Dolorido. Me daba demasiada lástima verlo así.

—No podemos permitir que sufra más. Eso nos convierte en malas personas.

—Estamos intentando salvarle la vida —me dijo Eve.

—No, estamos intentando no despedirnos de él —respondí—. Dejaré que el nuevo veterinario lo revise, pero, si opina lo mismo, lo haremos sin retrasarlo más, ¿entendéis?

Las dos asintieron. En otro momento, se habrían revelado y me habrían recordado que yo no era nadie para darles órdenes, pero creo que tanto Sarah como Eve entendían por qué me había puesto tan serio.

Volví al trabajo y dejé que mi mente se fundiera con el día. Si te parabas, el frío y el aire se volvían intensos, por eso era una suerte que yo no tuviera tiempo de parar hasta que prácticamente no hubo luz para trabajar. Regresé a casa sucio, sudado y con ganas de darme una ducha y tomarme una cerveza antes de cenar con mi familia.

Quería descansar, dormir y reponerme de un día que había resultado tan agotador como todos los anteriores. Ya no recordaba cuándo me había cogido un día entero libre y, aunque me parecía triste, también me convencí de que lamentarme no iba a conducirme a nada.

Dejé las botas junto a la puerta del granero antes de subir a mi apartamento, pero ni siquiera me dio tiempo a poner un pie en el primer escalón.

—Hijo, ven. —Mi padre me esperaba en la entrada de su casa, a unos metros de distancia.

—Ey, ¿qué tal? —pregunté antes de ponerme las botas de nuevo y acercarme.

—Quiero que veas a alguien.

—¿El nuevo veterinario? —pregunté. Él pareció sorprendido y sonreí—. El señor O'Neill estuvo mirando a Doyle hoy.

—Sí, algo me dijo. Bueno, entra, está esperando en casa.

No sé qué me esperaba al entrar. No me había parado a pensar demasiado en ese tema, la verdad. Con que fuera un buen profesional, me valía, de modo que no presté más atención.

Quizá por eso, por no esperarlo, fue más impactante.

En el salón de casa de mis padres, más concretamente en el sofá, Aidan Fitzgerald sostenía una cerveza en la mano mientras charlaba amigablemente con mi madre.

Eso, de por sí, ya era una gran sorpresa, pero no la más grande.

Ni la peor.

No, la peor aguardaba a su lado. Sentada junto a su hermano, con el pelo recogido en una coleta que no ocultaba que todavía era del color de los atardeceres del verano vistos desde el acantilado. Tenía los ojos más grandes y verdes que nunca; el puente de su nariz, igual que la zona alta de sus mejillas, estaba lleno de pecas. Parecía que se hubiera pintado con fresas maduras los labios que años antes me habían recordado al color de los melocotones.

Nunca me habían apuñalado el estómago con un cuchillo, pero no necesité que alguien lo hiciera para saber que lo que estaba sintiendo en aquel instante era algo muy parecido.

23

Grace

La granja de los O'Callaghan estaba prácticamente igual que la recordaba, pero ellos no eran los mismos.

Samuel y Lily O'Callaghan llevaban la marca del tiempo en sus caras y en el pelo. No eran excesivamente mayores, pero la vida en la granja era dura y se había manifestado de manera inevitable. El padre de Liam tenía el cabello blanco y las manos llenas de durezas que reflejaban a la perfección su día a día; y su madre, que ya antes se veía cansada, ahora lo parecía mucho más. Intenté no mirarlos impactada, pero me resultaba difícil.

Volver a Kilway no había sido fácil en ningún sentido. Al principio, cuando mi familia me lo dijo, no supe cómo reaccionar. Nunca había contemplado la posibilidad de regresar porque sabía que mi madre no lo valoraba. Siempre decía que la idea de volver dolía demasiado, que no soportaría la cantidad de recuerdos que mi padre evocaría en nuestro pueblo natal. De todos modos, ya no teníamos la granja y el trabajo en Houston era mucho más agradecido. Y a mí todo aquello me había parecido lógico.

Mi vida estaba donde estaba mi familia, así que no había más que hablar.

No esperé, ni siquiera imaginé, que Aidan me plantearía la posibilidad de volver juntos y solos, dejando en Estados Unidos a la mitad de nuestra familia, pero allí estábamos.

Pasé por muchas fases. Me sorprendí, me alteré, me enfadé, recapacité y, por último, me senté a escuchar toda la historia. Kilway necesitaba un veterinario y Aidan, al contrario que Ollie, no se había hecho del todo a la vida estadounidense, pese a los años que ya llevaba allí. Echaba de menos la granja, los animales y la vida de Irlanda. En realidad, nunca me había parado a pensar que, cuando nos mudamos, él ya era un adulto. Se marchó con nosotros porque no quería separarse de la familia ni de nuestro padre enfermo, pero todos vimos que aquello no le hacía feliz. Simplemente nos habíamos acostumbrado a eso, como a tantas otras cosas.

Ese, quizá, fue el mayor error de mi familia, yo incluida: habíamos dado por hecho la infelicidad. Nos acostumbramos a ella hasta el punto de pensar que era lo normal, cuando no debería serlo.

Aquel día mi hermano me contó que solo necesitó un par de llamadas, según él, para descubrir que John Foley, el dueño de la tienda de restauración y antigüedades de Kilway, estaba a punto de jubilarse y buscaba aprendiz. No era un trabajo que fuese a hacerme rica, pero era uno que me brindaba la oportunidad de regresar.

«Regresar». Todavía hoy día pienso que no era consciente del significado de esa palabra. Volver a Kilway suponía abandonar un país al que le había cogido cariño después de tantos años, pero también dejar la mitad de mi familia allí. Sentía que, eligiera lo que eligiera, una parte de mí iba a sufrir, porque Aidan ya había decidido que se marchaba, conmigo o sin mí.

Mi familia volvía a desmoronarse.

Pensé en mí de niña. La pequeña Grace no habría imaginado ni en un millón de años que su familia acabaría rompiéndose como un espejo al caer y estallar contra el suelo. Emigramos, perdimos a mi padre y, ahora, Aidan se separaba del núcleo y me invitaba a ir con él.

Valoré la posibilidad durante dos días. Fueron horas intensas y dramáticas. Sentía que todo volvía a ir demasiado deprisa, pero bastó una conversación con mi madre. Me aconsejó que me centrara en lo que yo quería en ese instante, sin importar nada más, y entonces me di cuenta de que volver a Kilway sonaba… esperanzador.

No es que pensara que todo iba a ir de maravilla, no, pero era un modo de intentar salir del pozo en el que estaba sumiendo mi vida en Houston. Al final, miré a mi hermano mayor a los ojos y le dije que me marchaba con él.

Esa noche toda la familia volvió a llorar unida, como cuando mi padre murió, pero después todos nos obligamos a sonreír. Era hora de que cada uno buscara su felicidad. Mamá no se quedaba sola, porque Ollie tenía su vida hecha allí, y yo podría volver con Aidan… y ver a Liam.

En realidad, intenté con todas mis fuerzas no pensar en él hasta que la decisión estuviera tomada. No quería que fuera un motivo para volver ni para no hacerlo. Él debía quedarse fuera de toda consideración simple y llanamente porque conocía mi mente y no quería que, al cabo de un tiempo, buscara excusas para responsabilizar a Liam de decisiones que solo me correspondían a mí.

No, él no tenía nada que ver con los motivos principales, pero era un motivo y negarlo sería demasiado estúpido.

Me pregunté durante todo el tiempo que duró la organización del viaje, el vuelo y el traslado en carretera cómo sería volver a verlo. Cómo estaría físicamente.

Si se alegraría aunque fuera un poco de volver a tenerme enfrente.

Habíamos dejado de hablar por Messenger cuando él, al parecer, consideró que ya no me necesitaba en su vida de ningún modo, pero mucho antes ya habíamos dejado de mandarnos fotos, así que no tenía ni idea de cómo sería volver a verlo.

Por estúpido que suene, pensé que tendría más tiempo para asimilar mi llegada a Kilway antes de reencontrarme con él. No sé, creo que mi mente bloqueó la inmensa posibilidad de verlo el primer día, sin ni siquiera haberme dado una ducha que me ayudara a aliviar la tensión del largo vuelo. Ni peinarme. Ni tomar una taza de café completa, porque aún sostenía la que me había preparado Lily entre las manos.

Liam entró en casa cuando yo apenas llevaba una hora en Kilway. Todavía estaba asimilando que todo seguía igual y, a la vez, era distinto. Ver desde la carretera mi antigua granja había sido como marcarme a fuego en medio del pecho. Fue doloroso porque ya no era nuestra y reconfortante porque, al menos por fuera, seguía siendo igual.

Ver a los padres de Liam, como he dicho, fue un impacto.

Verlo a él fue… demoledor.

Sí, eso. Entonces no lo sabía, pero todo lo que tenía que ver con Liam O'Callaghan y mis sentimientos por él encajaban a la perfección con esa palabra: demoledor.

Estaba más alto, o eso intuí. Más ancho, desde luego. Siempre tuvo un cuerpo atlético debido al trabajo, pero era distinto. Sus ojos parecían más azules, su pelo más negro y sus rizos más cortos y desgarbados. Era el mismo Liam que yo había dejado atrás hacía muchos años pero distinto. Más hombre. Y, cuando me miró, tuve claro que el cambio no había sido solo físico.

Aquel día descubrí una verdad que hizo que los latidos de mi corazón trastabillaran. Puede que Liam y yo consiguiéramos ser prácticamente uno durante muchos años, pero en aquel instante, mirándonos a los ojos en el salón de sus padres después de tanto tiempo, fuimos dos desconocidos intentando averiguar cuánto de lo que recordábamos del otro quedaba aún en pie.

Y cuánto había muerto en el camino.

24

Liam

—Hijo, ¿no dices nada? Es Grace, no un fantasma.

La voz de mi madre consiguió que dejara de mirar fijamente a Grace y supongo que eso era bueno. Carraspeé, sin saber bien cómo actuar, y me acerqué a ellos. Le estreché la mano a Aidan primero con la esperanza de que esto me diera margen y tiempo para prepararme, pero no conseguí mucho, salvo constatar que Aidan Fitzgerald seguía en forma por el modo en que me apretó la mano.

—¿Cómo va todo? —preguntó él con una sonrisa educada.

—Bien, con mucho trabajo, ya sabes, sin novedad. ¿Así que eres el nuevo veterinario?

—Eso parece, aunque el señor O'Neill todavía se quedará un tiempo trabajando. La intención es que vaya delegando poco a poco.

—Siempre se te dieron bien los animales —admití.

—Sí, bueno, ahora tengo estudios que lo avalan y más experiencia. Por lo demás, todo sigue igual.

Sonreí, me pareció una frase de lo más irónica, sobre todo teniendo en cuenta que Grace, a su lado, se había puesto de pie, pero no decía ni una palabra. Supuse que esperaba que yo la saludara. Todos lo esperaban.

—Grace. —Sonreí como pude y di un paso para abrazarla.

Y entonces ocurrió.

Echamos por tierra esa ley no escrita que habla de reencuentros mágicos donde un simple abrazo sirve para poner las cosas en su sitio. El abrazo que Grace y yo nos dimos fue incómodo y torpe. Un intento de fingir algo. No sabíamos qué.

—Se te ve bien —dije, porque así era.

—Gracias —respondió en un tono tirante que no me pasó desapercibido—. A ti se te ve vivo. Teniendo en cuenta que dejé de saber de ti, es una buena noticia.

Al parecer, había cosas que no cambiaban. El don de Grace Fitzgerald para disparar dardos envenenados, por ejemplo.

Me hubiera gustado responder, pero en eso, como en otras muchas cosas, Grace siempre me había llevado ventaja. Era avispada, tenía la lengua afilada y un carácter de mil demonios que lo gobernaba todo. Y, pese a ello, me alegraba que siguiera siendo así, que no se hubiera dejado pisotear ni manejar por nadie en aquellos años que habíamos estado separados.

Otra cosa era que lograra hacerme sentir mal. No, eso no pasaría. Había tenido mis razones para dejar de responder a sus mensajes. Unas razones tan válidas como para no explicarlas a la primera de cambio.

—¿Dónde está el resto de la familia?

Fui consciente del modo en que Grace desvió la mirada. Fruncí el ceño. En cualquier otro momento, se habría lanzado a parlotear, pero fue Aidan quien respondió:

—Mi madre y Ollie se han quedado en Houston. Se han adaptado por completo a la vida estadounidense y, de momento, no piensan en volver.

—Me alegro mucho por vuestra madre —dijo la mía—. Hablo a veces con ella y me reconforta oírla contenta. Aunque imagino que os echará mucho de menos.

—Sí, bueno, y nosotros a ella —respondió Grace—, pero supongo que ahora somos la excusa para que vuelva, aunque sea de vacaciones.

—Será un placer acogerla en casa si es así. —Mi padre habló con tal solemnidad que era imposible no creerlo.

Antes de que Grace se marchara, nuestros padres habían estado muy unidos. No cumplíamos eso que suele decirse de que los vecinos de granja se llevan mal. De hecho, nunca hubo rivalidad en ese aspecto. Los Fitzgerald y los O'Callaghan habían sido dos familias hermanadas hasta que la desgracia hizo que los primeros se marcharan.

—¿Dónde os quedáis vosotros, por cierto?

Fue un presentimiento. Uno malo. En otros tiempos, Grace me habría dicho que mis pensamientos estaban guiados por las hadas. En aquel instante, en cambio, solo guardó silencio y, de nuevo, desvió los ojos cuando la miré.

—Se quedarán en la casa. —Mi madre confirmó mis sospechas y yo asentí, pero intenté no mostrar ningún tipo de emoción. Ni buena ni mala.

Eso no quiere decir que no estuviera maldiciendo por dentro.

Que Grace hubiese vuelto a mi vida ya era una sorpresa, pero que viviese en casa de mis padres, a escasos metros del granero, donde yo estaba… aquello me parecía excesivo.

—Sí, pensé que podríamos quedarnos en alguna habitación de nuestra antigua granja, pero tu padre insiste en que es mejor que estemos aquí, porque tenéis todas las habitaciones al completo. Me alegro, significa que las granjas marchan.

Aidan no dijo nada con mala intención, estoy seguro, pero fui dolorosamente consciente de que ellos antes tenían una casa familiar tan grande como la nuestra. En aquellos instantes, no tenían nada, salvo lo que alquilasen.

—Seguro que encontráis algo rápido —ofrecí con una sonrisa.

—¿No me has oído, Liam? —aclaró mi madre—. Ya lo han hecho. Se quedarán en casa. Sarah e Eve están sacando sus cosas del apartamento para que puedan alojarse.

—¿Apartamento?

—Hijo, ¿te has golpeado la cabeza contra alguna valla? —preguntó mi padre impaciente.

—Perdón, habéis dicho que dormirían en casa y…

—Sí, en casa, pero no aquí, donde no podrían tener intimidad, bien lo sabemos tu madre y yo —rezongó mi padre—. Alquilarán el apartamento de arriba del granero. No es muy grande, pero tiene dos camas independientes, así que podrán apañarse.

—Ha sido muy generoso al ofrecernos el apartamento a tan buen precio —dijo Aidan.

—Es un placer, chico. Esto es lo mínimo que puedo hacer por los hijos de los Fitzgerald. Vosotros sois como familia. Os he visto corretear en pañales por ahí, así que hacedme un favor: no me deis las gracias de nuevo y dejad de tratarme con formalidad. Va a darme un infarto si no volvéis a tutearme inmediatamente —sentenció mi padre.

Grace, Aidan y mi madre se rieron. Yo no. Pero no porque no quisiera, sino porque, en mi cabeza, todo había dejado de tener sentido desde que oí la frase: «Alquilarán el apartamento de arriba del granero».

Estoy bastante seguro de que Grace Fitzgerald nunca fue consciente de la facilidad que tenía para poner mi vida del revés, aun sin proponérselo. Imagino que todo aquello no fue cosa suya, pero eso no impidió que yo pensara en la catástrofe que era tenerla, no solo de vuelta, sino a un tabique de distancia.

En aquel instante, me habría gustado jurar que las cosas no podían ir a peor, pero no era tonto. Habíamos vivido demasiadas cosas juntos como para saber que tratándose de ella, de nosotros, las cosas siempre podían empeorar.

25

Grace

Era incómodo. Y no solo era incómodo, sino que, además, tenía que lidiar con lo que eso me provocaba. Lo más curioso fue aceptar la sorpresa, porque una parte de mí esperaba que reencontrarme con Liam fuera más sencillo. No sé, como si algún golpe de magia fuese a hacer que volviéramos a ser los mismos de antes. Por supuesto, no pasó. Lo que sí pasó fue que me sentí dolida. Quizá porque, aun sin pretenderlo o de un modo inconsciente, me había convencido de que sí existía la posibilidad de que todo se arreglara de un modo milagroso. Que volveríamos a retomarlo donde lo dejamos. El problema era que ni siquiera nosotros sabíamos dónde lo habíamos dejado.

¿Cuál fue nuestro final y cuándo empezó a escribirse? Me he hecho esta pregunta tantas veces que ya ninguna respuesta me convence.

No sé si nuestro final empezó con la separación física, cuando solo éramos dos adolescentes enfrentados a una situación desbordante. No sé si fue cuando él dejó de contestar mis mensajes. Y, lo que es peor, no sé si nuestro final verdadero se empezó a escribir con mi regreso a Kilway.

Solo sé que, mientras él subía las escaleras del granero cargando una de mis maletas y yo miraba su espalda moverse con agilidad delante de mí, sentí que estaba con alguien que conocía de toda la vida y que, al mismo tiempo, era un completo extraño. Sentía eso y dolor. Un dolor sordo que me zumbaba en los oídos y me dejaba un poco mareada. Un dolor para el que no tenía una explicación coherente.

—Es un apartamento bastante pequeño —dijo cuando se paró en el pequeño rellano que había al finalizar las escaleras.

—¿Habéis hecho dos apartamentos? Es una buena forma de aprovechar el espacio —comentó Aidan a mi espalda.

—Sí. —La voz de Liam fue tan tensa que incluso él se dio cuenta de que debía decir algo más—: Los tabiques son finos y no está insonorizado, pero espero no molestaros mucho.

—¿Molestarnos? —Sé que hice la pregunta porque la voz que oí fue la mía, pero juro que no había sido consciente porque algo dentro de mí empezó a tensarse de un modo peligroso.

Liam señaló la puerta de la derecha mientras metía las llaves en la cerradura de la izquierda.

—Vivo aquí, ¿no os lo han contado mis padres?

No. Evidentemente no lo habían hecho. Solo nos habían dicho que Eve y Sarah usaban el apartamento de encima del granero para reunirse con amigas y dormir de forma esporádica, pero nada más. De hecho, pensaba que solo había un apartamento. Descubrir dos fue una sorpresa. Saber que Liam estaría a un maldito tabique de distancia fue como obligar a mi corazón a saltar desde el acantilado más alto de Kilway.

—Olvidaron ese detalle —contesté de un modo que dejaba ver mi tensión.

—Pero es genial —añadió mi hermano mayor enseguida—. ¿Quién mejor como vecino? —Ni Liam ni yo respondimos, así que a Aidan le tocó el papel más incómodo de todos—. Bueno, ¿entramos?

—Sí, claro. —Liam giró la llave del todo y abrió la puerta, para darnos acceso al apartamento.

Era curioso entrar allí y ver el suelo de madera perfectamente pulido y reparado, los ventanales pintados y las bonitas lámparas de techo. La última vez que había estado en ese granero, en la parte alta solo había un espacio diáfano y enorme que se usaba para guardar herramientas y enseres de la granja.

Al dividirlo en dos apartamentos, habían quedado pequeños, claro, pero no tanto como para resultar agobiante. Nada más entrar, accedimos a un salón con cocina abierta, sin isleta, porque no había sitio, pero con una mesa de madera robusta y cuatro sillas en el centro del espacio.

—Tiene todo lo necesario para cocinar, aunque estoy seguro de que muchos días acabaréis comiendo en la casa grande. Mi madre ha desarrollado una fijación inmensa por alimentar a todo el mundo desde que crecimos y ahora prácticamente obliga a la gente que conoce a comer en casa cada pocos días.

—Suena a algo que haría Lily O'Callaghan —dije riendo.

Liam me miró y, por primera vez, pude ver en él un amago de sonrisa. Sé que mucha gente no lo habría considerado como tal, pero la comisura derecha de sus labios se arrugó del mismo modo que lo hacía cuando, años atrás, quería reírse y, al mismo tiempo, no darme el gusto de hacerlo.

—La habitación no es muy grande —carraspeó, como si se hubiera dado cuenta de que había estado a punto de sonreírme—.

Una habitación con dos camas pequeñas y el baño. Todo es básico pero funcional.

Aidan y yo recorrimos el espacio del apartamento y constatamos lo que decía. Sin embargo, todo me hacía sentir bien, en casa. No sé si era por la colcha de cuadros rojos y grises de las camas, los muebles de madera tan parecidos a los que teníamos en nuestra granja, los cuadros de paisajes irlandeses o las vistas. Al mirar por la ventana del dormitorio, pude observar kilómetros de campo con los animales pastando y, al fondo, el mar y los acantilados de Kilway, salvajes, imponentes. Me recordaron que estaba de vuelta en casa, para bien y para mal.

—Bienvenida a casa —murmuré para mí misma.

Sentí una mano en el hombro y me tensé. Pensaba que sería Liam, pero un segundo después el olor de mi hermano mayor me invadió mientras me abrazaba y me besaba el pelo.

—Estaremos bien aquí —susurró—. Te lo prometo, Grace.

Me giré hacia él. Estaba tentada de decirle que no podía prometer algo así, pero su sonrisa me detuvo. Estaba seguro y ¿quién era yo para dejarle ver mis dudas el primer día? Él también estaba intentando encontrar su hueco en el lugar que nos vio crecer. Quería pertenecer de nuevo allí, pero ya nada era lo mismo. Lo abracé con fuerza y dejé que me acariciase la espalda de un modo tan reconfortante que, al cerrar los ojos, fue como si lo hiciera mi padre, lo que me provocó un sentimiento inmenso de anhelo y alegría. Anhelo porque echaba de menos a papá y alegría porque tenía a Aidan y eso hacía que todo fuera infinitamente mejor.

Me dejé llevar por mis emociones hasta que, al abrir los ojos, vi a Liam apoyado contra la encimera, de brazos cruzados y con la mirada puesta en nosotros. En mí.

Intenté mantener el contacto visual. Pensaba que él sería el primero en romperlo, pero no fue así. Sus ojos azules siguieron clavados en mí, me atravesaban y me recordaban que, en cuestión de retos, Liam preferiría morir en el intento que perder. Había cosas que no cambiaban.

O quizá sí. Porque, aunque antes me habría enganchado a ese reto hasta sentir los ojos secos, en ese instante aparté la vista y apoyé la frente en el torso de Aidan para esconderme del mundo. De él.

Tardé un segundo en hacer el gesto, puede que menos, pero fue suficiente para cambiarlo todo, aunque no lo supiera ver en aquel momento. Cuando volví a mirar a Liam, ya no había decisión en él, sino incomprensión. Sus cejas estaban fruncidas, sus ojos me miraban con extrañeza y la postura de su cuerpo era tensa.

Supongo que ese fue el momento en el que Liam O'Callaghan descubrió que yo no era la misma. Ya no me conocía.

Y aquello, por lógico que pareciera, fue tan triste como descubrir que las hadas no existían.

Que la magia nunca estuvo de nuestra parte.

26

Liam

Aquella noche, mientras me preparaba para irme a dormir, no podía dejar de mirar el tabique que separaba mi apartamento del que ahora ocupaban Grace y Aidan. Si algo me gustaba de haberme mudado allí era que, al llegar a casa, podía dejar la tensión a un lado. No tenía que fingir que tenía el control de cada situación que surgía, aunque no fuera así. Podía ser yo mismo con mis inseguridades, mi mal humor y mis ganas de no relacionarme demasiado con nadie. La humanidad en general me caía mal y eso era un problema, sobre todo porque, aunque muchas partes de mi trabajo las hacía en solitario, había otras en las que tenía que relacionarme con otros trabajadores o con mi familia.

Me vinieron a la mente todas las veces que Grace me había dicho que parecía un señor mayor en un cuerpo joven. Fruncí el ceño, sin saber bien por qué lo había recordado y me pregunté si sería así desde ese momento. ¿La vuelta de Grace iba a traer con ella recuerdos puntuales de todo lo que habíamos vivido juntos? Porque, si era así, iba a tener que hacer un ejercicio de contención bastante grande. Otro más. Sentía que en ese instante de mi vida todo consistía en hacer malabares con dudoso éxito.

Con mi familia. Con la gente con la que me relacionaba. Con Grace ahora que había vuelto.

Me metí en la cama, agradecí el calor que me ofrecía la colcha y cerré los ojos. Tenía que dormir. El día se me había hecho eterno y los que tenía por delante no serían fáciles, así que más me valía descansar.

La imagen de Grace de niña invadió mi mente de pronto. Recordé el día que se cayó de la valla porque se subió con unos tacones de su madre que había encontrado y robado a escondidas. Lloró tanto que el pánico me invadió. Hubo un instante en que me pregunté si Grace sería capaz de dejar de llorar en algún momento. No sé, supongo que en mi mente de niño cabía la posibilidad de que llorase toda la vida por eso. La angustia que había sentido solo fue comparable a la que experimenté en la cocina al verla abrazada a su hermano, incapaz de mantenerme la mirada con actitud desafiante.

En el pasado habría jurado que tenía algún problema. Hubo un tiempo en que podría haber sabido incluso qué pensaba. Hubo, en pasado, porque ya no era así. Yo ya no conocía a Grace y aquella certeza hizo que sintiera un ardor en la garganta que subía desde el estómago por la tráquea. Era una sensación desagradable y oscura que, unida a mis pensamientos, tenía como único fin que me regodeara en todos los momentos del pasado que ya no tenía en mi día a día.

Por eso, porque no podía permitirlo, me levanté de la cama, me puse un pantalón vaquero y una sudadera y bajé al granero. Estuve trabajando hasta bien entrada la madrugada, cuando pareció que el cansancio ganaba por fin a los pensamientos invasivos. Entonces subí, me duché de nuevo y, esta vez sí, conseguí dormir.

Al despertar, sin embargo, tuve la sensación de que me había pasado la noche soñando con unas pecas.

—Joder, esto va a ser un infierno —murmuré.

Crucé la estancia hasta la encimera. A diferencia del apartamento de Grace y Aidan, el mío no tenía el dormitorio delimitado por tabiques, era un poco más pequeño y se comía demasiado espacio. La cama estaba al fondo del salón-cocina y lo único que tenía paredes era el baño, por razones obvias. Preparé café y me quedé observando el modo en que el líquido caía en la jarra, con las manos apoyadas en la encimera, la vista fija y una sensación de rabia y cansancio en el cuerpo. Quizá por eso no oí de primeras que alguien golpeaba con los nudillos en la puerta. Me costó unos instantes, pero, al percatarme, fui a abrir. Estaba completamente seguro de quién era y, aun así, deseaba equivocarme.

Al abrir la puerta, me encontré con Aidan, lo que debería haberme alegrado, porque yo estaba esperando a Grace. Mi deseo de que fuese otra persona se había cumplido, pero yo no me sentía más contento.

Y eso me cabreó más.

—Dime. —Reconozco que no fue un saludo amable y mi sonrisa brillaba por su ausencia.

—¿Tienes café? No veo en la cocina y no voy a poder enfrentar el primer día de trabajo sin una taza.

—Claro. —Abrí más la puerta para dejarlo pasar—. Adelante.

No pude evitar echar un vistazo a su apartamento cuando Aidan entró y cerró del todo su puerta. Algo debió de imaginarse, porque señaló su apartamento.

—Grace aún duerme. Anoche le costó conciliar el sueño.

—El *jetlag* haciendo de las suyas, supongo —dije, pensé que responder «no me importa» era innecesariamente borde.

El problema era que yo solía ser innecesariamente borde desde siempre, así que me pregunté cuánto tardaría en cagarla. Si intentaba contenerme era porque Aidan me caía bien. Era serio, como yo. No le gustaba socializar demasiado, como a mí. Y adoraba a su hermana, como... Bueno, como el Liam del pasado.

—Sí, ha sido un viaje un tanto duro —respondió él mirando el apartamento—. Habéis hecho un buen trabajo con todo esto.

—Gracias. Me gusta pensar que nos hemos vuelto más funcionales con el tiempo. ¿Qué tienes pensado hacer hoy?

—Pues el señor O'Neill me dijo que Doyle necesitaba que lo revisara con urgencia.

Por el modo en que pronunció la frase supe que, en realidad, el veterinario le habría informado de toda la situación.

—Eve y Sarah se niegan a sacrificarlo sin oír antes otras opiniones —confirmé—. Y lo entiendo, de verdad. Yo también le tengo cariño a Doyle, pero está sufriendo.

Aidan asintió con la cabeza serio. Le serví una taza de café y nos sentamos frente a la mesa de la cocina.

—O'Neill es un gran veterinario, estoy prácticamente seguro de que mi opinión será muy parecida a la suya, pero es preferible que lo constate y quizá así tus hermanas se queden más tranquilas.

—No son personas dadas a quedarse tranquilas con nada —rezongué.

Aidan se rio y le dio un sorbo a su taza.

—¿Cómo está Lucas? Ayer no lo vi por ningún sitio.

—¿Y quién lo ve? Se pasa las horas escapándose para estar en el pueblo con sus amigos.

—Bueno, tiene catorce años. Con esa edad tú también te pasabas la vida escapando de casa. Y no digas que no, porque Grace se escapaba contigo. Ni siquiera soy capaz de recordar el montón de veces que me sacó de quicio por olvidarse de sus tareas, o cuando las hacía rápido y mal solo para poder irse antes contigo.

Intenté sonreír. De verdad que lo intenté, pero es que, joder, había algo que se retorcía en mi interior al recordar cualquier época pasada con Grace.

—Lo sé, pero ahora soy yo quien sufre las consecuencias de que Lucas pase de estar por aquí.

Si Aidan se dio cuenta del modo en que había desviado la atención, no dijo nada. Nos tomamos el café en silencio, me pidió la camioneta para ir al pueblo y me ofrecí a llevarlo si esperaba a que me vistiera. Entonces no lo sabía, pero tomar café en mi cocina con Aidan Fitzgerald cuando el día aún no era día iba a convertirse en una costumbre que acabaría echando terriblemente de menos.

27

Grace

Mi primer amanecer en Kilway después de tantos años fue… raro. Creo que lo calificaría así. Abrí los ojos desorientada, esperando encontrarme mi pequeña habitación de Houston. Me llevó unos segundos darme cuenta de que no estaba allí. Había vuelto a mi pueblo natal, pero no a casa. Ya no sabía cuál era mi casa. Ahora mi cama era más pequeña, igual que mi dormitorio, pero estaba de vuelta, había cambiado mi vida radicalmente… otra vez. Al salir del dormitorio, no encontraría ni a mamá en la cocina ni a Ollie rezongando o enfadándose por tener que compartir el agua caliente con Aidan y conmigo.

De hecho, al salir a la cocina, no encontré a nadie. Aidan se había marchado a trabajar con el alba, al parecer, y yo tenía un día un tanto incierto por delante. El día anterior había hablado por teléfono con John Foley, el dueño de la tienda de antigüedades y restauración de Kilway, y me había pedido que me pasara a lo largo de la mañana. Pensé que llegar a primera hora denotaría demasiada urgencia, así que me obligué a mí misma a tomarme una taza de café y darme una ducha antes de ir. Le envié un mensaje a mamá, para cuando pudiera verlo con el cambio horario, y otro a Aidan para preguntarle si comíamos juntos o no. Después elegí mi ropa. Por suerte, ese día no supuso un drama. Opté por un jersey amarillo que siempre me había sentado bien y un pantalón vaquero cualquiera. Me puse las zapatillas y salí del apartamento lista para caminar hasta el pueblo. No estaba cerca, pero tampoco excesivamente lejos y yo no tenía coche, así que, mientras salía de la granja de los O'Callaghan, sentí que volvía a ser la adolescente que hacía grandes caminatas con tal de pasar un rato en el pueblo con Liam. Y eso que a nosotros, a menudo, nos gustaba más vernos en nuestro árbol.

Sentí un tirón en el estómago y pensé en todos esos momentos. Eso me llevó de un modo inevitable a nuestro contrato. El que firmamos hacía años. No sé quién se olvidó primero y sería un poco injusto culpar a Liam de algo que yo tampoco hice bien. Dejamos que el tiempo acabara con nuestra amistad hasta el punto de romper algo tan bonito como un contrato de años. Y, aun así, me pregunté si seguiría enterrado allí o si Liam, en alguno de esos ataques de indignación que solía tener de joven, había acabado destruyéndolo.

Desterré la idea de inmediato. Puede que Liam tuviera un genio de mil demonios a veces, pero nunca haría algo así. De pronto, quise ir hasta el árbol y comprobarlo yo misma. Sentía que era una tremenda necesidad, pero no lo hice. La Grace adolescente habría olvidado sus responsabilidades sin dudarlo ni un segundo, pero yo ya no era esa Grace. Quería ser una mujer adulta y responsable. Quería conseguir el trabajo en la tienda del señor Foley y quería, además, causar una buena impresión. Había vuelto a Kilway para enderezar mi vida, aunque no tuviera mucha idea de cómo hacerlo, pero estaba segura de que ignorar mi entrevista de trabajo para ir a desenterrar una cápsula del tiempo que hice de niña estaba bastante lejos de ser una decisión responsable y adulta. Además, tenía que contar con lo que pasaría si no encontraba nada al excavar en la tierra. Por diminuta que fuera la posibilidad, existía. ¿Quería enfrentarme nada más volver a la certeza de que Liam me había odiado hasta el punto de destruir nuestra cápsula? No. No era algo para lo que estuviese lista, así que me obligué a dejar de pensar en ello de inmediato.

El camino se hizo largo y, aunque pasaron algunos coches, ninguno paró al verme. Eso también había cambiado. Me imagino que nadie pensó que era yo, Grace Fitzgerald. Posiblemente mi vuelta aún no era noticia, pues, de ser así, estoy segura de que alguno de los vecinos me habría dejado subir para llevarme. Llegué cansada al pueblo pero contenta. Creo, sin mentir, que fue la vez que más ejercicio hice en meses. Era una certeza triste, pero no podía negarla.

Kilway no era grande, pero como muchos vecinos vivían a las afueras, la gente iba un poco a la suya. Todo el mundo se conocía, sí, pero por lo general no eran demasiado cotillas. O quizá es que yo me fui justo antes de experimentar si un pueblo así de pequeño puede o no ser asfixiante.

—¡Grace! ¡Grace Fitzgerald!

No sé si me sobresaltó más el grito, el claxon o que la camioneta casi se me hubiera echado encima. Estaba parada a mi lado, pero apenas había unos centímetros de distancia entre la puerta del copiloto y yo. Miré con los ojos como platos a la chica que, tras el volante, se quitaba el cinturón de seguridad a toda velocidad.

—¿Eve?

—¡Grace! —Salió y rodeó el coche tan rápido que casi no me di cuenta hasta que me abrazó con tal fuerza que a punto estuvimos de caernos las dos al suelo—. ¡Qué contenta estoy de verte! Tanto que casi no me importa que nos hayas robado el apartamento a Sarah y a mí. ¡Dios, Grace, estás guapísima!

Me costó unos segundos adaptarme y superar el shock. Eve O'Callaghan era la hermana más pequeña de Liam. Bueno, lo fue hasta que nació Lucas, años más tarde. Tenía los ojos azules característicos de toda la familia, pero, a diferencia de Liam y Sarah, que tenían el pelo negro, ella tenía el tono de un color cobrizo. No llegaba a ser pelirrojo, como el mío, ni castaño. Era bonito. Siempre me lo había parecido y me alegraba que eso, al menos, no hubiera cambiado, porque el resto… Bueno, era evidente que sí había cambiado. Eve ya no era una niña, su cuerpo, su cara y su fuerza lo demostraban.

—Has crecido muchísimo —fue todo lo que pude decir en un jadeo.

—Sí, es lo que pasa con los años, Grace, que se crece —dijo ella riéndose.

—¿Cuánto…? ¿Cuántos años tenías? Cuando me marché, quiero decir, eras muy pequeña.

—No era tan pequeña. Ya había cumplido catorce años, pero tú estabas tan centrada en mi hermano que apenas nos mirabas a Sarah y a mí.

—¡No es cierto! —contesté algo avergonzada.

—Claro que lo es —se rio, lo que no ayudó a que mi rubor bajara—. ¿Hacia dónde vas?

—Oh, voy a la tienda de antigüedades de John Foley. Quedé en pasarme para hacer una entrevista. Con suerte, empezaré a trabajar allí.

—¿En serio? Eso es genial. Sube, te llevo.

—No hace falta, está aquí cerca y…

—Venga, Grace. Sube a la camioneta. Podemos ponernos al día mientras tanto.

—¿No tienes nada que hacer?

—Liam me ha enviado al pueblo para hacer unas compras, pero puede esperar. Si te acompaño, luego tú me acompañas y así regresamos juntas. ¿Te parece? Puedo darte una vuelta por el pueblo y enseñarte qué es lo que más ha cambiado y qué sitios siguen exactamente igual. Incluso podemos ir a vuestra antigua granja, si quieres. —No sé qué cara puse, pero los labios de Eve se apretaron en una mueca al instante—. Lo siento, he sido muy insensible. No hace falta que vayamos.

—No, está bien. Creo que… creo que me gustaría ver cómo está todo después de tanto tiempo.

—¿Segura? No quiero que te sientas incómoda o mal.

—He vuelto para quedarme —dije las palabras por primera vez y, al oírlas en voz alta, me di cuenta de que aquello era cierto. Era una realidad—. No puedo evitar mi antigua casa. Creo que lo mejor es ver cómo está cuanto antes y así podré… adaptarme, supongo.

Eve pareció pensarlo un instante. Se metió las manos en los bolsillos del peto vaquero que llevaba y se balanceó sobre los talones unos instantes.

—¿Estás segura de que eso no te hará mal? No quiero cabrear a Liam.

—¿Y por qué ibas a cabrear a Liam?

—Hacerte cualquier cosa que te haga sentir mal, por mínima que sea, siempre cabrea a Liam. Todo el mundo lo sabe.

Era raro. La gente solía usar la expresión «sentir mariposas en el estómago» como algo bonito, pero en realidad no lo era. Las mariposas eran, básicamente, orugas. Larvas. ¿Quién demonios quiere tener larvas en el estómago? Y, sin embargo, allí estaba yo, sintiendo como si me hubiera tragado un puñado. Era asqueroso e innecesario. Sobre todo innecesario.

—Eso fue hace mucho tiempo, Eve. Dudo mucho que Liam tenga nada que decir en lo que a mí respecta ahora.

—Eso está por ver. —La hermana de Liam soltó una risita que no me gustó nada antes de rodear de nuevo la camioneta e instarme con la mano a subir—. Venga, vamos. ¡Tenemos mucho que hacer!

Subí, porque no hacerlo era estúpido. Tenía la oportunidad de ir a la entrevista en coche, evitando el frío y, lo que era aún más importante, volver a la granja en el mismo medio. Eve me enseñaría cómo estaba todo y, si a cambio tenía que soportar oírla hablar de Liam, era un precio mínimo.

Además, si hablaba de él, ¿qué más daba? Podía oír su nombre sin volverme loca o que me afectara.

Y lo de las larvas… bueno, seguro que un buen trago de agua las ahogaba. Y, si no, podía probar con un refresco o con alcohol.

No, definitivamente era pronto para el alcohol y, maldita sea, no debería ser necesario.

Pero podía emplear toda mi energía en hacer bien la entrevista y, con suerte, el chute de adrenalina suplantaría a todo lo demás.

Sonreí, satisfecha con mi nueva idea. Solo tenía que impresionar a John Foley al máximo. Habría funcionado de no ser porque mi entrada en la tienda no fue ni de lejos tan triunfal como yo la había imaginado.

28

Grace

Lo primero que pensé al entrar en la tienda del señor Foley era si había estado allí alguna vez antes. La respuesta fue rápida: no. En la granja, eran mis padres los que se ocupaban de los muebles, así que no había ningún motivo para que yo fuese allí, ni siquiera para hacer un recado. Sabía que existía, claro, porque Kilway era pequeño, pero no había entrado en todos sus locales. De hecho, me di cuenta de lo centrada que había estado mi vida en la granja cuando le pregunté a Eve por un par de lugares como si fueran nuevos y ella se rio diciéndome que ya estaban ahí cuando yo todavía vivía en el pueblo. Eve lo achacó a que hacía años que no vivía allí, pero la verdad era otra: no me interesaba.

No había casi nada en Kilway que me interesara lo suficiente como para recordarlo. Se salvaban algunos lugares, por supuesto, como el restaurante, la librería o las tiendas de comestibles, pero había una floristería en la que yo juraba que no había entrado nunca e Eve me insistió en que seguro que había hecho algún encargo para mi madre. Hice memoria, me esforcé, pero lo único que recordé fue a mi madre dándome órdenes y a mí cumpliéndolas en modo automático para poder volver cuanto antes a las cosas que sí me interesaban, como colarme en el pub del pueblo con Liam, pese a que todo el mundo nos conociera y supiéramos que no podíamos beber. Nos echaban siempre, pero no nos importaba. Lo que nos gustaba era colarnos, saltarnos la ley. Lo prohibido.

—¡Hola, chicas! ¿Quién es tu amiga, Eve?

Salí de mis pensamientos cuando la voz de una chica se coló en ellos. Al fondo de la tienda, tras un mostrador de cristal que servía de expositor para pequeñas antigüedades, había una chica de ojos verdes y cabello negro rizado. Sonreía a Eve con familiaridad, imaginé que eran amigas, pues parecían de la misma edad, así que dejé que se saludaran mientras me centraba en la tienda con rapidez. Había un montón de muebles, relojes antiguos, cuadros e, incluso, una vitrina dedicada a armas antiguas. Esa no me gustaba y esperaba que ninguna de ellas fuera funcional.

—Esta es Grace Fitzgerald, seguro que te suena su nombre.

—Oh, ¿es la chica que se marchó con su familia? Recuerdo el apellido.

Sentí que algo temblaba en mi interior, como si fuera un edificio y me estuvieran moviendo los cimientos a conciencia. Los Fitzgerald habíamos pasado de tener una granja próspera en el pueblo a ser la familia que se marchó de pronto. Y, en aquel instante, mi padre estaba muerto, mi madre y uno de mis hermanos vivían en otro país y Aidan y yo… Bueno, no sabía muy bien qué hacíamos allí, sobre todo en momentos como ese. Me sentía más intrusa y extraña que cuando vivía en Estados Unidos, pero me las ingenié para carraspear y sonreír un poco, aunque fuese de un modo forzado.

—Esa soy yo. ¿Sabes si se encuentra el señor Foley por aquí? Ayer hablé con él por teléfono y quedamos en que me pasaría.

—Oh, sí. Está en el taller. Si esperas un segundo, lo llamo enseguida.

—Claro que sí, esperaremos lo que haga falta. —Esa no fue mi voz, sino la de Eve.

No me sorprendió su amabilidad, pero sí el tono. Achiqué los ojos mientras la observaba y me fijé en el modo en que seguía a la chica con la mirada.

—¿Eve?

—¿Mmm?

Quise hacer preguntas. Muchas. Un atisbo de la Grace antigua abrió la puerta de mi interior y me gritó que las hiciera todas en modo metralleta. Pero entonces el señor Foley entró en la tienda a través de la puerta por la que había salido la chica solo medio minuto antes y mis nervios volvieron a centrarse en la parte de encontrar trabajo. Todo lo demás podía esperar.

—¿Grace? ¿Cómo estás?

El señor Foley se acercó a nosotras y, a nuestra vez, nosotras nos movimos para ir hacia donde estaba él. A él sí que lo conocía de verlo por el pueblo, pero estaba mayor. Los años pasaban para todo el mundo.

—Buenos días, señor Foley. Espero no interrumpir demasiado su trabajo.

—Oh, no te preocupes, te estaba esperando. ¿Qué te parece la tienda?

Miré a mi alrededor, como ya había hecho antes, y sonreí.

—Es más grande de lo que recordaba —dije, porque decir que no la recordaba en absoluto quizá quedaba mal.

—Hace años dedicaba una parte a trabajar aquí mismo, pero con el tiempo los objetos se comieron el espacio, así que ahora uso el garaje de taller.

—Entiendo.

—Tu hermano dice que tienes experiencia restaurando muebles.

—Sí, bueno, no soy experta aún, pero me encanta trabajar en ello.

—Ese es un buen paso.

—No hay nadie mejor que ella para el puesto, estoy segura. —Miré a Eve con los ojos como platos, pero ella le sonreía al señor Foley como si fuera un angelito recién caído del cielo—. ¿No dice usted siempre que la tienda no debería quedar en manos de extraños? Grace es de aquí, de Kilway.

—Eso es cierto, aunque te fuiste hace muchos años. ¿Cómo está la familia? Supe lo de tu padre. Lo siento.

—Fue hace mucho tiempo, pero gracias. —Fue todo lo que pude decir.

Pensé que el señor Foley insistiría en el tema, como hacía la gente mayor, pero solo necesité mirarlo a los ojos para ver en ellos comprensión. Y cansancio.

—Nunca es demasiado tiempo cuando se trata de nuestros seres queridos. —No pude decir ni una palabra, porque temía emocionarme allí. Era una mujer adulta y funcional, no debería sentirme así—. También perdí a mi esposa hace unos años.

La comprensión llegó de pronto, en cascada. Ocurría siempre cuando encontraba a alguien que había perdido a un familiar querido. Pasaba a sentirme cómoda con esa persona de un modo ilógico. Supongo que es porque era consciente de que no era la única que pasaba por ello.

—Lo siento —susurré.

—Ahora me paso las horas restaurando muebles o vendiendo antiguallas. No parece un trabajo muy apasionante, pero a mí me encanta.

—Lo puedo imaginar. A mí también me encantaría hacerlo.

—¿Estás disponible para trabajar en cualquier horario?

—Sí, por supuesto. No tengo problemas en madrugar ni en hacer turnos partidos si es necesario.

—No lo creo. Mi nieta, Annie, me ayuda en sus ratos libres, pero está estudiando y no quiero que pierda de vista sus objetivos.

—Oh, los objetivos son superimportantes —dijo Eve, y otra vez sonó de un modo raro. Tanto que carraspeó y se rascó la nuca distraída—. Por cierto, debería ir a charlar con ella mientras termináis de hablar.

No esperó una respuesta, caminó hacia el mostrador, lo rodeó y cruzó la puerta que daba al supuesto taller.

—Puedes empezar mañana mismo si quieres.

—Oh, ¿así de fácil?

El señor Foley me miró con simpatía.

—¿Tienes más preguntas?

—No.

—¿Alguna otra oferta de trabajo?

—No.

—¿Problemas con ganar el sueldo base estipulado para una dependienta?

—No.

—Bien, entonces empezarás mañana. Estarás en la tienda cuando lo necesite y te enseñaré todo lo que no sepas acerca de la restauración cuando no tengamos clientes, que es buena parte del día. Probaremos un mes e iremos viendo si los dos estamos cómodos y conformes con las condiciones, ¿qué te parece?

—Eh, bien, supongo.

—Sé que parece precipitado, pero odio hablar por hablar y tu hermano ya me dijo que te encantaría trabajar aquí. Yo necesito liberar un poco a Annie para que pueda centrarse en su propia vida, así que…

—No tengo quejas —me apresuré a aclarar—. De verdad, no las tengo. Me encantará trabajar aquí.

—En ese caso, deja que te enseñe el taller antes de que te marches.

Lo seguí sintiendo un subidón de adrenalina. ¡No podía creer lo fácil que había sido! Me hice una nota mental para preguntarle a Aidan qué había hablado exactamente con él, porque estaba segura de que había conseguido aquel trabajo en gran parte por mi hermano. Allanó el camino tanto como para que yo solo tuviera que asentir y lo adoré por ello. Aun más de lo que ya lo hacía, quiero decir.

Cruzamos la puerta del taller y me encontré con dos novedades al mismo tiempo.

La primera era que lo que el señor Foley denominaba «taller» no era más que, en efecto, un garaje con un portón al fondo que permanecía abierto, así que se podía ver la calle y una radio vieja que emitía música irlandesa. No era lujoso ni grande ni mucho menos sofisticado, y hacía frío, pero era... especial. Era un taller de restauración casero, prácticamente. Y no pude menos que admirar las herramientas, los muebles rotos y pensar en las posibilidades.

O, bueno, eso es lo que habría hecho si no hubiera pillado a Eve y Annie riéndose de algo que no sé qué era, pero tampoco lo necesitaba para entender que no era tan gracioso y allí... allí había algo. ALGO. Así, en mayúscula. Puede que yo estuviera un poco despistada últimamente, pero no lo suficiente como para no verlo. Miré al señor Foley, no sé qué esperaba encontrar, pero él no se estaba enterando de nada de lo importante.

—¿Qué te parece? —preguntó.

«Que estas dos quieren comerse de arriba abajo», quise responder. Pero como suponía que no se refería a eso, sonreí y dije:

—Muy bonito.

El señor Foley me miró raro y no pude culparlo. Bonito bonito no era el sitio, pero él asintió, aparentemente satisfecho, y le sonrió a su nieta.

—¿Ves, Annie? Ahora podrás centrarte por fin en tus cosas.

Su nieta sonrió, miró de soslayo a Eve y carraspeó.

Dios, necesitaba salir de allí solo para dispararle un millón de preguntas a Eve. Aquel día me faltó poco, muy poco, para morir por falta de información de la vida privada de los demás. Por un instante, sonreí. Aquello era algo que solía hacer la antigua Grace, que era alguien que me gustaba. Me hacía sentir orgullosa, no como la Grace del presente, que la mayor parte del tiempo daba más pena que otra cosa.

—Entonces, mañana nos vemos, señor Foley. Encantada, Annie.

—Igualmente, Grace —dijo la nieta antes de que sonara un timbre—. Es el que avisa de que hay gente en la tienda —nos dijo—. Nos vemos.

Entró en la tienda y nosotras nos quedamos en el taller mirándole la espalda. Bueno, intuyo que Eve miraba más abajo, pero eso tampoco podía confirmarlo hasta irnos de allí.

—Podéis salir por aquí mismo si queréis —nos dijo el señor Foley.

Agradecimos la amabilidad y quedé con él en verlo al día siguiente sin falta. En cuanto nuestros pies estuvieron en el asfalto público de Kilway y lejos de la vista de mi nuevo jefe, tiré de un tirante del peto de Eve y sonreí como una idiota.

—Tienes que contármelo todo ahora mismo.

—No sé a qué te refieres. —El modo en que Eve consiguió hacerse la tonta me enervó y causó admiración al mismo tiempo.

—¡Venga ya! —La seguí hasta el coche y reconocí, al menos en silencio, lo rápido que podía caminar cuando algo no le interesaba—. Eve, ¿qué hay entre Annie y tú?

—Shhhhhh. —Miró a nuestro alrededor, como si alguien pudiera oírnos y me arrepentí en el acto.

—Lo siento, no sabía que estabas en el armario.

—Grace, sube al maldito coche —dijo riéndose de un modo totalmente exasperado.

Obedecí y, una vez dentro, Eve arrancó el coche.

—¿Y bien?

—Y bien, ¿qué?

—Venga ya, Eve. ¿De verdad vas a jugar a esto?

—¿A qué?

—¡A fingir que no he visto lo que he visto!

—No sé qué crees que has visto, Grace, pero…

—A ti y a Annie comiéndoos con los ojos. Si llegamos a tardar un segundo más, os pillamos morreándoos, seguro.

—¿Qué dices? —Sus mejillas se tornaron rosadas mientras activaba el parabrisas, pues había empezado a llover, y emprendía la marcha—. No digas tonterías, ¿quieres?

—Vale —respondí rindiéndome—. Lo entiendo. Es tu vida privada y no puedo hablar de tus preferencias sexuales si tú todavía no estás lista para hacerlo.

Eve soltó una carcajada y negó con la cabeza.

—Grace, acepté hace mucho mis preferencias sexuales.

—¿Entonces?

—¿Entonces…?

—¡Cuéntamelo! Necesito un buen drama romántico para iniciar mi vida aquí de nuevo. —Ella se rio y yo insistí—. Venga, va, ¿desde cuándo te gusta?

—¿Te liaste alguna vez con mi hermano?

La pregunta fue como si me dieran una bofetada con un guante lleno de clavos.

—¿Perdón?

—Ya me has oído. Sarah y yo tenemos la sospecha de que os liasteis alguna vez, pero Liam se enfadaba muchísimo cuando se lo preguntábamos, así que ¿lo hicisteis?

—¿Qué tiene que ver eso?

—Nada, supongo, pero, si quieres que yo te cuente cosas de mi vida privada, tienes que estar dispuesta a hablar de la tuya. ¿Lo estás, Grace?

La miré completamente estupefacta.

—Eres... malvada. Un diablo, Eve O'Callaghan.

Lejos de ofenderse, ella encendió la radio y me guiñó un ojo.

—Una confesión por otra, mi querida Grace. Ahora, ponte cómoda y disfruta de las vistas, porque vamos a tu antigua granja.

Podía haberme puesto pesada con el tema de Annie o reprocharle su actitud, pero la mención de mi antigua granja fue suficiente para que el corazón me diera un vuelco dentro del pecho y comenzara a latir como un loco.

¿Estaba lista para echarle un vistazo a mi antigua casa sabiendo que nunca más sería mía? Y peor aún: ¿estaba lista para encontrar a Liam allí y no mostrarme rencorosa por algo en lo que él no había tenido ninguna culpa?

Para mi desgracia, la respuesta no fue rápida ni sencilla. De hecho, fueron muchas y tan distintas que me asfixiaron durante todo el camino.

29

Liam

Me froté el mentón mientras observaba el gesto serio de Aidan.

—¿Y bien? —pregunté.

—Hay que sacrificarlo.

Estábamos en los establos de su antigua granja y no podía imaginarme cómo se sentía ante el hecho de que ahora no era suya, sino de mi familia. Ni siquiera sabía cómo se sentía al recordar a su padre trabajando en ese mismo establo durante casi toda su vida. Supongo que debía de ser doloroso, pero si en algo nos parecíamos Aidan y yo era en no mostrar demasiado lo que sentíamos. Al menos al principio.

En aquel instante, por ejemplo, el hermano mayor de Grace acarició el hocico de Doyle con cariño y tragó saliva. Puede que fuera un veterinario profesional, pero Doyle era especial. Él… fue el caballo de Grace. Una de sus mayores preocupaciones cuando se marchó era que estuviera bien. Me hizo prometer que lo cuidaría como a ningún otro y lo hice. Lo prometí y lo cumplí siempre. Grace preguntó por él prácticamente cada día al principio, cuando se marchó.

Con el tiempo, como con todo, dejó de hacerlo.

—Mi hermana no puede saber esto —dijo Aidan justo cuando una nueva bola de resentimiento empezaba a crecerme en el pecho.

—¿Qué?

—Mi hermana no puede saber que Doyle va a morir.

—¿Y qué demonios quieres que le diga si pregunta por él?

Estábamos solos, no tenía por qué fingir una formalidad que nunca existió entre nosotros.

—No lo sé, pero no puede saber que va a morir ahora.

—¿Le digo que murió hace años? Va a dolerle igual. —Aidan guardó silencio—. No puedo convencer a todo el mundo de que cuente una mentira, Aidan. Lo sabrá. Si no es por mí, por alguien más.

—Pero no todavía.

—¿Por qué no?

—Porque…

Aidan pareció ansioso, acorralado incluso, lo que hizo que se me encendieran ciertas alertas. Y, joder, cómo odiaba eso después de tanto tiempo.

—¿Por qué no puede saberlo Grace, Aidan?

—¿El qué no puedo saber?

Mi espalda se envaró cuando oí su voz, pero no fue nada comparado con la cara que puso Aidan al descubrir a su hermana, junto a la mía, en la puerta del establo.

La parte buena, si es que la había, era que al final no iba a tener que mentirle a Grace. Le bastaría una mirada a su antiguo caballo para saber que no estaba bien.

Y, aunque lo odié y me odié a mí mismo por sentirlo, por un instante solo quise abrazarla, sacarla de allí y evitarle ese sufrimiento.

Pero no lo hice.

No le oculté nada a Grace cuando éramos niños ni adolescentes, no iba a empezar a hacerlo ese día, aunque ya no fuéramos amigos. Ella dejó de preguntar por Doyle, pero algo en mí mantenía la esperanza de que no lo hubiese olvidado.

Del mismo modo que, en algún sitio remoto dentro de mí, esperaba que tampoco me hubiera olvidado.

Parte 5

«Cuando no tienes nada, no tienes nada que perder».

Titanic

30

Grace

¿Has visto una tormenta desatarse en los ojos de alguien? Empieza de un modo sutil. Su rostro se torna serio y tenebroso, como si un árbol inexistente lo ensombreciera, pero no es ahí donde tienes que fijarte, sino en los ojos. Míralos y verás que el color cambia, se hace más oscuro e intenso. Si te fijas bien, puedes ver los rayos nacer en las pupilas y expandirse por el iris. Parece algo ficticio, pero juro que yo lo he visto. Ese día lo vi en mi hermano y, sobre todo, lo vi en Liam. Sus ojos azules llegaron a parecerme negros de tanto como vibró en ellos la tempestad. Quise abrazarlo, pero recordé justo a tiempo que Liam y yo ya no teníamos derecho a tocarnos sin un motivo. Dudaba incluso que tuviéramos un solo motivo para hacerlo.

Además, un segundo después, recordé que me ocultaban algo.

—¿Qué es lo que no puedo saber? —pregunté mientras me aproximaba a ellos.

Ya había sido lo suficientemente difícil acercarme a la que fue mi granja, ver todos los cambios que había sufrido, que dejara de ser una casa familiar para convertirse en una casa para trabajadores. No es que estuviera fea, peor, es que era… distinta. Muy distinta a como la recordaba por fuera y por dentro. Lo único que parecía seguir igual era el establo y, sin embargo, tenía la sensación de que eso también estaba a punto de cambiar.

—Vamos a dar un paseo —dijo mi hermano mientras se me acercaba.

—No. —Mis ojos siguieron fijos en Liam—. Dímelo.

—Grace… —Aidan intentó recuperar mi atención, pero no lo logró.

—Él no va a contármelo —le dije a Liam—. Sea lo que sea, si me incumbe y me hace daño, mi hermano no va a decírmelo y lo sabes.

—Joder, Grace —se enfadó Aidan.

—¿Y yo sí? —preguntó Liam—. ¿Crees que yo sí puedo hacerte daño?

—Siempre has entendido que había cosas que tenía que manejar yo sola, aunque me doliera. ¿Qué pasa, Liam?

Me miró durante un instante que pareció eterno. No sé cuánto duró, pero sé que, mientras lo hizo, ni Eve ni Aidan existían. Solo estaba Liam mirándome como siempre lo hacía antes de decir algo que no me gustaba. La diferencia era que, en el pasado, yo podía frustrarme y enfadarme sin retenerme porque sabía que me ayudaría a calmarme. En aquel instante, era muy consciente de que la noticia provocaría algo con lo que tendría que lidiar yo sola.

—Doyle está enfermo —dijo con voz grave—. Hay que sacrificarlo.

Por un momento, fue como si aquellas palabras no hubieran sido pronunciadas. Como si no fuera real. Miré a Liam y giré los ojos, apenas un poco, para observar a Doyle. Asomaba la cabeza por encima de la puerta de su cuadra.

Doyle.

Recordé el momento exacto en que nació. Estaba empeñada en tener mi propio caballo y papá me prometió que el próximo que naciera sería mío. Tendría que cuidarlo, cepillarlo, entrenarlo y hacerme cargo de mantener limpia su cuadra. Acepté de inmediato y, la noche que su madre parió, mi padre me despertó para que lo viera. Fue impactante, porque era pequeña, pero, en cuanto lo vi, sentí que mi corazón se expandía de un modo inexplicable. Lo quise en ese mismo instante y lo quise aún más cuando creció conmigo bajo mis caricias y cuidados. Al marcharme, le hice prometer a Liam que lo cuidaría. Pese a que estaba segura de que él pensaba que me había olvidado de mi caballo porque dejé de preguntar, lo cierto era que sus fotos seguían en mi maleta. Si dejé de preguntar fue porque pensé que nunca más iba a verlo y di por hecho que estaría bien con Liam. A Doyle aún le quedaban muchos años de vida. Ni siquiera me planteé nunca otra posibilidad que no fuera la de que muriera de viejo.

Y ahora Liam decía que había que sacrificarlo y a mí se me abría un agujero negro en el pecho al que no sabía poner nombre.

—Yo lo veo bien —dije en un graznido.

Liam suspiró, como si estuviera esperando esa respuesta, y extendió la mano hacia mí. Tragué saliva, no sabía si podía soportar tocarlo, aunque parezca estúpido, pero el silencio seguía siendo tan tenso que supe que no se trataba de una elección. Tenía que verlo por mí misma. Aun así, coloqué solo las puntas de mis dedos en los suyos. Un contacto mínimo simplificaría las cosas. Él debió de pensar otra cosa, porque entrelazó nuestros dedos como tantas veces había hecho en el pasado y me acercó a su lado, señalándome la cuadra de Doyle.

—Se partió la pata y su riego sanguíneo es malo. Está sufriendo, Grace.

Observé la pata de mi caballo. Doyle siempre sería mío aunque llevara años sin verlo ni montarlo, y entonces sentí que el peso de la realidad caía sobre mí.

—Pero…

—Hemos valorado todas las opciones. Mantenerlo vivo es condenarlo a un sufrimiento constante. Prácticamente maltratarlo.

Mis ojos seguían puestos en la pata de Doyle, pero mi cabeza… No, mi cabeza se fue. Viajó hasta la sala de espera de un hospital de Houston años atrás.

—La morfina ayuda a que no sufra, pero su cuerpo se está apagando. Muchas veces la familia quiere despedirse antes de que se vayan para siempre.

—Gracias, doctor —dijo mi madre con lágrimas en los ojos.

El médico asintió una sola vez, dio la vuelta y se marchó. Mi madre nos miró y consiguió sonreír. No sé cómo demonios lo hizo, pero lo consiguió.

—¿Queréis que pasemos juntos o preferís tener vuestro momento a solas con él? —preguntó.

Mi corazón latió desbocado. ¿De verdad estaba preguntando aquello? ¿Cómo podía siquiera pensar en ello con tanta calma? ¿Por qué no lloraba más? ¿Ni gritaba? ¿Por qué demonios actuaba como si no estuviéramos a punto de perder a papá? Me enfadé tanto con ella que solo me salió apretar los dientes y decir que quería ser la primera. A solas.

Nunca supe si fue buena idea, pero entré en la habitación de mi padre, lo observé durante unos instantes. Parecía que dormía. Le sujeté la mano y dejé caer tantas lágrimas silenciosas como mi cuerpo permitió.

—No te olvidaré nunca, te voy a querer siempre, pero estoy muy enfadada contigo por marcharte —susurré—. Estoy tan enfadada...

No pude decir más. Me quedé allí, llorando y apretándole la mano, como si solo con eso pudiera mantenerlo con vida. Temía soltarlo y que se fuera para siempre.

Aunque sabía que tenía que ser así.

No recuerdo mucho de lo que ocurrió durante ese día. Alguien me avisó de que tenía que salir para que el resto de mi familia entrara. Mamá fue la última mientras nosotros tres llorábamos en silencio en la sala de espera. Nunca supe qué le dijo, si es que le dijo algo, pero al salir nos dedicó la sonrisa más triste del mundo.

—Se ha ido.

Entonces lo hizo: se rompió. Lloró, gritó y se volvió loca en aquella sala de espera mientras nosotros la abrazábamos y yo comprendía lo que había ocurrido. Había soportado la presión hasta el último instante, lo había dejado marchar sin que él vislumbrara, ni siquiera dormido, lo mucho que sufría; y cuando él se fue, ella se rompió como un espejo que cae al suelo y se hace añicos, estallando y lanzando trozos afilados en todas las direcciones.

Yo la abracé, intentaba encontrar consuelo a mi dolor en el suyo. Sabía que, por más que tratáramos de recoger todos los pedazos, ella no volvería a armarse de la misma forma.

Con el tiempo descubrí que mi madre nunca intentó reconstruirse con todas las piezas de su espejo, sino que aprendió a vivir con las que le faltaban.

Volví al establo con Doyle, Liam, Eve y Aidan. Sentí que mi propio espejo caía al suelo de nuevo. No sabía cuántas veces había tenido que reconstruirlo en los últimos años, pero de lo que sí estaba segura era de que cada vez que recogía los pedazos tenía la sensación de estar dejando muchos en el camino. Tantos que empezaba a preguntarme si en algún momento dejaría de recogerlos.

¿Cuántas veces podía reconstruir mi espejo antes de descubrir que ya ni siquiera podía verme reflejada en él?

31

Liam

Algo no iba bien.

Hacía prácticamente dos semanas que Grace y Aidan habían vuelto. Aidan estaba ejerciendo de veterinario con cierta normalidad y Grace había comenzado a trabajar en la tienda del señor Foley y, según me contaba mi madre, estaba contenta.

Esa era la nueva realidad. Grace había vuelto, pero hablaba con cualquiera más de lo que hablaba conmigo, que era lo mínimo. Y podría decirse que de ahí surgían mis sospechas de que algo no iba bien, pero no, empezaron antes.

El día que supo lo de Doyle, no lloró. No gritó. No hizo nada más que abrazar al que fuera su caballo en silencio durante tanto tiempo que Aidan, Eve y yo salimos del establo sin entender muy bien qué estaba pasando.

—Necesita tiempo —fue lo único que dijo su hermano.

Yo lo respeté, porque después de todo él era quien mejor la conocía entonces, por más que a mí me molestara reconocerlo. Al día siguiente sacrificamos a Doyle y ella no preguntó por él. Ni siquiera hoy en día sé si Grace conoce la hora a la que murió. Simplemente… se alejó. Seguía viviendo en el apartamento con su hermano, salía a trabajar cada día, hablaba con mi familia, pero ni una sola vez había preguntado por el caballo, pese a saber que ya no estaba vivo. Y aquello me estaba matando por dentro, porque esa no era mi Grace.

Sí, sé que suena fatal decir «mi Grace», pero es un modo tan bueno como cualquier otro de contarte que la Grace que yo conocía habría llorado, gritado, pataleado y posiblemente maldecido a todos los presentes al enterarse de que Doyle tenía que morir. Y después se habría pasado días deprimida y haciéndome prometer cosas absurdas, como que la avisaría si veía una nube con la forma de su caballo. No sé, eran cosas que hacía Grace antes de cambiar. Antes de marcharse y volver siendo otra persona completamente diferente.

Incluso lo llegué a comentar con mi familia, pero todos parecieron mostrarse de acuerdo en que simplemente había madurado, igual que yo. No debería compararla con la chica impulsiva e intensa que se había marchado de la granja con el corazón roto. Tenía lógica, parecía coherente, pero… yo sabía que había algo más. Tenía que haberlo.

Yo, por ejemplo, me hice adulto, maduré y me convertí en un hombre serio, cosa que no sorprendió a nadie porque yo ya era un adolescente serio. Grace debería haber madurado manteniendo su esencia y la persona que vivía en el apartamento colindante al mío era una mujer hueca, vacía. Como un robot que hacía las cosas por inercia y nada más, pero al parecer yo era el único que lo veía. Cuando me atreví a comentarlo con Aidan, en uno de nuestros cafés mañaneros, lo único que recibí por respuesta fue una mala mirada y la advertencia de que dejara a Grace tranquila.

—Asume que ha cambiado, Liam.

—No parece que haya cambiado, sino más bien que se ha apagado.

Aidan volvió a mirarme mal, pero al final se concentró en su café y añadió sin levantar la vista:

—Necesita tiempo. Eso es todo. —Lo miré escéptico, porque, en el tiempo que hacía que habían vuelto, ya había oído eso más de dos y tres veces. Él se molestó aún más—. Ya no la conoces, Liam. No es la misma chica de antes. No puedes saber lo que necesita, así que no vayas de salvador con ella, te lo advierto.

Dolió como si me reventaran por dentro de un puñetazo.

No es que yo diera por hecho cómo tenía que ser Grace, es que alguien más tenía que ver que ella tenía problemas. ¿Por qué nadie lo hacía? No sabía de qué tipo, pero había algo. La gente cambia, lo sé, el tiempo nos afecta a todos, pero me negaba a aceptar que la nueva Grace fuera un ser humano carente de sensibilidad, con las sonrisas contadas y justas para pasar el día y decidida a no implicarse emocionalmente con nadie.

Me pregunté hasta qué punto había sufrido para llegar a adoptar esa actitud. Me dije a mí mismo que iba a intentar entablar cierta amistad con ella solo para confirmar mis teorías, pese a que esa decisión fuera totalmente en contra de la que había tomado tiempo atrás de dejarla ir para siempre. Grace necesitaba ayuda. No sabía de qué tipo ni cómo ofrecérsela y estaba bastante seguro de que era la persona menos indicada para esa labor, pero no podía quedarme de brazos cruzados y observar cómo su vida pasaba entre quehaceres automáticos y miradas vacías.

Decidí empezar en ese mismo instante. Sabía que tenía la tarde libre porque oía la televisión a través del fino tabique que separaba nuestros apartamentos y sabía que Aidan estaba trabajando. En teoría, yo tenía cosas pendientes que hacer y solo había ido al apartamento a por un poco de café, pero decidí cambiar eso por una ducha rápida. Me puse un pantalón vaquero y una sudadera con capucha y salí de mi apartamento. Toqué con los nudillos la puerta del suyo y me enfrenté al hecho de que no quisiera abrirme. Me había oído, porque el ruido del televisor cesó, pero la puerta permaneció cerrada de un modo ofensivo.

—Vamos, Grace, sé que estás ahí y tengo que hablar contigo —dije lo bastante alto como para que me oyera.

Ella no contestó y yo debería haber cejado en mi empeño. Debería haber dado un paso atrás, era lo que hubiese hecho cualquier persona coherente y respetuosa.

Pero yo no estaba siendo ni coherente ni respetuoso.

—Vale, haremos esto de la siguiente forma: o abres la puerta o voy a casa de mis padres, cojo la llave de repuesto y entro por mi cuenta.

—¡Eso es allanamiento de morada! ¡Puedo denunciarte!

—No si alego que tu apartamento estaba ardiendo y yo solo estaba desesperado por salvarte.

—¿Qué? ¡Esto no está ardiendo!

—Eso la policía no lo sabe.

—¡No te creerán!

—¿Eso piensas? He conseguido buena fama por estos lares, pequeña Grace.

—¡No me llames «pequeña», Liam! Soy una persona adulta.

—Te creería si te comportaras como tal y abrieras la maldita puerta.

Pasaron unos instantes de silencio que deberían haber sido tensos, pero fueron… gratificantes. Joder, estaba enfermo, pero el caso es que entre una Grace automatizada y una Grace cabreada, me quedaba con la última sin dudarlo ni un instante.

La puerta se abrió de un solo tirón fuerte y seco. Me encontré frente a frente con unos ojos hinchados, unas mejillas sonrojadas, un pelo desordenado y unos labios llenos de algo que parecía ser helado. No quise admitirlo entonces, pero yo estaba allí para provocar los sentimientos de Grace, para sacarla de su estado de apatía y convencerla de que debía volver a sentir todo tipo de emociones. Sí, como un puto salvador, aunque no quisiera reconocerlo. Pero ver a Grace así… Ese fue el momento exacto en el que me di cuenta de que no es que no sintiera las emociones, sino que había dejado de mostrárselas al mundo.

Eso, que debería haberme alegrado, me aturdió, cabreó y dolió tanto que apenas pude controlarme.

—¿Qué demonios ha hecho la vida contigo, Grace?

32

Grace

Liam me miraba como si fuese un fenómeno. No me gustó. Y me gustó aún menos ser consciente de la imagen tan desastrosa que estaba dando. Llevaba casi dos horas delante del televisor y, si me hubiesen preguntado, no habría sabido decir qué estaba viendo. Así de bien había activado el «modo automático» en un burdo intento de distraerme. No había funcionado, pero mientras tanto había conseguido comerme casi un litro de helado en una especie de trance del que salí cuando Liam aporreó la puerta.

Estaba lista para una buena pelea después de intercambiar algunas frases a través de la puerta, pero, cuando abrí y sus ojos se posaron en mí, fui consciente del cambio tan brusco que sufrió. Pasó de estar listo para la batalla a sentir… lástima. O asco. No estoy segura, pero creo que fue lo primero, a juzgar por lo que dijo.

—No lo sé, Liam. ¿Qué ha hecho la vida conmigo, según tú? —respondí a la defensiva.

Sentí el helado en mis labios y estuve tentada de limpiarme con la manga del jersey, pero eso habría sido un poco asqueroso y, desde luego, no habría contribuido a mi buena imagen.

—Dímelo tú, Grace. Era una pregunta.

—No estoy para preguntas.

—¿Tienes helado de sobra?

—No, es mío.

Su ceja izquierda se disparó en un movimiento que, años atrás, habría logrado ponerme nerviosa en el buen sentido. En aquel instante lo consiguió en el malo.

—No te recordaba tan egoísta.

—No me recordabas de ninguna forma, teniendo en cuenta que dejaste de responder mis mensajes.

Suspiró, como si estuviera perdiendo la paciencia, y mi furia volvió con fuerza.

—No fui el único que acabó con todo aquello.

—Ah, ¿no? Yo lo recuerdo distinto.

—Tú solo recuerdas que fuiste la última en hablar y no te respondí, pero para llegar a eso hicieron falta muchas conversaciones. Y muchas acciones, o más bien pocas.

Sabía lo que venía. La sarta de reproches, la discusión, el resentimiento que nos quemaría a los dos. Y, como lo sabía, decidí dejarlo ir. No tenía ni las fuerzas ni las ganas de enfrentarme a eso en aquel instante. Llevaba allí dos semanas y, de momento, mi supuesto cambio de vida solo había traído más sufrimiento con la muerte de Doyle.

El trabajo me gustaba, sí, pero la tristeza había vuelto a extender un velo sobre mí. Empezaba a preguntarme si habría algún momento de mi vida en el que todo iría bien. ¿Había vivido ya las etapas felices a las que tenía derecho? Quizá era eso. A lo mejor mi buena vida fue desde que nací hasta los diecisiete y, de ahí en adelante, solo quedaba sufrimiento. Era un pensamiento pesimista, pero a las pruebas me remitía.

—Si no tienes más reproches que hacer, déjame entrar.

—¿Para qué?

—Tenemos que hablar, te lo he dicho.

—Yo no tengo nada que hablar contigo, Liam.

—En ese caso, yo hablaré y tú escucharás.

—No puedes obligarme a escucharte.

—Cierto, pero puedo obligarte a soportar mi presencia unos minutos.

—Ah, ¿sí? ¿Puedes?

Liam me miró como antaño y yo sentí una punzada de algo horrible y precioso en el pecho.

—¿Estás buscando sacarme de mis casillas? Porque reconozco que sigues siendo única en eso.

—Hay dones que no desaparecen con facilidad. —Intenté sonar sarcástica. Pese a mis pintas, me apoyé en el marco de la puerta y crucé los brazos—. No vas a entrar en mi apartamento, Liam.

—¿Por qué?

«Porque tengo un bote de helado casi acabado, una bolsa de patatas abierta y la imperiosa necesidad de esconderlo todo antes de que veas en lo que me he convertido».

Tragué saliva, consciente de que no podía decir eso.

—Si quieres hablar, lo haremos en tu apartamento. No quiero que invadas mi espacio personal. —Me sentí orgullosa de haber encontrado una salida con la que, además, estaba de acuerdo.

Liam me miró mal, pero eso no era nuevo y no había cambiado en todos los años que habíamos estado separados. Solía mirarme mal cuando algo no salía como él quería, lo que era a menudo.

—Si yo no puedo entrar en tu apartamento, tú no entrarás en el mío.

—Qué maduro —dije elevando las cejas.

—Será mejor que no hablemos de madurez, ¿quieres? Me parece que no estás para hacer muchas declaraciones, Grace —dijo.

Guardé silencio, hasta yo tenía que reconocer que tenía razón. Entonces cedió:

—Está bien, vamos al pub.

—¿Al pub?

—Es un sitio donde entras y te tomas café o una cerveza, según sea tu estado de ánimo. Yo quería lo primero, pero después de estar unos minutos hablando contigo, estoy tentado de pedir lo segundo.

—¿Y cianuro no venden?

—¿Y para qué demonios quiero cianuro?

—Igual te vendría mejor para dejar de ser un gruñón, aunque me reconforta saber que en mi ausencia no te has vuelto un ser de luz dulce y sonriente. No sé si podría manejarte en esas circunstancias.

—Tú no puedes manejarme en ninguna circunstancia, Grace. Ya no.

Pensé que la batalla era mía. De verdad creía que podía ganar, pero sus palabras hicieron que mis hombros se hundieran. Lo suyo no era sarcasmo, sino… dolor. Resentimiento. Y no podía con eso.

—No me apetece ir al pub contigo.

—Grace, una conversación. Una puta conversación. ¿Es mucho pedir después de tantos años?

Lo valoré unos instantes. Decir que sí, que era mucho pedir, habría sido deshonesto y cobarde. En realidad, Liam no tenía por qué saber que me aterrorizaba la idea de pasar tiempo a solas con él y que llegara a averiguar cuántos fantasmas habitaban en mí, así que di un paso atrás y carraspeé, intentando parecer indiferente.

—Voy a cambiarme el jersey y peinarme.

—Buena idea, pero no tardes.

—No me des órdenes.

—Era una petición.

—Guárdate tus peticiones para ti.

Le cerré la puerta en las narices y lo oí gruñir al otro lado. Sonreí, satisfecha. Yo estaba hecha una piltrafa, pero todavía había algo extraordinario en desesperar a Liam. Un placer profundo e insano en el que me regocijé a conciencia mientras me hacía una coleta rápida, me limpiaba la cara y me ponía un jersey limpio. Metí los restos de helado y la bolsa de patatas vacía en una bolsa de basura que escondí bajo mi cama. La tiraría en otro momento, cuando no hubiese testigos.

Un segundo. Durante un segundo, me pregunté por qué hacía aquello. Me dije que estaba mal, que no debía esconder lo que comía pero solo fue eso: un segundo. Después, la culpabilidad y la vergüenza tomaron el control.

Aún hoy me pregunto qué habría pasado si hubiese dejado a Liam entrar en casa ese día. O si no le hubiese ocultado tantas cosas a mi hermano.

¿Qué habría pasado si hubiese conseguido mostrarle mis monstruos a la gente que me quería antes de que acabaran conmigo?

33

Liam

Llevé a Grace al pub nuevo de Kilway en un viaje en coche que fue, con toda probabilidad, el más incómodo de mi vida. Se negó a decir una sola palabra en todo el trayecto.

Lo de pub nuevo no era porque fuera nuevo. Era porque, de los dos que había, era el que tenía menos tiempo. Tampoco es que fuera viejo. De hecho, Grace no lo conocía, pues lo abrieron cuando ella se fue, pero, cuando mirabas la fachada de ladrillo visto, el cartel negro con letras doradas, la pizarra de Guinness que anunciaba el menú del día y el banco que adornaba la entrada, podías pensar que llevaba ahí toda una vida. No era viejo, no, pero era un pub típico irlandés, con los banderines naranjas, verdes y blancos fuera y dentro, la barra de madera maciza acompañada de taburetes, también de madera. Las mesas de ¿adivina? Exacto, madera, y las sillas de madera y... Bueno, había mucha madera. Y lámparas enormes y de estilo rústico que colgaban del techo. Lo positivo era que también había mucha cerveza y Patrick O'Reilly, el dueño, hacía el mejor café del mundo. Tenía algunos años más que yo, pero se había convertido en un buen amigo.

Entramos en completo silencio, pero me fijé en Grace mientras absorbía cada detalle del local.

—Esto triunfaría en Estados Unidos.

Elevé las cejas.

—Te has convertido en toda una chica americana, ¿eh?

—América es mucho más que Estados Unidos, pero, si lo dices porque he vivido unos años allí, supongo que era inevitable.

—¿Vas a hacer que esto sea difícil de principio a fin?

—Sí.

—Agradezco la sinceridad, como siempre.

—Un placer.

Sonrió y, por un instante, pude ver a la Grace del pasado. Sus ojos se achicaron, sus pecas cobraron vida y… fue sincero. Fue de verdad. Lo supe detectar porque, en aquellos tiempos, eran pocas las veces que Grace sonreía de verdad, aunque yo en ese momento no lo supiera.

—¿Prefieres sentarte en un taburete junto a la barra o en una mesa?

—Una mesa, por favor. Mi culo odia subir a sitios incómodos.

—Dijo la chica que se pasó muchas horas de su infancia subida a una valla de la granja.

—Eran otros tiempos y mi culo era bastante más pequeño.

Miré su culo un instante. Era inevitable. Quise decirle que, si se me preguntaba mi opinión, creía que su culo había madurado de una forma espectacular, como toda ella, pero cerré la boca. Intuía que podía salir mal parado de esa conversación.

Nos sentamos en una de las mesas del fondo, donde la música llegaba un poco más fuerte, pero no lo suficiente como para que tuviéramos que gritar. Patrick debía de estar en la cocina, porque no estaba a la vista, así que volví a fijarme en Grace. Sus pecas no habían menguado, como ella pensó que harían con los años, sino que se habían acentuado y tenía más. Sus ojos seguían siendo del verde más espectacular, quizá porque me seguían recordando a las hojas del árbol junto al que tantas cosas vivimos años atrás. Grace era preciosa de adolescente y eso no había cambiado. Si acaso, ahora era más atractiva, pero había algo… algo que me carcomía un poco. Faltaba en su rostro la alegría, la luz que solía desprender, el brillo de sus ojos. Aquello no era una metáfora, recordaba a la perfección el modo en que Grace siempre parecía tener encendidos dos diminutos faros en los ojos. No quedaba nada de eso y me pareció una catástrofe.

Mis pensamientos fueron interrumpidos por Patrick, que salió de la cocina y se acercó a nosotros con una sonrisa.

—Hombre, hoy te pasas antes de lo normal. —La sonrisa que me dedicó quedó en nada comparada con la que le dedicó a Grace cuando reparó en su presencia—. Ey, hola.

—Hola —contestó ella sonriendo.

—Cerveza —dije en un tono un tanto brusco.

—Genial, ¿y tu amiga?

—Un refresco sin azúcar y no soy su amiga —contestó ella sin perder la sonrisa.

Apreté la mandíbula, pero Patrick lo debió de encontrar gracioso, porque se rio y elevó las cejas.

—Y, si no eres su amiga, ¿por qué estás aquí con él?

—Amenazó con tirar mi puerta abajo y entrar en mi casa por la fuerza.

Patrick me miró, ya sin rastro de sonrisa en la cara.

—Es una historia muy larga —me defendí.

—Entiendo... —murmuró él sin dejar de mirarme mal—. Oye, chica, si necesitas que le dé una paliza, solo tienes que decirlo.

—Hum, tentador, pero no estoy a favor de que los hombres se peleen como cromañones. Aun así, gracias.

Patrick elevó las cejas y esa vez fui yo quien quiso sonreír. Ah, ahora sí estaba conociendo a la verdadera Grace.

—Te presento a Grace Fitzgerald —le dije a mi amigo.

Sus ojos se abrieron con cierta apreciación que esperé que ella no notara. Volvió a mirarla y sonrió.

—He oído hablar mucho de ti.

—Espero que bueno.

—Ha habido de todo, la verdad.

—No sé por qué, no me sorprende.

Patrick se rio y Grace sonrió, como si no le afectara saber que no siempre se había hablado bien de ella. Lo peor es que en realidad quien había hablado mal había sido yo. A mi favor diré que la mayoría de las veces estaba borracho y cabreado, y soy un ser humano bastante imbécil en esas condiciones. Razón por la que no suelo beber más de dos o tres cervezas seguidas.

—En fin, chicos, os traigo lo vuestro enseguida. ¿Queréis comer algo?

Miré a Grace, que negó con la cabeza, y Patrick se retiró, dejándonos a solas de nuevo. Observé el modo en que Grace estudiaba el local sin decir nada y sin mirarme en ningún momento, como si supiera que, cuando lo hiciera, se le acabarían las excusas para negarse a hablar. Patrick trajo las bebidas, ella permaneció en silencio unos segundos más, pero al final dejó de tener cosas en las que centrar su atención y no le quedó más remedio que mirarme.

No esperaba una sonrisa amable, no era tan tonto, pero reconozco que pensé que, al final, me pondría las cosas un poco más fáciles.

—Vamos a hablar durante el tiempo que yo tarde en tomarme este refresco. Después, me iré a casa. Como dato: bebo rápido, así que yo, si fuera tú, intentaría organizar bien el orden de prioridades.

—¿Y si luego no quiero llevarte? —pregunté a la defensiva.

—Me voy andando.

—Está lloviendo.

—No me asusta la lluvia.

—Hace frío. —Su única respuesta fue darle un trago a su refresco. Intentaba ponerme tenso y, joder, lo conseguía—. Vale, de acuerdo. ¿Quieres ir al grano?

—Por fin lo vas pillando. Dime, pequeño O'Callaghan, ¿cuál es la pregunta que más te reconcome de todas?

—¿Cuándo empezaste a olvidarme, Grace?

34

Grace

Hay preguntas diseñadas para causar una catástrofe emocional. La que me hizo Liam aquella tarde, sin duda, era una de ellas. Me gustaría decir que tuve una reacción coherente y madura, que conseguí dejar de lado mis sentimientos y tomar el control de mí misma, pero no fue así. Estaba empezando a descubrir que con Liam me resultaba muy complicado esconder mis emociones.

Cuando conseguí reponerme de la sorpresa y el dolor dejó un mínimo espacio para algo más, se coló el rencor. Es curioso, yo nunca me había tenido por una persona rencorosa. Si me hubiese preguntado alguien, habría dicho que no lo era y lo habría creído de verdad. Yo no era rencorosa… a no ser que se tratara de Liam.

En ese caso, recordaba todos los momentos en los que me había roto el corazón, no por lo que hizo, sino por lo que dejó de hacer.

—Mmm… déjame pensar. ¿Puede que empezara después de que ignoraras mis mensajes? —Liam tuvo la desfachatez de reírse y, obviamente, mi temperamento estalló—. ¿Algo que decir?

—¿Te has parado a revisar nuestras últimas conversaciones alguna vez?

—No, las borré.

Era mentira, otra más, pero mi orgullo no me permitía decir la verdad. Liam no pareció ofendido, lo que contribuyó a que yo me pusiera peor. Todo era un desastre. El modo en que estaba gestionando mi relación con él y… El modo en que estaba gestionándolo todo, en realidad.

—Me alegra que pudieras borrarlo todo y seguir con tu vida como si nada.

—¿Como si nada? —pregunté a la defensiva—. No tienes ni idea, Liam.

—¿Cómo voy a tener idea? Me echaste en cuanto te adaptaste a la gran vida estadounidense.

—¿Qué dices?

—La verdad. —Le dio un sorbo a su cerveza con calma, como si no estuviera diciendo nada importante—. Pasaste de narrarme cómo eran tus días allí a responder con monosílabos. Siempre tenías prisa y dejaste de contarme tu día a día.

—Para echar a perder una amistad hacen falta dos. Tú tampoco me contabas novedades.

—¿Novedades? —Se rio, pero esta vez no había humor en el gesto—. He seguido viviendo en Kilway. ¿Cuántas novedades crees que pueden ocurrir aquí? He hecho lo mismo cada maldito día desde que te fuiste con diminutas variaciones. Trabajar, cuidar de la familia, seguir trabajando.

—¿Y qué te hace pensar que yo he hecho algo grandioso?

—No digo que hicieras algo grandioso, digo que realizaste cambios de los que me enteré meses después porque los comentaste de pasada. No tenías tiempo de enviar un mensaje, por ejemplo, para decir que habías cambiado de trabajo.

—Fue una época complicada. Te lo contaba cuando hablábamos y tú tampoco es que iniciaras la conversación a menudo.

—Cuando lo hacía, tenías prisa o estabas a punto de hacer algo urgente que te impedía hablar un rato. Dejaste de estar pendiente del cambio horario para poder hablar de un modo más normal, no dejando un mensaje que leía horas después. —Liam chasqueó la lengua—. Has estado ocupada en tu gran cambio de vida, lo entiendo, ¿vale? Pero no puedes culparme por negarme a seguir fingiendo que todo era normal cuando ya no lo era.

Intenté hacer memoria, porque no lo recordaba así. Lo cierto es que hubo una parte de mi vida, una gran parte, en la que me volví tan antisocial que es posible que eso ocurriera. De hecho, recordaba algún que otro momento en el que había dejado de responder a Liam para, simplemente, escuchar música o comer algo tranquila y sin distracciones.

—No voy a pedir perdón, Liam.

—No te estoy pidiendo que lo hagas. Elegiste tus prioridades, yo decidí que no iba a pasar por la mierda de enviar un mensaje cada Navidad como si fueras una maldita tía lejana y todo se acabó.

—Me haces parecer una mala persona.

—No eres una mala persona, Grace. Eres una persona que rehízo su vida y creo que eso, en parte, es bueno. Lo que no entiendo es por qué has vuelto si todo esto ya había quedado atrás. Y, sobre todo, por qué pretendes culparme de intentar hacer lo que tú hiciste antes.

Apreté los dientes para no decirle que no había quedado atrás. Una parte de mí quiso gritarle que este también era mi hogar, pero ¿lo era? Ya no lo sentía así. Para ser sinceros, ya no sentía que tuviera un hogar. No sé si es algo que le ocurre a todo el que se marcha de su país, pero al volver tenía sentimientos encontrados. Se supone que debería sentirme en casa, pero la que había sido mi granja ahora era un edificio adaptado donde dormían los trabajadores. Era algo así como una pensión para ellos. No quise entrar dentro, no quería ver el que fuera mi dormitorio con literas. Podía considerarse como que no quería enfrentarme a la realidad, pero no era eso. Sabía que la realidad era distinta, pero no tenía por qué fustigarme con ella de un modo innecesario. Regodearme en el dolor que me provocaba haber perdido la granja no haría que fuera más consciente de lo distinta que era mi vida en aquel instante, pero sí reabriría heridas que tardaban mucho en cerrarse.

—No te culpo de nada —dije.

—Pero estás enfadada conmigo.

—Sí.

—¿Por qué?

Buena pregunta. ¿Cómo podía explicarle que, aun sin ser el culpable de mi situación, yo sentía cierto rencor hacia él? Había sido durante años la persona más importante de mi vida y, en aquel instante…, no lo era. Eso estaba claro.

—Tú también estás enfadado conmigo —respondí.

Liam me miró y no sé qué sentí. Todavía me costaba adaptarme a que sus ojos fueran los mismos de años atrás y, al mismo tiempo, no lo fueran porque miraban distinto. Su cuerpo era el mismo, pero más fornido; su cara era la misma, pero ya no parecía un adolescente ni de lejos. Su pelo negro seguía siendo largo en las puntas y rebelde, a juzgar por cómo se rizaba, pero ya no le caía en la frente desordenado y tenía la sospecha de que no dejaba que le creciera tanto como para hacerlo. Todo en Liam era así: igual y distinto.

Me pregunté cuántas cosas nuevas había en su vida que yo desconocía y, como si el destino me hubiese oído y quisiera gastarme una broma, la puerta del pub se abrió y dejó pasar a una chica morena, preciosa y sonriente que se dirigió a nosotros sin titubear.

—He visto la camioneta fuera —le dijo a Liam.

No lo besó. Ni siquiera lo tocó, pero tampoco necesitó hacerlo para que yo entendiera que allí había... algo.

Una vez leí que un copo de nieve tarda una hora en llegar al suelo.

Una hora tiene tres mil seiscientos segundos.

Se puede decir, entonces, que, en lo que tarda un copo de nieve en caer al suelo, mi corazón tuvo tiempo de romperse tres mil seiscientas veces.

35

Liam

Creo que este es el punto de la historia en que los lectores esperan que hable mal de Sienna. Acaba de salir y debería ser una chica guapa y tonta o pija o malvada para que así las cosas fueran sencillas. Es así como suele ser en muchos libros, pero no en este. Este libro habla de nuestra historia, nuestra vida, y en ella Sienna era una buena chica.

Tenía el cabello castaño oscuro, a juego con sus ojos del tono de las avellanas tostadas. Su sonrisa era dulce, como su personalidad, y nunca la vi decir algo desatinado o malvado a conciencia. No era perfecta, desde luego, pero en esta historia nadie lo es.

Pese a todo, cuando Sienna sonrió, yo deseé que no estuviera allí, con Grace y conmigo. Después me arrepentí y deseé que la que no estuviera fuera Grace. Al final, pensé que lo ideal de verdad sería no estar yo. Fueron unos segundos tensos y eternos, pero, cuando pasaron, un pensamiento se infiltró en mi mente con la fuerza de una piedra inmensa que cae en un pantano: yo no había hecho nada malo. No tenía por qué sentirme mal ni culpable. Aunque no entendiera muy bien lo que estaba sintiendo en ese momento, no tenía derecho a actuar como si no conociera bien a Sienna, porque no era así.

—Decidí tomarme la tarde libre para ponerme al día con Grace —dije sin mirar a esta última. Aunque no quisiera reconocerlo, no sabía qué iba a encontrar en su rostro y eso me alteraba—. ¿Te acuerdas de ella? Eras pequeña cuando su familia se marchó.

—No era tan pequeña —protestó Sienna riéndose antes de mirar a Grace—. Tenía doce o trece años, si las cuentas no me fallan, y por supuesto que recuerdo a tu familia, como todo el mundo. Siento mucho lo que le pasó a tu padre.

—Gracias. Perdón, pero creo que yo no te recuerdo.

Sienna sonrió nerviosa, pero Grace no lo dijo con mala intención. Estoy seguro. Era cierto que Kilway era pequeño, pero Grace y yo… Bueno, nosotros nunca estuvimos muy interesados en conocer a nadie más allá de la gente que iba a nuestra clase en el colegio y, aun así, no conocíamos a todos. No era porque nos sintiéramos especiales, sino porque nos bastaba con tenernos el uno al otro. A nosotros de verdad nos bastaba y sobraba. Al crecer nos fuimos relacionando con más gente de nuestra edad, sobre todo yo, y luego ella se marchó y… Bueno, es normal que no recuerde a Sienna. Aunque solo se lleva cinco años conmigo y cuatro con Grace, era muy pequeña cuando esta se marchó. Pero creció, igual que nosotros, y allí estábamos, incómodos, mirándonos entre los tres y sin saber bien qué decir.

—Es Sienna Whelan, hija de…

—Oh, sí, sé quiénes son tus padres —dijo Grace entonces—. Guau. ¡Sí que has crecido! ¿Quieres sentarte a tomar algo con nosotros?

—En realidad, veo que os estáis poniendo al día, así que creo que es mejor que me marche. —Sienna me miró nerviosa—. Solo he entrado porque iba de camino a la tienda y he visto tu camioneta. Te llamo más tarde si te apetece, ¿vale?

—Claro.

Sienna sonrió y vi el momento exacto en que pensó en darme un beso o un abrazo. Lo vi en sus ojos y en el modo en que se echó hacia delante, pero no lo hizo y yo... tampoco actué. Nos miramos de un modo tenso y luego ella se marchó y yo me quedé sentado, sintiéndome mal.

—Conque en tu vida no había grandes novedades, ¿eh? —En cuanto la puerta del pub se cerró después de salir Sienna, la voz de Grace sonó con un sarcasmo que ya existía antaño, pero había mejorado con el tiempo—. A mí Sienna me parece una gran novedad.

—De hecho, sí. Es tan novedad que no había nada cuando tú y yo dejamos de hablar.

—Cuando tú dejaste de hablarme.

—¿Vas a seguir con esa mierda? —pregunté exhausto.

—Si te molesta la verdad, lo siento.

Apreté los dientes. Tuve ganas de decirle que estaba equivocada. Joder, no tenía ni idea de hasta qué punto estaba equivocada, pero me molestaba tanto que diera por sentado todo lo que yo pensaba que me mantuve en silencio unos instantes, reorganizando mis pensamientos.

—¿Sabes qué? Mejor hablemos del motivo real por el que te he traído. —Grace me miró en silencio—. ¿Por qué demonios llevas dos semanas comportándote como un fantasma?

—No sé de qué hablas.

—No te despediste de Doyle, no te hemos visto por la casa de mis padres, no has venido al pueblo más que a trabajar.

—¿Y para qué más iba a venir al pueblo? —preguntó—. He estado intentando tomarme las cosas con calma.

—Demasiada calma, tratándose de ti.

—¿Demasiada calma?

—Tú no eres calmada. No te pega.

—¿Y qué me pega, según tú, Liam?

—No sé. Pero nada que pegue con «calmada». Calmada es la lluvia en los días buenos. Tú eres más como… como… las jodidas tormentas. Arrasas con todo a tu paso, fabricas truenos, huracanes y…

—Me fascina tu conocimiento de los fenómenos meteorológicos. No sabía yo que teníamos a un posible presentador del tiempo en Kilway.

—Grace, deja esa mierda.

—No, deja tú esa mierda, Liam. —Se levantó enfadada—. Deja de meterte en mi vida, deja de decirme cómo se supone que soy porque hace años que no nos vemos. No tienes ni idea de cómo soy ahora ni de qué me gusta hacer con mi vida, igual que es evidente que yo no tengo ni idea de qué haces tú con la tuya. —No la nombró, pero sabía que se refería a ella.

—No entiendes nada —escupí.

Ella se rio con sarcasmo.

—Ese es el problema. No me entiendes y yo no te entiendo. Estamos destinados al fracaso incluso a la hora de mantener una conversación. Por eso, por el bien de los dos, lo mejor es que nos mantengamos lo más alejados posible.

—No. —Apreté los dientes mientras me levantaba y la seguí, pues había empezado a abrirse paso hasta la puerta.

—¡Eh! ¿Quién paga las consumiciones? —preguntó Patrick.

Lo ignoré y salí detrás de Grace. Fuera llovía, pero ella no se detuvo, sino que se dirigió hacia el camino que llevaba a la granja.

—¿Se puede saber qué demonios haces?

—¿No lo ves? Vuelvo a casa.

—¿Andando y con esta lluvia?

—¡Sí, joder! ¡Andando y con esta lluvia!

—Grace… —la llamé. Siguió caminando, como era de esperar, así que avancé algunas zancadas y la cogí del brazo—. Oye…

—¡No me toques! —Su estallido me dejó estupefacto. No era solo enfado. Tenía los ojos llenos de lágrimas y temblaba tanto como un cachorro recién abandonado—. ¡No vuelvas a tocarme nunca! ¿Me oyes? ¡Nunca!

Alcé las manos de inmediato, tragué saliva, preocupado y asustado. Estaba asustado porque aquello… aquello no era propio de ella. Y entonces entendí, del peor modo posible, que ella tenía razón: había cambiado. Había vivido cosas terribles que la habían hecho madurar de un modo que yo no podía imaginar. Intentar encajar a aquella mujer en la adolescente que dejó en Kilway era un error.

—No te tocaré —susurré—. No te tocaré, te lo juro, pero deja que te lleve a casa.

Ella guardó silencio, mirando a los lados. Su pelo, del color de las estrellas ardiendo, se le pegó a la cara cuando se mojó, sus labios se entreabrieron mientras respiraba entrecortadamente y sus ojos… sus ojos nunca habían estado tan vacíos como en ese momento.

—Por favor, Grace —insistí—. Deja que te lleve a casa.

—No quiero hablar. No quiero discutir ni hacer las paces. No quiero que me toques y no quiero… no quiero… —Se le entrecortó la respiración y me asusté tanto que me podría haber puesto de rodillas y prometerle que cambiaría el jodido clima si conseguía calmarse.

—Respira hondo. No te tocaré, no te hablaré y no haremos nada que no quieras, pero respira, por favor, Grace.

Ella cerró los ojos. Tenía las mejillas pálidas y la mandíbula rígida, pero consiguió inspirar a trompicones por la nariz. Después de repetirlo varias veces, logró calmarse lo suficiente para mirar hacia donde estaba la camioneta.

—Estoy empapada.

Fue un susurro apenas audible, como si ese fuera el mayor de sus problemas. De nuestros problemas.

—Yo también —susurré—. No importa. La camioneta está acostumbrada a las inclemencias del tiempo por dentro y por fuera.

Asintió de un modo torpe y se dirigió hacia ella. Subió al asiento del copiloto e hizo el camino de regreso tal y como había llegado allí, en silencio, pero además calada y temblando ligeramente.

Aparqué en la granja, pero no bajé del coche.

Ella sí. Bajó, se encaminó hacia el granero y entró a toda prisa.

Todavía hoy me pregunto si debería haber ido tras ella. Aún me carcome saber que, de haberlo hecho, quizá las cosas habrían sido distintas.

Mejores, al menos para ella.

36

Grace

«Mírate, das tanto asco... Si tan solo hubieras conseguido mantenerte estos años. No entiendo por qué lo echaste todo a perder».

Sentada en el suelo de la cocina, abracé un bote de crema de cacao medio vacío. Estaba entero hacía solo unos minutos. Antes de que entrara en casa, abriera el armario, quitara el precinto y metiera dentro la cuchara. Sentí la boca pastosa, el estómago dolorido y los ojos ardiendo por las lágrimas que ya no podía contener.

«La debilidad hecha persona. Si supieran lo que haces. Lo que eres. Si vieran en lo que te has convertido...».

Las náuseas llegaron con fiereza. Apenas tuve tiempo de soltar el bote en el suelo y arrastrarme hasta el baño. Abrí la tapa del váter y vomité con tanta fuerza que sentí dolor en la garganta, el estómago y la sien al mismo tiempo.

Sentí la bilis subir por la garganta, los ojos llorosos, los oídos taponados y el alma... El alma observaba desde alguna parte, ajena a aquello, tapándose los ojos para no ver en lo que me estaba convirtiendo.

Cerré los ojos, sollocé y me aparté del váter. Apoyé la espalda contra la pared y me limpié la boca en la manga del jersey. Era asqueroso, pero era lo único que tenía a mano.

Respiré entrecortadamente, intentando recuperarme, pero apenas tuve tiempo de pensar en nada, porque esa voz, esa maldita voz volvió de nuevo. Siempre volvía. Llevaba años colándose en los peores momentos por las rendijas que el dolor dejaba entreabiertas.

«¿Cómo puedes ser tan patética? Levántate, tienes que limpiar la cocina y el baño. Date una ducha, nadie puede saber esto. Da igual lo que pase, da igual cómo te sientas. Nadie puede saber esto».

Me eché hacia delante y me puse de rodillas. Primero un pie y luego el otro. Sin pensar. Sin sentir. Guardé el cacao, limpié la cocina y el baño, me metí en la ducha y puse mi ropa sucia a lavar.

Aidan volvió a casa una hora después mientras yo estaba en el sofá viendo el televisor. Se acercó, me besó en la frente, me revolvió el pelo y se marchó a la cocina para preparar la cena.

Quise gritar, llorar y rogarle que se diera cuenta. Que me mirara y comprendiera que las cosas no estaban bien.

—¿Cómo ha ido tu día? —preguntó.

«Mírame».

«No lo entendería. No deberías preocuparlo. Ha sido una tontería. No pasará más».

«Aidan, mírame, por favor. No estoy bien, mírame».

«¿Vas a cargarlo con más problemas y preocupaciones? ¿Acaso no tiene suficiente?».

—¿Grace?

Me concentré en él. En su voz, era la única que importaba. O debería haberlo sido.

—Bien —dije con voz ronca—. Ha ido bien.

Aidan sonrió, devolvió su atención a la cocina y yo me quedé allí, en aparente calma por fuera, pero desatando un infierno en mi interior.

Parte 6

«No esperes que las cosas sean más fáciles, más simples, mejores.
La vida siempre será complicada. Aprende a ser feliz ahora.
De otra manera, te quedarás sin tiempo».

Intocable

37

Liam

—No te preocupes, lo entiendo.

Sostuve el teléfono pegado a mi oreja mientras escuchaba a Sienna y me sentía como una mierda. Estaba tumbado en mi cama, mirando al techo y pensando en lo que había sucedido los últimos días.

—De verdad, lo siento. Es solo que entre el trabajo, mi familia y…

—Liam, no tienes que darme explicaciones.

—Quiero hacerlo —insistí.

Imaginaba que Sienna no se sentía bien. Habían transcurrido dos días desde que nos había encontrado en el pub y todavía no nos habíamos visto. Ella no había insistido y yo me había pasado todo el tiempo trabajando. Cuando no trabajaba, estaba en casa, esperando oír a Grace, preguntándome si debería ir a ver cómo estaba, pero sabiendo que no sería bien recibido. Era raro, hubo un tiempo en el que no ir a ver cómo se encontraba ni siquiera habría sido una opción. Pero si algo me había quedado claro con nuestra visita al pub era que esos tiempos se habían quedado en el pasado y, en ese instante, yo no tenía ni idea de cómo actuar con Grace.

—Oye, no soy una niña pequeña a la que tengas que estar cuidando, Liam —dijo Sienna—. Los dos tenemos claro lo que hay desde que esto empezó. No me debes nada y yo a ti tampoco.

—Lo sé, pero...

—Fuiste a tomar algo con tu mejor amiga de la infancia y no pasa nada. Yo no quise molestaros y me marché a casa, pero no me fui llorando ni con el corazón roto ni imaginando cosas que no son. Porque no lo son, ¿verdad?

—No lo son —aseguré—. Es solo que es... raro.

—¿Raro?

Me mordisqueé el labio unos instantes, me preguntaba si debía confiarle lo que pensaba. Mi relación con Sienna era un tanto atípica. No era una relación seria, ninguno de los dos quería, pero sí salíamos. Nos divertíamos juntos, el sexo era fantástico y, bueno, la quería mucho, pero en un pueblo tan pequeño como Kilway eso se traducía en tener una relación estable. Así que, aunque nosotros tuviéramos claro que no era algo serio y no se mantendría en el futuro, en el pueblo todo el mundo daba por hecho que sí lo era. Incluidas nuestras familias.

Éramos muy jóvenes y Sienna tenía claro que quería ver mundo. A menudo me preguntaba si yo también quería salir de allí, del pueblo y de Irlanda. Cada vez que lo hacía, yo volvía a años atrás, al momento exacto en que le había dicho a Grace que todos los días imaginaba cómo salía corriendo de Kilway con ella. Más tarde se marchó, aunque no en las condiciones que soñamos, y yo me quedé atrapado entre acantilados e infinitos pastos para siempre.

—¿Sigues ahí?

—Sí —murmuré—. Es que… es como si se tratara de otra persona —confesé al final.

Hubo un momento de silencio antes de que Sienna respondiera.

—Es muy posible que sea otra persona, Liam. Han pasado muchos años, la vida nos va cambiando a todos. Yo no soy la misma que cuando tenía quince y estoy bastante segura de que seré una persona completamente distinta a los treinta.

—Lo sé, lo sé, pero, aun así, no siento que haya cambiado a bien o que haya madurado de un modo lógico. —Resoplé, era muy difícil explicar algo que ni siquiera tenía mucho sentido en mi mente—. Está como apagada. No soy idiota, sé que es normal que haya cambiado, pero es que me da la sensación de que está… perdida.

—Dale tiempo. Quizá solo necesita sentir que está en casa de nuevo.

—¿Y cómo va a lograrlo? Lleva aquí unas semanas y apenas se relaciona con nadie.

—Hay personas que necesitan unas semanas para encontrarse, otras meses, y hay algunas que necesitan años. Depende.

—¿De qué? —pregunté.

—De lo rotas que estén, supongo.

Tragué saliva, porque esas palabras sí parecían encajar bastante bien con la Grace que había vuelto. Rota.

—¿Debería dejarla en paz? —El silencio al otro lado de la línea me hizo sentir incómodo—. Lo siento, no debería pedirte consejo.

—No veo por qué no. A todos los efectos, ahora mismo yo soy tu amiga más íntima.

—Cierto.

—Solo estaba pensando… —dijo Sienna—. ¿Hasta dónde estás dispuesto a implicarte, Liam?

—¿Qué?

—Si Grace de verdad tiene problemas o está tan perdida… ¿Quieres ser la persona que la ayude a encontrarse? Es una tarea difícil.

—No me dan miedo las cosas difíciles —afirmé.

—No, pero sería una amiga de mierda si no te advirtiera de que puede ser complicado y doloroso para los dos.

—Eres una chica muy lista —murmuré después de meditarlo unos instantes.

—Eso me gusta pensar —dijo riendo—. Oye, sé que esto parece lógico, pero creo que no lo estás haciendo: sigue tu instinto, Liam. No pienses tanto. Después de todo, es Grace. Sí, ha podido cambiar mucho, pero todavía juegas con el favor de haberla conocido al cien por cien en el pasado.

Colgué después de prometerle que seguiría su consejo y me quedé mirando al techo, pensando en que no me merecía tener de mi parte a una chica como Sienna Whelan. Sabía que ella no quería una relación seria y yo tampoco, pero a veces… me preguntaba si no sería mi vida mucho más bonita si consiguiera enamorarme de ella. Seguirla a los confines del mundo y prestar atención a mis deseos sin que nada más importara.

El problema era que yo no estaba enamorado de ella ni ella lo estaba de mí. Nos queríamos mucho, me consta, pero, cuando me imaginaba huyendo de Kilway sin mirar atrás, no era su melena la que veía ondear al viento.

Me sobrecogí, pero nadie puede culparme. Después de todo aquel día, tumbado en mi cama y mirando al techo, lo descubrí. No importaba cuántos años pasaran, durante toda mi vida, cuando soñaba con huir, la melena que me acompañaba seguía teniendo el color de los atardeceres que me moría por ver lejos, muy lejos de casa.

38

Grace

Enderecé la espalda con un quejido que quedó amortiguado por la música irlandesa que sonaba a través del altavoz que John Foley tenía en el garaje de su negocio. Tardé muy poco en descubrir que mi jefe era un apasionado de la música celta, así que trabajar con ella se convirtió en una costumbre para mí. Incluso encendía yo misma el altavoz si algún día por casualidad todavía estaba apagado cuando yo llegaba. Era algo raro, en realidad. Annie y John podrían olvidarse de comer, pero no de la música.

—Grace, es hora de cerrar —anunció Annie desde la puerta que comunicaba el garaje con la tienda.

Miré las patas de la antigua cómoda que había estado lijando un buen rato. Al día siguiente, podría empezar a poner capas de imprimación para pintar encima. Adoraba esa parte del trabajo. Pintar muebles se había convertido en un calmante natural para mí. Me ayudaba a canalizar mis pensamientos de un modo increíble. A menudo incluso había logrado visualizar el modo en que mis preocupaciones se escapaban con cada partícula de polvo que salía despedida al pasar la lija por la madera.

—Se me ha pasado el tiempo volando —admití.

—Es lo que te ocurre siempre que te dejamos jugar aquí —contestó John por encima de la cabeza de su nieta—. Vamos, chica, es hora de que salgas a vivir un poco la vida.

Me reí. Me gustaba mi jefe y me encantaba pasar tiempo con Annie. Podía entender perfectamente por qué Eve había perdido la cabeza por ella, aunque todavía no me lo hubiera confirmado. O más bien estuviera esperando a hacerlo cuando yo le hablara de Liam, cosa que no iba a suceder. Lo de Liam era pasado y estaba más que enterrado.

—Creo que mi abuelo tiene razón —comentó Annie mientras me ayudaba a cerrarlo todo—. Esta noche iré a tomar algo con Eve, Sarah y Sienna, ¿por qué no te apuntas?

Me quedé un poco bloqueada, no sabía cómo decirle que tomar algo con las hermanas de Liam y su novia era un poco excesivo para mi ansiedad. No tendría que afectarme, lo sabía, pero me hacía sentir rara e incómoda.

—Pues estoy cansada, no creo que…

—Venga, Grace. No será nada excesivo. Unas cervezas en el pub, algunos cotilleos del pueblo y poco más.

—No sé…

—Estoy segura de que lo pasarás bien. Vamos, por favor… —Se las ingenió para que sus ojos adquirieran un brillo extraño al que no pude resistirme.

—Supongo que podría tomar una cerveza si las demás están de acuerdo.

—¡Lo estarán! Estoy segura. Eve y Sarah te quieren muchísimo y Sienna es una gran chica.

Sonreí por respuesta, me despedí de ella y me marché a casa. Caminé hasta la granja, así que tuve tiempo de llamar a Eve y preguntarle si le importaba que me uniera y si podía ir al pueblo en coche con ellas. Para mi sorpresa, Annie había tardado entre uno y cinco segundos en avisarla y ya contaba conmigo, así que solo tuve que confirmarle que iría a la casa de sus padres a reunirme con ella y con Sarah en cuanto cenara.

Cuando por fin llegué a casa, estaba empapada. Podría decir que no había echado de menos la lluvia que acecha en Irlanda casi de un modo permanente, pero en cierta manera sí lo había hecho. Me gustaba ponerme mi chubasquero y caminar mientras las gotas golpeaban el plástico que me cubría y se precipitaban al suelo, como si encontraran una muralla al llegar a mí. Quizá era porque, en aquellos instantes, no había nada que deseara más que tener esa protección frente a todo y a todos.

Me quité el chubasquero en el porche que comunicaba el granero con las escaleras de mi apartamento. Cuando abrí la puerta para subir, miré abajo y me encontré con un gato dormido sobre la alfombra que había justo antes de subir los escalones.

—Ey. —Me agaché para acariciarlo y sonreí cuando, no solo se dejó, sino que ronroneó—. ¿De dónde sales tú?

—De la granja. —La voz de Liam hizo que mirara arriba de inmediato.

Estaba en la escalera, listo para bajar y salir, por lo visto. Cogí al gato en brazos y me aparté para que pasara.

—Se deja tocar y coger. Hasta donde yo recuerdo, los gatos que nacían en tu granja o en la mía no lo hacían.

—Eso es porque ya tiene sus años y mis padres la alimentan.

—¿Es chica? —pregunté. Liam asintió y yo acaricié su pelaje naranja—. Es preciosa.

—Lo es —respondió con una pequeña sonrisa en la que pude atisbar, por un solo segundo, al Liam del pasado—. Y también es muy lista, así que, si empieza a recibir carantoñas por tu parte, vendrá a menudo.

—¿Dónde duerme cuando no está aquí?

—En el porche de mis padres, en algún árbol... Aunque muchas veces está aquí. Si te soy sincero, creo que ha tardado un poco en dejarse ver porque no sabía si fiarse de tu hermano y de ti.

—Ya se ha decidido, por lo que veo —respondí altiva.

Liam, lejos de molestarse, sonrió.

—Eso parece. En fin, tengo que salir.

Bajó los escalones que faltaban para llegar abajo y se puso a mi altura, a escasos centímetros de mí. Le acarició la cabeza a la gata, que seguía en mis brazos y, cuando esta ronroneó, le dedicó una amplia sonrisa. Tan amplia que me alegré porque, al menos en el pasado, Liam no había sido de sonreír demasiado. Acallé la vocecita que me gritó que conmigo sí sonreía. Conmigo se reía a carcajadas, igual que yo con él.

—Te quiere mucho —dije sin contenerme.

Él alzó los ojos, me miró un segundo y tragó saliva antes de volver a acariciar al animal.

—Hemos pasado por mucho juntos. ¿Verdad, Pecas?

Fue un latigazo. Un presentimiento, quizá. Como si hubiesen instalado un aparato de descarga en mi columna vertebral, lo miré y pregunté:

—¿Pecas? ¿Se llama así? —Él asintió—. ¿Por qué?

Liam pareció pensarlo unos instantes, pero fuera lo que fuera lo que se le pasó por la cabeza, al final acabó contestando.

—Tiene carácter, sabe ser dulce, pero solo cuando quiere, y su color… —Miró a la gata en vez de a mí—. Tiene el color de tus pecas.

Lo miré completamente estupefacta, incapaz de decir nada. Tampoco habría tenido tiempo, porque Liam dio un paso atrás y pasó por mi lado.

—Hasta luego, Grace —se despidió.

Se marchó tan rápido que ni siquiera me dio tiempo a girarme. Me quedé allí, frente a la escalera, con la gata en brazos y los latidos alterados. Pecas. Le había puesto Pecas por mí.

Tragué saliva y me obligué a calmarme. Subí las escaleras sin soltar a la gata, entré en casa y la dejé en el sofá.

—Mañana compraré comida y una camita para ti —susurré—. Por el momento, puedes dormir aquí.

Ella maulló y estiró la patita, como si quisiera chocar los cinco conmigo. Me reí y le acaricié el pelaje una vez más antes de meterme en la ducha. Me lavé el pelo a conciencia y, por primera vez desde que había vuelto, me esmeré en peinarlo y moldearlo un poco. Si iba a salir con las chicas, quería dar buena imagen. Me puse un pantalón vaquero y un jersey verde, del tono de mis ojos. Si en el pueblo se seguía saliendo como años atrás, cuando yo estaba, con eso era más que suficiente. Me coloqué un poco de rímel y bálsamo labial solo por hacer algo distinto y me miré en el espejo del baño.

«Tienes papada y ese jersey te marca mucho la barriga».

Tragué saliva y estiré la lana del jersey. A modo de respuesta oí una risa maliciosa en mi cabeza.

«No hay forma de ocultar eso y menos con la ropa de invierno. Al menos no comas como una cerda delante de las chicas o pensarán mal de ti».

Miré de soslayo el váter. Las náuseas habían vuelto, pero no eran suficientes para vomitar sin ayuda y… Aidan llegaría en cualquier momento. Tragué saliva, esta vez para intentar que bajase el nudo de ansiedad que se había instalado en mi garganta.

—No comeré. Solo voy a tomar una copa —le susurré a nadie en particular.

La voz se calló, siempre hacía eso. Se callaba algunos ratos y volvía con fuerza en los peores momentos. Cuando menos la esperaba. Volví a mirarme en el espejo, pero sabía que corría el riesgo de despertarla de nuevo, así que me obligué a salir del baño, coger mi mochila para meter el móvil y el chubasquero y dirigirme a la casa grande, donde Sarah e Eve ya me esperaban. Por suerte, iban vestidas del mismo estilo que yo.

En el porche, Liam estaba sentado con su padre. Este le decía algo de la granja, como siempre, pero él nos miraba a las tres.

—Está celoso porque no le dejamos venir —dijo Eve riéndose al darse cuenta de que yo lo miraba.

La respuesta de su hermano mayor fue dar un resoplido. Estábamos a punto de salir cuando Lucas llegó corriendo y se sentó frente al banco.

—Perdón, perdón, me he entretenido haciendo… cosas.

Su padre gruñó de un modo que recordaba bien para mostrar su descontento. Liam se limitó a suspirar, como si estuviera cansado de todo aquello, probablemente porque así era. O así solía ser. Recordé mi reencuentro con Lucas. Me quedé tan impactada de que ya fuera un adolescente que solo supe balbucear. Él, en cambio, lo encontró de lo más divertido. En realidad, se parecía a Liam físicamente y, al mismo tiempo, no tenían nada que ver. Se notaba que Lucas tenía un carácter mucho más risueño.

—Vámonos antes de que empiece el drama —murmuró Sarah.

No sabía bien cuál era el drama, pero estaba claro que el padre de Liam no estaba contento. Rara vez lo estaba, en realidad, o así lo recordaba yo. No era un mal hombre, pero vivía por y para la granja y quería que sus hijos se sintieran igual.

Durante el camino, Sarah e Eve no pararon de hablar, lo que me dio la oportunidad de observarlas interactuar. Siempre se habían llevado bien; peleaban, claro, es lo lógico entre hermanos, pero en cierto modo yo envidiaba la complicidad que había entre ellas. Solía decirme que era porque yo no tenía hermanas, solo hermanos, pero con el tiempo entendí que mi relación con Aidan es tan especial que no lo cambiaría por una chica. Y menos después de todo lo que estaba haciendo por mí.

—Estamos muy contentas de que te hayas unido —dijo Sarah mirándome por el espejo retrovisor—. Así Sienna y yo podremos hablar con alguien más cuando Annie e Eve se pongan excesivamente empalagosas.

—No somos empalagosas —se quejó Eve.

Me reí desde la parte trasera del coche e ignoré a Eve.

—¿Qué hay entre ellas? No me lo ha querido contar —le pregunté a su hermana.

—Qué raro, le encanta hablar de Annie. Creo que no hay nada que le guste más en el mundo —respondió Sarah.

Lejos de avergonzarse, Eve rio encantada.

—Quiero que me hable de lo que hubo entre Liam y ella antes de lanzarme a la piscina —confesó.

—Oh... —respondió Sarah.

—No hubo nada —repetí. Las dos se rieron y yo resoplé—. ¡Es verdad! Solo... solo nos besamos una vez. Nada más.

Recordé la noche en la que, en teoría, iba a pasar algo más. La noche en que mi vida cambió de un modo radical. Tragué saliva y miré por la ventanilla. No iba a dejar que el dolor de esa época volviera. Era algo que se había quedado atrás hacía mucho tiempo.

—¿En serio? ¿Lo dices de verdad? —preguntó Eve.

—Lo digo de verdad. Pregúntale a él si no me crees.

—Imposible. Liam se niega a hablar de ti casi todo el tiempo desde que te marchaste.

La miré sorprendida, no sabía bien cómo sentirme al respecto.

—Oh.

—Annie y yo tenemos algo, sí, pero es complicado.

—¿Por qué?

—Bueno, me gustaría decir que está descubriendo ahora su bisexualidad, pero no es así. Sabe lo que le gusta, pero nunca ha salido con una chica.

—¿Y tú sí?

—Sexualmente sí, sentimentalmente no.

—¿También eres bisexual? —pregunté. Eve se rio y yo me ruboricé—. Perdón, no debería preguntar cosas tan personales.

—Oh, vamos, Grace. Hemos crecido juntas —dijo riéndose—. A mí solo me gustan las chicas. —Asentí, comprendía la situación—. Annie necesita ir con más calma y está bien. Puedo darle eso.

—Le darías cualquier cosa, en realidad —dijo Sarah riéndose.

Eve se contagió de su risa y no contestó, pero no hizo falta. Era muy evidente que su hermana tenía razón e Eve estaba enganchada a Annie.

Llegamos al pub en el que solo había estado aquella vez con Liam y entramos. Las chicas saludaron al dueño y tomaron asiento junto a Sienna, que ya había llegado y esperaba en una mesa del fondo. No sé bien por qué me tensé tanto, pero, para cuando llegué a su altura, solo quería irme a casa y meterme en la cama.

—¡Hola, Grace! Me alegra que te hayas unido. Este grupo es muy aburrido si siempre somos las mismas.

«No quiero estar aquí, vámonos a casa».

Tragué saliva para intentar ahogar a la maldita voz de mi cabeza y compuse una sonrisa forzada, pero era una sonrisa, al fin y al cabo. No fui capaz de responder, no sé bien por qué. Sienna me imponía, pero no hacía absolutamente nada para ello. No era consciente del poder que tenía sobre mi ansiedad y eso me hacía sentirme aún más culpable. Era una chica amable que no me había hecho nada. ¿Por qué demonios no podía entablar una conversación con ella?

«Porque ella tiene todas las partes de Liam que tú solo rozaste con la punta de los dedos».

Pedí una cerveza sin esperar a que llegase Annie, pero es que… la saliva ya no bastaba y yo tenía que ahogar esa maldita voz. Debía hacerlo si quería seguir adelante.

39

Liam

Mi padre seguía gritándole a Lucas mientras yo observaba el camino de tierra por el que las chicas se habían marchado. Imaginar a Grace y a Sienna tomando algo juntas me erizaba el vello de la nuca, aunque no debería ser así, ¿no? Después de todo, me alegraba que Grace saliera de la rutina, para variar. Me daba igual que hablara con Sienna de que salíamos juntos. Solo me molestaba que con ellas no tuviera problemas en salir y conmigo…

Mierda, eso sonaba a celos, y yo no tenía tiempo para eso.

Salí de mis pensamientos cuando un nuevo grito se coló en mi cabeza. Debería intervenir en favor de mi hermano, pero lo cierto era que se había olvidado de arreglar una de las vallas donde estaban las gallinas, lo que provocó que muchas escaparan. Nos llevó un rato buscarlas a todas. De hecho, una todavía no había aparecido y dudaba de que lo hiciera.

—No sé dónde demonios tienes la cabeza, chico, pero más te vale que empieces a madurar o vas a tener muchos problemas.

—Deberías probar a hablarme sin amenazarme alguna vez —masculló mi hermano pequeño.

—¿Qué has dicho? —Mi padre se levantó y yo lo hice con él.

—Vamos, Lucas —dije—. Tienes trabajo que hacer.

Mi hermano no protestó. Sabía que, entre mi padre y yo, venir conmigo era lo que más le convenía. Dudaba mucho que mi padre le pegara, nunca había sido un hombre dado a golpear, pero sí que era duro. Sabía tocar las teclas exactas para hacerte sentir culpable por no vivir por y para la granja. Incluso aunque lo hicieras, como era mi caso, él encontraba modos de hacerte ver que estaba decepcionado.

—Es un amargado —murmuró Lucas cuando estuvimos lo bastante lejos.

—Habla con respeto, es nuestro padre.

—¿Y qué? ¿No puedo decir que es un amargado? Es que lo es, Liam. Solo quiere que esté aquí y trabaje. Ni siquiera le importa que vaya a la escuela. Si por él fuera, ya no iría más. Yo quiero ser arquitecto.

Guardé silencio porque, por más que me molestara, mi hermano tenía razón.

Caminamos hasta una valla alejada que estaba un poco suelta, le di los alicates que llevaba en el bolsillo trasero del pantalón y me apoyé en ella mientras él la arreglaba.

—Arquitecto, ¿eh? —pregunté.

—Sí.

—¿Y crees que un arquitecto tiene futuro en Kilway?

—Es que no quiero quedarme en Kilway. No quiero ser un amargado como él y como…

Sus mejillas se sonrojaron tan rápido que supe exactamente a quién se refería.

—Como yo —terminé la frase.

—No quería decir eso.

—Eso es mentira. —Me acuclillé a su lado—. Mírame, chico.

Él lo hizo, avergonzado, pero lo hizo. Me encontré de frente con un niño de catorce años que soñaba con cosas que no podrían hacerse realidad en Kilway. Sabía que mi padre pondría el grito en el cielo. Era un hombre chapado a la antigua. Mucha gente salía de nuestro pueblo para ganarse la vida fuera, pero él estaba demasiado preocupado por el futuro de la granja como para plantearse siquiera la posibilidad de que sus hijos hicieran algo que no fuera ocuparse de ella. Sobre todo desde que habían comprado la granja de los Fitzgerald. Las tierras se duplicaron, pero el trabajo también.

—Lo siento, Liam —murmuró.

—No tienes por qué.

Suspiré, porque para mí era difícil estar en aquella situación, pero, aun así, sentí que podía hacer algo. Algo más que quedarme quieto observando y dejándome llevar por la corriente, como había hecho durante tanto tiempo, por eso le dije:

—Ve a la escuela, esfuérzate y saca buenas notas. Si, cuando llegue el momento, quieres ser arquitecto o cualquier otra cosa que implique salir de este pueblo, yo mismo te ayudaré. Mientras tanto, intenta no cabrear a nuestro padre, ¿de acuerdo?

—Pero no debería… Tendría que quedarme aquí y hacerme cargo de la granja, como tú y las chicas.

—Aquí ya estoy yo. Si tú no quieres estar… bueno, nadie debería obligarte.

Mi hermano pequeño me observó completamente contrariado.

—Pero, Liam, a ti te obligan.

Tragué saliva. ¿Me obligaban? Puede que en el pasado lo hicieran, pero lo cierto era que yo nunca había tenido las agallas de decir que no quería estar en Kilway, que quería ver mundo. De hecho, estoy bastante seguro de que, después de ver mundo, habría vuelto. Me gustaba trabajar en la granja. Lo que no me gustaba era… la imposición.

—Yo ya no sé estar en otro sitio que no sea aquí, pero, si tú no quieres estar cuando crezcas, voy a apoyarte. Escúchame, Lucas, sé que papá puede ser duro, pero tú no estás solo, ¿de acuerdo? Tienes a las chicas y me tienes a mí. Solo… intenta no meterte en muchos líos.

Mi hermano me abrazó con ímpetu. Los ojos se le llenaron de lágrimas y la línea entre la niñez y la adultez estaba demasiado marcada en su cuerpo de catorce años. Se dividía constantemente entre lo que creía que debía hacer y lo que realmente hacía. Ahora que el tiempo ha pasado, creo que me habría gustado decirle que no estaba mal llorar si lo necesitaba. Pero en aquel instante solo pude abrazarlo y revolverle el pelo negro, consciente de que decirle que podía llorar si quería cuando yo mismo me lo negaba era absurdo.

—Papá está muy enfadado.

—Arregla la valla y quédate por aquí hoy. Estará como nuevo mañana en el desayuno, te lo prometo.

Él asintió, se despegó de mí y se puso a trabajar en silencio, pero con los hombros mucho más relajados. Yo me alejé para hacer mis propios quehaceres y pensé en lo que pasaría en unos años si Lucas decidía que quería marcharse fuera. Mi padre pondría el grito en el cielo, pero estaba bastante seguro de que mi madre y las chicas lo apoyarían, igual que yo. Lucas era el último hijo, no tenía que abrir el camino ni cumplir con las expectativas que yo, el primero, cargaba sobre los hombros. Él era libre.

Si de mí dependía, iba a intentar por todos los medios que siguiera siendo así.

40

Grace

Al final, la noche estaba siendo mucho más divertida de lo que me había esperado. O quizá ya me había tomado dos cervezas y empezaba a relajarme, pero, cuando vi a Sarah y Sienna riéndose de Eve y Annie, no pude evitar unirme a ellas. No era algo cruel, no se reían de ellas, sino de lo pilladas que estaban la una por la otra. No podían pasarse dos minutos sin tocarse de un modo que ellas pensaban que era casual, pero no.

—¿Es siempre así? —pregunté.

—Siempre —me dijo Sienna—. Bueno, a veces, y si están lo bastante borrachas, se lo montan aquí mismo.

—¡Eso no es verdad! —protestó Annie justo antes de ruborizarse—. Solo pasó una vez y no fue para tanto.

—¿Cómo que no fue para tanto? —Esa vez fue Eve quien pareció ofendida—. Fue para tanto y más.

—No me refería a eso —dijo Annie—. Eso sí estuvo bien. —Se puso más roja y nos reímos aún más—. Bah, dejadlo. Solo queréis avergonzarnos.

—Vale, vale, no seremos malas —aclaró Sarah—. Ni siquiera mencionaremos que es evidente que estáis hechas la una para la otra.

Esta vez Eve y Annie no pudieron molestarse, porque Sarah tenía razón. Había una conexión preciosa entre ellas, había que estar ciego para no verla. Sentí una punzada de celos que, si bien no eran malos porque me alegraba mucho verlas así, sí que me hacía pensar que yo no tenía eso. No tenía una juventud alegre, llena de flirteos bonitos y sanos. Yo tenía veinticinco años y me sentía cansada, sola gran parte del tiempo, enfadada a menudo conmigo misma y… mayor. Me sentía mayor. Sabía que era absurdo, por eso no lo hablaba con nadie. Estaba segura de que todo el mundo me diría que tenía una vida por delante y no debería sentirme así, pero lo cierto era que veía a gente de mi edad o con unos pocos años menos y me sentía muy diferente a ellos. Y no en el buen sentido. No en ese sentido especial, no.

Yo era diferente para peor. Era todo lo que no debería ser.

—¿Cómo te va en la tienda de antigüedades? —La pregunta de Sienna me sacó de mis pensamientos.

—Bien —respondí—. Me hace muy feliz y el señor Foley es un jefe increíble.

—No tienes por qué hablar bien solo porque sea mi abuelo y yo esté aquí, ¿eh? —dijo Annie riéndose.

—No lo digo por eso —confesé también sonriendo—. Tu abuelo es genial. Estoy muy contenta de trabajar para él.

—Sí que lo es. Lo voy a echar de menos cuando me marche.

—Creo que él también te extrañará.

Annie tenía pensado marcharse fuera de Kilway y, por lo que había oído, Eve pensaba hacer lo mismo. Me imagino que, aparte de querer forjar sus carreras fuera del pueblo, querían hacer su vida donde pudieran tocarse sin que saltasen alarmas. Después de todo, aquel era un pueblo pequeño y con muchas personas mayores. Aunque la homosexualidad estaba aceptada en gran parte de Irlanda, los pueblos pequeños eran otra historia. Me imagino que se sentirían más seguras y a gusto donde no tuvieran que pensar que hacían algo mal. O donde pudieran seguir con su día a día sin notar que la gente las miraba.

—¿Qué dice Liam de que te vayas de la granja? —pregunté.

El silencio inundó la mesa. Me di cuenta de que quizá no debería hablar de Liam en presencia de Sienna. Me arrepentí de haber hecho la pregunta, pero para mi sorpresa fue Sienna quien contestó:

—Liam no lo sabe.

—¿Qué? —pregunté confusa.

—Bueno, es que no está decidido cuándo me marcharé. Siempre ha sabido que quiero irme, pero creo que está seguro de que soy como él. —Arrugué el entrecejo e Eve continuó—: Ya sabes, que siempre quiso salir, pero al final…

—Lo que Eve quiere decir es que nuestro hermano no se atrevió a marcharse y piensa que ella será igual —añadió Sarah.

—Bueno, no es que no se atreviera —continuó Sienna—. La posición de Liam no es como la nuestra. Él no lo tiene tan fácil.

—Sí, eso es cierto. No quería que sonara a que es un cobarde —añadió Sarah rápidamente.

El ambiente se tornó un tanto incómodo. Me sentí tentada de preguntarle a Liam si nunca había pensado tomar la decisión de marcharse, pero me di cuenta de que eso, como tantas otras cosas, ya no era asunto mío.

—Bueno, yo he vivido años fuera y estoy aquí de nuevo —dije sonriendo—. La vida da muchas vueltas.

—¿Te alegras de haber vuelto? —preguntó Annie.

Lo medité unos instantes. ¿Me alegraba? Tenía un buen trabajo que me gustaba, vivía con mi hermano Aidan y podía decirse que los días estaban teñidos de calma, en su mayoría.

—Sí, me alegro —dije sonriendo porque supuse que era lo que tocaba.

Lo cierto es que en mi interior me pregunté cómo era posible que tuviera todo lo que en teoría necesitaba para tener una buena vida y, sin embargo, a diario me preguntase cómo sería irse a dormir sin sentir que había fracasado en algo. ¿Cómo sería vivir sin que algunas voces resonaran en mi interior? Solo necesitaba que se callara una, la más malvada. Soñaba con ese día.

«Como si pusieras de tu parte para conseguirlo…».

Apreté los dientes y le di un trago a mi cerveza en un intento de ignorar que, en cuanto pensaba en ellas, las voces volvían con fuerza.

«Vamos a tener que trabajar extra para quemar todo este alcohol. Menuda mierda».

Tragué saliva, dejé la copa en la mesa y, durante un rato, me limité a ver interactuar a las chicas. Lo mejor era centrarme en ellas. Y lo conseguí, minutos después vi que Sarah e Eve decían algo de Liam, ante lo que Sienna saltaba y lo defendía con fervor. Sonreí, recordaba cómo era cuando Liam y yo éramos mejores amigos y me dejaba claro que solo yo podía meterme con él.

Sienna no era solo su amiga, claro, lo sabía, pero de todos modos era una chica amable, simpática y lista. Aquella noche me trató como si yo fuese una amiga más, sin hacer preguntas incómodas y dándome mi espacio cuando me quedaba en silencio. Y, pese al resquemor que había sentido al saber de su existencia en la vida de Liam, tuve que admitir que me alegraba que estuviera con una chica así. Se merecía tener una relación así y acallé las voces que me preguntaron cómo habría sido la relación conmigo si me hubiese quedado. O si Sienna no hubiese llegado a ocupar el papel que ocupaba en su vida.

Di un sorbo más a mi cerveza, me retrepé en la silla y disfruté de la compañía de las chicas hasta que, un par de horas después, decidieron que ya era hora de volver a casa. Acepté, porque estaba acalorada y hambrienta. Después de las dos cervezas, no había tomado nada más. No quería emborracharme, pero tampoco había comido, así que el resultado era un nudo de ansiedad inmenso en la garganta que crecía con cada segundo que pasaba, amenazando con asfixiarme.

El camino de vuelta a casa fue entretenido. Las chicas cantaban las canciones que se emitían en la radio y yo, mientras tanto, pensaba en lo mal que estaría cenar un sándwich cuando llegara a casa. Estaría fatal, pero me lo planteaba seriamente. Lo deseaba y, conforme más lo pensaba, más y más necesidad sentía. Por eso, cuando el coche aparcó frente a la casa grande, yo prácticamente salivaba de ansias. Salí del coche, me despedí de las chicas y corrí hacia el granero, en parte porque volvía a llover y en parte porque tenía un objetivo claro.

Abrí la puerta del granero y, antes de dirigirme a las escaleras, vi que las luces estaban encendidas y Liam trabajaba dentro. Estaba sobre unas escaleras, con un pantalón vaquero, un cinturón de herramientas y una camiseta blanca de manga corta. Parecía arreglar algo en la parte superior de una ventana.

—¿Te gusta lo que ves?

Me sobresalté al oír su voz, pues estaba de espaldas a mí. Me llevó unos segundos comprender que me había visto reflejada en la ventana y, posiblemente, me había oído entrar.

—Me preguntaba cómo de grande sería el golpe si te caes. —No lo dije en un tono preocupado, sino más bien irónico y él se dio cuenta.

No iba a reconocer ni en mil años que, en realidad, estaba fijándome en lo malditamente bien que se había desarrollado su cuerpo. Ya podía haber aprendido algo el mío.

Él me miró por encima de un hombro y sonrió, como si no pasara nada. Como si nuestra relación fuera fácil y cómoda. Sonrió y ahí supe que había perdido la batalla, porque no era algo que Liam hiciera mucho y creo que era adicta a ello. De verdad, siempre lo había sospechado, pero quedaba fatal decirlo en voz alta. «Yo, Grace Fitzgerald, soy adicta a provocar sonrisas en Liam O'Callaghan». Era tan estúpido que me hacía gracia.

—Si me caigo desde aquí, posiblemente sume algún moratón a mi cuerpo, pero no me mataré. La pregunta es: ¿qué sientes tú cuando piensas que me caigo? ¿Alivio o preocupación?

—Indiferencia —contesté resuelta.

Su risa brotó, suave y ronca, y negó con la cabeza mientras bajaba con agilidad de la escalera y se giraba para mirarme.

—Yo creo que te causa preocupación. Seguro que estabas conteniendo la respiración al pensar que podría hacerme daño.

—Si así vas a dormir más tranquilo…, puedes pensar lo que

quieras. Lo único que te pido es que dejes de trabajar ya. Voy a subir al apartamento y no quiero estar oyendo martillazos o lo que sea que estés haciendo.

—Admítelo, Grace —dijo ignorando mis palabras—. Todavía te preocupas por mí.

—Me preocupa que te hagas daño mientras duermo. No tengo ganas de interrumpir mi sueño para llevarte al hospital.

Liam sonrió, se llevó las manos a la espalda y se soltó el cinturón de herramientas de un modo que no debería haber sido sexy, pero lo fue. Lo alzó y luego lo dejó caer a un lado.

—Ya he terminado. ¿Contenta?

—Mucho, gracias. —Mi voz salió más ronca de lo que me hubiese gustado.

—¿Necesitas que me quite algo más?

—Dios, ¿cómo has llegado a ser tan cretino?

—Años de perfeccionamiento y entrenamiento intensivo. Como tú con lo de ser irónica y pasivo-agresiva.

—No soy pasivo-agresiva —repliqué. Su risa me enervó a tal punto que tensé los hombros y decidí irme—. Buenas noches, O'Callaghan.

—Que descanses, Fitzgerald. Si necesitas ayuda con lo que sea que se rompa en tu casa…, no dudes en llamarme —contestó con un deje risueño que hizo que el corazón me latiera desbocado mientras subía los escalones.

Llegué al apartamento, cerré la puerta y me apoyé en ella mucho más nerviosa de lo que jamás reconocería.

—Maldito imbécil —respondí justo antes de recordar que Aidan estaría durmiendo y no debería hacer ruido.

Cerré los ojos, pero la imagen de Liam apareció tan nítida como si aún siguiera frente a mí. Y en esa imagen… bueno, digamos que se había quitado algo más que el cinturón de trabajo, así que los abrí y me encaminé hacia la cocina.

Si no podía frenar mis pensamientos, tendría que enterrarlos. No debería costarme. Después de todo, me había hecho experta en hacer lo mismo con cada emoción indeseada.

La autodestrucción, como todo en esta vida, era una pura cuestión de práctica.

41

Liam

Me quedé mirando las escaleras por las que Grace acababa de subir. Oí su puerta al cerrarse y pensé en ir tras ella. Valoré seriamente subir y llamar a su apartamento, pero ¿para qué? En realidad, no tenía nada que decirle.

Bueno, podría preguntarle cómo se lo había pasado, si se había reído, si le había caído bien Sienna o si mis hermanas se habían portado bien con ella, pero todo sonaba estúpido en mi cabeza. No éramos los de antes, ya no. Y, aun así, el modo en que me miró… Tragué saliva. No, sin duda era una mala idea. Recogí las cosas, subí a mi apartamento y, después de una ducha, me metí en la cama. Para cuando conseguí conciliar el sueño, todavía no me había quitado de la cabeza la idea de tocar en su puerta.

Al día siguiente, falté a mi cita del café mañanero con Aidan. Tenía que hablar con mi padre acerca de unos asuntos de la granja, así que aproveché para desayunar con ellos. Aguanté una charla sobre que era responsabilidad mía que mis hermanos se centraran más, pero mi madre había hecho galletas, así que mereció la pena.

—¿Podría llevarme unas cuantas? —pregunté.

—Sí que te han gustado, cielo —respondió mi madre.

Sonreí, pero no dije nada. Acepté la fiambrera con galletas que me dio y, aprovechando que tenía que ir al pueblo a comprar algunos materiales, decidí pasarme por la tienda de antigüedades. Una cosa era que estuviera mal ir a su apartamento tarde por la noche, pero podía ir a visitarla a su trabajo. Eso no era raro, ¿verdad?

Entré en la tienda pensando que estaría atendiendo al público, pero me encontré a Annie y a su abuelo discutiendo acerca de algo. Se interrumpieron al verme y me informaron de que Grace estaba detrás, en el garaje. Me ofrecieron pasar por la puerta que había detrás del mostrador, pero me pareció más correcto salir y dar la vuelta.

Oí una melodía alegre e instrumental que mezclaba el violín y la flauta en el estilo único de la música irlandesa. Recordé a Grace de pequeña bailando en cada solsticio y algo latió con fuerza en mi pecho. Di la vuelta a la esquina y la encontré vestida con un vaquero y un grueso jersey del color de las calabazas. Tenía el pelo trenzado pero despeinado y estaba… preciosa. Más pálida de lo que la recordaba, pero aun así estaba preciosa. Pintaba la pata de un mueble y estaba tan concentrada que pude observarla durante unos segundos sin que se percatara de mi presencia.

—¿Se admiten visitantes con regalos?

Se sobresaltó tanto que se llevó la mano al pecho, con tan mala suerte de que olvidó soltar la brocha, lo que hizo que se manchara de pintura el jersey.

—Mierda —masculló.

—Es un jersey bonito, si no lo lavas rápido, se te va a quedar la mancha.

—¿No me digas? Debería salir ya del trabajo para ir a lavarlo —contestó tensa.

—Si quieres puedes quitártelo y me lo llevo —sonreí—. Te lo lavo gratis.

—Idiota —mascullió, lo que hizo que yo sonriera más—. Tengo una camiseta más debajo, ¿sabes?

—No he dicho lo contrario.

—Has insinuado…

—Me he ofrecido a lavarte el jersey, pero, si no quieres, no hay problema —expliqué. Ella me miró mal y yo sentí cierta satisfacción insana—. Te he traído un regalo de verdad. —Extendí la mano y le ofrecí la caja con las galletas—. Las ha hecho mi madre esta mañana y puedo dar buena fe de lo ricas que están.

Grace olvidó la mancha de su jersey, observó la caja de galletas y tragó saliva tan visiblemente que fui consciente del movimiento que hacía su garganta.

—Gracias, pero estoy intentando cuidar lo que como —dijo.

—Lo entiendo, pero son tus favoritas, Grace. O lo eran.

—¿Lo entiendes? ¿Qué entiendes?

Me quedé un poco cohibido, porque su tono no fue agradable y, pese a la broma inicial, había ido allí en son de paz. Quería mejorar las cosas, no empeorarlas.

—Bueno, lo de que te estés cuidando y…

—¿Lo entiendes porque piensas que debería? ¿Que estoy gorda? —espetó. Me quedé sorprendido; ella resopló y se puso a pintar de nuevo—. ¿Sabes qué? Da igual, estoy muy ocupada.

—Grace, no estás gorda. De hecho, creo que has perdido peso desde que llegaste.

—No es verdad.

Sí lo era. A mí no podía engañarme, me había fijado en ella lo suficiente como para ver que iba caminando a todas partes, por largo que fuera el recorrido, pero lo achaqué a que quería librarse con ejercicio del estrés de la mudanza y a los nervios de haber vuelto. Aun así, guardé silencio. No había ido hasta allí para pelear de nuevo con ella y no pensaba ceder.

No me fui, como quería, pero me apoyé en el quicio del portón y la observé unos minutos trabajar en silencio.

—¿Qué? —preguntó de mal humor cuando se dio cuenta de que no pensaba marcharme.

—¿Has ido a nuestro árbol? —pregunté. Se tensó, pero no desistí. Aquel tema me torturaba cada día desde que había vuelto—. Llevas semanas aquí, has quedado con las chicas, cosa que está genial, y estás trabajando, incluso has encontrado el modo de apropiarte de Pecas, pero no has mencionado el árbol y creo que no has ido.

—¿Debería ir por algo en especial?

Pensé en nuestro contrato, en todo lo que habíamos hecho, dicho y confesado junto a ese árbol. Pensé en nuestro beso y en… nosotros, en nuestra vida junto a él, pero, cuando miré a Grace, no supe descifrar qué había en sus ojos. Así que solo encogí los hombros y me comí una de las galletas que le había llevado.

—No, supongo que no. Era simple curiosidad.

—No he tenido tiempo.

Eso era mentira. Los dos lo sabíamos y me ofendió lo fácil que le resultó mentirme, así que me miré el reloj de pulsera y sonreí.

—Claro, bueno, me marcho. Te dejo aquí el resto de las galletas por si te apetecen más tarde. —Las puse en una mesa auxiliar y polvorienta que esperaba su turno para ser restaurada—. Hasta pronto, Grace.

—Liam, no te enfades.

Ya estaba de espaldas a ella, así que encogí los hombros.

—No estoy enfadado.

—De verdad, no he encontrado el momento —susurró.

Apreté los dientes. Me molestaba mucho que hubiera tenido tiempo de hacer prácticamente de todo, pero no de ir a ver el maldito árbol. Aun así, me giré por completo y me metí las manos en los bolsillos.

—Está bien, ¿qué te parece ir esta tarde?

—¿Esta tarde?

—¿Tienes un plan mejor?

El reto estaba dibujado en mi voz, lo reconozco. No debería haber sido así, pero de verdad estaba a la defensiva.

—No, bueno, en esta época anochece muy pronto por la tarde.

—Nunca te dio miedo ir de noche.

—Ya, pero…

—Oh, entiendo.

—¿Qué entiendes?

—Te has vuelto una chica de ciudad, ya no te interesa pisar el campo y menos de noche.

—Oh, no digas estupideces. Es simplemente que no entiendo con qué fin debería ir allí de noche. No vería nada.

—O sí.

—¿Qué quieres decir?

—Tendrás que venir para verlo por ti misma. Dime, Grace, ¿te espero o no?

Se lo pensó unos instantes que se me hicieron eternos, pero al final asintió.

—Nos vemos en el granero cuando acabe.

—Te recogeré aquí.

—¿Por qué?

—Porque estoy harto de verte caminar tantos kilómetros cada día y una cosa es llegar al maldito árbol de noche y otra, de madrugada.

No era la mejor respuesta, pero tenía que hacerle pagar el modo en que me sentía. Y en cierta manera también me enfadaba un poco que ni ella ni Aidan hubiesen pensado aún en pedir una camioneta prestada para que Grace no tuviera que ir a pie a todas partes. No era asunto mío, pero no entendía por qué caminaba tanto cuando, en realidad, podía conseguir que alguien la llevara sin problemas e incluso conducir ella misma.

—¿Llegará el día en que consiga comprender a Grace Fitzgerald? —murmuré para mí mismo mientras arrancaba la camioneta.

No habría podido averiguar ni en un millón de años hasta qué punto iba a volverse incomprensible todo lo relacionado con Grace.

El día pasó con rapidez. Con tanta que, cuando quise darme cuenta, estaba de nuevo frente a la tienda esperando, esta vez, dentro de la camioneta. Grace salió atándose el abrigo y resguardándose del viento, subió sin pensarlo y, solo cuando hubo cerrado la puerta, se dignó a mirarme.

—¿Vamos?

—Sí, Su Majestad.

—Idiota.

—Segunda vez que me lo dices hoy. Estamos batiendo récords.

Ella sonrió y me sentí reconfortado de inmediato, lo que era una mierda. No sabía hasta qué punto me gustaba que mis emociones estuvieran tan ligadas a las acciones de Grace.

Llegamos en camioneta todo lo lejos que pudimos, pero había un tramo que teníamos que hacer a pie, así que bajamos y caminamos iluminados al principio solo por las estrellas y, más tarde, cuando por fin vimos el árbol, por él.

Observé la guirnalda de luces diminutas enroscadas en el tronco y los pequeños farolillos de colores que colgaban de sus ramas. Las luces solares eran, bajo mi punto de vista, uno de los grandes avances de la tecnología. Miré a Grace de reojo, bastante más nervioso de lo que reconocería nunca.

Ella se paró en seco. Parecía atónita, así que me metí las manos en los bolsillos y me balanceé un poco sobre mis talones.

—Te dije que lo verías pese a la oscuridad.

—Liam… ¿qué…? ¿Lo has hecho tú?

Tardé unos segundos en decidir si confesaba o no, pero al final me di cuenta de lo absurdo que era negarlo.

—Me gusta pensar que las hadas disfrutan de ellos por las noches cuando nadie las mira.

—Tú dejaste de creer en ellas hace mucho. Y yo también —dijo con voz ronca.

—Sí, es verdad. Y aun así les pedí cada día durante mucho tiempo que te trajeran de vuelta a casa.

—Liam…

No me detuve a pensar. Si lo hacía, perdería el valor de decir todo lo que llevaba pensando y sintiendo desde hacía tanto.

—Hay dos farolillos por cada año que has estado fuera. Por cada solsticio que vine aquí solo.

—Liam… —susurró, esta vez con la voz prácticamente rota.

—Pensé que, si las hadas no lo lograban, los farolillos te harían encontrar el camino de vuelta a casa.

—¿Por qué dos por cada año?

—Siempre fuimos dos, Grace. Dos firmas, dos objetos enterrados… Poner farolillos para ti era raro si no los ponía también para mí. Y supongo que en algún momento pensé que, si algún día los tuyos se apagaban, los míos seguirían brillando para ti.

42

Grace

Las palabras de Liam resonaron en mí como un sonajero en las manos de un bebé. El árbol junto al que había soñado tanto en mi niñez parecía más grande, en comparación con todas las cosas que habían dejado de parecerme gigantes al crecer. Su tronco parecía más grueso y sus ramas, más largas. Y las luces… las luces hacían que casi pudiera ver a las hadas danzando entre ellas cuando los ojos humanos apartaban la mirada.

Y se suponía que yo había dejado de creer.

—¿Y si se apagan los tuyos? —pregunté sin quitar la vista del árbol.

No sabía qué iba a encontrarme en la cara de Liam, así que decidí no mirarlo. Fue fácil, dada la oscuridad de la noche. La única luz provenía de los faroles y las pequeñas guirnaldas del árbol.

—Si los tuyos siguen brillando, no importa.

Hasta ese momento, había derramado algunas lágrimas, pero estaba orgullosa de haber podido contener la mayoría. Aquellas palabras fueron como un bombardeo a mis compuertas. Mis emociones se desbordaron y solo pude observar las luces y pensar en todas las mañanas, tardes y noches que nos habíamos refugiado allí de todo lo malo. Las confesiones, los abrazos, los besos furtivos y el inmenso saco de sueños rotos que quedó a sus pies cuando me marché.

Quizá por eso había sido incapaz de ir a verlo todavía. Pensar en visitarlo sin Liam era demasiado doloroso y pedirle que lo hiciera conmigo me parecía imposible. Sin embargo, allí estábamos.

—He estado tan enfadada… —Las palabras navegaron en un hilo de voz.

—Lo sé.

—Contigo. Con mi familia. Con todo el mundo —seguí.

—Lo sé —repitió.

Saboreé las lágrimas saladas cuando alcanzaron las comisuras de mi boca y me sobresalté al sentir unos dedos entrelazándose con los míos. Me giré para mirarlo y, aún en penumbra, alumbrado levemente por las estrellas y las pequeñas luces, su rostro me pareció más serio que nunca.

—Liam… —susurré tan anhelante que apenas sé cómo conseguí sonar en voz alta.

—No pasa nada, Grace —dijo con voz ronca—. Lo entiendo. Yo también me enfadé contigo. Pensé que habías hecho tu vida lejos de esto, de mí. Y que ya no… ya no me necesitabas.

—Aunque no hablásemos tan seguido, siempre fuiste una constante en mi vida. Nada va a poder cambiar eso.

—Lo sé, pero tú estabas fuera y yo seguía aquí, atrapado.

Lo entendí. Recordaba a la perfección todas las veces que Liam me había hablado de lo mucho que le gustaría huir y ver mundo, correr sin mirar atrás. Siempre pensé que, si de verdad lo hubiese hecho, si hubiese viajado y visto el mundo, habría llegado a la conclusión de que ningún sitio era tan bello como Kilway. Había estado segura de eso toda mi vida. Aún hoy lo estoy. Pero es verdad que, al final, yo salí, aunque no por las razones que me hubiese gustado, y él se quedó, supongo que porque tampoco tuvo otra opción.

—No he sido una buena amiga —le dije, porque me di cuenta en aquel instante de que era cierto.

Me había regodeado tanto en mi propio duelo y en las voces de mi mente que no había podido ver más allá. No había podido ver que Liam también estaba pasándolo mal.

—Yo tampoco he sido el mejor amigo del mundo en muchas ocasiones —dijo él—. Es difícil mantener una relación a distancia durante tantos años. Creo que…

Hizo una pausa en la que me cogió la otra mano. Se quedó completamente frente a mí, con nuestros dedos enlazados y nuestras miradas se encontraron de un modo sincero y sin rencores por primera vez desde que había vuelto.

—Creo que lo mejor es que dejemos de culparnos. ¿Crees que seremos capaces?

—Suena bien —murmuré con cierta timidez—. Solo me gustaría decirte algo más. —Él esperó paciente—. Yo… no te olvidé. —Su silencio me rompió el corazón—. Te juro que no te olvidé, Liam. Puede que no habláramos tanto, que sintieras que pasaba de ti o que contestara de un modo escueto a los mensajes, pero no era porque te hubiera olvidado. Era porque… porque no estaba bien.

No estaba lista para hablarle de mis voces. Ni siquiera sabía si lo entendería. Bien sabía el cielo que yo misma no lo entendía, pero él me apretó las manos y pude ver un amago de sonrisa en sus labios que hizo que mis cimientos se tambalearan.

—Yo tampoco te olvidé, aunque dejara de responder a tus mensajes. —Se me escapó un sollozo y, entonces, dejé de sentir sus dedos en mis manos. Podría decir que me sentí huérfana, pero los brazos de Liam me rodearon por primera vez desde que me fui. Me abrazó y juro que, por un instante, el mundo dejó de ser un lugar tan malo—. No pasa nada. Ya has vuelo y es lo único que me importa. Todo va a estar bien ahora, Grace. Te lo prometo.

—No hagas promesas que no puedes cumplir.

—Entonces, te prometo que no descansaré hasta que lo consiga.

—¿Y si no lo consigues? ¿Vas a pasarte toda la vida intentando hacer que las cosas estén bien?

—Parece un buen plan.

—Parece agotador.

—Creo que ni en mil vidas me cansaría de intentarlo. No si se trata de ti y de mí. De nosotros.

Quise creerlo. De verdad, no había nada que quisiera más que creerlo, pero, mientras me abrazaba a su cuerpo amparada por el árbol junto al que habíamos hecho tantas promesas, solo podía pensar en las razones por las que no todo estaba bien. Y en que no podía decírselo. No cuando parecíamos haber enterrado el hacha de guerra.

No cuando, por fin, volvía a sentirme un poquito en casa.

43

Liam

El día siguiente a que Grace y yo nos reencontráramos en nuestro árbol, todo pareció distinto ya desde los primeros minutos del día. Por alguna estúpida razón, salir de la cama no me costó tanto, preparar café fue algo que hice con una sonrisa y la ducha me sentó mejor que nunca. Podría decir que eran cosas mías, pero, cuando Aidan llegó, también lo notó. Y lo sé porque no se cortó a la hora de decírmelo.

—¿Se puede saber por qué sonríes tanto?

—¿Qué tienes tú en contra de las sonrisas? —pregunté en un intento de picarlo.

—Nada, pero tú normalmente no sonríes hasta que no te has acabado toda la taza de café. —Dio un sorbo a su taza y frunció el ceño—. En realidad, ni siquiera entonces lo haces. Me cuesta hasta sacarte las palabras.

—Estoy de buen humor, eso es todo.

—Eso ya se ve, lo que no entiendo es el motivo.

Valoré unos instantes la posibilidad de callarme la verdad, pero al final decidí que no tenía sentido. Después de todo, no había pasado nada malo. Al contrario.

—Ayer tu hermana y yo hicimos las paces.

Lo solté con toda la tranquilidad y la alegría que sentía en aquel instante. No sé qué esperaba recibir a cambio, pero desde luego no una actitud pensativa e incluso seria.

—Entiendo…

—¿Qué entiendes? ¿Y por qué actúas así?

—¿Así cómo? —respondió Aidan.

—Como si el hecho de que tu hermana y yo volvamos a ser amigos fuera algo malo.

Aidan volvió a guardar silencio, parecía que estaba poniendo a prueba mi paciencia.

—¿Qué? —insistí.

—Ten cuidado, Liam.

—¿A qué te refieres?

—Oye, te aprecio, de verdad. Para mí sigues siendo como de mi propia familia, pero Grace… ha cambiado en estos años.

—Soy consciente —dije con cautela, pues no tenía ni idea del matiz que estaba tomando aquella conversación.

—No, no lo eres. O no del todo. Hay cosas en ella que no están bien, Liam.

La ira llegó tan de repente que no supe gestionarla. Lo miré mal de inmediato, pero Aidan solo me devolvió una mirada apagada. Cansada, incluso.

—No sé qué demonios pasa, según tú, pero sé que no deberías hablar así de tu hermana.

—No te confundas. La quiero más que a nadie en el mundo.

—¿Sí? ¿Por eso te dedicas a decirme que hay cosas en ella que no están bien?

—Puede que no hayan sido las palabras más acertadas, pero es la realidad y eso no pone en duda mi amor por ella. Haría cualquier cosa por Grace, Liam. Incluso volver a casa.

—¿Volver a casa? Se supone que volvisteis porque tú tenías una oferta de trabajo como veterinario.

Aidan guardó silencio y mi ira se incrementó. Le pedí que hablara claro.

—Relaja el tono conmigo, O'Callaghan —dijo Aidan—. No olvides que yo no soy el enemigo.

—No puedes decirme que tu hermana…

—Lo único que te he dicho es que ya no es la misma. Si se revuelve de pronto y no entiendes nada… Si en momentos puntuales deja de ser la Grace de siempre, ten paciencia. Solo eso, Liam.

—¿Qué es exactamente lo que te preocupa?

Por un instante pensé que no me respondería, pero, al cabo de unos segundos, Aidan suspiró y soltó la taza de café en la mesa.

—No quiero que la abandones a su suerte cuando dejes de comprenderla.

—Al único que no comprendo ahora mismo es a ti —respondí nervioso por la incertidumbre.

Mis sentimientos no mejoraron cuando Aidan me dedicó la mirada más triste que yo le había visto desde la fatídica noche en que supieron que su padre estaba enfermo. Se acabó el café de un sorbo y se levantó.

—Tengo trabajo que hacer y será mejor que empiece ya si no quiero pasarme el día entero atareado.

Podría haberlo detenido. Incluso me planteé por un segundo la idea de acorralarlo y no dejarlo salir de mi apartamento hasta que no dejara de lado las frases enigmáticas y me hablase con claridad, pero conocía bien a Aidan. Era imposible enfrentarse y frenar a alguien tan serio y decidido como él, lo sabía porque yo era igual. Así que lo dejé marchar y decidí que, por el momento, no iba a permitir que una sola conversación me aguara la fiesta.

La situación en aquel instante era la siguiente: Aidan no parecía seguro de que mi amistad con Grace fuese buena para ella, incluso para mí. Yo no tenía ni idea del motivo, pese a que era consciente de que ella había cambiado mucho, pero, tanto si tenía problemas serios como si no, lo único que se me ocurría era permanecer a su lado e intentar ayudarla por todos los medios. Como había hecho años atrás, cuando separarme de ella era tan impensable como ver caer dinero del cielo.

Salí de casa después de acabarme mi taza de café y, cuando vi a Pecas al bajar la escalera justo en el primer escalón, como siempre, durmiendo tranquilamente, no dudé en usarla para mi propio beneficio. La cogí en brazos, volví a subir las escaleras y toqué en la puerta de Grace con los nudillos.

Esta tardó un poco en salir, pero al menos lo hizo. Cuando la puerta se abrió, tenía los ojos soñolientos, el pelo revuelto y un pijama con vaquitas estampadas que le quedaba enorme. Estaba preciosa, pero además de eso me hizo darme cuenta de que aquello era real. Parecía una tontería, porque llevaba semanas allí y era muy consciente de que Grace había vuelto y la tenía a un tabique de distancia, pero aquella mañana fue la primera que, al abrir la puerta, no era una extraña a la defensiva. Era Grace. Mi Grace, o al menos lo que quedaba de ella. Había aristas nuevas en su personalidad, sombras que no conocía, pero estaba dispuesto a conocerlas. Por eso le puse a la gata entre los brazos y sonreí.

—No quería molestarte, pero Pecas te echaba de menos. No dejaba de maullar con pena.

Era mentira, por supuesto, la gata estaba perfectamente. Incluso, por un instante, juro que casi la vi mirarme mal y con altivez, como si estuviera recriminándome ser tan falso. No me importó, porque quería ver a Grace antes de marcharme a trabajar y ver cómo reaccionaba a mi presencia después de la noche anterior.

—Hola, Pecas. —Grace le acariciaba su pelaje naranja mientras le hablaba con voz ronca—. ¿Cuándo has salido de casa? ¿Acaso el granjero malo te ha hecho algo?

—El granjero malo sigue presente —murmuré de mala gana—. ¿Y qué es eso de salir de casa?

Grace se rio, me miró y sentí que me faltaba un poco el aire. Absurdo, pero cierto de todos modos.

—¿Quieres café?

Me habría encantado aceptar. De hecho, tomar café con ella de buena mañana sonaba a algo que podría haberme puesto de buen humor para todo el día, pero tenía demasiadas cosas que hacer.

—Acabo de tomar una taza. No debería pasarme.

—Tú te lo pierdes. Más para Pecas y para mí.

—No le des café a la gata, Grace.

—Era broma, Liam. ¿De verdad crees que lo haría?

—Contigo nunca se sabe.

Grace me sacó la lengua justo antes de cerrarme la puerta en las narices. Eso, que debería haberme molestado, me hizo sonreír.

Se podía decir, sin ningún miedo a equivocarse, que me había vuelto idiota.

44

Grace

Sentada en el sofá y con la barbilla apoyada en la cabeza de Pecas, sonreí durante todo el tiempo que oí las pisadas de Liam en la escalera. Cuando la puerta del granero se cerró, me mordí el labio inferior con tanta fuerza que pensé que me haría daño. Y lo mejor era que, por primera vez en mucho tiempo, no era un gesto ansioso para mal.

Me pregunté hasta qué punto era sano que mi corazón estuviera desbocado por una tontería como aquella de buena mañana. Dejé a la gata en el suelo para buscar un poco del pienso que le había comprado y me dije a mí misma que solo estaba así de contenta porque había recuperado a un amigo y eso siempre es motivo de alegría.

—Ten —le dije a Pecas—. Oye, por cierto, ¿puedo saber cómo consigues escaparte del apartamento? Te he comprado una cama cómoda, un rascador y un pienso que me ha costado un montón, pero, en cuanto me giro, estás escapándote y cazando ratones. Creo que eres una gata muy desconsiderada.

Pecas me miró como si me estuviera perdonando la vida. Con el tiempo, descubrí que no tenía otro modo de mirar. Era orgullosa, cabezona e independiente. Aquella gata era todo lo que yo aspiraba a ser un día, la verdad.

Me acabé el café antes de ducharme, vestirme y peinarme. No me puse gran cosa, mi armario consistía en vaqueros y jerséis en distintos tonos, pero aquel día, no sé por qué, me vi bien. Incluso las voces maliciosas de mi cabeza decidieron darme una tregua y, por una vez, guardaron silencio. Era una buena novedad. Una que me encantaría mantener.

Por desgracia, entonces no era consciente de que perderlas de vista un día no significaba que las cosas estuvieran solucionadas ni mucho menos.

Aun así, o quizá precisamente por no saberlo, salí de la casa animada y sorprendida. Y aquello aumentó cuando, al salir del granero, vi a Liam apoyado en la parte delantera de su camioneta. Llevaba puesto un pantalón vaquero, un jersey y su cazadora vaquera, además de un gorro de lana que me recordó a todas las veces que le dije en el pasado que no debería taparse el pelo con ningún sombrero.

—¿De qué va esto? —pregunté acercándome a donde estaba.

—He decidido que estoy harto de verte caminar tantos kilómetros para ir al trabajo. Te llevo.

Lo miré sorprendida, pero también un tanto recelosa.

—No sabía que ahora me dabas órdenes.

—Forma parte del papel de mejor amigo que acabo de recuperar.

—¿Mejor amigo? Creo que solo has recuperado el de amigo a secas.

—¿Y quién es el mejor, entonces?

Pensé rápido, intenté ser ingeniosa, pero no se me ocurrió nada. Mi silencio solo hizo que Liam me sonriera con una altanería que de pronto me moría por borrarle de un plumazo.

—Sube al coche, Fitzgerald.

—Eres insoportable, O'Callaghan. —Sin embargo, no pude evitar que una pequeña sonrisa se instalara en mi cara.

El camino fue silencioso. Los dos dejamos que la radio fuese la protagonista y yo me deleité, por primera vez, en los paisajes de Kilway mientras el coche rodaba hacia el pueblo. A lo lejos podía ver los acantilados y, si cerraba los ojos, casi podía sentir el modo en que el viento soplaba allí y me hacía sentir única en el mundo.

Recordé un día en concreto en que la tristeza llenó cada vena de mi pequeño cuerpo. Había discutido con Liam sobre alguna tontería que ya no recordaba y fui corriendo al acantilado. Allí, por primera vez, fui consciente de que solo bastarían unos pocos pasos equivocados para ser presa de los acantilados. Caería sin remedio y si caía… No había forma de salvarse. No era que quisiera saltar, no me lo había planteado, pero a veces, como aquel día, sí me preguntaba cómo sería.

Años después, aquella zona todavía tenía algo que me atraía y asustaba a partes iguales.

Pensé en nuestro árbol, junto a la valla que separaba las que en su día fueron la granja de Liam y la de mi familia. Desde allí no se podían ver los acantilados, pero sí los pastos infinitos. Incluso los animales, si justo estaban por esa zona. Mucha gente, sobre todo los turistas, hubiesen preferido los acantilados, pero yo… siempre me quedaría con nuestro árbol, aunque no lo dijera en voz alta.

Cuando llegamos a la tienda, bajé de la camioneta, me despedí de Liam con un gesto de la mano, sumida en mis pensamientos, y él tocó el claxon cuando ya me había alejado algunos pasos. Me giré y vi que había bajado la ventanilla para poder hablarme.

—Que tengas un buen día, pequeña Grace.

—Hace mucho que dejé de ser pequeña, Liam.

Su sonrisa fue lo único que recibí en respuesta. Podía parecer poco, pero hizo que entrase en la tienda con el corazón latiendo a mil por hora. Maldito O'Callaghan.

La mañana en la tienda fue bien. Mi humor se mantuvo en lo más alto, de tal modo que hasta mi jefe me preguntó a qué se debía aquel día mi estado de ánimo.

—Bueno… hoy no llueve —mentí, porque decir la verdad me avergonzaba demasiado. Por desgracia, justo en ese instante, arrancó a llover con una fuerza brutal.

—En estas tierras basta mencionar la lluvia para llamarla —dijo él.

Sonreí y cogí un plumero para limpiar.

—¿Podré trabajar en el reloj de pared que ha llegado? —pregunté en un intento por desviar los ojos.

—Creo, de hecho, que es buena idea que empieces a atender tú casi todos los encargos de restauración. —Miré a mi jefe sorprendida, pero él solo se sentó en el banco que había tras el mostrador y alzó las manos—. Estoy cansado y empiezo a ser un poco inútil.

—No eres ningún inútil —dije tuteándolo después de que insistiera durante semanas en que debía hacerlo.

—Estoy cansado, Grace —fue su respuesta.

Tragué saliva y procuré no emocionarme, como siempre que era consciente de que su cansancio parecía venir más bien de la tristeza. Desde que su esposa había muerto, él había dejado de ser el mismo, según me contó la propia Annie. Su nieta intentaba pasar tiempo allí, pero estaba estudiando y organizándolo todo para marcharse pronto de Kilway. En los últimos días, me había dicho que se alegraba de que al menos yo estuviera allí.

No supe qué responder, pero por dentro pensé que también me alegraba de estar allí. El trabajo no solo me gustaba, sino que la compañía de John Foley me hacía sentir bien. Me sentía menos sola y más comprendida. Quizá porque él entendía bien lo que dolía perderlo todo y el modo en que llegaba a ser una herida abierta y sangrante de un modo constante, por mucho tiempo que pasara.

Acabé de limpiar la tienda, me fui al trastero y allí me sumí en mis tareas. Me recreé en cada parte del trabajo y dejé que mis emociones se ligaran con mis manos en el proceso. Solo paré para comer y, por la tarde, me dediqué a hacer inventario de los nuevos muebles y objetos que habían llegado.

Cuando salí, ya por la tarde, Liam estaba de nuevo en la puerta, apoyado en su camioneta del mismo modo que lo había estado por la mañana. La única diferencia era que llevaba un paraguas. En cuanto me vio, se acercó para cubrirme con él.

—¿Has dejado tu trabajo como granjero para ser mi chófer?

—Ojalá, pero no me pagas nada.

—Eso es porque eres tú quien se ofrece. A mí no me importa caminar.

—Llueve a mares, Grace —dijo mientras nos acercábamos al coche y me abría la puerta.

Eran detalles, tonterías, pero en el fondo aquellas cosas me hacían sentir… bien. Especial. Siempre fue así con él y no fui consciente de cuánto lo había echado de menos hasta que empecé a recuperar esa parte.

—No me asusta el agua.

—Admito que siempre fuiste una chica muy valiente.

«No tienes ni idea de lo falso que es eso y de lo cobarde que puedo llegar a ser».

«Y si no que le pregunten a tu fuerza de voluntad…».

Tragué saliva, consternada. Todo estaba yendo bien. No habían aparecido en todo el día y pensé… pensé que quizá…

«¿Qué? ¿Pensaste que se había acabado? Todo esto no ha hecho más que empezar».

—¿Estás bien? —preguntó Liam cuando entró en el coche por su lado y arrancó el motor.

—Sí. —Moví la cabeza en un intento de expulsar aquellas malditas voces—. Sí, es solo que hace frío.

Liam subió la calefacción del coche por respuesta y condujo hasta casa en silencio, respetando que era evidente lo sumida que estaba en mis pensamientos.

Al llegar, en cambio, rompió el silencio a lo grande.

—Hoy cenamos en casa.

—¿En casa?

—Mi madre ha hecho su estofado de cordero. Te encantaba.

Tragué saliva. Cierto. Me encantaba. Hacía años que no lo comía porque a mi madre no le gustaba, así que la última vez que lo probé fue allí mismo, en casa de los O'Callaghan, antes de que todo estallara por los aires.

Me encantaba ese plato y, aun así, mi primera reacción fue negarme.

—Oh, no he avisado a Aidan y…

—Aidan ya está en casa con mis hermanas.

Eso me dejó sin muchas alternativas. Miré a Liam, que a su vez me miraba como si… como si supiera lo que pasaba en mi cabeza. Era imposible, pero así me sentí. Al final, asentí y carraspeé.

—Sí, vale, vamos.

El trayecto desde la camioneta hasta casa de los padres de Liam era corto. Apenas había unos quince pasos, pero a mí se me hicieron eternos. Seguramente porque mi cabeza se empeñó en volverme loca justo en aquel instante.

«Cuidado con lo que comes».

«Intenta mantener la compostura».

«Que no noten que eres un pozo sin fondo engullendo».

«Recuerda masticar, no eres un cerdo, Grace».

Para cuando entré en casa de los O'Callaghan, no solo mi ánimo había caído en picado, sino que sentía la urgente necesidad de salir corriendo.

Ver a mi hermano no ayudó, sino todo lo contrario. Estaba sentado en el sofá charlando con el padre de Liam sobre algo que le hacía sonreír y yo… no podía dejarlo en mal lugar ni hacer que se preocupara.

Solo me quedaba sentarme a la mesa, comer lo que me pusieran por delante y fingir, una vez más, que todo iba bien.

45

Liam

No conseguí sentarme al lado de Grace, aunque lo intenté. No debería haberme enfurruñado por eso, pero lo hice. Acabé en el otro extremo de la mesa y, aunque al principio no me gustó, porque contaba con poder charlar con ella de un modo más cercano, me dio la oportunidad de observarla durante la cena. Quizá por eso pude ver con tanta claridad que ocurría algo.

El ánimo de Grace había cambiado por completo desde que le había dicho que íbamos a cenar en casa de mi familia. Pasó de estar bien y animada a que su conversación cayera en picado conforme pasaban los minutos. Todo el mundo charlaba sobre la granja, los distintos trabajos, estudios y planes futuros, pero Grace permanecía casi inalterable. Observaba su plato durante largos minutos sin tocarlo, con la mirada fija en un punto y los pensamientos muy muy lejos de allí, a juzgar por su comportamiento.

—Querida, ¿estás bien? —le preguntó mi madre en un momento dado.

Eso fue lo que hizo que mis alarmas saltaran un poco. Sobre todo porque Grace alzó la mirada, pero no consiguió enfocarla a tiempo y mucho menos responder con coherencia.

—Yo… perdón, ¿qué?

—Apenas has tocado tu plato —le dijo mi madre.

—Oh, sí, es que… me duele el estómago.

—Vaya… ¿Quieres que te prepare una sopa en un momento? Tengo caldo recién hecho y…

—No, no es necesario. Creo que he comido mucho hoy.

—Come un poco al menos —dijo Aidan con voz grave.

—No me entra —insistió Grace.

El ambiente se volvió un poco tenso hasta que mi hermana Eve, en un intento por suavizarlo, cogió el plato de Grace, pues estaba a su lado, y se lo volcó en el suyo.

—Más para mí.

—¡Eve! —exclamó mi padre mientras Lucas se reía a carcajadas—. Eso es de muy mala educación.

—¡Ha dicho que no quería!

—Aun así, deberías comportarte como una señorita.

—No me interesa, gracias.

Mi padre puso cara seria, Lucas se rio más fuerte y Grace miró a mi hermana con tanta gratitud que supe que, en efecto, allí pasaba algo, aunque desconociera con exactitud qué era.

El resto de la cena fue más o menos tranquila, si tenemos en cuenta que Grace solo comió algo del pastel que mi madre había hecho porque le insistieron, pero en cuanto pudo se levantó con la excusa de estar muy cansada y desapareció. Yo tuve que quedarme un poco más, pero Aidan, en cambio, se fue con ella.

Quise pensar que, si ocurría algo, su hermano se haría cargo, pero eso no evitó que una parte de mí sintiera la imperiosa necesidad de averiguar qué estaba pasando.

—Voy a hacerle un caldo a Grace mañana. Igual ha cogido un virus, con este tiempo…

—Seguramente tiene menos defensas por haber vivido fuera tanto tiempo —sentenció mi padre.

Quise decirle que su creencia de que la gente de Irlanda tenía más defensas era estúpido y no se sostenía, pero aprendí con los años que había cosas que era mejor no pelear con mi padre. En cambio, me dediqué a estar el tiempo mínimo indispensable con mi familia. En cuanto pude, me largué a mi apartamento con el único propósito de poder pensar en ella en silencio.

Mi preocupación aumentó cuando, horas después y tumbado en mi cama, oí a alguien abriendo y cerrando armarios. No era difícil sumar dos más dos, el tabique junto al que estaba mi cama era el que separaba nuestros apartamentos y lo que había justo al otro lado era la cocina de Aidan y Grace. Miré la hora, era demasiado tarde para que Aidan estuviera despierto, él solía dormir como un tronco y se jactaba de ello cada vez que yo me quejaba de tener un sueño demasiado ligero.

Aun así, a la mañana siguiente, mientras nos tomábamos la taza de café matutina de siempre, me atreví a preguntar.

—¿Anoche te levantaste de madrugada?

—No, ¿por?

—Me pareció oír ruido, pero serían los animales de fuera —murmuré.

—Ya sabes que, cuando caigo en la cama, apenas soy capaz de enterarme de nada hasta que suena el despertador.

Sonreí y asentí para darle la razón, pero eso no impidió que me quedara rumiando el pensamiento una y otra vez. No podía jurar que pasara nada serio, no era eso, pero… había algo. Me sentía del mismo modo que cuando prendía la primera chispa al hacer las hogueras. Sabía que el fuego iba a desencadenarse, aunque no pudiera verlo aún, y no tenía ni idea de cómo controlarlo.

Días después, mientras llevaba en coche a Grace al trabajo, como cada mañana desde que habíamos hecho las paces, corté su retahíla de motivos por los que yo no debería estar perdiendo mi tiempo en llevarla.

—Tengo dos piernas que me sostienen muy bien —iba diciendo—, puedo hacerlo por mi cuenta y no necesito que un hombre haga de salvador y…

—¿Estás haciendo algún tipo de dieta? —pregunté de pronto.

No fue un modo sutil, lo reconozco, pero la respuesta me interesaba demasiado como para andarme por las ramas. Eso nunca se me había dado bien y Grace lo sabía.

—¿Por qué lo dices? —preguntó.

—Te he oído decir en varias ocasiones que estás cuidando lo que comes, vas andando a todas partes y el otro día apenas cenaste.

—Me dolía el estómago.

—¿Y por qué te levantaste de madrugada a abrir los armarios de la cocina? ¿Dejó de dolerte de pronto?

Fue una mala elección de palabras. Lo supe en el instante en que las dije por el modo en que la espalda de Grace se envaró.

Había descubierto en aquel tiempo que intentaba contener sus emociones cuando estas la dominaban, pero aquel día no lo logró. Todavía hoy no sé si eso me hace sentir orgulloso o miserable.

—Me preparé una infusión para ver si se me aliviaba.

—¿Segura?

—Segura, pero, si no fuera así, ¿a ti qué más te da? No eres nadie para hacerme este tipo de preguntas. Son groseras y entrometidas.

—Yo no lo veo así.

—Da igual cómo lo veas tú, Liam. Así es como lo siento.

—Simplemente me preocupo por ti.

—No hay nada por lo que preocuparse, estoy perfectamente bien. Me dolió el estómago porque comí mucho y mal durante el día, pero te lo vuelvo a repetir: eso da igual y no es asunto tuyo. Puede que seamos amigos de nuevo, pero no tienes derecho a entrometerte en ciertos aspectos de mi vida. Mi cuerpo y lo que como es uno de ellos.

El remordimiento de conciencia me mordisqueó la nuca en el acto.

—Tienes razón, lo siento mucho, Grace. No quería ser grosero —me disculpé. Ella guardó silencio y suspiré mientras aparcaba frente a la tienda—. Solo quería decirte que, si necesitas algo, lo que sea, estoy aquí, ¿vale? Puedes contar conmigo.

Ella me miró un instante antes de soltar el aire en una expiración que se me hizo demasiado larga.

—Lo entiendo, pero esto no es asunto tuyo, Liam.

Bajó del coche y entró en la tienda mientras yo la observaba y pensaba que tenía razón.

De verdad, una gran parte de mí sabía que Grace había estado en lo cierto al decir que no era asunto mío.

El problema era que una parte aún mayor determinó que daba igual lo que dijera Grace porque ella siempre siempre sería asunto mío.

46

Grace

Guardé el recibo de la venta que acababa de hacer en la caja registradora y decidí consultar a John si necesitaba ayuda en el taller. En realidad, lo que quería era que me cambiara el puesto, ponerme en el taller y dejar de atender al público. No es que en la tienda de antigüedades hubiese demasiada gente, en cualquier caso, pero sí que era cierto que yo prefería trabajar a solas, sin tener que lidiar con la gente del pueblo. Sobre todo porque, en algunas ocasiones, se empeñaban en hablarme de mi padre y lo buen hombre que era. Aunque lo agradecía, me dolía demasiado. Entendía que lo hacían de un modo amable, solo querían hacerme saber lo querido que era, pero el sufrimiento que me causaba a veces era demasiado. Prefería trabajar a solas, sobre todo porque aquella mañana en concreto no había logrado calmarme desde que Liam me había dejado en la puerta.

Mis nervios seguían a flor de piel porque de pronto sentía que él estaba a punto de descubrir todos mis secretos. Y si los descubría… entonces ¿qué me quedaría? No podía permitírmelo, pero tampoco sabía cómo frenarlo. Ser amiga de Liam e intentar ocultarle cosas parecía imposible. Dejar de ser su amiga…, eso era impensable. Me sentía acorralada. Y, por si todo esto fuera poco, la puerta se abrió dando acceso a un Aidan más serio de lo normal.

—Buenos días —saludó—, esta mañana has salido antes de casa.

Elevé una ceja, sorprendida.

—¿Me estás controlando?

—No, pero volví para hacerte algo de desayunar y ya no estabas.

Me sentí mal de inmediato. Era parte de mi relación con mi hermano mayor. Solía dejarme más o menos tranquila, o eso pensaba yo, y en un momento dado me demostraba que estaba siempre alerta. A veces, a lo largo de mi vida, me preguntaba si Aidan en algún momento había dejado de preocuparse por mí. Tenía la sensación de que, desde que había muerto papá, había decidido que todo lo que me concernía pasaba a ser asunto suyo. En algunas ocasiones, era tierno y halagador; en otras, asfixiante. Por ejemplo, cuando yo sentía que estaba demasiado cerca de averiguar ciertas cosas, se me aceleraba el pulso y solo podía pensar en distraerlo y que volviera a distanciarse.

—He comido algo rápido —mentí. Lo cierto era que no había logrado comer aún—. ¿No tienes trabajo que hacer?

—Sí, voy a la consulta del antiguo veterinario. Quiere enseñarme algunos historiales antes de que vuelva a nuestra antigua granja —dijo.

Guardé silencio, pues no sabía qué decir. Aidan tocó distraídamente el péndulo de un reloj de pared y dijo:

—No vas mucho por allí.

—No veo por qué tendría que hacerlo —murmuré.

—Ahora por dentro es como un hostal, pero no está mal. Es funcional.

—No lo dudo.

—Sé que duele saber que ya no es nuestra casa, pero…

—Aidan, estoy bien —volví a mentir—. De verdad, es solo que no encuentro el sentido de ir hasta allí. ¿De qué serviría? No me gusta recrearme en lo que ya no tengo. Eso es todo.

Él asintió una sola vez antes de tragar saliva.

—¿Quieres que comamos juntos?

Me puse nerviosa. Sabía lo que significaba aquello. Aidan siempre se ofrecía con amabilidad, pero en el fondo podía imaginar el modo en que controlaría la cantidad que comía o no, así que recé para librarme de aquello por un milagro.

El problema es que, al parecer, recé mal o me equivoqué de Dios, porque en aquel instante la puerta de la tienda se abrió dando paso a Sienna, la novia de Liam, que al verme sonrió como si acabara de salir el sol.

—¡Hola, Grace! ¿Qué tal?

—Hola, Sienna. Bien, gracias —murmuré—. ¿Conoces a mi hermano?

—Sí, por supuesto. Hola, Aidan, no te había visto.

—Sienna —dijo él a modo de saludo.

—¿Qué te trae por aquí? —pregunté en un tono que pretendía ser amable—. Annie no está, pero si quieres puedo dejarle un mensa…

—Oh, no busco a Annie, sino a ti.

—¿A mí?

—Sí, se me ha ocurrido que podríamos comer juntas. Después de todo, eres la mejor amiga de Liam y… bueno, he pensado que sería buena idea.

Me quedé tan sorprendida que me llevó unos segundos responder, lo que hizo que Sienna se pusiera nerviosa e intentara salir de aquella.

—Bueno, si no quieres no pasa nada, es solo que…

—Sí, está bien —la interrumpí—. Podemos comer juntas.

Aidan me miró con una ceja elevada. Seguramente era consciente de que comer con Sienna me apetecía tanto como colgarme de una lámpara del techo, por ejemplo, pero es que entre ir con mi hermano y acabar discutiendo acerca de mi alimentación o hacerlo con Sienna, que no me conocía bien ni tenía por qué preocuparse de eso… Mi elección era bastante clara.

—Bueno, en ese caso te veré en casa —dijo mi hermano.

—Oh, puedes venir si quieres —alegó Sienna.

—Es mejor que tengáis un rato de chicas —se excusó—. Estoy segura de que Grace disfrutará muchísimo de tu compañía.

El modo en que fue capaz de soltarme ese dardo envenenado antes de marcharse fue suficiente para hacerme apretar los dientes. Él, en cambio, sonrió, pues sabía que se había salido con la suya.

—Te veré en casa, ardillita —se despidió.

Lo miré mal, lo que solo provocó su risa. Lo observé salir y me dejó a solas con Sienna.

—¿Te llama ardillita? Es adorable —dijo ella riendo.

—Oh, solo lo hace a veces, cuando quiere molestarme.

Conseguimos reírnos juntas y, cuando se acercó al mostrador, sentí que los nervios me paralizaban el corazón. A lo mejor había sido mala idea eso de rezar por un milagro que me librase de Aidan.

—Si quieres, te espero en el pub. Te quedan unos minutos para acabar, ¿no?

—Sí, podría cerrar antes, pero…

—No te preocupes, me voy adelantando y así te guardo el sitio.

Se marchó de la tienda mientras yo pensaba en un montón de excusas para no ir. Ninguna sirvió. Echarme atrás sería quedar mal con ella y, además, crear la posibilidad de que un día cualquiera se encontrara a mi hermano y le contara que no había ido a comer. Cogí mi botella de agua, le di un sorbo lo bastante grande como para sentirme llena y me armé de valor en cuanto llegó la hora de cerrar.

El camino hacia el pub fue lo más parecido a un corredor de la muerte que pueda imaginar alguien y la cosa no mejoró cuando, al entrar, me invadió el tufo a comida frita. Había empezado a desarrollar una gran aversión a ciertos olores, así que, para cuando encontré a Sienna y pude sentarme frente a ella, no tenía dudas de que mi cara no era la de una persona feliz.

—¿Todo bien? —preguntó ella.

—Sí, es que he pisado un charco de camino aquí y me ha salpicado el barro —mentí. Decir la verdad quizá era arriesgarme a que pensara mal de mí.

—La maldita lluvia… —respondió cansada antes de sonreír y cambiar de tema—. Aquí hacen un pescado frito buenísimo.

—Creo que prefiero una ensalada. Estoy intentando cuidarme.

Sienna sonrió y asintió.

—En ese caso, ensalada para mí también.

Pedimos en cuanto el camarero se acercó y, cuando se marchó, nos quedamos en un silencio un tanto incómodo. Creo que ninguna de las dos había sido consciente de lo que implicaba comer juntas sin más compañía. Lo que no entendía era el motivo por el que me había invitado.

De pronto, el pensamiento de que iba a recriminarme todas las veces que Liam me llevaba y recogía del trabajo se instauró en mi cabeza y empecé a sentir que me subían las pulsaciones. Lo peor es que no podía culparla si preguntaba. Eve y Sarah ya habían hecho preguntas, pero mantuve la versión de que Liam solo se portaba como un gran amigo, porque era cierto. En ningún momento se había insinuado ni mucho menos lo había hecho yo. Estábamos intentando volver a ser los de siempre, aunque ninguno fuera ya como en el pasado. Él me trataba con normalidad, pese a los encontronazos que teníamos, y yo… lo intentaba. Y digo lo intentaba porque, desde hacía unas noches, su presencia se colaba en mis sueños de un modo que me hacía sentir nerviosa e incómoda. Hacía… hacíamos cosas que no reconocería en voz alta ni siquiera bajo amenaza. Quizá por eso estaba pasándolo aún peor en compañía de Sienna. Era su novio, yo no debería tener ese tipo de sueños, no era bueno ni sano ni normal.

—Oye, Grace, si en cualquier momento sientes que necesitas irte, no hay problema —dijo ella entonces—. No quiero que estés aquí obligada.

—Yo…

—Pensé que sería buena idea comer contigo porque me consta el gran cariño que te tiene Liam. Me fío bastante de su criterio y estoy segura de que podríamos llegar a llevarnos muy bien, pero si no quieres…

—No, está bien —dije—. Es solo que estoy nerviosa, porque… Bueno, no estoy acostumbrada a hacer amistades nuevas.

Dios, aquello sonaba patético. Sin embargo, Sienna sonrió e hizo un gesto con la mano, como si desechara mis palabras.

—No te preocupes por eso, es normal. Has pasado muchos años fuera. Debe de ser raro y duro volver.

—Sí que lo es —admití en voz baja.

—Lo que no entiendo es por qué has vuelto, Grace.

La miré sorprendida, esperando que en aquel momento llegara la recriminación, pero no fue así.

—Oh, no me entiendas mal —se explicó—. Me refiero a que yo sueño tanto con irme que no sé si, cuando al fin lo logre, querré volver.

—Bueno, yo no me fui por voluntad propia. Creo que eso lo hace un poco distinto. Antes de que mi padre enfermara, soñaba con irme y viajar, pero ahora… estoy bien aquí. Creo que en realidad es donde mejor estoy.

—Eso es bonito. Y me alegra mucho que, en ese caso, hayas vuelto. Pero sigo deseando irme de aquí —confesó. Me reí, porque me gustaba lo sincera que sonaba—. Lo he hablado un montón con Annie e Eve, ¿sabes? Fantaseamos con la idea de irnos juntas más pronto que tarde.

—¿Liam lo sabe? —pregunté en un impulso.

—Lo mío, sí. Lo de Eve también lo sabe desde hace poco, pero creo que no se lo toma en serio.

—Debería. Él mismo soñaba con salir de Kilway hace unos años —dije. Sienna sonrió de un modo que me hizo sentir rara—. ¿Qué?

—En realidad… Yo más bien creo que Liam solo quería salir de aquí cuando tú formabas parte de ese sueño.

Me quedé estupefacta, sin saber qué decir, y ella debió darse cuenta, porque carraspeó y negó con la cabeza mientras añadía:

—Perdóname, no debería haber sido tan brusca.

Me caía bien Sienna. De verdad, era una chica amable, educada y preciosa que no había cometido ningún error, sino todo lo contrario. Que yo albergara sentimientos extraños por Liam no era una novedad, siempre había sido así de un modo u otro, pero eso no tenía nada que ver con el hecho de no querer hacerle daño a una chica como ella. Con aquellas palabras suyas, o más bien con el modo que tuvo de decirlas, me quedó muy claro que era una mujer enamorada y, a su modo, sufría por Liam. Aquello me hizo sentir mal de inmediato.

—Si estás preocupada porque Liam y yo nos estemos viendo más, Sienna, deberías saber que…

—Oh, Dios, no me preocupa eso, Grace. Te lo aseguro —contestó riéndose—. ¿Sabes que cuando comenzamos a hablar más él ya me había hablado de ti?

—¿De verdad?

—Oh, sí. Nos conocíamos de vernos por el pueblo, pero empezamos a vernos más cuando me hice amiga de Eve. Yo iba a la granja y él siempre estaba ocupado, ya sabes, pero cuando me veía, se paraba a charlar conmigo. Me preguntaba qué tal me iba con mis cosas y se quedaba a escuchar. Escuchaba de verdad.

—Sí, en eso siempre tuvo un máster —admití sonriendo un tanto incómoda. No sabía cómo sentirme con la idea de conocer la historia romántica de Liam y Sienna, pero supuse que lo normal y sano era preguntar—. ¿Cómo empezó… lo vuestro?

—Fue muy natural —confesó—. Un día le pregunté si le gustaba el cine y, cuando dijo que sí, lo invité a ir a la ciudad. Pensé que se negaría, pero aceptó.

—¿Por qué creíste que se negaría?

—Bueno, siempre ha estado muy ocupado. Además, no parecía un hombre de relaciones, ya me entiendes. En eso no me equivoqué —sonrió—. Y bueno… tengo que admitir que Liam ya me gustaba físicamente desde hacía un tiempo. Conocerlo un poco mejor solo hizo que me gustara más. Nos hicimos amigos poco a poco. Un día fuimos al cine, otro quedamos en el pub y de un modo gradual fuimos adquiriendo confianza el uno en el otro. El sexo llegó así también —contó. Me ruboricé y ella se rio—. Perdón, son demasiadas intimidades para nuestra primera comida, ¿verdad?

—Tranquila. Me alegra mucho que os vaya tan bien.

No era verdad. En realidad, saber que lo suyo llevaba un tiempo ocurriendo me dolía como un puñal en las entrañas, pero eso no podía decirlo porque no era culpa de Sienna y porque ella no había hecho nada malo.

—Sí, la verdad es que hasta ahora ha sido genial.

Algo en su tono me puso alerta, así que tragué saliva, me armé de valor e intenté tranquilizarla y defenderme.

—Nosotros solo somos amigos, Sienna. No quiero nada romántico con él y…

—Oh, Grace, tranquila. No quería hacerte sentir mal, cielo —dijo.

Estiró la mano por encima de la mesa y me tocó. Yo no era muy dada al contacto, pero pude ver en sus ojos el arrepentimiento y eso me ablandó enseguida.

—¿Estás segura de que no te molesta nuestra amistad? No quiero causarte daño.

Sienna sonrió con una mezcla de nostalgia y sinceridad que consiguió resquebrajarme un poquito por dentro.

—Lo estoy. ¿Y sabes por qué? —preguntó. Negué con la cabeza—. Porque sé bien lo que hay entre vosotros. Igual que sé que lo nuestro acabó en el mismo instante en que tú volviste a Kilway.

—Sienna, yo…

—No lo digo como algo malo, Grace. De verdad, tengo muy asumido lo que hay entre Liam y yo. Nunca fue una relación seria, nunca nos hicimos promesas, sabíamos que tenía fecha de caducidad y él siempre me dejó muy claro que no está enamorado de mí, aunque me consta que me aprecia.

—¿Y tú? ¿Estás enamorada de él?

—No —respondió. La creí, pero solo a medias—. Lo quiero mucho, eso sí. Y, en otras circunstancias, si yo no tuviera tantas ganas de salir de aquí y él no estuviera tan… centrado en otras cosas, quizá sí me habría enamorado de él, pero lo nuestro iba a terminar antes o después. Tu llegada solo ha acelerado el proceso.

—Sienna, yo… —empecé de nuevo.

Me cortó, porque creo que tenía muy claro lo que quería decir y no quería dejarse nada en el tintero. Su voz era dulce; su tono, comedido, y su mirada, sincera pese a todo.

—Lo único que quiero que tengas claro es que yo no soy tu enemiga, Grace. Por favor, no me veas así.

Sus palabras eran tan francas que me sentí una pésima persona por haber sentido celos, aun cuando sabía que era un sentimiento irracional. Sienna no solo hacía feliz a Liam, sino que lo quería y lo quería mucho. No sé cuánto sufría ella con todo aquello y me temo que nunca llegaré a enterarme. Lo que sí sé es que desde ese día tuve claro que Sienna era una gran chica y entendí perfectamente por qué Liam se había fijado en ella.

Lo que no entendía era que no se hubiera enamorado perdidamente de ella.

47

Liam

Entré en casa con Lucas siguiéndome los talones. Aquel día se portó tan bien en el trabajo que le pregunté en varias ocasiones si se sentía indispuesto. Se ofendió, pero es que era rarísimo verlo acatar órdenes sin quejarse cada minuto y medio, aproximadamente.

La familia entera aguardaba en la cocina. Era uno de esos pocos días en los que conseguíamos quedarnos libres más o menos al mismo tiempo para comer. Lo que me sorprendió fue ver que Aidan llegaba y se sumaba a nosotros.

—De haberlo sabido, habría recogido a Grace para que comiera aquí —le dije en un momento dado, cuando todos nos habíamos sentado.

—No habría podido —contestó Aidan—. Está comiendo con Sienna.

No sé qué fue peor, si la noticia en sí o el modo en que todos concentraron su atención en mí para ver mi reacción. ¿Y acaso podía culparlos? Que Sienna y Grace estuvieran comiendo juntas y solas era… incómodo. Bueno, no sé si esa era la palabra, pero desde luego me ponía tenso y no me gustaba demasiado.

Intenté darle un trago a mi vaso de agua con naturalidad, pero no lo conseguí.

—Oh, pues genial.

—Sienna la tratará bien, Liam —me dijo entonces Eve.

—¿Y por qué debería tratarla mal? —preguntó mi padre—. Sienna es una gran chica.

Sobra decir que mi padre tenía un gran corazón y era un granjero excelente, pero se le daba fatal entender las relaciones emocionales de cualquier tipo. Con el tiempo entendí que incluso con mi madre había tenido problemas por eso. No es que no la quisiera o no nos quisiera a nosotros, pero le costaba mucho demostrarlo o ser abierto en cuanto a sus emociones. En una ocasión, mi madre confesó que temía que me pasara lo mismo, porque veía el modo en que me cerraba en banda cuando se trataba de hablar de mí y mis sentimientos, pero yo le prometí que no tenía ningún problema. Eso me gustaba pensar. Lo cierto era que rara vez expresaba mis emociones y, en aquel instante, sin ir más lejos, estaba haciendo todo lo posible por ocultar cómo me sentía. Fue como si me tirasen un pequeño jarro de agua fría. No por lo descubierto, sino ante la idea de ser algún día como mi padre.

Lo quería, de verdad, pero su vida… No sabía hasta qué punto su vida era lo que yo deseaba para mí. Se levantaba antes del amanecer, se iba a trabajar y volvía para comer o, a veces, ya por la noche. Acababa la jornada tan dolorido y cansado que no quería saber nada de lo que sucedía en la familia. Siempre había sido así, salvo cuando mi madre perdió al bebé y él tuvo que hacerse cargo también de nosotros, pero incluso entonces contó con mi ayuda para ocuparme de las chicas. Más tarde llegó

Lucas, mi madre se recuperó poco a poco y él volvió a desconectar. Nos quería, no tenía dudas de eso, pero no lo demostraba con asiduidad y, desde luego, no estaba muy al tanto de lo que ocurría con nuestras vidas personales. En parte por falta de tiempo y en gran parte por esa naturaleza suya tan reservada. Su modo de querer era colmarnos de provisiones y reventarse cada día trabajado para dejarnos un buen futuro en la granja. No comprendía que a veces lo único que un hijo necesitaba era un abrazo o una sonrisa. Pese a todo, yo no diría que fue un mal padre. Fue el mejor padre que supo ser.

Pero definitivamente no era lo que yo quería ser de mayor. Sin embargo, tenía veintiséis años y ¿acaso no me parecía a él ya?

—No te preocupes —dijo Eve, a mi lado, apretándome el brazo con cariño—. Todo irá bien.

Guardé silencio porque no quería sentirme más incómodo, pero la comida se me hizo eterna y tuve muchas más revelaciones de las que me hubiese gustado. Quizá por el miedo que tenía a lo que fuera que hablasen Sienna y Grace. Y eso que, si me paraba a pensarlo, yo no había hecho nada malo.

Para empezar, desde que Grace había vuelto, Sienna y yo no nos habíamos acostado. Tampoco lo habíamos hablado, era cierto. Estábamos en un limbo extraño e incómodo del que yo no sabía muy bien cómo salir. Después de todo, yo no había engañado a nadie, ¿verdad? Sienna y yo siempre supimos que en algún momento acabaría y lo más importante aún: entre Grace y yo no había pasado nada. Intenté plantearme por qué me sentía tan mal entonces y llegué a la conclusión de que, aunque no había pasado nada real, en mi cabeza las cosas eran distintas.

Grace había vuelto y, con ella, vinieron huracanes para los que yo no estaba preparado. Yo lo sabía y Sienna... Sienna también lo sabía. No era una chica tonta. Llevábamos semanas hablando por teléfono, quedando a tomar algo, pero sin acostarnos porque... en el último instante yo siempre estaba cansado o ella me besaba y yo... sentía que le estaba fallando a Grace.

Era una jodida locura, pero creo que Sienna era consciente de ello. Las pocas veces que había comenzado a besarme, había parado sin que yo le dijera nada.

No quería hacerle daño a nadie. Sabía que tenía que solucionar la situación de una vez por todas. Hablar con Sienna y dejarle claras las cosas. El problema era que iba a querer profundizar en el tema, querría hablarlo a fondo y entonces yo tendría que abrirme. Y no estaba listo para hacerlo.

Pero justo entonces ella estaba comiendo con Grace y...

—No entiendo tanta tontería —sentenció mi padre. Lucas, frente a él, mantenía la cabeza agachada —. ¿Qué es eso de querer estudiar más de lo necesario? Tienes una granja que heredar, hijo.

—Pero, papá, yo quiero irme...

—Bah, tonterías —repitió mi padre.

Tragué saliva, pues sentí la boca seca y el corazón acelerado.

—Pues yo voy a marcharme pronto —dijo Eve antes de mirar a nuestro hermano—. Puedes venir conmigo cuando quieras estudiar fuera.

—Lo de que tú te marches no está decidido —siguió mi padre.

—Claro que lo está. Me voy a ir, todos lo saben, papá, incluso Liam.

Mi padre me miró como si fuese un traidor. Fue tan inmediato que lo entendí de golpe: él ya pensaba que yo era como él. Hecho a su imagen y semejanza. Esperaba que me opusiera y convenciera a mis hermanos de que se quedaran. Pero eso no era así, no podía ser así. Yo no podía obligar a nadie a quedarse ni a irse. Además, ¿por qué no podía apoyar a mis hermanos en sus sueños? Odiaba el modo en que mi padre intentaba hacer sentir culpable a todo el mundo de no querer vivir por y para la granja.

—Ya me tienes a mí. —Ni siquiera fui consciente de que estaba hablando hasta que oí mi voz—. Ellos pueden irse y hacer sus vidas fuera. Yo estaré aquí, a cargo de la granja.

—¿Y vas a hacerlo todo solo? —preguntó mi padre con sorna—. No sabía que tenía un hijo tan listo.

—Yo también estaré aquí —dijo entonces Sarah—. Y tenemos trabajadores. Si Eve y Lucas no quieren vivir aquí en un futuro próximo o lejano, deberían tener la opción de poder elegir.

—Además, soy mayor de edad. No necesito tu consentimiento —añadió Eve.

—No, es cierto, pero supongo que sí necesitas mi dinero para salir de aquí. ¿Qué pasa si no te lo doy, jovencita?

—Samuel, por favor… —murmuró mi madre.

—No te atrevas a defender a tus hijos en esto, Lily. En parte esto es culpa tuya y de tu manía de meterles en la cabeza sueños absurdos.

—Querer ser arquitecto no es absurdo —dijo Lucas con la ira apenas contenida—. ¡Absurdo me parece que no respetes y apoyes nuestros sueños!

—Lo tuyo no son sueños, sino fantasías inútiles. Pregúntale a tu hermano, que con tu edad también quería irse y míralo ahora.

—Que Liam sea un cobarde no significa que yo también lo sea.

—¡¡¡Lucas!!! —exclamó mi madre

El resto de la mesa mantuvo silencio, pero nadie, ni siquiera Aidan, se atrevió a mirarme. No sé qué hubiesen encontrado de haberlo hecho. No estoy seguro de la expresión que puse, pero sé que Lucas no dijo ninguna mentira. Y, por primera vez en mi vida, decidí decirlo en voz alta.

—Tiene razón —admití. Oí un gemido ahogado, pero no sabría decir quién lo emitió—. Yo quería irme, ver mundo, pero siempre había pensado…

Me callé. No quería decirlo allí, delante de todo el mundo, que siempre había pensado que Grace me acompañaría. Cuando ella se fue, tiré todos y cada uno de mis sueños por los acantilados. Ni siquiera fui consciente al cien por cien hasta ese instante. Me dejé llevar por el día a día y no me planteé nunca cambiar. Con cada día que pasó, me sentí más atrapado, pero también más acomodado a la vida que me había tocado. Incluso aprendí a amar el trabajo en la granja, pero eso no significaba que a Eve y Lucas tuviera que ocurrirles lo mismo. No quería que fuera así, por las malas.

—Cariño… —dijo mi madre.

—No —la corté—. Lucas tiene razón. En su día fui un cobarde. Decidí quedarme aquí porque salir me daba miedo y no encontré una red de apoyo que me ayudara a sentir un mínimo de seguridad. —Miré a Eve y a Lucas e hice todo lo posible por sonreír—. Vosotros me tenéis a mí. Y tenéis a Sarah. Si queréis iros, os iréis.

—¡No eres el dueño de esta familia!

—Tú tampoco —le respondí a mi padre—. Eres el dueño de la granja, pero nada más. Somos tus hijos, no tus pertenencias, papá. A lo mejor es hora de que empieces a darte cuenta.

Me levanté de la silla e hice algo novedoso por primera vez en mis veintiséis años: salí de casa dejando una discusión a medias. No pedí permiso ni mucho menos perdón.

Fui a casa y no llevaba ni diez minutos allí cuando alguien tocó a la puerta. Abrí y me encontré con mis hermanos. Lucas tenía los ojos llenos de lágrimas contenidas, Eve no se había reprimido en absoluto y lloraba abiertamente y Sarah sonreía de ese modo amable y paciente que la caracterizaba.

—¿Qué...?

Lucas fue el primero en abalanzarse sobre mí, seguido de Eve. Ambos me agarraron con tanto ímpetu que me movieron un poco del sitio. Miré a Sarah, que solo acentuó su sonrisa, comprensiva.

—Eve y Lucas están un poco nerviosos, pero querían venir a agradecerte que los hayas defendido.

—Si no fuera por ti... —gimoteó Eve.

La abracé, le acaricié la nuca y le besé la cabeza, igual que la de Lucas.

—Yo siempre estaré de vuestra parte —dije con voz grave—. Y ahora limpiaos la cara e id a trabajar. Algo me dice que papá hoy no estará de buen humor.

Ellos se separaron de mí, no sin antes estrujarme un poco más, y bajaron las escaleras mientras Sarah permanecía en el rellano.

—¿Crees que puedes invitarme a una taza de té? —preguntó.

Me hice a un lado para que entrase en el apartamento. En realidad, había mandado a Eve y a Lucas a trabajar para que se calmaran, pero sobre todo porque me sobrepasaba ver hasta qué punto agradecían algo tan nimio como defenderlos en una discusión familiar.

Preparé té, le tendí una taza a Sarah y me senté frente a ella.

—¿Estás bien? —preguntó.

—Sí, claro.

—Lo que ha dicho Lucas…

—No es ninguna mentira. —Sonreí—. Soy, oficialmente, el cobarde de la familia. Está bien, Sarah, no pasa nada.

—Yo creo que es todo lo contrario —dijo. La miré sin entender—. Se necesita mucha valentía para renunciar a uno mismo en favor de un bien común.

—Ya, bueno… —Tragué saliva, me sentía sobrepasado con todo aquello.

Mi hermana debió de notarlo, porque cambió de tema. Claro que el que eligió no me hizo sentir mucho mejor.

—¿Te molesta que Sienna y Grace estén comiendo juntas?

—No, por supuesto que no.

—Pero te pone nervioso —insistió.

Pensé en mentirle, pero ¿qué sentido tenía? Y, sobre todo, ¿con qué fin? Era absurdo negar algo tan evidente, así que asentí un poco y preguntó:

—¿Puedo saber qué te preocupa exactamente?

—No lo sé. —Ella sonrió y yo me reí, cansado—. De verdad, no lo sé, Sarah. Solo sé que me siento incómodo con la idea, por mal que suene. Tú sabes que Sienna y yo no tenemos algo serio y formal, pero tenemos algo. Y Grace…

Las palabras se me atascaron en la garganta. Como siempre, mi hermana me ayudó a sacarlas a base de aplicar la sensatez y la delicadeza que la caracterizaban.

—Grace es Grace.

—Sí, eso lo define bastante bien —murmuré—. Desde que ha vuelto, las cosas con Sienna son raras.

—¿Por raras te refieres a…?

—No hacemos nada… íntimo. Ya sabes. —Sarah asintió—. No sé qué hacer.

—Yo creo que sí lo sabes, pero te cuesta lanzarte por miedo.

—¿Miedo? —pregunté escéptico.

—Lo de Sienna está acabado, Liam. Ella lo sabe y tú también, pero no quieres hacerlo oficial porque entonces te tocará ponerle nombre a lo que sientes por Grace.

Boqueé, intentando negar sus palabras, pero lo cierto era que me calaron tan hondo como para erizarme el vello de la nuca. ¿Se trataba de eso? ¿Era miedo a aceptar la naturaleza de mis sentimientos por Grace? Miré a Sarah confundido y aterrado y ella, como buena hermana que ya había metido la semilla en mi cabeza, se levantó, me besó en la mejilla y salió de mi apartamento dejándome a solas con un millón de preguntas sin respuestas.

Decidí aplicar el remedio más fácil, aunque no fuera el más efectivo. Me marché a trabajar y me obligué a no pensar en ello. Ayudó mucho que la lluvia de aquella tarde fuera tan fuerte como para que ningún pensamiento pudiera oírse por encima de ella. Cuando cogí la camioneta para ir a recoger a Grace al trabajo, como cada día, la vi salir con un chubasquero amarillo. Llevaba el pelo suelto, hebras naranjas se le salían de la capucha. Al ver una sonrisa genuina en su rostro, me di cuenta de que Sarah había dado en el clavo desde el principio.

—¡Hoy sí que agradezco que me hagas de taxi! —dijo Grace riendo cuando entró en la camioneta.

Me quedé mirando sus increíbles ojos verdes y, aunque parezca absurdo, lo entendí. De verdad, comprendí de golpe que daba igual cuánto lo postergara: lo que sentía por ella no iría a menos. Tratándose de Grace, nunca lo hacía. Por eso encendí la radio, conduje hasta casa con cierta urgencia y, cuando bajó, volví al pueblo, a la casa de Sienna.

Me abrió la puerta en pijama y con una taza de algo humeante entre las manos. Sonrió para saludarme, pero la corté antes.

—Tenemos que hablar.

Pensé que se pondría seria, que mi más que visible urgencia la espantaría, pero ella se echó a un lado, señaló el interior y volvió a dedicarme una media sonrisa un tanto triste pero segura.

—Me preguntaba cuándo llegaría este momento.

48

Grace

Entré en casa contenta. Liam todavía había estado serio en el coche, supuse que por nuestra discusión de aquella mañana, pero después de comer con Sienna acabé de tan buen humor que decidí que lo mejor que podía hacer era ignorar lo ocurrido. Hacer como si no hubiera pasado nada. Además, me pregunté a mí misma si Liam pasaría a recogerme después de lo sucedido y, cuando lo vi en la camioneta, mi alegría fue tan sincera que no me costó fingir que todo estaba perfecto entre nosotros.

Saludé a Pecas, que me recibió con una mirada de indiferencia, y fui al frigorífico a por algo de comer. Ni siquiera me había acabado la ensalada en la comida con Sienna, así que estaba a punto de desmayarme de hambre. Abrí la puerta y me encontré con un trozo de tarta casera. Seguramente Aidan había comido en casa de los O'Callaghan y lo había dejado allí para mí. Sonreí, tenía el mejor hermano del mundo. Saqué el trozo de tarta para comérmelo tranquila y a solas.

Estaba bien, de verdad, todo parecía marchar a mi favor, pero entonces oí la camioneta de Liam. Cuando me asomé a la ventana, lo vi salir de la granja. La incertidumbre duró solo un segundo, hasta que me di cuenta de que era muy posible que fuese a casa de Sienna. Entonces la ansiedad se apoderó de mí. ¿Le hablaría ella de mí? ¿Y cómo lo haría? ¿Se acostarían juntos? Dios, yo no debía pensar en eso. Sienna era una buena chica, quería tener relación conmigo, que fuéramos amigas, y yo estaba allí sintiendo… ¿qué? ¿Celos porque se acostaba con él? Era absurdo, aunque se tratara de Liam. Mi Liam.

No, no era mío. Nunca lo fue, las personas no pertenecían a nadie y debía metérmelo en la cabeza, pero, joder, cómo dolió.

Y dolió más después de conocer un poco mejor a Sienna y darme cuenta de que era una gran chica. Era dulce, simpática e inteligente. Sabía escuchar y hablaba de un modo que hacía que quisieras conocerla más y mejor. No me costó nada entender qué vio Liam en ella. Sienna no solo era una buena chica, sino que quería a Liam. Estaba segura y no podía culparla, porque yo sabía bien que Liam tenía muchas cosas buenas. Sí, era un gruñón, pero era prácticamente lo único malo que se podía decir de él. Era un hombre no solo atractivo, sino prudente, carismático a su manera y un gran oyente. Liam era el tipo de hombre en el que confiabas nada más conocerlo, porque te daba la suficiente seguridad como para saber que, si necesitas algo, lo que sea, él hará lo imposible para ayudarte.

Era un hombre estupendo y no me costaba nada ver todas las razones por las que Sienna estaba enamorada de él. Y precisamente por eso era aún más doloroso.

Cogí una cuchara grande, la pequeña me hacía sentir impaciente. No entendía a la gente que se comía los postres poco a poco. Yo me llenaba la boca hasta que me costaba trabajo cerrarla y luego masticaba a conciencia para que la explosión de sabores me invadiera. Estaba convencida de que, de este modo, se disfrutaba mucho más, aunque Aidan dijera que era una cerdada y un indicio de ansiedad.

Bueno, esto último no podía negarlo, pero, de todos modos, ¿qué más daba? Estaba sola. Sabía comportarme cuando había gente. Nunca comía más de lo que imaginaba que era prudente y procuraba no llamar la atención. Quizá por eso disfrutaba tanto aquellos momentos a solas... al menos mientras duraban.

El problema no era hacerlo. Era lo que venía después. Me acabé el trozo entero de tarta allí, de pie junto a la encimera y sin apenas respirar. Me lo comí tan rápido que, al terminar, sentía náuseas y una tensión horrible en el estómago.

«Y todo ¿por qué? Porque Liam se ha ido a follar con su novia. Eres patética. ¿Preferías que se quedara aquí contigo? ¿Para qué? ¿Para ver esto que haces?».

Me mordí el labio con saña. No iba a llorar. No pensaba hacerlo, pero entonces las náuseas volvieron con ganas y me fui directa al baño. No pensé. En momentos como aquel, no me veía capaz de razonar, era un ente movido por impulsos y ni siquiera era capaz de frenarme un segundo y pensar. Quizá, si lo hubiera hecho, todo hubiera sido mejor. Me arrodillé frente al váter y me metí los dedos para vomitar. No fue fácil, atrás quedaron los días en los que eso bastaba. No entendía qué había cambiado, pero de pronto era como si mi cuerpo se hubiese acostumbrado a aquello y, de un tiempo a esa parte, solo pudiera lograr vomitar con ayuda. Me llevé los dedos a la boca y empujé hasta el fondo de mi garganta. Sentí el asco, no solo por lo que hacía, sino por mí misma. El vómito salió, no sin que yo me raspara los dedos con los dientes antes. Cuando pude agarrarme al váter, no me sentí mejor, sino peor. Mucho peor. Lloré, porque ya antes de acabar sabía que no encontraría el alivio de otras veces.

«Porque no te esfuerzas lo suficiente, tienes que hacerlo con más ganas».

Por un instante corto e indeterminado, quise mandar al infierno a aquella voz, pero era parte de mí. No podía hacerlo. No sabía hacerlo. Así que me aferré a la taza e hice lo único que sí sabía y podía. Volví a llevarme los dedos a la boca una y otra vez, hasta que conseguí no echar nada, ni siquiera saliva. Luego me senté en el suelo, exhausta no solo a nivel físico, sino también psicológico. Lloré por tantas cosas…

Lloré porque me sentía débil, insuficiente, agotada y a merced de algo que estaba en mi propia mente y no entendía. Lloré aún más porque, en aquel entonces, no tenía ni idea de cómo pedir ayuda. Y lloré, sobre todo, porque estaba convencida de que, en el caso de conseguir hacerlo, iba a defraudar a tanta gente que el sufrimiento sería peor.

Lloré hasta que miré el reloj y me di cuenta de que Aidan iba a llegar en cualquier momento. Lo limpié todo, como siempre, me di una ducha rápida, cogí a Pecas y la metí en la cama conmigo.

Para cuando mi hermano llegó, yo era un adefesio emocional. Cuando me preguntó por qué estaba ya en la cama, las mentiras salieron con tanta naturalidad que incluso me asusté.

—Creo que tengo algún tipo de virus. No me encuentro bien.

Él se sentó en el borde de la cama con el semblante serio, me tocó la frente para comprobar si tenía fiebre y revisó mis pupilas en un intento de encontrar algo que corroborara mis palabras. No sé si dio con algo, pero no dijo nada.

—¿Quieres una infusión al menos?

Negué con la cabeza.

—Creo que solo necesito dormir —dije con voz ronca.

Él me miró con los ojos teñidos de preocupación. Y yo sentí que mi cuerpo se dividía en dos. Una parte quería refugiarse en él, pedirle auxilio, pero la otra… estaba demasiado convencida de que todo aquello solo empeoraría las cosas.

—Duérmete entonces —susurró Aidan.

Le hice caso. No me costó trabajo porque estaba agotada. Me dolía la garganta, con cada día que pasaba estaba más convencida de que tenía algún tipo de herida, quizá provocada por mis propias uñas, pero no podía decir nada, porque entonces…

Sentí las lágrimas pujar por salir otra vez, pero me negué a dejarlas caer. Aidan pensaba que las cosas estaban yendo bien o eso me gustaba a mí creer. No podía hacer que sospechara. No podía amargar su existencia, como ya había hecho en Estados Unidos, cuando nuestras peleas eran constantes.

Me obligué a mantener los ojos cerrados y la respiración calmada. Funcionó, al menos en parte. Un tiempo después, no sabría decir cuánto, oí pasos en la escalera y la puerta del dormitorio abrirse, pero ya estaba en un estado de duermevela. Era consciente de lo que ocurría solo a medias, porque una parte de mí luchaba por sumirse en un sueño aún más profundo.

Quizá por eso aún hoy me pregunto si el beso que sentí en la frente y las palabras que oí con su voz fueron reales o un simple esfuerzo de mi mente para intentar calmarme.

—Todo va a ir bien. Te prometo que todo va a ir bien, Grace.

49

Liam

—¿Dónde están tus padres? —le pregunté a Sienna en un intento de mantener un ambiente relajado.

Era imposible, los dos lo sabíamos, pero tenía que intentarlo. No conseguía sacudirme de encima la sensación de que iba a portarme como un capullo y lo mínimo que le debía era un poco de charla antes. Por suerte o por desgracia, Sienna me conocía mejor que yo mismo.

—Han salido a cenar.

—Oh. Me habría gustado saludarlos.

—Todo esto no es necesario, Liam.

Metí las manos dentro de los bolsillos de la chaqueta y miré al suelo, avergonzado.

—Lo siento.

—¿Quieres una taza de té?

—Preferiría un poco de café, si no te importa.

—A esta hora el café no te sentará bien.

Tenía razón, tomar café no era buena idea, así que cedí y la seguí hasta la cocina. Me apoyé en la encimera mientras preparaba el té. Me fijé en ella a conciencia. Sienna era preciosa, pero había algo en ella que me gustaba más que su belleza: era transparente.

Es difícil dar con alguien que no oculta grandes secretos. Con Sienna todo fue fácil siempre porque no había mucho más de lo que ya se veía. Ella lo sabía, decidía mostrarse así de libre y expuesta. Iba por la vida como solo van los valientes: a corazón abierto.

Aun así, cuando pensaba en lo bonito que habría sido enamorarme de ella, solo podía pensar en que el amor no tiene por qué ser bonito. Si así fuera, todo el mundo elegiría a la pareja que más le conviene, pero no era tan sencillo, ¿verdad?

Los seres humanos somos complejos. A menudo nos volvemos completamente locos por personas que no entendemos mucho antes que por las que sí. Me llevó toda una vida entender a Grace y, aún hoy, me pregunto si lo conseguí del todo. Con Sienna siempre fue fácil y, en cambio, no lograba mirarla y sentir que la tierra se movía bajo mis pies. No era culpa suya ni mía, pero eso no quitaba que no me diera un poco de lástima.

—No sé por dónde empezar —admití cuando nos sentamos frente a frente en la mesa de la cocina.

—Creo que no es tan complicado como lo estás haciendo ver en tu cabeza —dijo. Sonrió de un modo tan amable que me sentí peor—. Estás aquí para dejarme. —Guardé silencio y ella siguió—: No pasa nada, Liam. Estaba esperando esta charla en cualquier momento, para serte sincera.

—Sienna, yo... me gusta estar contigo.

—Pero no más de lo que te gusta estar con ella —susurró.

Fue la primera y única vez que tuve un mínimo de conciencia del daño que estaba haciéndole. Puede que dijera que no estaba enamorada de mí, pero de todos modos debió de ser duro saber que, desde que Grace había vuelto, era incapaz de estar con ella. Con el tiempo entendí que los sentimientos son demasiado complejos. A veces no basta una simple etiqueta. Di por hecho que ella no me amaba, pero me quería mucho y de un modo especial. Aquello no era fácil, porque yo no era un hombre al que le gustara hacerle daño a una mujer, mucho menos a ella.

—Solo somos amigos —dije, era la verdad.

—¿Y quieres ser solo eso? —preguntó.

Yo carraspeé, incómodo, pero ella solo sonrió y volvió a hablar.

—Vamos, Liam. Somos amigos antes que todo lo demás, ¿no?

—Sí, pero no sé si esta conversación es adecuada…

—¿Por qué no? Es curioso que los dos me tratéis como si fuese una especie de víctima.

—¿Los dos?

—Hoy he comido con Grace. Me cayó bien el otro día y quería conocerla un poco más. Cuando se fue, yo era más pequeña, nunca había cruzado una palabra con ella. Pues bien, se pasó la primera media hora de la comida mirando la puerta de reojo. —Sienna soltó una risa un tanto divertida—. Me dio entre ternura y pena ver lo nerviosa que estaba.

—¿Y después de la media hora? —pregunté—. ¿Lo habéis pasado bien?

—Sí, creo que sí. Es una gran chica… —Había un halo de tristeza en sus ojos que odié, porque no quería que se sintiera inferior. Nunca se trató de eso.

—Lo es. Tú también lo eres. Y yo…

—En esta historia no hay malos, Liam. No te empeñes en creerte eso. No es así.

Reconozco que me lo estaba poniendo tan fácil que, sin darme cuenta, intenté excusarme aún más.

—De todos modos, necesito decirte que no ha habido nada entre ella y yo. Solo somos amigos, pero tengo que ser sincero con lo que siento. Por eso no puedo seguir contigo.

—Está bien, no me debes nada.

Así de fácil. Ella sonreía como si no le doliera, pese a que su mirada dijera algo distinto. Y yo… seguía sintiéndome mal.

—Sienna…

—Voy a marcharme, Liam. Lo sabes, no es algo nuevo. De hecho, he hablado con Eve y Annie de la posibilidad de que nos vayamos juntas. Es cuestión de semanas. Meses, a más tardar. Estamos barajando muy en serio irnos a Ámsterdam.

—Sí, Eve lo ha dejado claro en casa, aunque no sabía que ya teníais elegido el destino.

Preguntó si todo había ido bien con la confesión de Eve. Le conté por encima la discusión con mi padre y ella asintió, me escuchó en todo momento.

—Tu padre tiene un carácter complicado —dijo—, pero no es malo. Acabará por entenderlo. Y, para cuando le llegue el turno a Lucas, si de verdad quiere irse de Kilway, le resultará más fácil. Eve abrirá esa puerta.

—A veces me pregunto si debería haberla abierto yo —murmuré.

—¿Era lo que querías? —preguntó. Antes de que pudiera responder, ella siguió hablando—: Déjame reformular la pregunta: ¿Querías eso por ti mismo o porque soñabas con irte con ella?

De nuevo sentí que la pregunta era más complicada de lo que parecía *a priori*, así que hice lo que mejor se me daba en aquel entonces: evadirla.

—Eso ya no importa. Ahora lo que cuenta es que Eve va a irse y, aunque me alegro por ella y por Annie, porque imagino que vivirán lo suyo de un modo mucho más libre, voy a echarla mucho de menos. Y a ti también.

—Oh, no tienes por qué mentir.

—No miento —aseguré buscando su mirada, me di cuenta de que estaba siendo esquiva—. Ante todo y dejando de lado el sexo, eres mi amiga. Una de las mejores que he tenido. Entiendo que quieras irte porque sé que siempre lo has querido, pero te extrañaré.

—Eres un amor, Liam O'Callaghan. Y me habría encantado… —dejó las palabras en el aire un segundo antes de sonreír—, me habría encantado enamorarme de ti.

Había algo en aquellas palabras que se notaba afilado, pero aun así sonreí y decidí obviar mis sensaciones. Era lo mínimo que le debía a Sienna.

—Y a mí de ti —dije con sinceridad.

Nos miramos en silencio un instante y, en cierto modo, aquello bastó para que los dos nos reconciliáramos con la realidad de nuestras vidas. O eso sentí cuando rompimos a reír al mismo tiempo.

—Bueno, puedo decir que nuestra amistad con derechos ha sido lo más parecido al mejor contrato de mi vida. Sin dramas, sin exigencias. Creo que debemos estar orgullosos de nosotros mismos —me dijo.

—Gracias —susurré un poco sobrepasado—. De verdad, Sienna. Gracias por ponerlo tan fácil.

—De nada, cielo. ¿Crees que deberíamos hacerlo una última vez? Ya sabes, como despedida.

No sé qué cara puse, pero la carcajada de Sienna fue inmediata.

—Tranquilo —dijo—, era broma.

No sabía a ciencia cierta si lo era. Es decir, no sé qué hubiese pasado si le hubiera dicho que sí, pero eso tampoco importaba demasiado. Me levanté después de acabarme mi té, nos abrazamos y salí de allí con un peso menos en la conciencia y el corazón latiéndome de un modo extraño. Como si acabara de hacer un montón de ejercicio.

Volví a casa, subí las escaleras y, ya en el rellano, estuve tentado de tocar a la puerta de Grace, pero miré la hora y me di cuenta de que se había hecho tarde.

Además, ¿qué iba a decirle? ¿Que venía de romper con Sienna? Casi con toda probabilidad me contestaría que no era asunto suyo y que no interrumpiera su sueño por mis mierdas amorosas. Conocía a Grace, había cambiado mucho, pero no del todo. Había cosas que permanecían para siempre. Su mal humor si la despertabas de repente, por ejemplo.

Entré en casa, me di una ducha y, cuando me tumbé en la cama, por fin me pregunté qué ocurriría a partir de aquel instante en mi vida.

De hecho, si soy cien por cien sincero, la pregunta con la que me quedé dormido aquella noche fue: «¿Qué ocurrirá a partir de ahora con Grace?».

50

Grace

Dicen que después de la tempestad viene la calma, pero es mentira. El amanecer que siguió a aquella noche no solo fue horrible, sino solitario.

Me levanté antes de lo acostumbrado con la única intención de esquivar a mi hermano y a Liam. No era un plan inteligente, pero era lo único que tenía. Ni siquiera me tomé un café o una infusión, porque sabía que eso podía alertar a cualquiera de los dos. Puede que Liam viviese en su apartamento, pero el tabique que separaba nuestras viviendas era estrecho.

«Deberías quedarte y enfrentar las consecuencias de todo de una vez».

Por un instante, apenas unos segundos, estuve tentada de hacerlo. Luego recordé que la valentía no se contaba entre mis virtudes y salí huyendo como la cobarde que era.

Caminar hasta el pueblo cuando el sol aún no había salido fue... aclaratorio. Descubrí, por ejemplo, que ya no me gustaba hacerlo. Cuando era adolescente había hecho aquel camino muchas veces y nunca había tenido miedo, pero en aquel instante sí lo tuve. Pensé en lo que ocurriría si un extraño paraba en la carretera. En si me caía y me partía una pierna e, incluso, qué pasaría si un animal escapaba de alguna granja vecina y me atacaba. Era consciente de que, con la adultez, había ido adquiriendo miedos. Se habían adherido a mí como imanes. Siempre había pensado que en cierto modo era normal, pero ese día además de normal me pareció triste. Era una verdadera lástima caminar sola de noche y sentir ese tipo de miedo que juraría que sienten todas las mujeres alguna vez en su vida.

Para cuando llegué al pueblo y las farolas iluminaron mis pasos, inspiré tan hondo que estuve a punto de marearme. Entonces, un poco más libre del miedo, los recuerdos de los pasos de Liam en la escalera la noche anterior llegaron a mi cabeza. Inspiré de nuevo, esta vez mucho más cansada. ¿En algún momento mi mente iba a darme un poco de tregua? Al parecer, no.

Había oído a Liam la noche anterior, sí, pero eso no era lo que importaba. Lo que importaba, a fin de cuentas, era que había dejado que los celos y la rabia me llenaran tanto como para derramar algunas lágrimas más, por si no habían sido suficientes.

Por eso había tomado la decisión de despertarme antes e irme caminando. No estaba lista para encontrarme con mi hermano y mucho menos para que Liam me llevase hasta el trabajo. El camino en coche con él se me haría eterno porque, conociéndome, estaría plagado de preguntas sin formular.

Acabábamos de recuperar nuestra amistad, pero no era firme ni mucho menos. Sentía que apenas habíamos puesto un ladrillo sobre las ruinas de lo que un día construimos y, a continuación, destrozamos. Bastaría un error para arrasar todo de nuevo y no quería ser yo quien lo cometiera. Él podía estar con Sienna toda la noche si quería, y yo no tenía derecho a sentir que me clavaban puñales en el estómago por eso.

Llegué a la tienda agotada y un poco mareada. Me senté en el escalón y tomé un poco del agua que llevaba en la pequeña mochila que me acompañaba. Aún faltaba un poco para que llegara mi jefe, así que tenía que hacer tiempo.

Empezó a llover. Puede no parecer mucho, porque estábamos en Irlanda, pero mi ánimo se desbordó. Fui consciente una vez más de lo poco que hacía falta para que me volviera un adefesio emocional. Me puse de tan mal humor que, cuando mi jefe llegó, me recomendó tomarme una taza de café antes de intentar mantener una charla con cualquier cliente.

Me gustaría decir que le hice caso y la mañana mejoró, pero no. Fue larga, tediosa, mis mareos no desaparecían del todo y empezaba a sospechar que eran por culpa del vértigo. A veces me pasaba si estaba muy tensa o nerviosa.

—¿Por qué no te quedas aquí y comes conmigo? —preguntó entonces mi jefe cuando cerramos para la pausa.

No supe cómo decir que no, así que acepté pedir un sándwich en el pub y volver para comérmelo junto a él. Mordisqueé todo lo despacio que pude y procuré tragar con determinación. Me quedé con hambre, pero no quería que el señor Foley pensara que comía demasiado, así que me aguanté hasta el final de la jornada laboral y fantaseé de un modo bastante patético con la crema de cacahuetes que pensaba comerme en cuanto llegara al apartamento.

Tan sumida estaba en mis deseos y pensamientos que no fui capaz de prestar atención al hecho de que Liam, por supuesto, había ido a recogerme. No había sido un buen día para mí, así que su presencia me incomodó. Valoré la posibilidad de salir corriendo, pero de nuevo obligué a mi cordura a ganar.

Estaba apoyado en la camioneta de ese modo que hacía que me pusiera nerviosa. Parecía una persona segura de sí misma mientras que yo... Bueno, era evidente que yo no lo era.

—¿Por qué te has ido esta mañana por tu cuenta?

—Hola a ti también —mascullé mientras lo miraba mal.

—No me has contestado.

—Bueno, resulta que no te debo ninguna maldita explicación, Liam. De hecho, todavía no entiendo por qué no quieres comprender que no necesito que me lleves y me recojas del trabajo como si fuera una niña pequeña.

—Porque no quieres conducir, por más que te haya ofrecido coger mi maldita camioneta.

Bien. La cosa con Liam siempre era así. Solía controlar su mal humor bajo mínimos, pero, si yo me desataba sin razón aparente, él se dejaba llevar del mismo modo. Por eso habíamos tenido discusiones tan épicas que incluso habían sido comentadas en el pueblo. Por eso también nuestras reconciliaciones habían sido un tanto torpes, pero intensas y bonitas.

—No quiero tu maldita camioneta —dije con los dientes apretados.

—Entonces, coge otra.

—¡Que no quiero!

—Grace, tranquila.

Dios, no había nada que odiara más que me pidiera tranquilidad cuando, evidentemente, no estaba en condiciones de lograrla.

—Estoy harta de que me des órdenes. ¡Te recuerdo que el único que podía hacer eso está muerto!

El silencio fue tan repentino que, de pronto, solo se oyó mi respiración acelerada. Liam me miraba estupefacto y el arrepentimiento fluyó de inmediato por mis venas. Maldita sea, ¿qué me pasaba? Él no tenía la culpa de que yo me sintiera enferma de celos. Lo sabía, de verdad que lo sabía. Pero creo que en aquella época había tanta ira dentro de mí por diferentes motivos que siempre acababa pagando mi frustración con quien menos se lo merecía.

Intenté arreglarlo, pero me sentía tan mal y la ansiedad me tenía tan desbordada que apenas conseguí que mi voz se oyera firme al hablar:

—Oye, solo estoy cansada. Anoche dormí fatal y…

—¿Por qué?

—¿Cómo?

—¿Por qué dormiste fatal?

Su tono era calmado, como si no acabáramos de tener una discusión tremenda dentro de aquella camioneta. Su interés era genuino, pero yo… no podía decir la verdad. Era imposible, así que mentí una vez más.

—Me sentía un poco revuelta. Nada importante.

—Ya somos dos, entonces.

—¿También estabas revuelto?

—No, pero también dormí mal.

—¿Por qué?

Durante un instante Liam se quedó callado. Pensé que no respondería, pero al final lo hizo.

—Anoche rompí con Sienna.

La noticia llegó a mi mente del mismo modo en que los tsunamis se saltan todas las barreras físicas que encuentran a su paso. Arrasó de un modo tan devastador que solo pude mirarlo con los ojos como platos.

—¿No dices nada? —preguntó.

—Eh… imagino que debe de ser difícil romper una relación —balbuceé.

—Sienna y yo no teníamos una relación.

—Pero has dicho…

—Somos amigos y, antes de que tú llegaras, nos acostábamos de vez en cuando.

—¿Antes de que yo llegara? —La pregunta me salió tan de repente que no fui capaz de controlarla.

Liam me miró tan serio que estuve a punto de decirle que no hacía falta que respondiera, pero, cuando abrí la boca, él se me adelantó.

¿Recuerdas eso que he dicho de los tsunamis? Bueno, pues fue una ola traviesa al lado de lo que sentí en aquel momento.

—Antes de que volvieras y me diera cuenta de que da igual el tiempo que pase. No importa cuánto lo intente porque la verdad, Grace, es que, si estás a menos de mil kilómetros a la redonda, soy incapaz de estar con otra mujer sin pensar en ti.

51

Liam

Hay momentos en la vida de todo ser humano que se vuelven cruciales. Son, en realidad, como verse parado en medio de un cruce de caminos y sentir la presión de elegir el mejor. Aquel, sin duda, fue uno de aquellos instantes. Mi vida y mi camino dependían del resultado de lo que provocase una sola palabra de Grace, así que era normal que esperase su respuesta con una mezcla de ansiedad y expectación que estaba acabando conmigo.

En solo unos segundos, valoré un sinfín de posibilidades. Podía ocurrir que Grace me mandase al infierno, por ejemplo, ¿y acaso podría culparla? También podía suceder que ella sintiera un poquito de lo que sentía yo, aunque solo fuese un poquito. Aquella posibilidad se me antojaba complicada, pero nunca se sabía y soñar es gratis, ¿no? Aunque yo siempre haya odiado ese tipo de frases.

—Yo… no sé qué decir.

Esa posibilidad no la había contemplado, desde luego. Nadie puede culparme. Creo que nunca había conseguido dejar a Grace sin habla.

—En ese caso, prefiero que no digas nada —contesté, me sentía un poco tonto.

Ella abrió la boca, como si pretendiera decir algo, pero al final la cerró y se quedó en silencio. Arranqué, porque algo tenía que hacer con las manos, y conduje en el silencio más incómodo que recuerdo.

Hasta que no llegué a casa y detuve la camioneta no decidí enfrentarme al hecho terrorífico de que cabía la posibilidad de haberla perdido por haber hablado más de la cuenta.

—Grace, yo…

Ella abrió la puerta y salió sin que yo pudiera decir nada. La observé subir los pocos escalones del porche, entrar en el granero y, si soy sincero, imaginé cada uno de los pasos que dio hasta llegar al apartamento. Después me quedé unos minutos allí, impactado y arrepentido como nunca por haber dicho lo que sentía. No estaba molesto con ella. En realidad, lo que sentía se asemejaba más al desconcierto. No sabía si la había herido, decepcionado o cabreado, y la posibilidad de tocar a su puerta y de preguntarle de forma directa estaba descartada, porque no podía atosigarla.

Al final, después de varios minutos, fui capaz de comprender que no hacía nada allí, dentro del coche mirando a la nada. Estaba arriesgándome a que cualquiera de la familia me preguntara qué demonios me pasaba y por qué seguía dentro de la camioneta. De modo que salí, subí las escaleras y entré en mi apartamento odiando como nunca que Grace y yo fuéramos vecinos. Eso me quitaba la posibilidad de lamerme las heridas esquivándola.

No sé cuánto tiempo pasó, pero sé que me di una ducha y me puse un pantalón de chándal y una camiseta básica antes de meterme en la cama y ponerme los auriculares. No era de ver demasiado la televisión, pero sí me gustaba evadirme con la música por las noches, cuando no conseguía relajarme.

Y aquella noche, desde luego, no lo conseguía. Ni siquiera la música estaba funcionando.

En un momento dado, me quité los auriculares. Estaba dispuesto a debatir conmigo mismo si era mejor tomarme una copa o dormirme, aunque fuera a cabezazos. Fue entonces cuando oí los golpes en la puerta.

Bueno, llamarlos golpes era una forma de suavizarlo. El aporreo era tan intenso que pensé que alguien había sufrido cualquier tipo de accidente, así que me apresuré, abrí de un tirón y me encontré con Grace en pijama, despeinada, con los ojos rojos y la respiración agitada.

—Entonces ¿qué se supone que viene ahora?

La miré sorprendido. Pensaba que había una emergencia y me llevó unos segundos darme cuenta de que era ella. Tardé unos pocos más en pensar que quizá sí que era urgente, aunque no del modo que había imaginado.

—No te entiendo —dije descolocado—. ¿Estás bien?

—No.

Sus lágrimas asomaron y yo me agarré al pomo de la puerta. Odiaba ver llorar a Grace. De verdad, me invadía un sentimiento completamente irracional cada vez que la veía a punto de desbordarse. Tuve que hacer acopio de todas mis fuerzas para no abrazarla y preguntarle a quién tenía que matar.

—Se supone que ya no estás con Sienna de ningún modo sentimental, ¿no? —dijo. Asentí, perdido del todo—. Y me has dicho que no puedes pensar en nadie más que en mí, pero no sé qué viene ahora. ¿Significa esto que quieres tener algo conmigo? Porque odio las frases que me ponen nerviosa, pero no me aclaran nada y tú… Maldita sea. Tú eso lo haces muy bien.

—En realidad, yo diría que he sido bastante claro —dije despacio.

—No, yo necesito que lo seas aún más, Liam. Yo tengo que saber qué significa exactamente lo que has dicho y por qué…

Di un paso al frente, enmarqué su rostro entre mis manos y la besé. Así, sin medias tintas, sin pensar, sin dejarla hablar más. La besé por puro instinto y porque estaba muriéndome de anhelo. La besé porque… era Grace, joder. Pensé que un solo beso en veintiséis años era tan poco en comparación con todo el tiempo que la había querido a mi lado que no podía esperar ni un segundo más para repetirlo.

Aflojé su agarre solo para darle la oportunidad de deshacerse de mí si quería, aun sabiendo que el anhelo iba a matarme si daba un paso atrás. Me invadió el pánico. ¿Y si ella no quería? ¿Y si solo buscaba respuestas? Aflojé la presión de mis labios sobre los suyos y di un paso atrás. Me sentía mareado, exhausto y, al mismo tiempo, con más adrenalina que en toda mi vida. Era como juntar el fuego con el agua y que ninguno de los elementos consiguiera dominar al otro.

Grace tenía los ojos abiertos como platos, tan verdes como los prados después de que la lluvia los regara durante horas. Tenían un tono tan espectacular que casi sentí que me ahogaba en ellos.

—Creo que este es un buen punto desde el que partir —susurré sin apenas aliento.

52

Grace

Liam acababa de besarme por segunda vez en la vida y, por segunda vez, me había pillado completamente desprevenida. Me gustaría decir que tragué saliva, pero ni siquiera fui capaz de eso. Lo miré con los ojos como platos, la respiración agitada y un sentimiento de euforia que navegaba por mi torrente sanguíneo. Él esperaba que dijera algo, lo que fuera, y yo quería hacerlo, pero me estaba costando encontrar las palabras.

En realidad, estaba en estado de shock desde que me había confesado que ya no estaba con Sienna porque no dejaba de pensar en mí. Aquello había puesto mis emociones patas arriba. Se había cumplido algo que anhelaba y, en vez de estar feliz, me sentí aterrorizada. Sentí un miedo atroz porque Liam había conseguido ir un paso por delante una vez más y yo... tenía secretos. Muchos. Demasiados. ¿Cómo de sano era complicar nuestra relación? Suponía que no mucho, pero, aun así, una gran parte de mí me fustigaba para que reaccionara de una vez.

Decidí que le haría caso a esa parte. Había perdido mucho, la vida me había quitado demasiado, y yo misma me había castigado por infinidad de cosas. ¿Acaso no merecía algo bueno ya?

—Grace, no me gustaría ser grosero, pero, si no dices nada, ni una maldita palabra, va a darme un infarto —dijo Liam sacándome de mis pensamientos.

Me reí a trompicones, de un modo torpe y escandaloso. El pecho se me movía a demasiada velocidad y las venas me palpitaban con furia.

—Yo… confieso que siempre he sentido cierta intriga por saber cómo sería volver a besarte. Me preguntaba si nuestro primer beso fue bueno de verdad o si mis recuerdos lo habían adornado —confesé. Él elevó una ceja y torció una sonrisa.

—¿Y bien? ¿Vas a ponerme nota?

—Eso dependerá de si me dejas entrar en tu apartamento o no.

Liam soltó una risa que me removió hasta el alma y se hizo a un lado para dejarme pasar.

Tenía los nervios a flor de piel, pero eso no me impidió que me diera cuenta de que llevaba meses en Kilway y todavía no había entrado allí ni una sola vez. En realidad, pese a ser vecinos, habíamos limitado de un modo bastante claro lo de vernos siempre en el rellano, el granero o directamente los exteriores de la granja. Hasta ese momento, los dos habíamos logrado conservar la intimidad de nuestros respectivos apartamentos. Aidan, por ejemplo, iba cada mañana a tomar café allí. Ni una vez me ofreció ir con él. Ni una vez me invitó Liam tampoco. Creo que los dos tuvimos claro siempre que lo nuestro era distinto. Teníamos demasiadas cosas pendientes.

—Es igual que el mío —dije justo antes de fijarme en la cama de matrimonio que había al lado opuesto de la cocina—. Bueno, casi.

—Preferí una cama grande y que no hubiera tabique —dijo él dando explicación a la única diferencia de nuestros apartamentos—. De todos modos, soy el único que duerme aquí.

Quise preguntar si Sienna se había quedado a dormir alguna vez. Siempre había tenido una mente insana, pero a última hora decidí que era mejor no preguntarlo. De milagro, las voces de mi cabeza apoyaron esa idea. Creo que porque sabía, en todas mis versiones, que la respuesta podía hacerme mucho daño pese a que no tuviera por qué. Tenía muy claro lo que debería y no debería afectarme de forma objetiva, el problema era que eso no casaba bien con lo que de verdad me afectaba. Suponía que tenía que trabajar en ello, pero, sinceramente, había tantas partes de mí misma en las que tenía que trabajar en aquella etapa de mi vida que una más ni siquiera destacaba.

Liam señaló la mesa de la cocina, igual que la que tenía yo.

—¿Quieres sentarte? Puedo preparar té.

—Preferiría otro beso, gracias.

Las palabras salieron solas, con tanta facilidad que no fui consciente hasta que estuvieron dichas y vi la sorpresa de Liam. Estoy segura de que mis mejillas se tiñeron de rojo porque su calor fue insoportable. Cuando estaba a punto de decir que era una broma, Liam se acercó a mí, pasó sus brazos por mi cintura, entrelazando sus dedos en mi espalda, y me estrechó de un modo tan suave y natural que solo pude soltar un jadeo de sorpresa. Apoyé mis manos en sus hombros y, cuando él rozó su nariz con la mía, sentí que debía tener cuidado si no quería que me diera un infarto fulminante.

—¿Estás segura de esto? —preguntó entonces.

Su aliento se estrelló en mi cara y solo pude pensar en las ganas que tenía de besarlo, pero su pregunta se coló por una rendija de cordura y contesté con sinceridad:

—Creo que es una locura.

—Lo es.

—Y, al mismo tiempo, siento que no hay nada que parezca más correcto que esto.

Liam sonrió y asintió, haciendo que nuestras frentes y narices se rozaran. Me estrechó más contra su cuerpo.

—Lo es —repitió con voz suave antes de volver a besarme.

Esta vez no hubo urgencia en su gesto ni sorpresa en mí, porque lo esperaba, pero no por ello fue menos especial. Mi tercer beso con Liam fue, de hecho, uno de mis besos favoritos de toda nuestra vida. Fue dulce, anhelante, cariñoso, pero nada invasivo. Fue… perfecto. Y, por un instante, me hizo creer que las cosas serían fáciles. Que podríamos con todo.

—Citas —susurró él separándose de mí.

Jadeé de nuevo, esta vez llena de frustración. No estaba lista para separarme de él, ni mucho menos para que rompiera nuestro abrazo y diera un par de pasos atrás.

—¿Qué? —pregunté confusa.

—Deberíamos tener citas. Es el paso lógico. Mejores amigos. Citas. Algo más.

—Se te olvidan los años distanciados —recordé.

—Bah, minucias. Tendremos una cita, Grace Fitzgerald. Una de verdad, de esas de ponerme nervioso por no saber si vas a dejar que te bese al acabarla.

—Te dejaré.

—¡No me lo digas! —Su voz navegó entre la risa y la frustración.

—Pero es que te dejaré.

Liam volvió a reírse, esta vez de verdad, de un modo que no le había visto desde que había vuelto a Kilway. Me recordó un poco al Liam adolescente, pero al mismo tiempo sentí que era muy distinto. Su voz era más grave, incluso cuando se reía, y había algo en él, una seguridad que no estaba ahí años atrás.

—Has decidido quitarle toda la intriga, ¿no? —preguntó.

—Sí, ya hay demasiadas cosas sin resolver en mi vida. Esta no será una de ellas. Si vamos a tener citas, quiero la promesa de recibir un beso al final.

Liam volvió a acercarse a mí y, por un instante, la euforia bailó una danza preciosa en mi interior. Entonces sus labios se acercaron y solo me besaron la punta de la nariz antes de separarse de nuevo.

—Vale —concedió—. Un beso por cada cita que tengamos.

—¿Qué? —pregunté algo mareada por las expectativas que había tenido de que volviera a besarme.

Él se rascó la incipiente barba y se rio con nerviosismo. Hoy en día todavía creo que estaba tan frustrado como yo por no besarme, pero estoy segura de que no lo reconocería ni muerto. Carraspeé, intentando recuperarme a toda prisa, y procuré por todos los medios no sonar demasiado ansiosa.

—¿Cuándo empezamos?

A juzgar por su risa, no me salió muy bien.

Parte 7

«Solo si encuentras paz en ti mismo, encontrarás una verdadera conexión con los demás».

Antes del amanecer

53

Liam

Nuestra primera cita oficial comenzó siendo un completo desastre.

Todo empezó al día siguiente de nuestro acuerdo. Aidan entró en casa, como cada mañana, y me miró mal. Eso no ocurría habitualmente, así que le pregunté qué pasaba.

—Grace dice que vais a tener citas.

—Ajá. ¿Y?

—Te dije que las cosas con ella son complicadas.

—Y yo te dije que, a menos que hables de un modo más claro, no te entiendo. Por lo tanto, actuaré según mis propios instintos y pensamientos.

Aidan gruñó algo que no alcancé a entender y preferí dejarlo estar. No quería comenzar el día con una discusión, por raro que aquello fuera en mí. Por norma general, estaba más que dispuesto a discutir con cualquiera que me ayudara a rebajar el estrés. Con los años me di cuenta de que, en realidad, esto también fue una actitud aprendida de mi padre. Ese hombre vivía por y para discutirle a todo el mundo, hasta cuando no encontraba motivos para hacerlo.

La mañana de trabajo fue infernal y empeoró muchísimo cuando me caí de frente en una mierda de vaca del tamaño de Kilway. Eso me llevó a darme una ducha tan a fondo al llegar a casa que, cuando salí, tenía partes del cuerpo de un rojo intenso que podría ser catalogado de quemadura grave en cualquier hospital, pero no me importó. Iba a tener mi primera cita con Grace y quería estar presentable. También quería olvidar la maldita mierda de vaca, así que, pese a haberme frotado a conciencia, vacié medio bote de desodorante en mis axilas y me puse el perfume que me regalaban cada Navidad.

Me vestí con un vaquero y un jersey, eso sí. No era muy original en la vestimenta, pero pensaba compensarlo con mi personalidad. Sin embargo, cuando toqué en la puerta de Grace y esta salió preciosa, con un vestido de lana, botas y una chaqueta vaquera, lo primero que hizo al verme fue toser con fuerza.

—¿Cuántos litros de colonia te has puesto?

Volvió a toser y dio un paso atrás, como si no soportara estar cerca de mí. Eso era un problema, teniendo en cuenta que íbamos a tener nuestra primera cita. Inspiré por la nariz y me mareé. Sí, quizá me había pasado, pero los malditos nervios me la habían jugado.

—Si te esperas dos minutos, me ducho de nuevo —dije.

—Mejor vamos fuera. Confiemos en que el aire fresco te ayude a evaporar todo eso que te has puesto.

Me aparté para que ella pasara primero. Lo hizo, así que aprecié su cabello suelto y su ligero olor a lavanda. Comencé a bajar detrás de ella, pero volvió a toser, así que me aparté un poco. Joder, aquello era peor que el olor a mierda.

—Creo que la ducha no es mala idea —murmuré.

—No, tranquilo, se me pasará en cuanto estemos al aire libre.

Tuve mis dudas, pero ya fuera del granero, en la entrada, Grace se giró, me miró y sonrió de un modo que me hizo aflojar las rodillas. Por un instante, fue como si todo estuviera bien. Grace parecía feliz, así que intenté hacer una captura mental de su cara y guardarla bien en algún lugar de mi mente. Era algo que no quería olvidar nunca.

—El problema es que había pensado que podríamos ir al pub a cenar y para eso tenemos que entrar en la camioneta.

Ella lo pensó un instante, inspiró y asintió.

—Llevaremos las ventanillas abiertas.

—Hace frío, Grace.

—Prefiero helarme antes que asfixiarme, Liam.

No pude objetar nada.

El camino hasta el pueblo fue frío, rápido y algo tenso, ninguno de los dos parecía encontrar un tema de conversación que nos durase más de un minuto. Es curioso el modo en que las situaciones y etiquetas pueden alterar tanto nuestro comportamiento. Grace y yo éramos los mismos de siempre, aquel día no era especialmente distinto a otros y, sin embargo, al saber que estábamos en una cita, nuestra conversación era mucho más torpe. Las expectativas son, de lejos, una de las cosas más peligrosas de la vida. Querer que todo saliera perfecto nos llevaba de un modo casi inexorable a que todo fuera un desastre. Era una especie de ley no escrita.

Aun así, intenté animarme. Cuando llegamos al pub y pudimos bajar de la camioneta, miré a Grace haciendo una mueca.

—Estás preciosa.

Ella se sonrojó tanto que no pude evitar reírme un poco.

—Eres un idiota —dijo aún más avergonzada.

—¡Oh, vamos! ¿No vas a decirme que estoy guapo?

—Estás guapo y hueles como si te hubieran remojado en un bidón de perfume barato.

—¡Eh! De barato nada. Es el que me regala mi madre cada año.

—Liam.

—¿Sí?

—Es barato.

—Ni hablar.

—¿Sabes lo que cuesta un frasco de perfume caro? —Me dijo un precio aproximado y me quedé con la boca abierta.

—Vale, sí. Es barato —admití.

Nos reímos un poco, porque aquello era tan absurdo que resultaba gracioso.

—En fin —dije—, ¿entramos? Mi perfume barato y yo queremos invitarte a cenar.

—En realidad, he picado algo esta tarde y no tengo mucha hambre, pero aceptaré una cerveza encantada.

—Beber cerveza siempre me parece buen plan —dije de broma.

Aun así, cuando nos sentamos, pedí unas patatas porque yo no había comido nada en horas y estaba hambriento. Nos sirvieron y, cuando le ofrecí a Grace patatas, volvió a negarse.

—Antes eras incapaz de resistirte a las patatas fritas.

—Bueno, antes también era incapaz de resistirme a saltar vallas. La vida cambia.

Sonreí, tenía razón en eso. Debería dejar de adjudicarle a la Grace del presente cosas del pasado, pero una parte de mí no podía evitarlo.

Tomamos una cerveza, charlamos de nuestras familias, de la conversación que había tenido ese mismo día con su madre por teléfono, de la novia de Ollie, a la que Grace parecía apreciar, y de la situación de mi hermana Eve, entre otras cosas. Hablamos tanto que, cuando quisimos darnos cuenta, nos habíamos tomado más de tres cervezas por cabeza y yo, además, me había comido el plato entero de patatas. Quizá por eso no estaba achispado. Grace, en cambio, empezó a padecer una risa floja que me resultó de lo más adorable.

—Deja de reírte de mí —dijo en un momento dado.

—No puedo evitarlo, la Grace borracha me encanta.

—No estoy borracha.

—Yo creo que sí.

—Si estuviera borracha, no podrías besarme al final de la cita, ¿sabes? Estaría mal.

—Entonces no estás borracha, es definitivo.

Sus carcajadas hicieron que Patrick, el dueño del bar, nos mirara divertido. Le pedí que me cobrara y ayudé a Grace a salir de su asiento y ponerse la chaqueta. Sí, definitivamente estaba achispada, pero no tanto como para no coordinar los pasos. Lo que era algo bueno, porque de verdad me moría por cumplir mi parte del trato y besarla nada más llegar a casa.

Subimos a la camioneta, volvimos oyendo música y, ya en el rellano de nuestros apartamentos, la duda por si todo aquello había sido demasiado insulso me asaltó. Se lo comenté a Grace, que se apoyó en la puerta y sonrió con dulzura.

—Esto es Kilway, Liam. Tampoco hay muchísimas opciones de entretenimiento y, como primera cita, debo decir que ha estado bastante bien.

—¿Tú crees?

—Oh, sí. Claro que la valoración final depende de la parte más importante de todas.

Me puse nervioso. Era absurdo, porque se trataba de Grace, pero es que la simple idea de tocarla me hacía sentir un niñato inexperto y ansioso.

—¿Vas a ponerme nota?

—¿Te parece mal?

—No, pero, en ese caso, creo que voy a pedir que en la próxima cita seas tú quien lleve el control y yo quien evalúe.

—¿Eso te gusta, O'Callaghan? ¿Que te manden?

Mierda, aquello había sonado demasiado seductor.

—Dependiendo del momento, sí. ¿A ti no? —contrataqué.

Sus mejillas se tiñeron de rojo y, esa vez, aproveché para tomar yo el control. Me acerqué a ella, puse una mano a cada lado de su cabeza, apoyadas en la puerta, y sonreí despacio.

—Ah, ahora no eres tan valiente, ¿no? —la reté—. Dime, Fitzgerald, ¿te gustaría que te diera órdenes?

—Llegado el momento..., no me importaría.

Agradecí estar apoyado en la puerta, porque me mareé en el mismo instante en que las palabras salieron de su boca.

—Voy a besarte, Grace.

—Sinceramente, Liam, ya estás tardando.

Me reí, pero acerqué mis labios a los suyos y la besé. Duré poco apoyado en la puerta. En el instante en que Grace me rodeó el cuello con los brazos, necesité abrazarla y estrecharla contra mí. Empecé a darme cuenta en aquellos primeros besos de que Grace no era dada a llevar zapatos de tacón y yo era alto, así que se ponía de puntillas para alcanzar mi boca. Aun así, lo hacía parecer un gesto sexy, en vez de ridículo.

Adoraba el modo en que nuestros cuerpos conseguían acoplarse, pese a que ella fuera más menuda y bajita que yo. Me gustaba abrazarla y besarla, pero creo que lo que más disfruté de aquella primera cita fue saber que estaba cumpliendo un sueño.

Acababa de tener una cita con Grace Fitzgerald y no me avergonzaba admitir que me sentía el jodido rey del mundo.

54

Grace

—No puedo creer que mi hermano y tú estéis saliendo.

—Técnicamente, todavía no estamos saliendo.

Miré a Eve de reojo mientras Sarah me retocaba el maquillaje que se había empeñado en ponerme. Estábamos en la casa grande, más en concreto en la habitación de Sarah. Al saber que Liam y yo habíamos tenido una cita, se empecinó en que para la segunda tenía que sorprenderlo maquillándome y peinándome más que de costumbre. Yo no le veía mucho sentido a aquello, sinceramente, sobre todo porque Liam conocía a la perfección cada peca que tenía. No veía muy necesario maquillarme en exceso para impresionarlo, pero es que yo, desde siempre, cuando quería sorprenderlo lo hacía de un modo totalmente distinto: saltando vallas altas, retándolo a colarnos en el pub y beber algo de alcohol cuando no podíamos o bañándonos en el mar en pleno invierno. Supongo que no era el mismo tipo de impresión, claro, pero a mí me servía. Y pensaba que a Liam también.

—Eso que estás haciendo es disfrazarla —dijo Annie, que estaba al lado de Eve con el ceño fruncido.

Las reacciones de las chicas cuando supieron de nuestra primera cita fueron muy distintas. Annie se alegró por mí de inmediato y me abrazó mientras me felicitaba. Eve, en cambio, se enfurruñó porque decía que ella debería haberlo sabido antes y Sarah... bueno, Sarah estaba allí, con su paleta de colores frente a mi cara intentando hacerme parecer una barbie pelirroja.

Ya las conocía lo suficiente como para saber que las tres se alegraban muchísimo por Liam y por mí a su modo. Aunque lo agradecía, en el fondo estaba un poco asustada por si las expectativas que ponían en nosotros eran demasiado altas. Después de todo, estaba haciéndome experta en fastidiar cada cosa buena que había en mi vida.

De cualquier modo, dejé de lado la discusión sobre si Sarah estaba disfrazándome o no porque quería abarcar un tema que me preocupaba mucho más.

—¿Sabéis si Sienna...? —Carraspeé incómoda—. Bueno, ¿sabéis si está bien?

No podía evitar sentirme mal. En apenas unos días, había comido con Sienna mientras ella seguía teniendo algo con Liam, aunque no fuera serio; luego él había roto ese algo con ella y ahora nosotros salíamos en citas oficiales. Era precipitado, o así me lo parecía, pero, cuando se lo comenté a Liam, solo me dijo que en nosotros nada era precipitado porque llevábamos toda la vida esperando llegar a aquel punto. Al menos él. Me derretí tanto que no me atreví a sacar más el tema.

Con las chicas, sin embargo, sí me apetecía desahogarme. Saber si ella estaba bien o estaba sufriendo por mi culpa. Y, si esto último estaba ocurriendo, no sabía qué podía hacer, pero al menos me ayudaría a ser consciente de la realidad.

—Está bien —respondió Eve—. De hecho, le dijimos que viniera hoy y, aunque le apetecía, no quería que la situación fuera incómoda para ti. Tiene miedo de que el ambiente se vuelva tenso.

—Creo que, en el fondo, lo mejor es esperar unos días —admitió Annie—. Aunque Sienna tenía muy asumido desde que volviste que lo suyo con Liam se había acabado, han tardado semanas en hacerlo oficial y, bueno, igual tiene que hacerse a la idea.

—Se hará mucho mejor a la idea en Ámsterdam —dijo Eve con una sonrisa.

Aparté las manos de Sarah de mi cara y miré a Eve.

—¿Cómo va eso?

—Ha salido adelante —contestó con una pequeña sonrisa—. Tengo trabajo para al menos seis meses, así que nos vamos.

Miré a Annie, que sonreía a su lado, entrelazando sus dedos con los de Eve.

—Es maravilloso. ¿Lo sabe Liam? —pregunté.

—Estuve hablando con él justo antes de venir —dice Eve—. Seguro que te lo cuenta en la cita de hoy… —Soltó una risita que me hizo poner los ojos en blanco—. Me ha dicho que piensa apoyarme en todo con nuestro padre, porque doy por hecho que la cosa va a ponerse fea.

—Bueno, quizá recapacite a tiempo —dijo Sarah—. Papá no es un mal hombre.

—No, supongo —contestó Eve—, pero sí tiene un carácter lo bastante fuerte como para que su reacción me asuste. Sobre todo teniendo en cuenta lo mal que se ha tomado solo el planteamiento de marcharnos.

—A lo mejor, cuando se dé cuenta de que es una decisión firme y no hay marcha atrás, lo asimila y cambia su parecer —dijo Annie en un intento de animar a Eve, porque era evidente que ese tema la preocupaba.

Su chica no contestó y yo preferí centrar la atención en otra cosa, no quería que se pusiera triste. Apremié a Sarah, que terminó de ponerme máscara de pestañas y, cuando me colocó frente al espejo, me costó reconocerme.

Las manchitas blancas que había en algunas partes de mi cara no estaban ni tampoco mis pecas. La base de maquillaje que me había puesto se ocupaba de tapar cada imperfección de mi piel y, aunque quedaba natural, me resultó raro verme así. Estaba guapa, eso sí. Mis ojos verdes resaltaban mucho con la sombra que me había puesto, pero era como si… como si no me reconociera.

—¿Creéis que a Liam le gustará?

—Nena, a Liam le gustarías hasta maquillada con barro —dijo Eve riéndose—, pero no te preocupes, estoy segura de que él mismo se encargará de dejártelo claro al final de la cita.

Me ruboricé y comprobé, sorprendida, que incluso el maquillaje ayudaba con eso. Por lo general, me ponía roja como un tomate, pero en aquel instante mis mejillas apenas adquirieron un tono rosado. Eso me gustaba, porque en presencia de Liam tendía a sonrojarme mucho.

Me miré el vestido negro que había elegido para la ocasión. Las chicas decían que resaltaba mi figura, pero, si me ponía de perfil, podía observar que me marcaba el bajo vientre. Por más que intentara no comer, no había forma de que esa parte de mi cuerpo fuera plana. Aquello me provocaba más ansiedad de la que estaba dispuesta a admitir en voz alta, así que me despedí de las chicas, me puse las botas y salí al porche, donde Liam me esperaba hablando con su padre.

Se levantó en cuanto oyó la puerta y, al mirarme, se quedó sin habla. O eso pareció, a juzgar por el modo en que se le abrió la boca, pero fue incapaz de decir nada. Estaba guapo con su pantalón vaquero, su jersey gris oscuro y su cazadora de cuero. Guapísimo, en realidad. Llevaba el pelo un pelín más largo que cuando yo había llegado y me gustaba, porque empezaban a entreverse algunos de sus rizos. Estaba segura de que se lo cortaría enseguida, pero mientras tanto disfrutaba de la visión. Y, todo sea dicho, agradecí que ese día no se pusiera litros y litros de perfume.

—¿Estás lista?

Asentí y nos despedimos de su padre, que nos miraba con una sonrisa en la cara.

—Pasadlo bien, chicos. Y no bebáis demasiado.

Nos reímos, subimos a la camioneta y, cuando Liam hubo arrancado, me miró de reojo.

—¿Qué ocurre? —pregunté algo cohibida—. ¿No te gusta mi maquillaje?

—Estás preciosa con y sin maquillaje. La pregunta es: ¿te gusta a ti?

—Sarah dice que estoy preciosa.

—Repito: estás preciosa con y sin maquillaje. Y no me importa lo que piense mi hermana, me importa lo que piensas tú.

Me mordisqueé el labio y encogí los hombros.

—Es raro. Noto la cara tirante y las pestañas me pesan un poco, aunque parezca absurdo. Me veo guapa, pero me siento un poco disfrazada. Aunque Sarah ha hecho un gran trabajo tapando todas las imperfecciones de mi piel.

Liam guardó silencio unos instantes. Lo miré conducir, serio y pensativo. Me puse un poco nerviosa por saber lo que estaría pensando, pero entonces mis ojos se fijaron en sus antebrazos. Se había quitado la chaqueta para conducir y se había arremangado un poco el jersey. Sus antebrazos, como digo, estaban a la vista y eran… bonitos. Dios, eran unos brazos preciosos que acababan en unas manos aún más preciosas, pese a que tuvieran las marcas propias de trabajar en algo tan duro como la granja. Me ruboricé un poco y, esa vez sí, agradecí bastante el maquillaje de Sarah.

—Mira, Grace, yo no soy nadie para decirte si debes o no maquillarte. Como ya te he dicho, para mí estás preciosa siempre, pero lo que sí voy a decirte es que Sarah puede irse a la mierda si te ha dicho que tienes imperfecciones en la piel.

—Ella me ha tratado genial. Es solo que tengo muchísimas pecas y…

—A mí me encantan tus pecas.

—No dejan de ser imperfecciones.

—Eso es como decir que las estrellas son imperfecciones del cielo. Es absurdo. Tus pecas son parte de tu cara y son unas pecas jodidamente bonitas en una cara aún más bonita.

Sentí vergüenza del regocijo tan grande que me embargó ante sus palabras, pero no pude evitarlo. A menudo me preguntaba por qué yo no podía verme como me veía Liam. Él siempre supo ver en mí mucho más de lo que en realidad había.

«Está ciego. Si te viera desnuda, dejaría de pensar todas esas tonterías de que eres preciosa».

Tragué saliva. Empezaba a rondarme por la cabeza el pensamiento de que tendría que acostarme con Liam. Quería hacerlo, además. Lo deseaba como muy pocas cosas en mi vida, pero el miedo a que me viese desnuda…, a que juzgara todas las partes de mí que estaban mal, me tenía completamente paralizada. Por suerte, confiaba en él lo bastante como para saber que jamás me presionaría para llegar más lejos, pero ese no era el problema. El problema era querer hacer algo y, aun así, sentir tanto miedo como para privarme de hacerlo.

—Liam… —susurré.

—¿Sí?

—¿Qué te parecería empezar hoy por el final?

Él me miró de soslayo.

—¿A qué te refieres?

—¿Qué te parecería parar en algún lugar tranquilo y empezar esta cita por los besos?

Se puso nervioso. Lo supe por el modo en que tensó los hombros. Le pasaba desde pequeño.

—Pensaba llevarte a la ciudad. Te has arreglado durante un montón de tiempo y…

—Quiero que nos demos el lote en un lugar apartado de todo y de todos. No me importa la ciudad, pero si quieres…

El coche viró tan rápido que solté un jadeo sorprendida. Liam se metió en el arcén, dio la vuelta, estiró la mano sobre mi regazo y entrelazó sus dedos con los míos.

—Darnos el lote siempre va a parecerme el mejor plan del puto mundo. Y, si un día digo lo contrario, es que habré perdido la cabeza.

Me reí, mucho más relajada, sobre todo cuando vi que se dirigía a los acantilados. Aparcó un poco antes, en una zona alejada del carril central que apenas era transitada y mucho menos de noche. Se giró hacia mí y supe que aquella cita, sin duda, iba a superar a la anterior.

No sé durante cuánto tiempo nos besamos. Llegó un momento en el que, directamente, hice que Liam echara hacia atrás su asiento y me subí sobre su regazo. Sentí su erección en cuanto me senté sobre él y, aunque aquello me excitó sobremanera, no fuimos más allá. Él no hizo amago de querer más, pese a que su cuerpo sí lo dejaba claro y yo… no estaba lista. Era un poco absurdo, en realidad, no éramos adolescentes y, sin embargo, nos comportábamos como si lo fuéramos.

A veces, en mis ratos buenos, pensaba que eso se debía a que estábamos recuperando todo lo que el destino nos había robado cuando apenas comenzábamos a rozarlo con los dedos. Otras, en los peores momentos, me llegaba a creer que nunca sería capaz de ir más allá debido a mis complejos e inseguridades. Libraba una batalla interna impresionante, pero solo cuando me quedaba a solas. Cuando estaba con él… mi mente se apagaba. Y era tan bonito que sentía ganas de llorar de felicidad. Quizá por eso no sentía miedo de acariciarle el pecho, la nuca, los labios e incluso apretarme contra su erección. En cambio, era consciente de que, en el momento en que tuviéramos que quitarnos la ropa, mis voces gritarían más alto que nunca.

Por suerte, esa noche solo nos besamos y nos acariciamos por encima de la ropa hasta que, en un jadeo, Liam me mordisqueó la barbilla y me dijo que era hora de darle tregua a mi boca.

—Tienes los labios hinchadísimos —dijo con una risa ronca que demostraba lo poco arrepentido que estaba por tener parte de culpa en eso.

Bajé de su regazo, sonreí satisfecha y me mordí el labio cuando lo vi recolocarse el pantalón con disimulo. Me reí como una tonta, pero él no hizo ningún comentario. Al revés, me abrazó y se lamentó por no tener una manta.

—Podríamos tumbarnos en la parte de atrás de la camioneta y mirar las estrellas.

—Suena como un gran plan para nuestra tercera cita —admití.

—¿No quieres ir a la ciudad en algún momento? —preguntó sonriendo.

—¿Para hacer qué? —Suspiré—. Sí, ir al cine o a un restaurante alguna vez estaría bien, pero nuestra vida está aquí, en Kilway, y me gusta. He echado de menos tantas cosas de aquí que el simple hecho de mirar los acantilados me parece un regalo.

Liam me acarició los dedos con los suyos y me besó la frente en respuesta.

—Tomo nota, entonces. Citas en nuestro pueblo.

—Citas que acaben en revolcón, por favor.

Su carcajada fue tan sincera que no pude evitar contagiarme de él.

Cuando llegamos a casa, un par de horas después, lo hicimos despeinados, con los labios aún hinchados y sonriendo como un par de tontos. Liam, además, tenía una pequeña marca en el cuello fruto de mis dientes.

Quizá por eso nos costó más darnos cuenta de que las cosas en casa no estaban precisamente tranquilas. Íbamos camino del granero cuando oímos los gritos en la casa grande. Nos miramos y giramos a la vez. Caminamos a paso ligero y entramos en casa justo a tiempo de ver a mi padre gritarle a Eve.

—¡¡¡... solo porque tu hermano te ha metido ideas estúpidas en la cabeza!!!

Sin alcanzar a oír el inicio de la frase, ya sabía de qué iba aquello. Eve lloraba, Sarah tenía cara de circunstancias y Lucas, el pequeño de los O'Callaghan, parecía tan impresionado que apenas se atrevía a moverse. Lily, la madre de todos ellos, miraba a su marido con una mezcla de súplica e ira que me hizo tragar saliva.

—Samuel, te lo pido por favor, cálmate.

—¿Qué está pasando? —preguntó Liam a mi lado.

Sentí su tensión de un modo casi doloroso. Había oído, igual que yo, que su padre lo culpaba de lo que fuera que hubiera dicho Eve, pero eso no era una novedad. Ya de niños Liam tuvo que ocupar roles que, en mi opinión, no le pertenecían. Siempre había sido así, de modo que no podía extrañarme que en aquel instante el papel se volviera a repetir, pero eso no significaba que no me molestara. Todo lo contrario. Cada vez soportaba menos el modo en que su padre le hacía culpable y responsable de cosas que, en realidad, no le concernían lo más mínimo.

—Ha pasado que tu hermana está diciéndome que se va. ¡Así! ¡De la nada!

—No es de la nada —dijo Eve, pese a que estaba llorando—. Te llevo advirtiendo mucho tiempo de que...

—¡Tonterías! —exclamó—. No vas a ir a ninguna parte, jovencita. Y si tu hermano te ha metido en la cabeza la idea de que podías volar y ser libre como el viento, déjame decirte que, por desgracia para ti, él no es quien está al mando.

—Papá, estás hablando con tu hija, no con un mueble de la granja. Que no se te olvide. —La voz de Liam sonó grave y profunda.

Samuel O'Callaghan se giró hacia su hijo. Se acercó a él de un modo tan tenso que mi espalda se envaró de inmediato.

—Tú mejor cierra la boca, porque esto es culpa tuya.

—¿De qué hablas? —preguntó Liam.

—Les has metido a tus hermanos en la cabeza la idea de que pueden marcharse, como si no tuvieran un deber y una responsabilidad aquí, en la granja.

—Es que no lo tienen. Esta es tu granja, papá. Es tu deber y tu responsabilidad, igual que el mío, porque así lo decidí, pero, si ellos no quieren darle su futuro a esto, no tienen que hacerlo.

Todo fue demasiado rápido. Samuel agarró a Liam del jersey y lo estrelló contra la puerta por la que acabábamos de entrar con tanta fuerza que ahogué un grito.

—Escucha, niño...

La irá burbujeó en mi sangre, pero no fue nada comparada con el orgullo que sentí cuando Liam se zafó de su padre y lo agarró. Le hizo girar y lo estrelló contra la puerta del mismo modo que había hecho Samuel antes con él.

—No, escúchame tú —dijo con los dientes apretados—. Ni soy un niño ni tienes derecho a tratarme de este modo. ¡Ni se te ocurra ponerme una mano encima, papá, porque te juro que no respondo!

—¡Liam, por favor! ¡Ya basta! —intercedió su madre. Lo separó e hizo que ambos se miraran con la respiración agitada.

En la cara de Liam todavía se apreciaba la rabia, pero en la de Samuel solo brillaban la tensión mezclada con el arrepentimiento. No era un hombre violento. Difícil, estricto y serio sí, pero nunca había sido violento con sus hijos. En aquel instante miró a Liam, después a Eve, a Sarah y a Lucas, que apenas daban crédito a lo que veían. Carraspeó con tanta fuerza que incluso a mí me dolió la garganta.

—¿Quieres irte? —le preguntó a Eve—. Bien, vete, pero, si las cosas salen mal, no vengas a llorarme.

—A mí puedes llorarme tanto como quieras —dijo Liam.

Los ojos de su padre se centraron en él, pero no le importó. Caminó hacia Eve, que lloraba en silencio, enmarcó su cara entre las manos y le sonrió, a pesar de que era evidente que la rabia y la tristeza se lo estaban comiendo desde dentro.

—Vete, Eve —le dijo—. Intenta cumplir tus sueños y, si no funciona, vuelve a casa. Mis brazos siempre estarán abiertos para ti.

Sarah y Lucas los abrazaron de inmediato para demostrarles su apoyo. Lily lloró desde un rincón, seguramente con el corazón dividido entre sus hijos y su marido. Y Samuel… Bueno, todavía hoy en día no sé qué pensó en ese momento, pero salió de la casa cerrando la puerta a su paso de un modo tan fuerte que fue como si hubiese dado una bofetada colectiva.

Ya en casa, una hora más tarde y después de haberle contado a Aidan todo el drama familiar, me tumbé en la cama y pensé en lo bien que había empezado la noche y lo mal que había acabado. La vida seguía siendo imperfecta. Daba igual cuántas cosas fueran bien en aquel instante, había otras que parecían torcerse por segundos.

«Y eso que todavía no hemos hablado de lo que pasará cuando Liam sepa lo jodida que estás de la cabeza».

Tragué saliva, atemorizada, y me cubrí aún más con mi edredón.

Oí una risa dentro de mi cabeza. Era fría, aguda y tan cruel que, cuando cerré los ojos, casi pude sentirla reverberando en todo mi cuerpo.

Si eso era cierto y ese momento llegaba… ¿Sería Liam tan incondicional conmigo como lo era con su hermana? ¿O me abandonaría a mi suerte?

55

Grace

En la camioneta de Liam hacía un frío helador, sobre todo porque estábamos en la parte de atrás, pero el modo en que él lo había preparado todo me emocionaba tanto que no podía decir ni una sola queja.

Había limpiado toda la parte trasera, había inflado un colchón hinchable, lo había cubierto con mantas y había echado, solo por si acaso, un toldo para taparnos si la lluvia caía. Aquello seguía siendo Irlanda, después de todo.

Nos tumbamos en el colchón, nos abrazamos y tapamos con las mantas y miramos las estrellas, justo como le había dicho a Liam en la cita anterior que me gustaría hacer. Había pasado algo más de una semana desde entonces, no habíamos tenido ocasión de tener la cita antes porque la casa de los O'Callaghan se había visto arrastrada por el drama hasta el día anterior, cuando Eve, Sienna y Annie se marcharon a Ámsterdam.

Me gustaría decir que Samuel, su padre, entró en razón, pero lo cierto era que no lo había hecho y ni siquiera había querido despedirse de su hija. Aquello me partió el corazón, sobre todo porque recordé a mi propio padre y me imaginé lo que sentiría

Eve al irse de ese modo, pero me alegró que, aun así, no se dejara dominar por el sentimiento de culpabilidad que su padre le intentaba hacer sentir y siguiera sus sueños de todos modos.

Respecto a Sienna... Solo la vi un momento cuando vino a la casa, porque Liam se encargó de llevarlas a la ciudad para coger el vuelo. Sienna me sonrió, me abrazó y me deseó suerte. Yo hice lo mismo y lo hice de verdad, porque me parecía una gran chica y todavía me sentía un poco mal por haber sido la causante de que lo suyo con Liam acabara.

Lo hablé con él esa misma noche, en nuestra tercera cita, pero se empeñó en que nada de eso era culpa mía.

—No teníamos nada serio —insistió.

—Ya, pero aun así...

—Oye, Grace. —Se giró. Aún me tenía abrazada y me hizo ponerme de lado para que yo pudiera mirarlo de frente—. No es tu culpa, ¿de acuerdo? Se habría acabado de todos modos porque en su cabeza ya estaba la idea de marcharse. Las cosas se aceleraron un poco con tu vuelta, eso es todo. Sienna va a ser muy feliz en Ámsterdam, o eso espero, y tú y yo nos quedaremos aquí e intentaremos hacer lo mismo.

Sonreí, mucho más tranquila con sus palabras.

—¿Y cómo fue anoche en casa? —pregunté para cambiar de tema.

Liam suspiró y por un momento me arrepentí de haber hecho la pregunta, pero lo cierto era que me interesaba. Después de volver del aeropuerto, Liam había cenado con sus padres, Lucas y Sarah en la casa grande. Me invitó a acompañarlos, pero pensé que lo mejor era no meterme en ese instante en su familia. Me quedé con Aidan viendo la tele y haciendo conjeturas acerca de cómo se comportaría Samuel en adelante.

—Bueno, mi padre apenas me habla, así que fue todo lo bien que podía ir. Cenamos, mantuvimos una charla tensa y, en cuanto pudimos, todos nos escaqueamos.

—Siento mucho que te esté cargando con la responsabilidad de que Eve se haya marchado —dije.

—No te preocupes. Se le pasará. Y si no es así, sinceramente, me da igual. Tiene que entender que él ya eligió en su día lo que quería y ahora les toca elegir a sus hijos.

—¿Y tú? —pregunté—. ¿Estás seguro de que esto es lo que quieres?

—¿Por qué lo dices?

—No lo sé. Siempre me hablabas de huir, pero en el fondo no era capaz de imaginarte en otro lugar que no fuera Kilway. Y ahora aún menos.

Liam guardó silencio unos instantes. Fue tiempo suficiente para que yo llegara a pensar que no iba a responder. Sin embargo, al final lo hizo.

—Pensaba en huir contigo —reconoció con voz ronca mirando de nuevo a las estrellas—. ¿Qué sentido tendría irme ahora que por fin estás aquí?

—Pero ¿te gustaría?

—Me gusta el trabajo en la granja. Es verdad que hace años no lo tenía muy claro y me habría gustado experimentar fuera antes de encerrarme aquí para siempre, pero creo que no habría encontrado nada que me llenase igual. Aun así… —suspiró, como si decir aquello le costara—, me pregunto cómo serán algunas partes del mundo. Me hubiese gustado ver algo más que estas tierras. Por muy anclado que me sienta a Irlanda, creo que habría sido bonito navegar por otras partes del mundo.

—Hablas como si no tuvieras la posibilidad de salir nunca más.

—No lo sé, Grace. —Sonrió, volvió a centrarse en mí y me besó la punta de la nariz—. No soy rico, no puedo permitirme viajar por el mundo.

—Podríamos fijar un destino y visitarlo juntos cuando ahorremos —propuse.

—¿Te gustaría?

—Me encantaría.

—¿A dónde quieres ir?

—No lo sé. Hay muchos lugares que querría visitar, pero no tengo claro cuál me gustaría más. ¿Y a ti?

—Me gustaría ver alguna vez una playa paradisiaca —admitió antes de acariciarme la barriga bajo las mantas. Sentí el modo en que su mano llegaba al borde de mi jersey, se colaba debajo y sus dedos se posaban sobre mi piel directamente. Me estremecí—. Me encantaría mirar a mi lado y verte tumbada en una hamaca, tomando el sol y en traje de baño.

—Mmm, suena bien, ¿no?

—Suena increíble.

—Podríamos fijar un destino y proponérnoslo.

—Podríamos. O podríamos encerrarnos en mi apartamento un día, quedarnos en traje de baño y fingir que ya estamos allí. De todos modos, lo que más me interesa es tenerte al lado.

Me reí, pero la respiración se me atascó cuando las yemas de sus dedos rozaron la parte baja de mi sujetador.

—Pierdo mucho en traje de baño —susurré.

«Queda mejor eso que decir que das asco sin ropa».

Tragué saliva y me tensé, incómoda, justo en el instante en que Liam se atrevió a abarcar uno de mis pechos. No era por él, sino por esa estúpida voz, pero él entendió lo contrario y retiró la mano de inmediato.

—Liam… —dije.

—Tranquila, no tenemos que ir más allá.

—No es por ti. Es… es… es complicado para mí avanzar en algunos aspectos.

Sus labios se cernieron sobre los míos, su cuerpo me abrazó y, cuando habló, lo hizo con tanta dulzura que sentí ganas de llorar.

—Tenemos tiempo, Grace. Toda la vida, si de mí depende.

Cerré los ojos y oculté la cara en su cuello para que no viera lo dichosa que me hacían sentir sus palabras pese a que, en aquel instante, había una parte de mí empeñada en autodestruirme de un modo tan cruel que me aterrorizaba.

56

Liam

Los días pasaban entre el trabajo y la responsabilidad en la granja, la tensión en la casa de mi familia y los ratos en los que disfrutaba de estar con Grace. Aunque teníamos citas oficiales, nos veíamos cada día, pues seguía llevándola y recogiéndola de la tienda de antigüedades. Cuando por fin sacamos el tema sin discutir, reconoció que, pese a tener el permiso, no había conducido en años y le daba un poco de reparo. Prometí darle algunas clases prácticas, pero mientras tanto seguía disfrutando de los ratos en coche en los que podía charlar con ella, acariciar cualquier parte de su cuerpo o, simplemente, escuchar música en silencio.

Creo que nuestra relación fue tan especial por eso. Nos gustaba estar juntos y hablar, pero nos gustaba aún más saber que podíamos pasar minutos y minutos en silencio sin necesidad de llenar el vacío con palabras huecas. Fue así de niños, de adolescentes y, aunque a su vuelta sí fue difícil, en aquellos instantes habíamos recuperado esa comodidad que tanto me gustaba.

Me encantaría decir que todo iba bien, pero no era así. Estaba todo lo de mi familia, para empezar. Apenas hablaba con mi padre desde que Eve se había marchado. Mi madre no dejaba de llorar por los rincones, en parte porque echaba de menos a su hija y en parte por la situación que teníamos en casa. Sarah y Lucas se limitaban a pasar todo lo desapercibidos que podían. Y yo… echaba de menos a Eve, pero sabía alegrarme por ella y por mí mismo porque Grace estaba en Kilway y empezaba a comprender que la vida iba un poco de eso: situaciones buenas y malas entrelazándose. Dudaba mucho que tuviéramos temporadas de felicidad eterna. Dejé de esperar algo así y creo que hice lo correcto, porque no perdí mis días buscando algo permanente. Disfruté de cada partícula de felicidad que tuve la dicha de recibir.

Aquel día, por ejemplo, estaba ansioso por acabar mi jornada, porque había quedado con Grace para una de nuestras citas oficiales. La cuarta, para ser más exactos. Sí, me empeñaba en contarlas aunque nos viéramos todos los días y me hubiese acostumbrado a robarle besos a cualquier hora del día. Las citas eran otra cosa. Eran nuestro momento consciente para estar juntos. No teníamos que hacer nada después, salvo volver a casa y dormir. Mis citas con Grace se habían convertido en mi momento feliz y no pensaba renunciar a ellas.

Entré en casa de mi madre solo para abrazarla un poco y asegurarme de que ese día estaba algo mejor. Tenía cierta tendencia a dejar que la tristeza la arrasara. No la culpaba, pero, si hacía memoria, podía recordar varias etapas de nuestra vida en las que ella se había sumido en su tristeza por diferentes motivos. No quería ni pensar que eso pudiera pasar de nuevo, así que intentaba estar pendiente de ella. Por desgracia, cuando entré en casa, solo encontré a mi padre, que me dijo que mi madre había salido al pueblo para hacer unos recados.

—¿Puedo ayudarte?

—No, déjalo. Solo quería pasar un rato con ella —murmuré volviéndome para salir de casa.

—Puedes pasar un rato conmigo.

Apreté los dientes. Todavía recordaba con cierta vergüenza lo que me había dicho, así que carraspeé y negué con la cabeza.

—No te preocupes, no quiero molestarte.

Mi padre suspiró y se palmeó la pierna. Desde hacía un tiempo, había adoptado aquel gesto que *a priori* era casual, pero yo sabía que en parte se debía al dolor que arrastraba ya por el duro trabajo en el campo.

—No me molestas. Podemos tomar una taza de café si quieres.

—Si tomas café a esta hora y mamá se entera, va a matarte.

—En ese caso, te agradecería que no se enterase.

Me reí, aunque me odié un poco por ello. No quería reírle las gracias y que entendiera que había bastado una broma tonta para que lo perdonase. Por lo general, intentaba no perderme en los sentimentalismos, pero esta vez había llegado muy lejos. Aun así, no pude negarme a tomar un café con él. Lo observé mientras lo preparaba y me senté en la silla de la cocina. Cuando se sentó a mi lado, con dos tazas humeantes, se quedó tan concentrado en la suya que pensé que no iba a decir ni una sola palabra. Quizá debería haber roto el hielo yo, pero no estaba dispuesto a ponérselo fácil, así que me limité a mirarlo y a esperar.

—Sé que no he sido el mejor padre del mundo en muchas ocasiones, pero, lo creas o no, todo lo que he hecho, lo he hecho pensando que era lo mejor para ti y tus hermanos —dijo al fin. Hice amago de interrumpirlo, pero alzó una mano para pedirme un momento más—. Aun así, pienso que soy un hombre que sabe reconocer sus errores. Quiero pedirte perdón por todo lo que te dije delante de la familia.

—¿Me quieres pedir perdón porque te arrepientes o porque lo hiciste delante de toda la familia y ahora mis hermanos y mi madre te castigan mostrándote cierta indiferencia?

Mi padre me miró sorprendido. Supongo que no esperaba que lo enfrentara de ese modo, pero estaba seguro de haber alcanzado un punto de no retorno en mi relación con él. Si cedía del todo a lo que me decía sin dejar clara mi postura, me vería arrastrado a algo parecido más pronto que tarde.

—No he sido el mejor padre del mundo, Liam, y me hago cargo de eso, pero lo he hecho lo mejor que he podido.

—Estás empeñado en que la granja debe ser cosa de toda la familia. Tienes que entender que no tiene por qué ser así.

—Lo sé.

—¿Entonces…?

—El miedo es poderoso, hijo. Te pasas la vida luchando por algo y un día, de pronto, descubres que es posible que todo eso se vaya al infierno si tus hijos no quieren mantenerlo.

—Pero es que tus hijos tienen otros sueños y tú tienes que respetarlo. Además, me tienes a mí en la granja.

Ese fue el momento en el que mi padre me miró. Lo hizo de verdad. Sin frialdad ni reto en sus ojos. Solo estaba intentando ver a su hijo y entenderlo.

—¿Y lo haces porque quieres?

Fue una gran pregunta. Una que yo mismo me había hecho tan a menudo como para tener por fin la respuesta.

—Me gusta la granja, papá. Eso no significa que a veces no hayas sido demasiado duro conmigo, pero aun así me gusta. Voy a ocuparme de ella y seguramente Sarah también, porque le pasa como a mí. Pero si Eve o Lucas no quieren…

—Tengo que dejarlos volar.

—Ni siquiera tienes que dejarlos. No tienes que darles permiso. Eve no lo necesita, porque ya es mayor, y, cuando Lucas crezca, pasará lo mismo. Basta con que los veas volar y te ocupes de decirles que estás orgulloso, aunque no vuelen hacia donde tú quieres.

Su silencio se prolongó unos instantes de nuevo y, cuando habló, consiguió emocionarme como nunca lo había hecho antes.

—Vas a ser un gran padre cuando te toque, hijo. Uno mucho mejor que yo.

El modo en que se infravaloró no me gustó, así que sonreí y negué con la cabeza.

—No lo has hecho todo mal.

—Vaya, gracias. —Dio un sorbo a su taza mientras me reía.

—Quiero decir que también has tenido tus momentos buenos.

—Mis momentos buenos, ¿eh?

—Sí, cuando no te pasas de estricto o gritas como un loco, por ejemplo.

Él sonrió y se acabó la taza con celeridad, consciente de que, si mi madre volvía y lo veía tomando café, iba a llevarse una bronca. Yo hice lo mismo, solo para no dejar rastro.

—Yo tengo que irme. He quedado con Grace y quiero ducharme antes.

—Ah, la pequeña Grace por fin está entrando en esta familia con el lugar que siempre le estuvo predestinado, ¿no?

Me reí.

—¿No suena un poco mal eso de que estuvo predestinada?

—No. Siempre lo supe, hijo. El modo en que os tratabais y os mirabais…, eso no engañaba. Reconozco que cuando se fue a Estados Unidos perdí la esperanza, pero, en cuanto volvió, comencé a contar los días que tardaríais en llegar a este punto, por fin.

—No te hacía tan perspicaz en temas del corazón.

—Conquisté a tu madre y tuvimos cuatro hijos, chico. Tenme un poco de fe.

Me reí, eso era cierto. Me despedí de él y, cuando llegué a mi apartamento, me permití sonreír tanto que me dolieron las mejillas. Haberme acercado a mi padre era algo que me hacía muy feliz, aunque me empeñara en ocultarlo y parecer indiferente.

Recogí a Grace una hora después. Estaba preciosa con el pelo en una coleta alta, un vaquero y un jersey del tono de sus ojos. Fuimos al pub, no era nada especial, pero quería invitarla a cenar. Sin embargo, los problemas empezaron nada más sentarnos.

—En realidad, he picoteado mucho esta tarde, así que solo tomaré un poco de ensalada.

La preocupación hizo que tuviera escalofríos. No era la primera vez que me pasaba. Nuestras citas iban bien, igual que nuestra relación, pero había algo… Ella no conseguía soltarse al cien por cien. Era muy consciente de que me deseaba, por el modo en que me besaba, pero en cuanto la cosa se ponía seria, por ejemplo, al acariciarnos, ella se replegaba. Era como si una rosa ya abierta en flor se empeñara en volver a hacerse capullo y protegerse de las inclemencias del tiempo.

El problema era que yo no entendía de qué se protegía Grace.

Intentaba tratarla con tacto, no ser brusco, pero cada vez estaba más convencido de que el problema no venía de mí, sino de ella. Medité a fondo acerca de si ese pensamiento me hacía ser un egocéntrico o simplemente un hombre realista. Apenas comía delante de mí, si la invitábamos a la casa declinaba la oferta o comía tan poco que mi madre acababa llenando un táper que, sospechaba, se comía Aidan o acababa en la basura. Me hubiera encantado no pensar así, pero con cada día que pasaba mis sospechas se incrementaban.

Grace seguía empeñada en ir caminando a casi todas partes. Había días que salía a andar durante horas solo porque sí. Decía que le relajaba, pero casi nunca parecía relajada mientras lo hacía. Creo que eso fue lo primero que me confundió. Lo segundo fue su tensión constante cada vez que nos abrazábamos y la cosa se ponía tan seria como para replantearnos quitarnos algo de ropa. Al principio pensé que solo era un poco de inseguridad, pero todo aquello empezaba a preocuparme de verdad.

—¿Por qué no eliges un plato y lo compartimos? —pregunté con cuidado.

No quería enfadarla y había aprendido demasiado pronto lo rápido que podía arder Grace si elegía mal mis palabras cuando se trataba de comida.

—Ya te he dicho que he picoteado mucho. Comeré ensalada, pero tú puedes pedir lo que quieras.

Eso hice. No quería discutir y no sabía bien cómo abarcar aquella discusión, pues estaba seguro de que no sería una simple conversación.

Pedí la carne guisada de Patrick y observé el modo en que ella apenas picoteó de su ensalada. Luego me pidió dar un paseo y accedí. El tiempo aún era fresco, pese a que la primavera se hacía notar cada vez más.

Fue una cita bonita, si obviamos el hecho de que mi preocupación fue creciendo más y más. Cuando llegamos a casa, la besé y le mordisqueé el cuello. Cuando abrí la puerta de mi apartamento mientras ella hacía lo mismo, estaba completamente seguro de que el deseo palpitaba en ambos. Esa noche, sin embargo, había algo que lo superaba.

El miedo, la preocupación, la alerta constante de que algo iba mal.

Al día siguiente, cuando Aidan entró en mi apartamento para tomar café, como cada mañana, decidí atacar el tema de lleno. Le conté lo que pensaba de Grace. Le hablé de su pérdida de peso, de su insistencia en andar cada día, de lo poco que comía y de los cambios de humor que sufría cuando le insistía un poco en que lo hiciera.

—Se supone que son cosas de chicas, ¿no? —me dijo él—. Te entiendo, Liam, porque yo mismo me planteé que tuviera un problema, pero lo he hablado con mi madre y ella dice que son eso: cosas de chicas. Que, si tuviera un problema, estaría muchísimo más delgada de lo que está.

—Ha perdido peso —repetí, porque de verdad me preocupaba aquello.

—Pero no de un modo enfermizo.

—No sé si eso es importante siquiera —protesté—. ¿Me estás diciendo que, aunque sea evidente que tiene un problema con la comida, no podemos hacer nada porque no está perdiendo muchísimo peso?

—Está obsesionada con el peso y lo que come, sí, pero... no sé. Tomé la decisión de venirnos aquí porque temía que en Estados Unidos, sin trabajo, sin mucho ánimo y con un evidente problema de ansiedad, fuese a más, pero creo que eso es todo.

—¿Te parece poco?

—No, lo que quiero decir es que no... No sé, no es como si tuviera una enfermedad grave, ¿no?

Era negación pura y dura. En sus palabras había tanto miedo como el que sentía yo, si no más, por eso no insistí.

Pero no insistir no significaba ni de lejos que fuese a dejar el tema.

Si Grace tenía problemas, pensaba llegar hasta el fondo para averiguar cuántos y de qué calibre eran primero, y cómo podía ayudarla después, aunque Aidan no estuviera de acuerdo.

Joder, lo haría incluso sabiendo que la propia Grace me despellejaría en algún momento, pero es que, entre tener mi pellejo intacto y ayudarla, tenía bastante clara la decisión que debía y quería tomar.

57

Grace

El día del solsticio estaba nerviosa. Era la primera vez que lo vivía desde que había vuelto a Kilway y, aunque no quería, una parte de mí no dejaba de acordarse de todo lo que habíamos hecho los atardeceres de solsticio antes de que me marchara y de nuestro contrato. Tragué saliva intentando bajar la bola de tensión que tenía alojada en la garganta. Ni siquiera había querido preguntar por el contrato, mucho menos excavar la tierra para averiguar si estaba. Liam había puesto nuestro árbol tan bonito que, en realidad, me conformaba con ir allí en mis ratos libres y disfrutar de una buena lectura o, simplemente, aprovechar para pensar y meditar un poco. Era mágico y tenía la sensación de que preguntar por el contrato lo arruinaría todo.

Sin embargo, allí estábamos. Liam se había empeñado en que debíamos ir a nuestro árbol como cada solsticio, olvidando al parecer los años que yo no había estado. No quería hacerme ilusiones, pero, cuando llegamos y Liam se arrodilló en la tierra, sentí una alegría tan intensa que estuve a punto de sollozar.

—¿Qué haces? —pregunté, a sabiendas de que era obvio.

Él miró arriba, hacia mis ojos, y se rio de ese modo suyo que conseguía ponerme nerviosa.

—¿Tú qué crees?

—No lo sé. ¿Rezar? —Liam se rio entre dientes y siguió escarbando con las manos—. ¿No sería mejor una pala?

—Esta conversación me suena. Eras más pequeña, pero igual de toca… —Lo interrumpí con mi risa, lo que hizo que él mirase arriba de nuevo y, al final, se riera conmigo.

No dije nada más. No encontraba las palabras adecuadas y no quería tomármelo a broma porque para mí no lo era, así que observé impaciente cómo Liam desenterraba nuestra caja de metal. Estaba oxidada y presentaba los evidentes signos del tiempo. Hacía dieciocho años que la habíamos enterrado por primera vez. No fue ninguna sorpresa encontrar mi anillo prácticamente negro. El peluche, en cambio, aguantaba bien. Las dos cosas estaban envueltas en más tela de algodón que debió de poner Liam en algún momento. Igual que el cuaderno, que tenía un forro de plástico. El pañuelo de Niall seguía estando en la caja, pero esta vez a modo de recuerdo.

La nostalgia me golpeó del mismo modo en que las olas golpean un faro. Puede parecer bonito, pero también es duro.

—Creía que habías dejado de firmarlo —admití en un susurro cuando él se levantó para mostrármelo todo—. No pensaba que seguirías cuidando de todo.

—Es nuestro contrato, claro que seguí cuidándolo.

—Pero estabas muy enfadado conmigo.

—Sí —admitió—, pero aun así no podía olvidarlo. Era más importante que mi enfado. —Abrió el cuaderno y me mostró las páginas que correspondían a los últimos tiempos—. He firmado cada vez que ha tocado, tal y como te prometí que haría.

Me emocioné tanto que tuve que desviar los ojos. Centrarlos en los farolillos que empezaban a encenderse no fue una gran idea, porque mi emoción, lejos de enfriarse, se intensificó.

—Gracias por esto, Liam —dije—. Gracias por seguir creyendo en las hadas.

Me obligué a mirarlo, porque quería enfrentarme a mis sentimientos, incluso cuando estos me arrasaban de un modo tan significativo.

Él se ruborizó, pero sonrió un poco y negó con la cabeza.

—Dejé de creer en ellas, Grace —murmuró—, pero elegí seguir creyendo en nosotros, incluso cuando me enfadé y solo me quedaron los recuerdos.

Mi respuesta fue besarlo. Sí, puede que dijera que había dejado de creer en las hadas, pero lo cierto era que cada acción de Liam me llevaba a pensar que, en realidad, él seguía teniendo la esperanza de que aquellos pequeños seres existieran y guiaran, de algún modo, nuestra historia.

—¿Qué te parecería hacer una nueva promesa por escrito? —pregunté cuando, después de unos instantes, ambos nos separamos con la respiración entrecortada—. Una que, esta vez, firmemos cada año.

—¿Qué propones? —preguntó él.

Cogí el bolígrafo que Liam me tendió y abrí nuestro cuaderno con cuidado. Él no había añadido mucho, aparte de aquella promesa que hizo en mi nombre: «Prometo volver a creer en las hadas». Sonreí con nostalgia, había pasado un tiempo desde aquello y aún me dolía saber por qué lo hizo. Me pregunté qué pensaría si supiera que aún seguía luchando con más demonios de los que podía manejar, pero decidí no estropear aquel momento con eso. Por el contrario, busqué la página en blanco que había después de lo último que se había escrito y apoyé la punta del bolígrafo sobre el papel amarillento por el paso del tiempo.

«Yo, Grace Fitzgerald, prometo querer a Liam O'Callaghan todos y cada uno de los días que me queden de vida».

Tragué saliva mientras se lo pasaba a Liam. Nunca le había dicho de un modo tan claro que lo quería. Aquello era algo más que cariño. Daba por hecho que él lo sabía porque nosotros... éramos nosotros. No había forma de que no lo supiera, pero, aun así, me sentí en una nube cuando Liam carraspeó para intentar mantener la emoción a raya.

No respondió, o podría decir más bien que lo hizo del mejor modo que sabía. El único que de verdad me haría caer rendida aquel día. Me quitó el bolígrafo y, justo debajo de mis palabras, puso las suyas.

«Yo, Liam O'Callaghan, prometo querer a Grace Fitzgerald todos y cada uno de los días que me queden de vida».

Firmó justo debajo y me pasó el bolígrafo para que yo hiciera lo mismo. Después, enterramos juntos la caja con nuestras manos. No fue un trabajo limpio, cuando acabamos los dos teníamos las uñas llenas de tierra, pero nunca me había sentido tan bien como en aquel instante.

—Ven aquí, Grace. Vamos a añadir una nueva tradición a todo este rito.

—No pienso escupirme en la palma de la mano.

—Joder, no. —Se rio—. Voy a besarte, Grace Fitzgerald. Ese será nuestro modo de sellar la modificación del contrato.

—Eso sí puedo hacerlo —contesté sonriendo.

Liam me besó, no como en el final de nuestras citas, sino de un modo distinto. Había en aquel beso un anhelo que no pude ni quise ignorar, porque sentía el mismo. Entrelacé los brazos tras su nuca y, cuando Liam separó su boca de la mía con la respiración agitada, decidí que ya era hora de ir más allá, aunque el miedo a despertar mis voces me consumiera. Había llegado el momento de plantarles cara por él. Por nosotros.

—Llévame a tu casa, Liam.

No sé si fue el tono, la elección de palabras o el modo en que lo miré, pero, cuando él me abrazó, todo se calmó. Nos sumimos en el silencio y solo me quedó el pensamiento de que daba igual cuántos contratos firmara si no les plantaba cara a mis miedos por él, pero sobre todo por mí misma.

58

Liam

He vivido muchas noches junto a Grace Fitzgerald, tantas que ya no puedo contarlas, pero nunca seré capaz de olvidar aquella primera noche.

Nos desnudamos entre besos, pero eso no fue lo importante.

Lo más importante de aquella primera noche fue la batalla que Grace mantuvo con sus monstruos hasta conseguir dejarlos fuera de aquello.

Lo que la hace inolvidable fue darme cuenta, con el tiempo, de lo mucho que luchó para poder entregarse sin reparos a sus propios sentimientos por primera vez en mucho tiempo.

Ser consciente de lo valiente que fue, incluso cuando ella creía que no lo era.

Sobre todo cuando ella creía que no lo era.

59

Grace

Desnudar a Liam fue fácil. Lo deseaba tanto que me temblaban las manos mientras le soltaba los botones de la camisa y se la bajaba por los hombros. El resto de las prendas cayeron sin orden alguno mientras él me besaba y se dejaba hacer suspirando y disfrutando de mis caricias.

Cuando estuvo completamente desnudo, me miró con tanto deseo y dignidad que lo envidié. Me dio envidia que fuera capaz de mostrarse así, sin reparos ante mí, porque yo no sabía si podría hacerlo. Ese fue el instante en el que decidí que tenía que lograrlo. No era por él, era por mí. Necesitaba que aquella primera vez solo fuéramos él y yo, sin voces, sin miedos, sin la ansiedad mordiéndome la nuca de un modo constante.

Tragué saliva y luché contra cada indicio que sentía de que mis monstruos iban a apoderarse de aquella noche.

—Deja que me desnude yo —fue lo único que dije cuando Liam se agarró al borde de mi jersey.

—Dime cómo puedo ayudarte para que esto sea más fácil —susurró.

Me emocioné hasta las lágrimas porque Liam estaba siendo…

Liam. Estaba siendo tan él mismo que ni siquiera me sorprendía que se hubiera dado cuenta de lo difícil que me resultaba a mí.

—No tengas expectativas —supliqué—. Tú solo… No esperes demasiado de mí.

Las lágrimas estuvieron a punto de desbordarme, pero entonces él me besó y me arrastró hasta el borde de su cama. Se sentó, yo me quedé de pie, y me besó la barriga por encima de la ropa.

—Eres tú, Grace. No espero nada, salvo que sigas siendo tú siempre. Que esto no sea más que el comienzo.

Le acaricié las mejillas mientras él miraba hacia arriba, a mis ojos. Me sujeté al borde de mi jersey y me lo saqué por la cabeza enseguida, deseaba acabar con aquello. No disfruté del gesto, pero, cuando conseguí volver a mirar a Liam, me di cuenta de que él seguía centrado en mi cara. Sin darse cuenta, acababa de convencerme de algo: a él no le importaba lo que había debajo de la ropa. No miraba mis kilos de más o de menos. Le daba igual que tuviera estrías, celulitis o lunares que no me gustaban. Liam solo quería mirarme a la cara y convencerse de que yo deseaba aquello tanto como él.

Y yo podía darle eso. Claro que podía, porque deseaba estar allí y eso era lo único que no debía perder de vista. Yo quería estar allí, desnuda, con él. Quería hacer el amor, demostrarle con mi cuerpo y del modo más primitivo que existía que lo quería, no solo con palabras, sino con cada parte de mi ser.

El resto de mi ropa cayó con rapidez, pero sin que las ganas de llorar me atacasen. Cuando estuve desnuda, Liam me ayudó a tumbarme en su cama, apoyó su frente en la mía, acarició mis costados y suspiró con tanta fuerza que estuve convencida de que tenía tanto miedo como yo de perder el control.

Aquella noche nos entregamos con torpeza. Creíamos conocernos a la perfección y descubrimos que no era así. No sabía qué puntos llevaban a Liam al éxtasis y él todavía no sabía que, si acariciaba con suavidad la curva de mis rodillas, podía conseguir que mi placer se duplicara. Teníamos mucho que aprender, pero aquello no fue malo, sino todo lo contrario.

Supimos que todavía nos quedaba mucho por descubrir juntos y aquello supuso un reto más: pasar el resto de nuestros días intentando conocer al otro tanto como nos conocíamos a nosotros mismos.

No sé si lo logramos, pero aquella primera noche conseguimos llenar la cama de amor, anhelo y sueños por cumplir.

Y, joder, qué bonito fue.

60

Liam

La primera mañana que Grace se despertó en mi cama me sentí el rey del mundo. Mucho mejor, porque yo no tenía que salir a reinar nada. Yo tenía todo lo que quería en la cama de aquel diminuto apartamento. Besé el hombro de Grace, consciente de que Aidan llegaría en cualquier momento y ella estaba desnuda en mi cama.

—¿Quieres café? —le pregunté al oído antes de besarla.

—Quiero dormir —se quejó, cosa que provocó mi risa.

—Puedes hacerlo, pero tu hermano vendrá a por su ración de cafeína en cualquier momento y…

—Oh, mierda. —Se sentó tan rápido en la cama que la sábana se le resbaló por el cuerpo, lo que me regaló una visión perfecta de sus pechos—. Tengo que irme antes de que venga.

—Diría que ya se ha dado cuenta de que no has dormido en casa.

—No es por eso. Es que no quiero que me vea aquí y así. —Observó la cama—. Ni siquiera quiero que vea la cama revuelta y piense en lo que hemos hecho.

—Por el contrario, a mí me va a encantar que lo haga.

—¡Liam! —Me miró por primera vez, con los ojos hinchados, el pelo desordenado y los labios resecos.

En aquel momento, me pregunté si tendría el privilegio de ver despertar a Grace muchas veces. Si ese Liam hubiese sabido lo que le deparaba el futuro con Grace, no sé qué habría hecho. O quizá sí. Seguramente se hubiese quedado mirándola fijamente, como un bobo, sin que nada más importara.

—Estás preciosa —susurré sin poder contenerme.

Ella se tapó con las sábanas y se sonrojó.

—Sé bien el aspecto que tengo recién levantada, Liam. No seas mentiroso.

—No lo soy. Me encantaría volver a hacerte el amor ahora mismo.

Ella bufó y yo tiré de su mano. La pegué a mi cuerpo y le hice que notara cuántas ganas tenía. Grace gimió y yo me lamenté. Por desgracia, no teníamos tiempo.

En ese momento alguien llamó a la puerta con los nudillos. No había que ser un genio, Aidan estaba esperando su taza de café como cada mañana y nosotros saltamos del colchón, nos vestimos con movimientos torpes y estiramos la cama más o menos. Cuando al fin le abrí la puerta, el hermano mayor de Grace tenía mala cara y yo no podía culparlo.

Nos miró, primero a ella y después a mí, y carraspeó entrando y obviando nuestra presencia.

—Prefiero no saber nada —dijo.

—Sabia decisión —murmuró Grace—. Voy a casa a darme una ducha. Te veo luego.

—Vale —contestamos Aidan y yo a la vez.

Fue gracioso, tenso e incómodo, todo junto. Al final nos miramos los tres y nos reímos un poco justo antes de que Grace se marchara. Cuando la puerta se cerró, pensé que debería haberla besado antes de dejarla ir.

—Si llego a saber esto, no vengo esta mañana —me dijo Aidan.

—Oh, vamos, ¿no irás a darme una charla sobre tu virginal hermanita?

—Ni mi hermanita es virgen ni yo soy nadie para meterme en las relaciones sexuales que mantiene —dijo él riéndose antes de ponerse mucho más serio—. Lo único que digo es lo mismo que cuando todo esto comenzó: ten cuidado, Liam.

Por aquel entonces me sentaba mal que Aidan insistiera tanto en que tuviera cuidado con Grace, porque según él era complicada y tenía cambios de humor bruscos. Ya me había dado cuenta de ello, por eso pensaba que el hermano mayor de Grace se pasaba de sobreprotector. Sin embargo, días después, mientras tomábamos unas cervezas en el pub del pueblo, me fijé en que Grace tenía pequeñas heridas en la base de sus dedos anular y medio.

El miedo que había replegado los últimos días volvió con fuerza. Me demostró que no se había ido, solo estaba agazapado, esperando el momento apropiado para mostrarse y arrasar con todo.

—¿Qué te ha pasado? —pregunté sujetándole la mano, consciente de que intentaría esconderla.

Y es lo que hizo, en efecto. Tiró de ella y la metió bajo la mesa mientras negaba con la cabeza.

—Nada, me arañé restaurando un mueble.

Era mentira. Claro que era mentira y yo lo sabía, pero lo peor no fue eso. Lo peor fue saber que, si me mentía a mí, era porque también se mentía a sí misma. Estaba convencido de ello. Intenté mantener el tipo, recuperar la conversación y que no notara el vuelco que acababa de darme el corazón.

Volvimos a casa tarde y quiso dormir en su apartamento en vez de conmigo. Aquello no era raro, o no lo había sido hasta aquel momento. Hacía pocos días que nos habíamos acostado por primera vez, pero habían sido los suficientes para aprender que Grace tenía ciertos patrones que no estaba dispuesta a romper por nadie, ni siquiera por mí. No se quedaba a dormir en mi apartamento cada noche porque decía que necesitaba noches a solas para descansar. Podía parecer coherente, pero en esas noches oía a alguien al otro lado del tabique, en la cocina. Sabía que era ella, del mismo modo que sabía que, si se lo preguntaba, lo negaría.

Lo había ignorado porque… no quería que las cosas se pusieran mal, supongo. Así somos los seres humanos. A veces no es que estemos cegados, sino que vemos el problema y, por miedo, no queremos enfrentarlo, así que miramos a otro lado hasta que la sombra es tan grande que no quedan puntos ciegos.

Aquel día, en cambio, agradecí que se quedara en su apartamento. En cuanto me quedé a solas, entré en internet e hice la búsqueda que quizá tendría que haber hecho antes. Los síntomas aparecieron tan rápido que apenas tuve tiempo de gestionarlo.

- Cambios de ánimo.
- Miedo a aumentar de peso.
- Distorsión de la imagen.
- Episodios recurrentes de voracidad.
- Comer a escondidas.

- Glándulas inflamadas debajo de la mandíbula como consecuencia de los vómitos.
- Heridas en dedos o piezas dentales.

La lista seguía de un modo casi interminable y yo solo podía pensar que ella los sufría casi todos. No los había mostrado frente a mí, pero estaba convencido de que comía de madrugada de un modo insano, entre otras muchas cosas. Y esas heridas en las manos...

La realidad me abofeteó y me dejó temblando. Estaba tan asustado que supe de inmediato que no sería capaz de gestionar aquello yo solo. Por eso salí de casa, fui a la de mis padres y me metí en la habitación de Sarah. Le hablé atropelladamente de mis sospechas y miedos.

No sé si obré bien, pero cuando eres consciente de que alguien a quien quieres tanto está sufriendo algo tan grave, que no es una crisis pasajera ni son «cosas de chicas», sino que está en peligro, la vida te pone entre la espada y la pared. Activas el modo supervivencia y solo quieres cerrar los ojos y que todo se solucione por sí solo.

Por desgracia, eso nunca funciona.

—Tienes que hablar con Aidan —me dijo Sarah con evidente preocupación.

—Dice que son cosas de chicas, que...

—Liam, si está en negación, tienes que hacerle entrar en razón. Si esto es como tú dices, es grave y hay que buscar el modo de ayudarla.

Asentí, porque no podía hacer otra cosa debido al nudo que tenía en la garganta. Me marché a casa después de que Sarah me prometiera que iba a informarse sobre qué medidas podíamos tomar. Me pidió que intentara descansar, pero fue imposible. Cuando me tumbé en la cama, volví a conectarme a internet y el mundo se me vino encima con cada artículo que leí. Me culpé a mí mismo por no haberlo visto, a Aidan por no haber tomado cartas en el asunto y a la propia Grace, aunque fuera injusto, por no habérmelo contado.

Claro que, con el tiempo, entendí que no me lo contó porque ella ni siquiera era consciente de hasta qué punto estaba mal.

Por la mañana, cuando Aidan entró en mi casa supo que algo pasaba por el modo en que lo miré. Y no hablo solo de las ojeras, aunque esas no ayudaron a que mi aspecto resultara un poco más agradable.

—¿Qué pasa?

Le pedí que se sentara y le mostré toda la información que había recopilado durante la noche. Entonces Aidan se abrió, por fin, y me contó que él ya estaba preocupado en Estados Unidos, pero en Irlanda los episodios parecían ser más esporádicos. En casa no había notado nada raro, salvo que en ocasiones Grace se duchaba dos veces al día, pero no sabía si eso estaba relacionado o, de verdad, como decía ella, el agua la ayudaba a calmarse.

—Mi madre insistió en que eran cosas de chicas. Me enfadaba cada vez que la veía darse atracones o pesarse de un modo enfermizo, pero…

—No podía saber que era tan grave —dije con voz severa—. Parece que eso no va a tocarle nunca a alguien conocido. Nos convencemos de que son cosas normales en chicas jóvenes y no pensamos que… puede que nuestro ser querido esté enfermo y necesite ayuda, aunque no sepa verlo ni mucho menos pedirla.

—Me ocuparé de esto —dijo él—. Sé que sales con ella, pero… déjame hablar con Grace, por favor.

No estaba muy convencido, quería estar presente, pero no podía negarle a Aidan el intento de cuidar de su hermana pequeña. Después de todo, él fue quien tomó la iniciativa de volver a Kilway al pensar que todo se solucionaría. Imagino que fue duro saber que no había resultado. Si estaba enferma, aquello había empezado mucho tiempo atrás, no sé cuándo, pero mudarse de ciudad y de país no cambiaba demasiado, salvo el escenario.

Me fui a trabajar con pesar, cansancio y la cabeza dándome tantas vueltas que fui incapaz de concentrarme en nada. Decidí limpiar los establos, porque era algo mecánico que podía hacer incluso cuando mi cuerpo y mi mente estaban bajo mínimos. Se trataba de ponerme a trabajar en modo automático e intentar no pensar en todo lo que había descubierto.

Quizá por eso tardé un poco en oír sus gritos.

Cuando Grace entró en el establo de los caballos hecha una furia, sentí que algo me oprimía el pecho. Imaginaba que lo que fuera que Aidan hubiera hecho no habría funcionado, pero no pensé que sería cuestión de minutos.

—¡Liam! —gritó Grace fuera de sí.

Tenía las mejillas empapadas de lágrimas y sentí que me moría por abrazarla, pero no lo hice. Me quedé allí de pie, mirándola y mientras me partía en pedazos por dentro.

—Grace… —murmuré.

Su ira era tal que la movía del sitio. Sus hombros se agitaban, su pelo se movía con cada negación de su cabeza y su voz salió tan rasgada que podría haber partido el mundo en dos.

—¿Por qué…? ¿Por qué me has hecho esto?

61

Grace

De todas las formas que pensé que acabaría desatándose el infierno cuando me descubrieran, nunca imaginé que sería así.

Aidan entró en casa con cara de estar preocupado o enfadado. No sabría decir.

—Tenemos que hablar —anunció.

Me hizo sentarme y me habló de su conversación con Liam. Me sentí avergonzada, como si fuese una niña pequeña y estuvieran imponiéndome un castigo después de haber decidido que era culpable de alguna trastada, pero sin preguntarme nada.

—¿Vas a creerte todo lo que te diga Liam sin escuchar mi versión? —pregunté intentando que la voz no me saliera rota.

—Estoy preguntándote qué demonios ocurre, porque es evidente que ocurre algo. Liam dice que tienes bulimia.

Fue como si me abofetearan con unos guantes llenos de clavos. El dolor llegó rápido, punzante y despiadado. Sentí que se me abría un agujero en el pecho y la vergüenza le daba la mano a la humillación para arrastrarla en lo más hondo de mí.

—¿Desde cuándo es Liam experto en trastornos alimentarios? —Apenas logré contener mi ira.

—Sé que te estás dando atracones. Intento no decirte nada, pero veo el modo en que se agota la crema de cacao, por ejemplo.

—Si el problema es que la pagas tú…

—¡Grace, joder! ¿Crees que me importa quién demonios la paga? Te estoy pidiendo que confíes en mí y que me cuentes de una vez qué te pasa.

—No tengo nada que hablar contigo —dije antes de salir corriendo del apartamento.

No fue la salida más digna, pero no me importaba. Había algo que me urgía más. Corrí hasta la casa familiar y, cuando la madre de Liam me dijo que estaba en el establo, no lo pensé. Entré sintiendo que me despedazaba con cada paso que daba. Sabía que iba a hundirme en cuanto me enfrentara a él, pero necesitaba respuestas. Tenía que saber por qué había pensado que era buena idea hablar con mi hermano acerca de sus sospechas de mierda en vez de enfrentarme directamente a mí.

—¡Liam! —grité nada más entrar.

Todavía no lo había visto, pero me bastó oír el ruido que hacía mientras trabajaba para comenzar a desatarme. Sentí los labios salados y me di cuenta de que estaba llorando, pero me dio igual. La ira, el miedo y el enfado iban mucho más allá de unas estúpidas lágrimas. Ni siquiera me importaba que Liam me viera así. Cuando salió y lo hizo, cuando se colocó frente a mí y me miró como si fuera un ser digno de lástima en vez de su maldita novia, todo lo malo que navegaba en mi torrente sanguíneo tomó el control.

—¿Por qué…? ¿Por qué me has hecho esto?

Liam me miró en silencio unos instantes. Tiempo después entendí que ni siquiera era capaz de pensar un modo de acercarse a mí sin que yo arremetiera. Imagino que era como estar frente a un animal herido y peligroso.

—No te he hecho nada, Grace. —Su tono era tranquilo, pero sus hombros seguían tensos—. Lo único que he hecho ha sido comentar con tu hermano lo preocupado que estoy por ti.

—¡No tienes por qué! ¿Y quién eres tú para comentar nada con Aidan?

—Soy quien está contigo. ¿Te parece poco?

—¡Deberías mantenerte al margen! —exclamé llorando aún más fuerte.

—No puedo. No soy capaz de ver que te vas hundiendo y quedarme de pie mirando.

—No estoy hundiéndome —dije temblando.

Él se atrevió a dar un paso hacia mí, pero fue el mismo paso que di yo hacia atrás.

—Escúchame, Grace. He estado leyendo toda la noche y creo que deberías ver a un psicólogo. He mirado y hay muchos en la ciudad. Buscaremos al mejor y…

—¿Un psicólogo? —escupí—. No necesito un maldito psicólogo.

—Tienes un trastorno, Grace.

—¡Eso tú no lo sabes! No eres médico, no puedes diagnosticar a la gente solo porque anoche no tenías sueño y te dio por meterte en internet.

—Tienes razón, no soy médico. —Tragué saliva, pensaba que quizá iba a ganar aquella batalla—. Sin embargo, creo que tengo razones de peso para pensar que tienes bulimia.

Bulimia. La palabra resonó en mi cabeza de un modo tan intenso que me mareé.

—No tienes ni idea —escupí las palabras en voz baja, no porque pretendiera decirlas en un tono amenazante, sino porque me sentía incapaz de hablar más alto.

No ayudó en nada que Aidan apareciese detrás de mí solo unos segundos después.

—Deja de presionar, Liam.

Sus palabras me animaron, porque por un instante pensé que Aidan me defendería. El problema era que, de quien quería que me defendiera, era quien más daño podía hacerme.

—Lo de no presionarla va más contigo y a la vista están los resultados —contestó Liam enfadado.

—¿Y crees que tú lo harás mejor solo porque ahora sales con ella?

—No, creo que lo haré mejor porque estoy mirando por su bienestar.

Aidan se abalanzó tan rápido sobre Liam que apenas fui consciente de que me había empujado un poco sin darse cuenta hasta que sentí que me movía del sitio. Agarró a Liam por la pechera y me asusté, porque nunca había visto así a mi hermano. En Ollie habría sido más normal. Después de todo, estaba acostumbrado a moverse por impulsos, pero era algo que no le pegaba en absoluto a Aidan.

—Escúchame bien, O'Callaghan, puede que pienses que lo sabes todo, pero no tienes ni idea.

—Necesita ayuda, Aidan —dijo Liam—. ¡Y tú deberías brindársela en vez de mirar hacia otro lado!

Quise hablar. Pararlos. Decir algo que los hiciera detenerse de inmediato. Quise gritar que enfrentarse así delante de mí era un acto machista, que no necesitaba que nadie me defendiera, pero en realidad no estaban defendiéndome como tal, sino discutiendo acerca de quién tenía más razón.

Era surrealista, sobre todo porque yo, hasta ese momento, jamás había pensado que pudiera tener una enfermedad.

—¿Crees que no lo he intentado? —preguntó entonces Aidan—. ¿Te crees que traerla aquí y alejarnos de lo poco que queda de nuestra familia es lo que yo quería, Liam?

Antes de que mi hermano dijera esas palabras, pensaba que sentía dolor, pero estaba equivocada. Nada se comparaba a lo que sentí justo cuando él dejó de hablar.

—¿Tú no querías venir aquí? —pregunté en un jadeo.

Aidan soltó a Liam y los dos me miraron con los ojos como platos. En mi hermano brillaba el arrepentimiento y en Liam… Nunca supe determinar qué brillaba en él. Me sentía incapaz de quedarme allí, viéndolos pelearse, escuchando cosas que me hacían replantearme de nuevo hasta qué punto se había destrozado mi familia.

Siempre pensé que la granja era la vida de Aidan. Tuve claro que Ollie no la disfrutaba ni quería trabajar en nada relacionado, pero mi hermano mayor estudió veterinaria precisamente porque quería trabajar con animales. Cuando me habló de volver a Kilway porque había un puesto de veterinario y, de paso, había conseguido una entrevista para mí en la tienda de antigüedades, no se me ocurrió pensar que era muy posible que fuera al revés: consiguió un trabajo para mí y, de paso, buscó algo para él para poder acompañarme.

Sentí que me faltaba el aire. Aidan seguía tan consternado que apenas se movía y yo, de pronto, solo quise correr. Por una vez, seguí mis instintos.

Me di la vuelta y salí corriendo del granero con tanta rapidez que temí caerme de bruces si era incapaz de ver alguna piedra más grande.

Me sentía humillada, engañada y avergonzada. Como esas muñecas de trapo que usan los niños para jugar hasta que crecen un poco y se dan cuenta de que no merece la pena, porque hay cosas mejores.

¿Se darían cuenta Aidan y Liam en algún momento de que yo no merecía la pena?

Aquel pensamiento me hizo aún más daño que el hecho de que estuvieran preocupados, así que aceleré el ritmo y corrí más. No tenía una meta fija, me adentré en el campo y sentí la hierba en mis piernas.

«Estás aquí por lástima».

«Has hecho que tu hermano renuncie a su vida ¿y para qué? Mírate, das pena».

«Si por lo menos los resultados hubiesen sido buenos…, pero sigues siendo un desastre».

Es curioso cómo a veces los seres humanos necesitamos correr lejos de todo aquello que nos hace daño sin darnos cuenta de que, a menudo, lo que peor nos hace sentir no está fuera, sino dentro de nosotros.

Y, de nosotros mismos, por desgracia, no podemos huir.

62

Liam

De pequeños nos enseñan a usar el baño, atarnos los cordones y peinarnos solos, pero nadie nos habla de qué hacer en caso de que la persona que quieres se aleje corriendo de ti.

Me quedé allí mirando la puerta por la que Grace acababa de salir, paralizado. Me debatía entre seguirla o respetar su espacio. Ganó mi instinto, pero no di ni dos pasos antes de que la mano de Aidan me sujetara el brazo.

—Ahora no —habló con voz grave—. Lo digo en serio, Liam. Ahora mismo déjala en paz.

—Lo de dejarla en paz no ha funcionado una mierda, Aidan —gruñí entre dientes—. ¿O es que acaso has notado muchos avances?

—¿Y avasallarla es mejor? Di, ¿pensar por ella o actuar en su nombre es mejor idea?

—Estoy intentando hacer lo mejor para ella.

—Es una mujer adulta.

—¡Es una mujer adulta y enferma! Maldita sea, ¿por qué no lo quieres ver?

—¿Crees que no lo veo?

La voz de Aidan sonó rasgada y, por primera vez, me sorprendí con su tono herido. En todas nuestras discusiones acerca de Grace, él siempre había parecido más terco que dolido, pero en aquel instante pude ver, aunque fuese por un segundo, el sufrimiento de Aidan Fitzgerald.

—No tienes ni puta idea de lo que veo o no veo ni de lo que he pasado para llegar hasta aquí con ella.

—Oye...

—No, oye tú. Yo estaba ahí cuando mi padre murió y Grace se convirtió en un fantasma. No tienes ni idea de lo que fue. Mi madre se partió en dos, Ollie tomó la alternativa de salir constantemente de fiesta y Grace... fue como si desapareciera. Se hizo tan pequeña que temí no poder sacarla de ese pozo nunca, pero consiguió salir. Lo hizo con heridas de guerra, con cicatrices que van a durar toda la vida, pero salió, que era lo que más me importaba.

—Pero no está bien, Aidan. Necesita ayuda.

—¿Crees que no lo veo? ¿Quieres saber cuántas veces la he pillado mirándose en el espejo con lágrimas en los ojos? ¿O subirse a una báscula más de dos y tres veces al día?

—Y, si lo ves, ¿por qué no has dicho nada? —pregunté dolido—. ¿Por qué...?

Aidan guardó silencio un instante, imagino que pensando si responderme o no. Al final negó con la cabeza.

—Esas explicaciones no te las debo a ti —dijo con voz grave.

—Entonces dáselas a ella —dije. Me miró como si le hubiese lanzado un dardo envenenado y señalé la puerta del establo—. ¿No quieres decírmelo a mí? Vale. Ve tras ella, Aidan. O iré yo y no podrás impedirlo.

No se lo pensó, se fue sin ni siquiera decirme adiós. Cuando desapareció de mi vista, me quedé allí solo, preguntándome si había ido tras ella porque de verdad quería hablar con su hermana o para evitar que fuera yo.

Volví al trabajo. Cada pregunta que me venía a la mente tenía peor respuesta que la anterior y no quería dejar que los malos pensamientos me dominaran.

El día se me hizo eterno, pero conforme las horas pasaban, me fui convenciendo de que todo se arreglaría. Solo tenía que esperar a que Grace se calmara para hablar con ella, dejar que me explicara su punto de vista, explicarle el mío e intentar llegar a un acuerdo.

Reconozco que pequé de inocente. Para cuando llegué a casa, me había llenado de positivismo autoimpuesto (o autoengaño, no lo sé bien) y estaba listo para hablar con ella cuanto antes. El problema es que toqué con los nudillos en su puerta y no abrió nadie. Estaba oscureciendo, así que me pareció raro que no estuvieran ya en casa.

Me fui a mi apartamento, me duché y, por patético que suene, me dediqué a hacer como que leía mientras esperaba oír algún ruido en el rellano o en el apartamento de al lado.

Ensayé un montón de conversaciones ficticias, creí tenerlo todo bajo control. Sabía lo que le diría en cuanto la viera, pero lo cierto es que, cuando por fin oí algo de ruido y corrí a la puerta, abrí y me quedé paralizado mirándola.

Tenía rojeces en la cara, la nariz hinchada y los ojos... No sabría decir cómo estaban, porque se mantuvieron fijos en el suelo en todo momento.

—Grace...

Aidan abrió la puerta, entró y la sostuvo abierta para su hermana mientras me miraba con gesto serio, aunque ya no parecía enfadado. Y si lo hubiera estado me habría dado igual. La única persona que me importaba seguía mirando al suelo. Cuando hice amago de dar un paso adelante, entró en su apartamento sin alzar la vista ni mirarme. Sin dirigirme ni una palabra.

La vi adentrarse en el salón y desaparecer de mi vista mientras Aidan seguía mirándome. Fue a decirme algo, pero negué con la cabeza y alcé una mano.

—No, da igual —respondí.

Él hizo una mueca con la boca y cerró la puerta con suavidad.

Me quedé allí mirando la madera y pensando en lo bien que me habría venido aprender algo más de niño. Algo como, por ejemplo, qué hacer con la dignidad, el orgullo herido y la vergüenza cuando la persona que más quieres te rechaza y, aun así, solo piensas en el modo de ayudarla.

63

Grace

Aidan me encontró junto al árbol de las hadas y reconozco que una parte de mí se sintió decepcionada cuando no vi aparecer a Liam. Entonces, me sentí tan mala persona que las lágrimas volvieron, porque mi hermano parecía preocupado y yo… estaba intentando sobrevivir a mí misma.

—Debí suponer que vendrías aquí. Siempre te has refugiado en este sitio.

Mi hermano se sentó en la tierra, a mi lado, mientras yo guardaba silencio. No era necesario explicarle los motivos por los que aquel árbol era tan especial. Todo el mundo en nuestra familia sabía de la existencia del contrato, o al menos lo supieron en el pasado, porque no sé si estaban al tanto de que seguía existiendo. Y, de todos modos, no quería exponer mis sentimientos con respecto a aquello, por eso dejé que mirara los farolillos en silencio.

Por suerte para mí, Aidan no era entrometido, así que no hizo una sola pregunta. Imagino que, de todos modos, ya los habría visto desde nuestra vuelta y ni una sola vez había dicho nada al respecto. Era lo bueno de mi hermano, que se le daba de maravilla ver, oír y callar.

—Oye, respecto a lo que he dicho antes… —Aidan se atascó. Imagino que no era fácil para él hablar de aquello, pero yo sí sentía que necesitaba algunas respuestas. Ni siquiera las necesitaba por un gesto altruista o por querer desahogarme, no. Las necesitaba para no sentirme culpable de algo más.

—¿De verdad estás aquí por mi culpa? ¿Sin querer?

—No —fue su primera respuesta. Lo miré fijamente y carraspeó—. No ahora, al menos.

Guardé silencio. Estaba segura de que cualquier cosa que yo dijera en aquel momento mi hermano la iba a malinterpretar. Por suerte, él se tomó aquel silencio como una señal para seguir hablando.

—No es que no quiera estar en Kilway, Grace, pero sí que es cierto que tomé la decisión llevado por la preocupación que sentía por ti.

—Pero estoy bien.

—No lo estás. —Sonrió un poco y, no sé por qué, me pareció que aquello hizo la situación aún más triste—. Grace…

—No quiero hablar de ello.

—Sabes que siempre he respetado tus silencios, pero ahora… Creo que debemos hablarlo, aunque no quieras. —Me mordí el moflete por dentro, pero mi hermano no se detuvo—. Oye, lo primero que tienes que saber es que no te hago responsable de las decisiones que yo mismo tomé. Decidí volver aquí porque pensé que serías más feliz, sí, pero también porque en el fondo me daba igual dónde vivir. —Lo miré sorprendida, pero él estaba mirando al frente—. Cuando veo a Liam, pienso que mi vida podría haber sido muy parecida a la suya. Era lo que se esperaba de mí. Crecer, ocuparme de la granja, llevarla algún día. Cuando papá se fue no perdí solo su figura, sino las bases de mi futuro. De pronto, ya no había granja ni animales y no era ningún niño. Tenía veintidós años y me fui con la familia porque no hacerlo era inviable si aquí ya no teníamos nada, pero pasé de estar seguro de cuál sería mi futuro a no tener uno. Ya no había nada atado ni podía visualizarlo. No había granja ni animales y yo no sabía hacer otra cosa. Tampoco quería. Fue… duro.

Lo miré consternada. Nunca me había parado a pensar en que Aidan no perdió solo a nuestro padre, sino la posibilidad de ocuparse de algo para lo que se había preparado desde que era un niño.

—Siento mucho que tuvieras que replanteártelo todo. Estaba tan perdida en mi propio dolor que no me di cuenta de lo que pasabais los demás —dije con voz ronca.

—No tenías por qué. Cada uno lo llevamos a nuestra manera. Lo hicimos lo mejor que pudimos, Grace. No te digo esto para culparte, pero sí para que entiendas cómo me sentía cuando años después Samuel O'Callaghan me llamó para decirme que el pueblo necesitaba un veterinario. Me lo tomé como una señal. Si podía lograr que tú encontraras trabajo…, quizá las cosas mejoraran. Tal vez todo iría mejor. Estaba preocupado por ti, todavía lo estoy, pero fui un estúpido al pensar que volver aquí lo haría todo más fácil. Que te recuperarías de lo que sea que te pasa como por arte de magia.

—No me pasa nada…

Mi hermano guardó silencio durante tanto tiempo que mis pulsaciones se dispararon. Sabía que estaba buscando el modo de decir lo que de verdad pensaba y no iba a gustarme.

—Creo que Liam tiene razón. Me he dedicado a dejar pasar los días pensando que todo se arreglará. Me he aferrado a tus palabras, aun cuando tus actos decían algo completamente distinto. Da igual que digas que no tienes ningún problema, Grace, porque lo cierto es que sí lo tienes. —Mi hermano siguió hablando aunque las lágrimas cayeron por mis mejillas—: No te estoy acusando de nada, pero es hora de que tengamos una conversación sincera. Necesito que me cuentes qué te pasa, qué sientes, cómo puedo ayudarte.

«No lo entendería».

«Va a pensar que estás loca».

«No puedes preocuparlo más».

«Tampoco es como si estuvieras enferma. No has perdido tanto peso. Solo estás controlándote a tu manera».

—Te he dicho... —empecé a hablar a trompicones, intentando oírme entre el ruido de voces entremezcladas de mi cabeza, pero a Aidan le dio igual, porque me interrumpió antes de que acabase de hablar.

—Hay salida. Sea lo que sea, Grace, te prometo que hay una salida.

Mis lágrimas se intensificaron.

—Tú no lo entiendes —susurré—. Esto... esto es lo que soy.

—No —contestó con voz rotunda—. Si algo he aprendido a lo largo de mi vida es que no somos las cosas que nos pasan. Si tienes problemas, sean del calibre que sean, debes buscar ayuda. Grace, tú sabes tan bien como yo que hay algo que no está bien. Cuéntamelo, por favor. No sé si puedo ayudarte, pero puedo prometerte que no voy a juzgarte.

No contesté de inmediato. Ni siquiera estaba segura de querer hacerlo y las voces que me acompañaban cambiaron la táctica y, por primera vez, rogaron que guardara silencio. Los miedos se enroscaron en mi cabeza como serpientes hambrientas y amenazadoras. Miré el vacío y… permanecí en silencio. No porque no quisiera pedir ayuda, sino por las consecuencias de hacerlo.

Tenía un trastorno de la alimentación, lo sabía, lo había desarrollado durante mucho tiempo, pero admitirlo significaba que tenía que empezar a hacer algo con ello y yo… no quería. No quería renunciar a los atracones ni a vomitar porque hacerlo significaba dejar de tener una alternativa fácil al alcance de la mano y yo sentía que lo necesitaba. Atajar aquello se traducía en luchar y estaba cansada de luchar. No quería hacerlo más.

Esto es algo que nadie nos enseña. Nadie nos avisa de que hay épocas en la vida en las que solo querremos dejarnos arrastrar por la marea, por aterradora y peligrosa que sea.

—Vomito casi todos los días —dije en voz apenas audible.

Aidan me abrazó de inmediato y supe que no necesitaba decir nada más. No por el momento, al menos. Me refugié en sus brazos, deseé que fueran otros y cerré los ojos para, simplemente, dejar de sentir.

No lo conseguí, mis demonios se desataron contra mí por haber revelado, por fin, el secreto. Cuando volvimos a casa, mucho tiempo después, todavía seguíamos en silencio.

Las cosas no mejoraron cuando Liam abrió la puerta de su apartamento. No lo miré, no podía. Hacerlo significaba enfrentarme al hecho de haberlo defraudado y no podía con eso.

Así que, aunque me moría por abrazarlo y refugiarme en él, a pesar de estar segura de que aliviaría mi desazón, entré en casa, me fui a la cama y me escondí bajo las mantas para llorar en silencio.

Dejé que el miedo tomara una vez más el control de mi vida.

64

Liam

Habían pasado cuatro días desde que había visto a Grace por última vez. Si no hubiera oído ruido en el apartamento, habría llegado a pensar que se habían ido, pero no. Aidan dejó de venir a tomar café por las mañanas y, por tonto que parezca, aquello me hizo sentir peor. Echaba de menos esos ratos y, si soy sincero, los días iban cuesta abajo desde que no los tenía. Iban mal por todo lo demás, sí, pero no empezar charlando con alguien con quien coincidía en tantas cosas lo empeoró.

Echaba de menos a Grace. Echaba de menos a Aidan. Y, sobre todo, echaba de menos la parte de mí que en otro momento habría insistido, incansable, hasta salirse con la suya.

Estaba cansado, no de Grace, sino de que me apartara. Quería ayudarla, no había nada que quisiera más, pero, después de una charla con mi padre, entendí que no podía ayudar a quien no quiere ser ayudado. Nunca pensé que él pudiera esclarecerme tanto las cosas, pero, cuando decidí contar con alguien, mi primer impulso fue acudir a su encuentro.

Estaba con las ovejas cuando lo encontré y le dije que tenía que hablar con él. Escuchó con paciencia todo lo que tenía que decirle, aun cuando el trabajo estaba pendiente. Entendí entonces que estaba haciendo pequeños esfuerzos por no priorizar siempre la granja sobre todo lo demás. Al acabar, me habló de la depresión que tuvo mi madre cuando abortó y él solo tuvo que sacar a la familia adelante hasta que ella se recuperó. Me aconsejó que no atosigara a Grace, pero sí que estuviera pendiente de cualquier cosa que pudiera necesitar.

—Y, si un día decide que quiere hablar contigo, no le reproches no haberlo hecho antes. Recuerda que no todos tenemos el mismo ritmo para actuar. Valora más que quiera hablar contigo.

—No creo que eso llegue a pasar —comenté con tristeza.

—Dale tiempo, hijo. Un poco más de tiempo. —Después de decir esto, me dio unas palmaditas en la espalda y, por estúpido que parezca, ese gesto sirvió para que me sintiera un poco mejor.

Sin embargo, cuando Grace llamó a mi puerta aquella noche, cuatro días después de verla por última vez, sentí que todo tipo de sentimientos se adueñaban de mí.

Estaba más pálida de lo normal, con bolsas oscuras bajo los ojos y los labios resecos. No quise imaginarla vomitando, pero la imagen me asaltó tan rápido que no pude frenarla.

—¿Puedo pasar? —preguntó a modo de saludo.

Me hice a un lado y señalé el interior de mi apartamento.

Ella entró, abrió el cajón de las tazas, sacó un par, llenó la tetera y puso el agua a hervir mientras yo me quedaba al lado de la puerta, de pie, mirándola.

Recordé de nuevo las palabras de mi padre y decidí poner las cosas un poco más fáciles.

—¿Cómo estás?

Me senté junto a la mesa, era evidente que ella sabía dónde estaba cada cosa. La vi preparar dos tazas de té en silencio y, cuando se sentó junto a mí, su semblante no era mucho mejor.

Sus ojos se llenaron de lágrimas, cosa que me tensó, pero, cuando quise decir algo, la vi inspirar con tanta fuerza que guardé silencio. Estaba intentando controlarse y yo debía respetar eso. Quise decirle que aquello no tenía que ser un infierno para ella, que podía ayudarla, pero las palabras morían en mi garganta y, de todos modos, quería oír lo que ella tuviera que decir.

No sé cuánto tiempo pasamos así, con Grace mirando su taza y yo mirándola a ella, pero en un momento dado comenzó a hablar, por fin.

—Todo empezó un día cualquiera —dijo—. No sabría decir cuál. No es como un cumpleaños o una fiesta cualquiera. No lo marqué en el calendario porque ni siquiera fui consciente. No recuerdo cuál fue el pensamiento previo, pero estoy segura de que no era bueno. Estaba en Estados Unidos, acababa de perder a mi padre y, de pronto, lo único que quería era huir, pero no podía porque ni siquiera sabía a dónde quería ir. Fue progresivo. La tristeza empezó a dar paso a una especie de apatía en la que todo lo bueno dejó de funcionar. Pasear ya no tenía mucho sentido, las series me aburrían y tus mensajes ya no servían para aliviar mi dolor, pero sí me recordaban lo lejos que estaba de casa.

Sus dedos se aferraron a la taza con tantas ganas que sentí deseos de sostenerlos entre mis manos y acariciarlos. No lo hice, permanecí quieto como una estatua mientras la escuchaba.

—Dejé de encontrar consuelo en las personas y empecé a buscarlo en la comida —continuó—. Me hacía sentir bien, al menos mientras la ingería, pero, luego, al acabar… Cuando terminaba de comer casi podía ver los monstruos acercarse con sigilo y apoderarse de mi mente. —Su voz se rompió y paró un segundo para volver a inspirar. Se estaba rompiendo y no poder ayudarla estaba rompiéndome a mí—. He hecho verdaderas barbaridades y lo peor es que no puedo parar —dijo mirándome por primera vez, y lo que vi en ella me destrozó—. No sé parar. Soy adicta a comer y, al mismo tiempo, me da pánico hacerlo. Hay algo en mí que está tan jodidamente mal que algunos días solo pienso que no merece la pena seguir.

—Grace…

—Hay algo malo en mí, Liam. Algo que me paraliza y asusta como nada en la vida. Quiero que esto acabe, pero el alivio que me produce hacerlo es tan fuerte, a pesar de ser fugaz, que vuelvo a caer una y otra vez. Quiero parar, pero me da miedo sufrir más, así que sigo y sigo en un bucle que creo que solo acabará cuando yo deje este mundo.

—No digas eso —susurré presa del pánico mientras le sostenía las manos, pese a lo aferradas que estaban a la taza. Liberé una, la metí entre mis propias manos y me di cuenta de que estaba helada—. No digas eso, Grace. Pase lo que pase, no vuelvas a decir eso, por favor.

Si se dio cuenta del miedo que me embargaba, no lo demostró. Grace me miró y, por primera vez, atisbé a ver el vacío en sus ojos. Ni siquiera había terror en ella. Estaba vencida, resignada y entregada a aquello que intentaba destrozarla día a día.

—Querías la verdad. Y la verdad, Liam, es que hay días que solo quiero que esto pare, sea como sea. Al precio que sea.

—Buscaremos ayuda —susurré intentando no demostrarle lo aterrorizado que estaba—. Encontraremos la manera de que salgas de esto.

—No existe.

—Sí existe. Claro que existe. Buscaremos ayuda, lucharás contra todo lo que te arrastra y vencerás, estoy seguro.

—Lo que me arrastra soy yo misma. Esto es lo que soy.

—No, no. Tienes un trastorno, Grace. No has hecho nada malo, no has elegido esto, te ha llegado como llega cualquier otra cosa en la vida.

—Tomé malas decisiones y ahora tengo que luchar contra algo que me supera y siento que no tengo armas.

—Necesitas herramientas que no tienes, es verdad, y ojalá pudiera ayudarte, pero no puedo. Tenemos que buscar a alguien que sí pueda. Alguien que te haga ver que lo que pasa no es tu culpa.

—Deja de intentar excusarme.

—No lo hago, esto no es culpa tuya, Grace. Y voy a demostrártelo.

—¿Cómo?

—Terapia, una nutricionista especializada, lo que sea que te ayude a entender que puedes superar esto.

—¿Terapia? ¿Nutricionistas? ¿Sabes lo que cuesta todo eso?

—Lo pagaremos. Sea lo que sea, no me importa. Puedo ayudarte y el resto de la familia también.

—Liam, no puedes pasarte la vida cuidando de mí —dijo con las lágrimas resbalándole por las mejillas.

—¿Me dejarías en la estacada si de pronto tuviera ansiedad o me quedara sin trabajo o perdiera todos mis ahorros? —pregunté. Negó con la cabeza, pero no pudo hablar—. Prometí quererte todos y cada uno de los días de mi vida. ¿Y cómo voy a quererte si no cuido de ti cuando lo necesitas? ¿Cómo podría estar seguro de que me quieres si no lo estuviera también de que me cuidarías sin pensarlo si lo necesitara?

Sus lágrimas fueron silenciosas, pero tronaron en mis oídos con la fuerza de una tormenta de verano.

—¿Estás seguro de esto?

Besé sus dedos uno a uno y asentí.

—Tanto como lo estoy de que puedes recuperarte, Grace.

Ella se levantó y, por un instante, pensé que iba a marcharse, pero tiró de mi mano, que seguía unida a la suya. Cuando me levanté, me abrazó con tanta fuerza que cerré los ojos, aliviado. Estaba aceptando mi ayuda. No necesitaba que lo dijera con palabras, pero aquello era un inicio.

No sería fácil ni rápido, pero aquel día ella dio un paso tan grande que fui capaz de verla encima de la montaña, llena de cicatrices pero sonriendo. Clavando una bandera que hablara de todo lo llorado, sufrido y superado para llegar hasta ahí. Una bandera que sirviera para gritar a los cuatro vientos que Grace Fitzgerald había logrado vencer a todos y cada uno de los monstruos que intentaron acabar con ella.

Parte 8

«Pensé que sabía exactamente lo que quería, a dónde iba, qué estaba haciendo y por qué iba. Pero, últimamente, las cosas parecen más confusas».

Las chicas Gilmore

65

Grace

—Hola, Grace, bienvenida.

Miré a la psiquiatra que habíamos buscado y solo pude pensar en el dinero que iba a costar aquello. No sería rápido y yo no estaba segura de poder vencer.

¿De verdad merecía la pena?

Quise huir. Correr y no mirar atrás.

Quise ir al baño y vomitar.

Quise cerrar los ojos y, simplemente, dejar de existir.

Entonces la mirada aterrorizada de Liam apareció en mi mente y me tragué el miedo, la rabia y la frustración.

No quería estar allí, pero todos me decían que era el paso que iba a ayudarme. Aunque yo no creía en mí, Liam sí lo hacía. Al menos le debía intentarlo.

Y, si no funcionaba, si al final aquello me tragaba para siempre, al menos me quedaría el consuelo de no ser una completa cobarde.

Yo lo intenté, no sé si por los motivos adecuados, pero era mejor que no hacerlo, ¿no?

66

Liam

—No puedo —lloró.

—Por supuesto que puedes.

—Esto me está matando, Liam, ¿es que no lo ves?

Lo veía. Claro que lo veía. Llevaba semanas viendo el modo en que se hundía más y más. No lo entendía, joder. Estaba yendo a la psicóloga y a una nutricionista, ¿por qué no dejaba de empeorar? Era como obligarme a ver el modo en que la bulimia la consumía. Su psicóloga decía que era normal, pero yo… me estaba muriendo por dentro.

—Déjame ir al baño —lloró.

—Grace, por favor…

Su llanto la rompió a ella y rompió a su hermano, que miraba desde una esquina con los ojos rojos de contención, y me rompió a mí, que me pregunté por primera vez si seríamos capaces de superar aquello.

Si lo que Grace sentía por nosotros bastaría para ayudarla a salir de ese infierno.

67

Grace

Miré las agujas del reloj girar de un modo impasible, inalterable, siempre al mismo ritmo, siempre llevando el control. Cuando el segundero alcanzó el punto necesario y dieron las cuatro y veintidós de la madrugada, desperté a Liam. Entreabrió los ojos para mirarme preocupado.

—Acabo de cumplir un mes entero sin vomitar.

Él se sentó en la cama, miró el reloj despertador que sostenía entre las manos, las lágrimas que resbalaban por mi mejilla y mi sonrisa. Besó mis labios y se tumbó, arrastrándome hacia su pecho y me abrazó con fuerza.

—Eres una valiente, Grace Fitzgerald, y no sabes lo jodidamente orgulloso que estoy de ti.

Cerré los ojos, satisfecha conmigo misma y agradecida una vez más de tener un ancla tan increíble como Liam O'Callaghan.

68

Liam

Sarah me miró con arrepentimiento y me sentí mal. Aquello no era culpa suya, pero tampoco de Grace ni mía. Convivir con una persona con bulimia era complejo en muchos sentidos. A veces, las cosas salían mal por más que uno intentara hacerlo bien.

Observé de un modo intermitente el pastel que había encima de la mesa y la puerta por la que había salido Grace.

—Te juro que pensaba que después de más de un año…

—Tranquila —susurró Aidan extendiendo una mano por encima de la mesa y rodeando los dedos de mi hermana Sarah—. Es difícil para ella, pero podrá con esto. Tiene que aprender a convivir con este tipo de situaciones.

Eso era cierto, pero también veía importante respetar sus ritmos y reconozco que tenía pánico a aquellos eventos.

Era el cumpleaños de Sarah y mamá había hecho un pastel para celebrarlo. Comimos en familia, como siempre, pero, en cuanto Sarah sacó su pastel, Grace entró en pánico y salió corriendo.

La familia entera se quedó mal y sin saber qué hacer.

Estas son las cosas que nadie cuenta de los TCA, los trastornos de conducta alimentaria. No lo sufre solo la persona que los padece, sino todos los que están a su alrededor. Convivir con alguien que tiene un problema con la comida es saber que la alerta se mantiene veinticuatro horas al día y basta un solo chispazo, provenga de donde provenga, para que todo se desmorone.

Aquel día fue el pastel de limón que en el pasado había sido el favorito de Grace. En su momento, habría comido un trozo y ya está, pero no controlaba sus sentimientos y eso la llevaba a tener pensamientos intrusivos. Tan pronto se negaba a comer como sentía deseos de darse un atracón de algo y, cuando le ocurría aquello era como si… como si algo se apoderara de ella. No quería llamarlo «demonios» como hacía Grace, pero, joder, algunos días era muy complicado.

—Creo que es mejor que lo comáis vosotros —murmuré—. Iré a ver cómo está. Más tarde te dará tu regalo. Todo está bien, Sarah, tranquila.

Mi hermana me miró con los ojos llenos de lágrimas y el arrepentimiento bailando en ellos.

—Te juro que yo…

—Tranquila —repetí.

La besé en la frente y me levanté justo a tiempo de ver como Aidan ocupaba mi espacio y señalaba la tarta.

—Venga, Sarah, yo sí quiero un trozo enorme —intentó animarla.

Salí de casa con paso acelerado. No sabía hacia dónde había corrido Grace, pero si mi intuición no me fallaba…

La encontré sentada a los pies de nuestro árbol, con la cabeza enterrada entre las piernas y las manos sujetándose el pelo con fuerza.

Se me rompió el corazón en tantos trozos que temí no poder volver a reconstruirlo nunca.

69

Grace

Di un último sorbo a mi taza de café, caminé descalza hacia el enorme calendario que había en la pared y cogí el rotulador que colgaba de él. Marqué una X sobre el día anterior y sentí los labios de Liam en mi cuello antes de que me abrazase por detrás.

—Un día más —susurró antes de suspirar.

Sus labios volvieron a rozarme la piel del cuello y sus brazos se afianzaron en mi cintura.

—Menudo viaje está resultando ser, ¿eh? —murmuré algo sarcástica—. ¿No te cansas de todas estas emociones?

—No me canso de ti. Eres la mejor compañera de viaje del mundo, Fitzgerald.

Sonreí, pero un segundo después me eché a llorar. Cuando Liam me giró entre sus brazos, solo pude enterrar mi cara en su cuello y dejar que su olor me hiciera sentir en casa.

70

Liam

—No me siento valiente, sino agotada —confesó una noche cualquiera mientras veíamos una película.

La miré, envuelta en una manta y, a pesar de todo, tiritando un poco. Contenida, cansada, como si llevase una vida entera tirando de un peso insoportable.

—Nadie dijo que las personas valientes no puedan cansarse. De hecho, creo que por eso son más valientes aún —dije.

Ella me miró sin entender y yo la abracé, acercándola a mi lado.

—Estás agotada —le expliqué— y, aun así, luchas. Sinceramente, Grace, no hay valentía más grande que esa. No hay heroína más fuerte que tú.

Parte 9

«La vida a veces duele, a veces cansa, a veces hiere. No es perfecta, no es coherente, no es eterna; pero, a pesar de todo, la vida es bella».

La vida es bella

71

Grace

Dos años después

Me senté en la silla de siempre arrebujada en mi abrigo. Aquel día era especialmente frío, incluso allí dentro. Aquella vez no era la hipotermia derivada de mi trastorno alimenticio, sino la realidad. Recordé de un modo inevitable todas las veces que había tiritado de frío cuando a mi alrededor todos vestían ropa de verano. Fue solo una de las muchas cosas que tuve que vivir en el proceso de recuperación.

—¿Se ha roto la calefacción? —pregunté.

—Sí —respondió mi psicóloga—. Estamos esperando a que vengan a arreglarla, pero hay un poco de saturación. —Me miró largo y tendido y sonrió después de unos segundos que se me hicieron larguísimos, como ocurría siempre que llegaba aquel momento—. ¿Cómo te sientes?

—Tranquila —reconocí con una pequeña sonrisa—. Y, por lo tanto, feliz.

Ella soltó una risita, porque sabía bien a qué me refería. Habían pasado dos años desde que todo el mundo a mi alrededor había descubierto que tenía problemas serios con la comida que iban más allá de las «cosas de chicas», como solía decir mi madre. Pero fue Liam quien me ayudó a buscar información en internet y hospitales hasta dar con alguien que nos recomendó una psiquiatra en la ciudad. Empecé a ir una vez por semana y no puedo mentir: el principio fue infernal. Me recetó una medicación específica para la ansiedad a la que tuve que acostumbrarme después de convencerme a mí misma de que no era peor ni más débil por tomarla. Y, aun así, la mejoría no llegó hasta que la terapia y una nutricionista especializada comenzaron a hacer su parte en toda esta odisea que resultó ser consciente y sufrir oficialmente bulimia nerviosa.

Me culpé durante mucho tiempo, pese a que todo el mundo me dijera que no era mi culpa ni algo que hubiera elegido yo. Pasé por fases de autodesprecio tan fuertes que incluso me di miedo y, aun así, fui a terapia. Podría parecer que lo hice porque soy una persona fuerte, pero no es cierto. Lo hice porque en cada parte del camino Liam estuvo a mi lado, mirándome en silencio, salvo cuando yo le pedía que hablara, y empujándome por la espalda cuando me negaba a caminar. Hizo de soporte todas las veces que me caí, que no fueron pocas. Aguantó como nadie mis ataques de ira cuando toda aquella situación me superaba, que al principio fueron bastantes veces.

Algo que nadie te dice al principio, cuando descubres que padeces un TCA, es que no solo tú vas a sufrir. La gente que te quiere también lo hace, porque sin darte cuenta en muchas ocasiones arremetes contra ellos por impotencia. Como un animal asustado y acorralado.

Aidan también estuvo a mi lado en todo momento. Se asustó tanto como yo e intentó aprender conmigo a gestionar todo aquello, pero no fue fácil. La familia O'Callaghan se convirtió en un pilar fuerte y sólido para mí al punto de que Lily, la madre de Liam, se esmeraba en hacerme las comidas para asegurarse de que estaba comiendo cosas sanas. No tenía por qué hacerlo y ella piensa que nunca me di cuenta, pero me sentí agradecida por eso.

Incluso mi madre y Ollie viajaron en alguna ocasión para verme, aunque los dos tenían claro que su casa ya no estaba en Irlanda, así que, tras unos días, acababan volviendo a Estados Unidos, donde habían rehecho su vida. Me alegraba mucho por ellos, la verdad. Con los años aprendí que, aunque mi familia se hubiera ido al traste, seguía siendo una familia. No era perfecta ni de lejos, pero los quería y entendía las razones por las que cada uno había elegido su propio camino.

—Has trabajado mucho para llegar hasta aquí —dijo mi psicóloga sacándome de mis pensamientos.

Después de un año con la psiquiatra, empezaron a retirarme la medicación poco a poco y me derivaron a una psicóloga que siguió trabajando conmigo en paralelo con la nutricionista, solo que, en vez de todas las semanas, iba una vez al mes. Llevaba algo más de dos años trabajando casi en exclusiva para pagar la terapia y el plan nutricional y, aunque al principio era algo que me generaba mucha ansiedad, con el tiempo comprendí que gastar mi dinero en curarme nunca fue tirarlo, sino invertirlo en lo más valioso que tengo: mi vida.

Aprendí, entre otras muchas cosas, a seleccionar el tipo de alimentos que hacían bien a mi cuerpo y cuáles aumentaban mi culpabilidad y me llevaban a tener más ansiedad. Creo que sin Lily O'Callaghan esta tarea habría sido imposible. Y sin Liam, que cada día miraba en silencio lo que comía y llenaba el frigorífico del apartamento de opciones saludables pensando que disimulaba y yo no me daba cuenta. Se lo permitía porque sabía que no lo hacía como un modo de controlarme, sino llevado por la preocupación constante que sentía por mí.

En aquellos dos años le habían salido unas pequeñas arrugas en los extremos de los ojos. No eran muy evidentes, solo se veían cuando se reía o fruncía el ceño. Él siempre decía que era porque se hacía viejo, pero solo tenía veintinueve años. Siempre pensé que era demasiado pronto, hasta que entendí que el estrés, la preocupación y el trabajo físico tan agotador habían hecho de las suyas de un modo prematuro. A veces me quedaba mirándolo mientras dormía y pensaba en lo mucho que había cambiado a lo largo de los años. Era obvio, porque nos conocíamos de toda la vida, pero aun así me encontraba a menudo preguntándome cómo sería conforme envejeciera y si tendría la suerte de seguir a su lado cuando ocurriera.

Miré el dedo anular de mi mano izquierda y sonreí cuando el anillo de Claddagh captó la luz y brilló por un instante. Bueno, al parecer lo de envejecer junto a Liam iba a tomar forma.

—¿Es lo que creo que es? —preguntó mi psicóloga.

Volví a salir de mis pensamientos. Aquel día estaba más despistada de lo normal, pero creo que era lógico, teniendo en cuenta lo que había ocurrido la noche anterior.

—Liam me ha pedido que nos casemos —sonreí.

El anillo de Claddagh es una joya irlandesa tradicional. Está compuesto por dos manos que simbolizan la amistad, un corazón que simboliza el amor y una corona que simboliza la lealtad. Con frecuencia se usa como anillo de compromiso y matrimonio. Debí esperar que Liam no me regalaría un diamante si algún día me proponía matrimonio, porque era muy consciente de que para mí las promesas siempre significarían más que las joyas.

—Me alegro muchísimo por los dos. ¿Cómo te sientes?

—Feliz, nerviosa y asustada —reí—. Quiere que pongamos la fecha, pero no sé si deberíamos esperar un poco para hacerlo.

—¿Esperar a qué?

—A que yo esté recuperada. —Carraspeé—. No sé si soy capaz de disfrutar de mi propio pastel de bodas sin tener pensamientos… bueno, ya sabes.

—Has comido pastel en estos dos años, Grace. ¿Has tenido deseos de vomitar o hacer algo al respecto todas las veces?

—Casi todas.

—Pero no todas —sonrió—. Y no desde hace un tiempo. Estás manejándolo muy bien.

—Ya, pero creo que debería estar totalmente curada.

Ese fue el momento en el que Mery, mi psicóloga, me dio una noticia para la que no sabía si estaba preparada.

—Estás bien, Grace.

—Tengo miedo de volver a caer.

—Tener miedo es normal. Si te soy sincera, creo que habrá una parte de ti que tema volver a caer toda la vida, y está bien. No creo que eso esté mal, siempre y cuando sea una pequeña parte y el pensamiento no se vuelva obsesivo. Aprenderás a vivir con él, como has aprendido a vivir después de la bulimia.

—¿Y si el estrés de preparar la boda me hace caer?

—Lo manejaremos aquí, si es lo que crees, pero yo contaba con darte el alta en cualquier momento.

—No estoy lista para el alta —dije.

Ella sonrió, pero yo me preocupé por lo rápido que había empezado a latirme el corazón e insistí:

—De verdad, no estoy lista.

—Yo creo que sí, pero, de todos modos, no tiene que ser algo brusco. Podemos, simplemente, espaciar la próxima visita. ¿Qué te parecería venir en seis meses?

—Seis meses es demasiado —dije. Ella se rio de nuevo y fruncí el ceño—. Lo digo en serio.

—Tienes miedo y es normal, pero creo que puedes manejarlo. Y, si no puedes, bastará una llamada de teléfono para concertar una cita.

—¿Y si cuando llame no tienes hueco?

—Lo tendré.

—Pero ¿y si recaigo?

—Estaré aquí, Grace. Cuando llegaste a mí, venías de una psiquiatra a la que no querías dejar por miedo a una recaída, pero lo hiciste y te fue bien.

—Sí que vomité en una ocasión.

—Pero no se repitió y lo tratamos aquí. Dejaste la medicación poco a poco y también te fue bien, pese a la desconfianza que tenías. Comprendo tus miedos, pero no estoy diciéndote que desapareceré para siempre. Solo mantendremos el contacto por si me necesitas en cualquier momento, pero estás manejando bien las cosas. Permítete a ti misma premiarte por tu esfuerzo.

Me sentí rara. Aliviada, sí, pero también acongojada por si no era capaz de hacer las cosas sola. Hablé con ella acerca de las pautas que debería seguir desde ese momento y, al salir, tenía la misma sensación que deben de sentir los bebés cuando sus padres les sueltan las manos para que caminen sin apoyo.

Estuve a punto de volver y pedirle a Mery que me diera una cita para el mes siguiente, pero entonces vi a Liam leyendo el libro que se había llevado para esperar mientras yo estaba dentro. Sentí que el amor, la gratitud y la esperanza rebosaban en mí de tal modo que se convirtieron en lágrimas contenidas.

Liam, que me había acompañado en cada paso del camino, incluyendo llevarme a la ciudad para cada cita, a pesar de que ya condujera yo misma a menudo.

Liam, que había leído todo tipo de ensayos, artículos y libros relacionados con los TCA solo para saber cómo ayudarme mejor.

Liam, que se había hecho experto en cuidarme incluso cuando yo no sabía hacerlo. Sobre todo entonces.

En aquellos dos años, no había faltado a una sola de mis citas. Siempre me había esperado con su café y un libro, en silencio, porque no necesitaba palabras si ya hablaban por él los hechos.

Incansable.

Inalterable.

Como un muro construido con materiales eternos.

—¿Cómo ha ido? —preguntó poniéndose de pie y cerrando el libro cuando se dio cuenta de que estaba allí, frente a él.

—Creo que es hora de ponerle fecha a la boda —dije a modo de respuesta.

Su sonrisa…

Olvidé muchas cosas a lo largo de mi vida, pero en aquel instante supe que aquella sonrisa iba a quedarse en un lugar privilegiado de mis recuerdos hasta el último de mis días.

72

Liam

Observé a Grace desde el agua. Estaba boca abajo, se había desabrochado la parte de arriba del biquini y su espalda, de un tono casi tan blanco como la espuma de aquel mar, quedaba expuesta a un sol al que no estábamos acostumbrados. Así que salí y comprobé, entre divertido y preocupado, que se había dormido.

Cogí el bote de crema solar, me embadurné las manos y las posé en su piel. La sobresalté al hacerlo y ella abrió los ojos. Su largo cabello estaba recogido en un moño desenfadado y sus ojos verdes me miraron confusos.

—Si no te pongo crema, esta noche no serás capaz de tocar el colchón sin llorar de dolor.

—Mmm, yo pensaba que estabas metiéndome mano.

—Puede que eso también —admití riéndome entre dientes.

Ella se giró, tapándose los pechos con el brazo, y acto seguido se cubrió con la tela suelta del biquini.

—Creo que no quiero irme de aquí nunca.

—No puedo culparte. —Miré la playa paradisiaca en la que estábamos y luego volví a centrarme en ella—. ¿Sabes cuántas veces me imaginé viajando contigo? No —me reí—. Claro que no lo sabes. Ni siquiera yo lo sé. Muchas. Demasiadas —murmuré tumbándome a su lado.

Grace estiró una mano por encima de su cabeza para acariciar mi pelo.

—No puedo creer que estemos en Mallorca —susurró.

—Yo no puedo creer que hayamos conseguido salir de nuestra habitación —jadeé cuando me besó el cuello, me puse de lado y le acaricié el vientre—. ¿Y si volvemos ya?

—No podemos pasarnos todo el viaje en la cama.

—¿Por qué no? Es nuestra luna de miel. Creo que es lo que se espera de nosotros.

Grace soltó una pequeña carcajada que solo sirvió para ponerme más a tono. Me acerqué a ella y la hice girarse hasta ponerse de lado, como yo. La tela cayó y sus pechos quedaron a la vista para mí. Me mordí el labio inferior con tanta fuerza que las yemas de sus dedos volaron a ellos para acariciarlos.

—Llevamos aquí cuatro días y solo hemos venido algunos ratos a la playa. Ni siquiera hemos comido en un restaurante aún. Por bueno que sea el servicio de habitaciones…

—No necesito comer en un restaurante. Necesito que volvamos a la habitación y que me dejes demostrarte cuánto te quiero y lo contento que estoy de haberme casado contigo, Fitzgerald.

Su risa volvió, esta vez acompañada de un beso suave en la comisura de mis labios.

—Veinte minutos.

—Diez.

—Quince.

—Nos vamos ya.

—Diez —aceptó riéndose—. Pero esta noche salimos a cenar.

—Hecho.

La besé de nuevo y, cuando se alejó, volví al agua. Tenía un problema físico que prefería que no viera nadie, aparte de mi esposa, que en ese momento se reía mirándome, pues sabía lo que ocurría.

Nos habíamos casado algo más de un año después de prometernos, hacía solo cinco días, la noche del solsticio de verano, junto a nuestro árbol, donde habíamos construido una pequeña casa de madera. La casa tenía dos habitaciones, un salón con cocina abierta y un porche con vistas a nuestro árbol, e hicimos el amor en ella en cuanto estuvo acabada. Tardamos meses en construirla con ayuda de Aidan, mi padre y Lucas, que por aquel entonces contaba ya con dieciocho años. Seguía con la fijación de ser arquitecto, lo que nos vino muy bien, no solo en la construcción, sino para que mi padre viese lo bien que se le daba aquello. Seguía con la idea de marcharse fuera y, al contrario que con Eve, nuestro padre hacía verdaderos esfuerzos por entenderlo y apoyarlo.

Eve también estaba reconciliada ya con él. La primera Navidad separados fue tan dura que mi padre tomó un avión y fue a verla solo para pedirle perdón e intentar hacer las paces. El camino para volver a estar como antes de la discusión fue largo, pero mereció la pena.

No es que mi padre hubiera dejado de ser un hombre serio y estricto, pero al menos había aprendido a aceptar los límites con respecto a las decisiones de sus hijos, aunque no le gustaran.

El día de nuestra boda, Grace llevó el mismo vestido que había llevado su madre años atrás cuando se casó con su padre. Lo retocó y acomodó para hacerlo más moderno. Estaba preciosa. Y, seamos sinceros, no me importaba demasiado lo que llevara puesto siempre y cuando tuviera la suerte de poder quitárselo al acabar todo aquello.

No hicimos una fiesta lujosa, no podíamos permitírnoslo, pero organizamos una comida en la casa de la granja a la que vino buena parte del pueblo y bailamos hasta que los pies nos dolieron. Al volver a casa, desenterramos nuestro contrato, lo firmamos, como mandaba la nueva tradición de hacerlo cada año, y luego lo enterramos en una caja nueva. Una que impermeabilizamos y en la que metimos su anillo, el peluche, el contrato y, además, una copia de nuestra acta matrimonial. Aún quedaba espacio, pero Grace estaba segura de que añadiríamos cosas con el tiempo. Recuerdo que le pregunté si no prefería guardar la caja en casa, pero ella insistió en que entonces no estaría a los pies de las hadas. Yo pensaba que sí, pero ella quería mantener la magia de enterrar y desenterrar nuestra cápsula cada año y yo no podía ni quería negarme.

Nunca olvidaré aquella primera noche en casa. El modo en que nos miramos, la forma en la que nos quisimos… Estoy convencido de que, en un momento dado, las hadas bajaron de las ramas y nos contemplaron a través de las ventanas mientras bailábamos exhaustos, medio desnudos y descalzos con la luz del amanecer filtrándose en el suelo de madera. Nos miraron y sonrieron, porque sabían que entre Grace y yo las cosas rara vez eran fáciles, pero aquel día… joder, aquel día la magia la hicimos nosotros.

—¿Puedo saber qué te tiene tan abstraído? —Me sobresalté al oírla. Ni siquiera me había dado cuenta de que se había metido en el agua conmigo.

—Pensaba en nuestra noche de bodas —admití.

—Creía que te habías metido aquí para dejar de pensar cosas que te pongan nervioso.

Me reí, tiré de su brazo para arrastrarla a donde estaba, que era un poco más profundo, y enlacé su cuerpo en mis caderas.

—No puedes culparme por desearte.

La besé. Quería dejar constancia de que, si la playa no estuviera llena de gente, en aquel mismo instante estaría tocándola de una forma muchísimo más indecorosa. Grace se rio y se dejó hacer hasta que, tras unos minutos, jadeó en mi boca y se separó de mi cuerpo.

—Vámonos al hotel —murmuró—. No aguanto más.

—¿Quién es la impaciente ahora? —pregunté burlón.

—Quien llegue el último tendrá que practicar sexo oral al otro hasta el final —soltó. Echó a correr por el agua y, al ver que no la seguía, se giró para mirarme—. ¡Liam!

—Hacértelo hasta el final es un puto premio. Quiero perder.

Su carcajada resonó en toda la cala. La seguí, recogimos nuestras toallas y volvimos al hotel todo lo rápido que pudimos.

Conseguimos llegar al ascensor sin quitarnos la ropa ni llamar demasiado la atención, pero todo se descontroló en cuanto las puertas se cerraron y nos quedamos a solas. Metí las manos bajo las braguitas de mi esposa y fui directo a la zona que más placer le provocaba.

—Aquí no —gimió—. Tenemos que llegar a la habitación.

La besé para distraerla, sabía que no tenía tiempo de hacerla llegar al orgasmo, pero la dejaría tan cerca como pudiera. Cuando el ascensor nos avisó de que estábamos en nuestra planta, Grace se apretaba contra mi mano con tanta fuerza que tuve que dejar de besarla para que abriera los ojos y se diera cuenta de que teníamos que salir.

Llegamos a la habitación a trompicones, con su mano luchando con las cuerdas de mi bañador y las mías intentando recordar dónde demonios estaba la tarjeta que abría la puerta. La encontré en la mochila, pero para entonces estaba tan excitado que, al intentar pasarla por la ranura, se me cayó al suelo. Grace se rio, se agachó y aprovechó el movimiento para besarme en…

—Mierda, abre la puerta, Grace, o te lo hago aquí mismo.

Su risa me acompañó hasta que entramos. Llegar a la cama fue fácil, la alcé en brazos y prácticamente corrí hasta el colchón. Le quité el biquini agradeciendo que aquel destino nos lo pusiera tan fácil para usar poca ropa y besé cada tramo de su piel con la devoción que acostumbraba.

No sé cuánto tiempo pasó. Me entretuve con algunas de sus pecas, besé, lamí y mordí cada parte que sabía que la volvía loca y, cuando alcanzó el orgasmo, con sus dedos enredados en mi pelo y arqueando la espalda, subí para entrar en ella y dejarme ir yo también.

—Espera —susurró girándose. Se puso de rodillas de cara al espejo que había en la puerta del armario.

La abracé por detrás, me acoplé a su cuerpo y le besé el cuello mientras entraba en ella. Gemí por el placer que solo me provocaba ella.

Todo fue bien, como siempre, hasta que me di cuenta de que sus ojos estaban demasiado fijos en el espejo. Aquello era algo morboso, debería serlo, pero conocía aquella mirada. No miraba lo que hacíamos, sino su propio cuerpo. Lo analizaba. No sabía lo que estaba pensando, pero el miedo volvió, como siempre que la pillaba en alguna de esas actitudes. Tenía muy presente que Grace siempre iba a tener pensamientos intrusivos, por esporádicos que fueran, pero había trabajado demasiado para llegar a aquel punto. A aquel momento.

Pasé una mano por su vientre, abrí los dedos y subí por su cuerpo asegurándome de que notara mi caricia. Acaricié el centro de sus pechos, llegué a su cuello y lo rodeé por el lateral, acariciando su mejilla con mi dedo pulgar. Mordí su oreja y apoyé mi frente en la suya.

—Vuelve aquí —susurré manteniéndome quieto y parando el vaivén de mi cuerpo—. Por favor, Grace, quédate aquí conmigo.

Grace me miró a través del espejo y, aunque le llevó un par de segundos, acabó sonriendo. Se echó hacia delante. Salí de su cuerpo y me hizo tumbarme solo para subirse sobre mí, abrazarme y besar mis labios.

—Siempre —contestó.

Me llevó al éxtasis no solo con su cuerpo, sino con sus palabras, hechos y miradas.

Porque ese día Grace volvió a vencer al elegirnos a nosotros por encima de sus monstruos.

73

Grace

Tener un hijo es como abrir las puertas de un universo desconocido.

Mi primer embarazo fue duro. Vomité durante meses, casi hasta el final, por culpa de unas náuseas que no se iban. Aunque sabía que era distinto a cuando sufría bulimia, algunos recuerdos volvían con fuerza en los peores días y me hacían sentir mal e indefensa. No le dije nada a Liam porque se pasó todo el embarazo preocupado por lo poco que comía. Intenté que los recuerdos no se adueñaran de mi embarazo, pero lo hicieron, así que en gran medida me pasé los meses deseando que llegara el momento del parto. Y, cuando llegó, fue una experiencia tan traumática como reveladora.

Abrí mi cuerpo en canal e inspiré, exhalé y empujé cada vez que me lo pidieron. Después de horas sintiendo un aro de fuego entre las piernas y una presión insoportable en el abdomen, mi hija se negaba a salir y yo estaba tan cansada que solo quería que aquello terminara.

—Venga, Grace, tienes que empujar con más fuerza cuando te lo digamos —me animó la matrona.

Miré a Liam, que me sujetaba la mano mientras sus ojos azules se abrían con horror con cada quejido que salía de mi garganta de forma incontenible.

—Me duele demasiado —me quejé.

Él me miró como si se arrepintiera de haberme dejado embarazada. Se acercó a mí y me besó la frente mientras me retiraba el pelo sudado de la cara.

—Lo estás haciendo genial —dijo—. Solo será un poco más, ¿de acuerdo?

—La epidural no hace nada —lloré.

—¿No pueden ponérsela de nuevo? —preguntó Liam al personal sanitario.

—Está bien puesta —contestó alguien.

—¡Me duele! —grité.

—Grace, no hay tiempo —dijo la matrona—. El bebé está a punto de salir. Tienes que empujar con todas tus fuerzas cuando te avisemos.

—No puedo más —lloré.

—Sí que puedes. —La voz de Liam junto a mi oído me hizo llorar con más ganas—. ¿Recuerdas cuando nació Doyle? Tu padre te despertó en mitad de la noche, fuiste al establo y viste el parto en primera fila, porque quería que te ocuparas de él desde que naciera. Era tu regalo. Y lloraste cuando la madre de Doyle relinchó y se quejó, pero no te moviste de allí. Más tarde dijiste que estabas segura de que había sentido tu apoyo y te lo agradeció con la mirada.

—Me dijiste que era estúpido y que los caballos no agradecen nada porque no son humanos.

—El estúpido era yo —contestó sonriendo—. Claro que te lo agradeció. ¿Sabes por qué lo sé? Porque yo ya te agradezco como no te imaginas todo esto que estás haciendo. Solo un poco más, Grace. Nuestra hija está a punto de llegar.

Nuestra hija. Tenía que hacerlo por ella. Lo sabía, pero lo cierto era que sentía que mi cuerpo estaba al límite. Cuando me avisaron para que empujara, solo quería que aquella presión insoportable cesara. Así que empujé con tantas fuerzas que grité, pero no como un acto de dolor, sino de liberación. Por fin sentí que su cabeza pasaba a este mundo y me resultaba más sencillo respirar.

Briana O'Callaghan nació unos minutos después entre jadeos, lágrimas y una tormenta asoladora en el exterior. Lloró como si pretendiera hacerle saber a todo el hospital que ya estaba en este mundo y venía pisando fuerte.

La pusieron en mis brazos cuando las lágrimas todavía no me dejaban verla bien. Miré a Liam y lo vi llorar. Fue una de las pocas ocasiones en las que lloró con tanto descontrol y tal vez por eso me hizo ser consciente de lo que habíamos logrado. Teníamos una hija.

Habíamos creado vida.

—Bienvenida al mundo, Briana —susurró besándole la cabeza primero y a mí en los labios después—. Eres la mujer más fuerte del mundo, Grace Fitzgerald.

Mis lágrimas, que ya habían cesado, volvieron con fuerza. No me sentía fuerte, sino exhausta. Aun así, cuando miré a mi hija, fue como si el mundo entero se quedara en silencio para que yo pudiera contemplarla mejor. Tenía muy poco pelo, pero parecía pelirrojo. Su piel era blanca y, aunque era muy pronto, ya me moría por saber qué color de ojos iba a tener.

Pesaba dos kilos setecientos gramos, medía cuarenta y nueve centímetros y tenía unos pulmones que ya hubiese querido cualquier cantante de ópera.

Era, en definitiva, el ser más perfecto del mundo, y era nuestro.

Aunque no sentí que me olvidara del parto cuando la miré, como me habían prometido, sí sentí la importancia de lo que habíamos creado. Y sobre todo pensé en todo lo que habíamos pasado para llegar a aquel momento. Las lágrimas, el dolor, las decepciones, las pérdidas y la lucha, a veces incansable y otras con tintes de derrota. La incertidumbre mezclada con la ilusión y la inseguridad que se apoderaba de los rincones de mi mente durante todo el embarazo.

Mi vida no resultó ser fácil. Si la comparamos con los caminos, como suele hacerse, diría que tuvo más curvas que rectas. A menudo, me preguntaba por qué no crecían las flores en los bordes de mi camino, pero la llegada de Briana fue como encontrar un mirador precioso y rodeado de flores silvestres desde el que ver todo lo recorrido. Un lugar que me ayudó a entender que a veces, para llegar a sitios tan bonitos, tienes que olvidar los caminos rectos, asfaltados y fáciles para recorrer los empedrados y sinuosos.

Estaba segura de que, cuando saliera de aquel mirador, volverían a llegar etapas complicadas, pero de momento podía sentarme, mirar el sol resplandeciente en la cara de mi hija, el amor en los ojos de mi marido y sentirme la mujer más afortunada del mundo.

74

Liam

Archie O'Callaghan entró por primera vez en casa casi tres años después que su hermana mayor, Briana. Nuestro segundo hijo, a diferencia de ella, no lloró al nacer y, al parecer, no pensaba hacerlo a menudo. Su máxima en la vida era dormir y comer y me pregunté, no por primera vez, cómo de diferentes iban a ser.

A Briana, por ejemplo, la acompañó la determinación desde el primer día. Se había revelado como una niña testaruda, simpática y que no se dejaba convencer con facilidad. Sus primeros días en casa fueron… caóticos. Grace pasó de estar pletórica a sumirse en unos cambios de humor que no entendía y me tenían acojonado la mayor parte del día. Tan pronto estaba feliz como se acurrucaba en una esquina y lloraba sin consuelo. Al principio pensé que era algo relacionado con el posparto, porque ya había leído acerca de las depresiones. Cuando pasaron los días y vi que seguía igual, le sugerí volver a la psicóloga, solo para charlar un poco y que se pusiera al día con ella, pero me prometió que estaba bien, que todo era cosa de las hormonas.

Intenté que la ansiedad no me brotara, pero lo hizo. Si la oía levantarse de madrugada con Briana, cuando le tocaba a ella, no dormía tranquilo porque me preguntaba si en algún momento el cansancio, la inestabilidad emocional y la carga mental le harían darse un atracón o vomitar o dejar de comer. Luego me sentía como una mierda por pensarlo, porque parecía que no confiaba en ella, pero es que aquella enfermedad… Joder, había sido infernal, no solo para ella. Yo mismo solía caer en unos bucles de pensamiento de los que me costaba mucho salir, sobre todo porque no los comentaba con nadie.

Al final, pasados unos meses, Grace se estabilizó, así que me calmé. La vida tomó otro ritmo, nuestra dinámica de pareja también. La paternidad y la maternidad lo cambian todo, pero en el fondo seguíamos siendo Grace y Liam. Todavía podía reconocer en ella a la mujer que me volvía completamente loco. Pensamos en tener otro bebé cuando vimos que Briana adquiría independencia. Los dos queríamos tener dos hijos, pero eso no impedía que en aquel momento, cuando un sueño más se había materializado, estuviera un poco preocupado por si mi esposa volvía a caer de nuevo en ese caos emocional.

Bien era cierto que no parecía tener cambios de humor tan extremos. Sí, lloraba a veces, pero parecía algo más «controlado».

—¿Cómo crees que se lo tomará? —me preguntó en ese instante mientras se sentaba y estiraba los brazos para que le pasara a Archie.

Lo hice, porque lo llevaba yo en brazos. Se lo di con cuidado y sonreí cuando nuestro hijo hizo una mueca, como si estuviera molesto por haberlo movido.

—¿Briana? —pregunté intuyendo a quién se refería Grace. Ella asintió para confirmármelo—. Se lo tomará a su manera, cielo.

—Eso es lo que me da miedo.

Me reí. Briana era muy muy intensa. Yo decía que había salido a ella, pero ella mantenía que no, que era igualita que yo. No sé. Lo único que sabía era que, desde hacía tres años, si no estaba cerca de mí, el silencio era demasiado denso, aburrido y monótono. Briana era caótica, terca y rebelde, pero también intuitiva, graciosa y tan lista que me dejaba asombrado tener una conversación con ella. Era mi vida y, aunque no se lo dije a Grace, a mí también me preocupaba que se sintiera desplazada por su hermano.

Sin embargo, cuando nuestra hija entró en casa nos volvió a demostrar lo increíble que era.

Llegó sobre los hombros de Aidan, que venía agarrado de la mano de mi hermana Sarah. En uno de esos giros del destino y en algún momento, no sé bien cómo, el hermano de Grace y mi hermana menor se enamoraron y, no solo eso, sino que se habían casado unos meses atrás. Briana fue la encargada de llevar los anillos y todavía recuerdo con aprensión y cierta diversión el modo en que los tiró en cuanto Pecas, nuestra gata, salió corriendo cruzando el altar y ella decidió ir detrás.

Por suerte, la boda fue íntima y nuestra familia siempre había sido… familia. Por raro que suene. Nadie se sorprendió, el propio novio recogió los anillos del suelo y culminaron una ceremonia preciosa.

—¡El bebé! —gritó nuestra hija desde los hombros de su tío justo antes de ponerse a patalear para que la bajaran.

Aidan lo hizo riéndose, pero con cara de dolor por los talonazos que se había llevado. Sarah se rio y puso los ojos en blanco.

—Tiene tres años —susurró.

—Tres años y mucha fuerza. Un poco más y me deja marca —se quejó el tío de la niña.

—Aidan, por favor —rio Sarah.

No pude prestarles más atención. Briana cogió carrerilla y, si no llego a alcanzarla a tiempo, se hubiese estrellado contra Grace y Archie.

—¡El bebé! —exclamó—. ¿Me lo das?

Grace se rio y acarició los rizos cortos y pelirrojos de nuestra hija.

—Hola, mi vida, ¿quieres coger a tu hermanito? —Briana asintió con tanta fuerza que me reí—. Bien, ven aquí, a mi lado.

—Papi ayuda —dijo cuando intentó gatear justo por donde estaba Grace y no lo logró. Me acerqué, me senté junto a Grace y subí a Briana a mis rodillas—. ¡Yo solita! —exclamó dejando claro que no quería mi intervención una vez tuviera en brazos al pequeño.

Por supuesto, no le hicimos caso. Una cosa era saber que nuestra hija era lanzada y valiente y otra que nosotros fuéramos tan idiotas como para dejar a un recién nacido en manos de una niña de tres años sin vigilancia ni apoyo externo. Colocamos sobre sus brazos al pequeño Archie, que apenas abrió un ojo un segundo para volver a cerrarlo.

—Hola, bebé. Me llamo Briana.

Miré a Grace, que se limpiaba disimuladamente un par de lágrimas de los ojos. La besé en la mejilla asegurándome de tener bien rodeados a Briana y Archie.

—Mira lo que hemos hecho, Fitzgerald. ¿No es increíble?

Ella sonrió mirándome, me besó en los labios y apoyó su frente en la mía.

—Lo es, O'Callaghan, lo es.

75

Grace

Sentada en el suelo del baño, con la espalda apoyada en la puerta y rezando para que no se pelearan justo en aquel momento miré el test de embarazo que sostenía en las manos.

Aquello tenía que ser una broma.

Iban a ser dos. Siempre dijimos que iban a ser dos. Lo teníamos claro. El nacimiento de Briana cinco años antes había puesto nuestra vida patas arriba y Archie solo tenía dos años. ¡Acababa de entrar en la etapa de los berrinches! Y sí, era un niño tranquilo, pero nadie se libraba de esa etapa. No mis hijos, desde luego.

Tragué saliva intentando contener las lágrimas. Cuando me di cuenta de lo que estaba haciendo, me sentí una pésima persona porque estaba embarazada y solo podía pensar en que eso complicaría las cosas.

No es que nuestra vida fuera mal, pero con dos niños pequeños, el trabajo de Liam en la granja, donde ya estaba prácticamente al frente de todo, y mi propio trabajo en la tienda de antigüedades, que acabé quedándome cuando el señor Foley se jubiló, estábamos exhaustos.

Había días en los que Liam y yo no conseguíamos hablar de nada que no fuera los niños o el trabajo. ¿Cómo íbamos a sumar uno más?

Recordé a Liam diciéndome que en cuanto Archie pasara la etapa de los berrinches todo sería más fácil. Se volvería más independiente y las cosas fluirían mejor, pero lo cierto era que Briana tenía cinco años y seguía siendo una niña intensa y demandante.

No era su culpa. Por el amor de Dios, solo era una niña que reclamaba las atenciones de sus padres, pero es que simplemente estábamos agotados.

Sumar un recién nacido a aquella ecuación iba a ser complejo y, aun así, cuando pensé en la posibilidad de abortar, sentí que me ahogaba de la angustia. No podía hacer aquello. No porque estuviera en contra, todo lo contrario. Estaba a favor del aborto. El problema era que tenía muy claro que me arrepentiría toda la vida.

Después de todo, nos iba bien. Éramos una familia feliz, si quitabas las discusiones por tonterías, los gritos constantes de los niños, los berrinches y la casa patas arriba todo el día.

La casa… No era grande. No tanto como para albergar a tres niños, desde luego. Tendríamos que añadir una habitación extra o cerrar el porche. Liam habló durante un tiempo de hacer una planta arriba, pero lo vi innecesario. Total, nos apañábamos bien, ¿para qué invertir un dinero que no nos sobraba solo por ganar espacio? Vivíamos en medio de una granja enorme. Espacio era lo que sobraba, aunque no estuviera construido.

—¡Mamá, corre! ¡Archie ha vuelto a trepar por el frigorífico!

Me levanté del suelo y salí corriendo del baño. Tenía el corazón en la boca y me preguntaba por qué demonios mi hijo no parecía aprender la lección y en qué momento había decidido que eso de ser un bebé tranquilo era un aburrimiento. No hacía ni un mes que se había hecho una brecha en la nuca al caer en un intento de trepar por el frigorífico para subirse en la encimera y llegar así al armario de las galletas.

Habíamos probado de todo para que dejara aquella manía. Incluso habíamos vaciado el maldito armario y se lo habíamos enseñado, pero estaba empeñado en hacerlo una y otra vez. Puede que solo tuviera dos años, pero a determinación no le ganaba nadie.

Bueno, sí, su hermana mayor. Liam la había pillado no hacía mucho montando a caballo por su cuenta y sin avisar a nadie. ¡Con cinco años! Lo peor era que, si me quejaba por teléfono con mi madre o en casa de mis suegros, todos se reían y me recordaban que Liam y yo nunca fuimos tranquilos. Entendí el regocijo al principio, pero, sinceramente, había dejado de tener gracia.

¿Cuánto se supone que tarda el karma en ponerlo todo en su sitio?

Encontré a mi pequeño escalador justo donde su hermana había dicho. Sus manitas se aferraban con fuerza al asa de la puerta del frigorífico y sus pies descalzos intentaban agarrarse a la superficie. Corrí para cogerlo y llegué justo a tiempo de que se soltara. Suspiré, frustrada, y me pregunté cuántas veces le había salvado la vida en su corta existencia.

—Oye, Archie, no quiero que escales más —le dije con firmeza.

Su respuesta fue mirarme y tirarse al suelo mientras lloraba como si le estuvieran clavando dagas debajo de las uñas.

Cuando Liam entró con las botas llenas de barro y la camisa mojada, el panorama no era el mejor. Que ensuciara el suelo (más) no ayudó.

—¿Tanto te cuesta quitártelas fuera? —pregunté de mal humor.

Nuestro hijo, que intuyó mi estado de ánimo, lloró aún más, lo que despertó los gritos de Briana, que estaba harta.

Esto es una ley no escrita: si tus hijos tienen un día malo y tú te dejas llevar por la frustración, su estado de ánimo va a empeorar automáticamente.

No sé si es cosa de la genética, pero no falla.

Liam se quitó el sombrero que llevaba puesto, se secó el agua de la frente y me miró frustrado.

—Está lloviendo a mares, Grace. Perdón por no recordar que debía coger una pulmonía con tal de no ensuciar más el suelo.

—Vas a limpiarlo tú. Te toca.

Gruñó algo que no entendí, sobre todo porque Archie decidió aprovechar ese momento para patalear y darme en el tobillo.

—¡Archie, para! —grité.

Ley no escrita número dos: si tú gritas, ellos gritan más.

Archie lloró.

Briana lloró.

Yo quise llorar, pero se suponía que era la adulta allí. Así que me limité a abrir el frigorífico tras apartar a mi hijo con cuidado y bebí leche directamente de la botella.

—Grace, sírvete en un vaso —dijo Liam—. Ya sabes cómo funciona.

Gruñí.

Una de las cosas que había aprendido después de sufrir bulimia fue a no beber de las botellas ni comer de los recipientes. Apartar la comida o la bebida en vasos y platos y comer sentada. Era bueno para mí, porque así mi cerebro se saciaba con la imagen al mismo tiempo que yo iba comiendo y no había cabida para el arrepentimiento o la exageración una vez que había acabado.

Aun así, era difícil encontrar un momento para sentarme y comer con calma. No en aquellos instantes, donde todo era un caos emocional para mis hijos y para mí. No respondí a Liam. En su lugar, guardé la botella de muy malas formas en el frigorífico, lo cerré y cogí en brazos a Archie. El niño se tomó aquello como la señal que necesitaba para calmarse y abrazarme. Volvió a ser, de un modo mágico y surrealista, el niño dulce y sosegado que había sido hasta cumplir los dos años.

Briana se contagió enseguida del momento y se acercó a mí, restregándose los ojitos con las manos.

—Hora de dormir —susurré—. Vamos a lavarnos los dientes y a la cama. —Miré a Liam—. ¿Te ocupas de esto?

—Ve tranquila —contestó.

Echó fuera sus botas y se preparó para ordenar un poco el salón, limpiar el charco del suelo y recoger la mesa después de la cena de los niños.

No sé cuánto tiempo tardé en dormirlos. Había intentado aplicar cada método que leía o me aconsejaban, pero lo cierto era que ni Briana ni Archie eran capaces de conciliar el sueño si su padre o yo no estábamos con ellos. Así que, para cuando conseguí salir de la habitación que compartían, estaba exhausta y empezaba a pensar que, en realidad, daba igual que no cenara, solo quería ducharme y dormir.

El problema fue que me encontré a mi marido sentado en el sofá, con la prueba de embarazo en las manos y la mirada perdida.

El corazón me dio un vuelco y me arrepentí de no haberla tirado o guardado para poder contárselo con calma.

Él me miró. Se le notaba cansado después de todo el día de trabajo en la granja y exhaló el aire a trompicones.

—¿Vamos a tener otro hijo?

76

Liam

Grace me miró como si acabara de descubrir su gran secreto.

No entendía nada. Con Briana y Archie yo había estado presente a la hora de hacerse la prueba. Me había hablado de sus sospechas desde el primer día, quizá porque los dos habían sido deseados y buscados. Aquella vez… ninguno tenía en mente aquello. La idea siempre había sido tener dos.

Aun así, cuando pensé en tener otro hijo, sentí que algo se me encogía en el estómago. A Grace se le saltaron las lágrimas, pero me levanté y me acerqué a ella enseguida, enmarcando su rostro entre las manos.

—Lo sospeché hace unos días, pero estaba tan nerviosa que no pude de decir nada —confesó—. La prueba es de hace un rato.

—Otro hijo —sonreí despacio mientras ella, en cambio, dejaba ir sus lágrimas—. ¿Por qué lloras?

—No lo teníamos planeado.

—No, tampoco teníamos planeado casarnos hace diez años y aquí estamos.

—Pero esto es distinto, Liam —sollozó—. No llego a los cuarenta y ya estoy exhausta. ¿Cómo será con otro más?

La besé. Entendía lo que decía y no podía prometerle que las cosas serían fáciles, porque estaba claro que no lo serían.

—¿Quieres abortar?

Hice la pregunta con un nudo en el estómago. Pese a lo complicado que era aquello y lo complicadas que volvía las cosas, quería tener aquel bebé, pero si algo tenía claro era que no se trataba de mi cuerpo. No era yo quien tenía que volver a sufrir un embarazo, parto y posparto, con todo lo que eso conllevaba no solo a nivel físico, sino emocional.

Ella negó con la cabeza y se abrazó a mí. Yo recuperé el aliento.

—Lo he pensado durante unos instantes, pero no soy capaz. Siento que este bebé ya es parte de la familia, aunque apenas sepa de su existencia y posiblemente sea la causa de que acabe volviéndome loca.

Me reí entre dientes, apoyé los labios en su cabeza y la besé con dulzura antes de arrastrarla hasta el sofá y sentarla conmigo, a mi lado.

—Lo haremos bien, Grace —le prometí.

—En esta casa no caben tres niños.

En eso tenía razón. Me encantaba nuestra casa, pero solo tenía dos habitaciones. De hecho, ya empezaba a rondarme la idea de que, en un futuro, Briana y Archie quisieran tener su propio espacio. De momento, compartían un dormitorio y parecían contentos con la idea, pero no me engañaba, aquello se terminaría cuando crecieran un poco y necesitaran más intimidad.

Ahora, con otro bebé, estaba claro que la casa se nos quedaba pequeña.

—Podemos añadir un dormitorio en la parte de atrás —murmuré—. Conectarlo con el final del pasillo.

—Eso llevará tiempo y dinero.

—Tu hermano nos ayudará, como siempre, igual que mi padre. Y esta vez Lucas podrá darnos su consejo como arquitecto.

Al final, mi hermano se había marchado fuera a estudiar y había conseguido realizar su sueño. No vivía en Kilway, sino en la ciudad, pero lo veíamos bastante a menudo y estaba seguro de que pedirle que remodelara mi hogar era darle la excusa perfecta para que viniera aún más por casa.

—¿Cómo consigues relativizarlo siempre todo? —preguntó sorprendida con voz ronca—. Eres como… un maldito faro en medio de una tormenta.

—Te quiero, Grace —contesté con sinceridad—. Puede que estemos agotados, que esta casa sea un caos y que apenas encontremos tiempo para tener una conversación, mucho menos una cita como las de antes, pero todavía te miro y tiemblo sin motivos. Solo porque eres tú y una vida contigo es lo único que siempre quise.

—Yo también te quiero, pero no es fácil —dijo emocionada.

—No lo es —admití—, pero lo haremos bien. No tengo ninguna duda. Ven conmigo.

Tiré de su mano mientras nos levantábamos y salíamos de casa. Por suerte, la lluvia decidió dar una tregua un rato antes.

El árbol de las hadas nos esperaba justo enfrente, majestuoso, como había sido siempre. Acerqué a Grace hasta la trampilla de madera que había construido a sus pies, donde siempre enterrábamos nuestro contrato. Con los años comprendí que, si íbamos a hacer aquello cada año, podíamos hacerlo de un modo mucho más sencillo, sobre todo después de que el último año Archie se dedicara a comerse la tierra conforme nosotros excavábamos para sacar la caja.

Ahora había una trampilla de madera en el suelo, una especie de cajón cerrado con un candado del que solo teníamos llave ella y yo. La casa estaba al límite de la granja que había sido de mi familia y seguía habiendo una valla, pero lindaba con la granja que había sido de la familia de Grace y todavía usaban los trabajadores, así que no había riesgo de que alguien extraño nos robara.

Metí la llave en el cajón, abrí y saqué nuestra caja. Con aquella idea, además, habíamos descubierto un modo de aislarla un poco más de la humedad, por mucho que Grace protestara en su día porque no era tan mágico.

—Se supone que solo debemos abrirla en el solsticio —dijo ella a mi espalda.

—Quiero que veamos cómo está todo. Ven, agáchate.

Se acuclilló a mi lado, abrimos la caja y miramos el contrato, los objetos que enterramos casi treinta años atrás, nuestra acta matrimonial y los primeros patucos que habían llevado Briana y Archie, tejidos a mano por mi madre.

—Fue una buena idea hacer una caja más grande —murmuró Grace con una sonrisa, acariciando la lana de los patucos.

—Fíjate en esto —le dije señalando un hueco que quedaba en la caja—. ¿Lo ves?

—¿A qué te refieres exactamente?

—A esto, Grace. Es el hueco justo para unos patucos nuevos. En realidad, es como si la caja estuviera incompleta, ¿no?

Ella miró el pequeño hueco que señalaba y sonrió justo antes de echarse a llorar y mirarme.

—Esto va a ser una locura, O'Callaghan.

—Oh, sí. Pero será una locura de las buenas, Fitzgerald. De esas por las que merece la pena luchar.

Ella no habló, pero me besó por respuesta. Y con eso me bastó.

En realidad, daba igual el tiempo que pasara. Con un beso de Grace, siempre bastaba para que todo volviera a estar bien.

77

Grace

Los golpes en la habitación nueva me tenían la cabeza a punto de estallar. Aquel había sido otro día en el que no había podido ir a trabajar porque Archie estaba con algo de fiebre. Contratar a alguien en la tienda fue lo mejor con el tiempo, teniendo en cuenta que yo ya no podía pasarme el día allí. Pero había veces, como aquella, en que ir a trabajar para mí era lo mismo que ir a descansar. Me pregunté cuándo se había vuelto todo tan caótico como para verme en aquella situación.

Mollie O'Callaghan, nuestra tercera hija, aprendió a gatear con solo siete meses. En aquellos momentos, tenía nueve y se había hecho experta en la materia. Tanto era así que, pese a no caminar, se frustraba muchísimo si no conseguía llevar el ritmo de sus hermanos mayores.

Con tres años, Archie estaba un poco más calmado. Bueno, en realidad solo había dejado de escalar muebles para escalar las vallas de la granja o todos los árboles con los que se cruzaba. Y eso, al vivir enfrente de un árbol inmenso y una valla, era un problema. Yo estaba intentando aprender a mirar para otro lado en determinados momentos, porque era eso o infartarme antes de llegar a los cuarenta.

Briana, por su lado, había perdido su primer diente, lo que la había llevado a sentirse tan mayor como para rebelarse ante cualquier petición que no considerase justa. Y resultó que no consideraba justo prácticamente nada de lo que se le pedía.

Las cosas en nuestra familia se habían puesto interesantes de verdad, teniendo en cuenta que mi hermano Aidan y Sarah tuvieron su primer hijo un año antes y mi cuñada volvía a estar embarazada de gemelos. Habían pasado años intentándolo sin resultados y, de pronto, parecía que cada vez que se juntaban ella se quedaba embarazada. Era una locura. Todo era una locura.

La vida avanzaba tan rápido que sentía que mi cabeza no era capaz de adaptarse. A menudo me descubría mirándome en el espejo sin reconocerme. Había marcas de expresión junto a mis ojos, me habían salido las primeras canas, que había tapado con un tinte por más que me hubiera puesto digna toda la vida diciendo que me dejaría cada una de las canas que salieran. La realidad era otra. En mi caso, cuando llegaron las canas, yo no estaba lista para verlas. No quería otro recordatorio de que la vida se estaba pasando a un ritmo frenético y no tenía tiempo de adaptarme.

Vivía en la dualidad.

A veces echaba de menos la mujer que era antes de convertirme en madre. Algunos días pasaban tan lentos que, cuando por fin podía irme a dormir, quería llorar de alivio.

A veces el pánico me invadía cuando me daba cuenta de lo rápido que estaban creciendo mis hijos y solo quería parar el tiempo y disfrutarlos un poquito más.

Los días eran demasiado largos y los años, demasiado cortos.

Quería parar y descansar. Que Briana, Archie y Mollie crecieran más rápido y se hicieran independientes.

Pero también quería congelar mi vida y que mis hijos nunca crecieran o se alejaran de mí porque me aterraba llegar al día en el que ya no me necesitaran.

Era la contradicción hecha persona y, en medio de todo aquello, Liam y yo nos habíamos alejado como nunca.

Él, que siempre había sido serio, se volvió aún más circunspecto. A menudo lo veía perderse en sus pensamientos, pero, cuando le preguntaba, me decía que no pensaba en nada. Era mentira.

A veces yo misma me perdía en mis pensamientos y, cuando me preguntaba, también decía que no era nada. También era mentira.

No queríamos hacernos sentir mal, supongo, pero conseguíamos el efecto contrario.

En aquellos tiempos, reflexioné bastante acerca de todos los libros y películas que había leído y visto en los que todo parecía acabar en el momento exacto en que los protagonistas estaban juntos y felices.

Nadie hablaba de lo que venía después y, si lo hacía, a menudo edulcoraban la vida de un modo absurdo.

La realidad era que, después del «vivieron felices y comieron perdices», a menudo encontrabas dos personas perdidas en una rutina agotadora.

Dos personas que se alejaban de un modo progresivo y se perdían en la crianza, los trabajos, las deudas y las preocupaciones.

Lo peor de todo, sin duda, fue darme cuenta de que siempre había estado segura de que eso no nos pasaría a nosotros. ¡Éramos Liam y Grace! Nosotros estábamos destinados a tener una gran historia de amor, ¿no? Seguía queriendo a aquel hombre de un modo que rozaba lo inexplicable, pero lo sentía lejos de mí, pese a que durmiéramos en la misma cama.

Bueno, dormíamos en la misma cama cuando alguno de nuestros hijos no se adueñaba de ella, que era más a menudo de lo que reconocíamos. Eran muchas las veces en las que, simplemente, dormíamos como podíamos, aunque eso implicara hacerlo separados, solos o rodeados de pequeñas manos y piernas que se enganchaban a nosotros como lapas.

Cogí la caja de manzanas que Liam había recolectado el día anterior y me puse a lavarlas y pelarlas mientras los niños jugaban en el salón y los golpes de la obra no cesaban. Mis manos estaban decididas a hacer manzanas deshidratadas con canela, pero mi mente… no dejaba de pensar que no recordaba la última vez que me había recreado en la desnudez de mi marido.

No hablo de verlo desnudo sin más. Hablaba de desvestirlo, recrearme, acariciarlo y besarlo con devoción. Hablaba de que él hiciera lo mismo conmigo.

Exclamé cuando me corté con el cuchillo sin darme cuenta. Abrí el grifo maldiciendo y metí la mano debajo. Era un corte pequeño, pero suficiente para que la frustración me superara. Lo envolví con una tirita de Mickey Mouse cuando lo limpié y seguí con mi tarea. Me metí un trozo de manzana en la boca y, cuando saqué las bandejas para colocar las rodajas, pensé en lo mucho que me gustaría hacer un pastel y comerme un buen trozo.

Salivé. Abrí el frigorífico, vi el sirope de arce, cogí una cuchara y la llené antes de metérmela en la boca para saciar el deseo de algo dulce. No fue suficiente.

«Podrías comer un poco más. Solo es un poco de sirope, no va a matarte ni a acabarse el mundo. ¿Acaso no te lo mereces?».

78

Liam

Cuando el despertador sonó, gruñí a modo de respuesta. De verdad, gruñí como si fuese un perro al que acaban de quitarle un hueso.

No quería levantarme, pero recordé que en los últimos tiempos nunca quería hacerlo y al menos aquella noche la había dormido completa en mi cama. Eran muchas las veces en las que Briana o Archie venían al dormitorio y yo acababa marchándome a otro sitio. Mollie dormía en la cuna colecho al lado de Grace, dado que aún le daba el pecho, y era más fácil que yo me marchara a que lo hiciera ella, de todos modos, no podía separarse de la pequeña.

Salí del dormitorio en silencio, encendí la cafetera y miré por la ventana la oscuridad que lo llenaba todo. Me vestí y preparé un termo enorme que me llevé al granero, donde me encontraba cada mañana con Aidan para tomar nuestra primera taza de café del día.

Dejó de venir a casa porque los niños se despertaban si lo oían y se volvían locos ya desde primera hora, y yo no podía ir a la suya por el mismo motivo, así que en algún momento propusimos hacerlo en el granero. Dejar de tomar café juntos no era una opción. No después de tantos años. Eran cinco minutos en los que la mayoría de las veces ninguno de los dos decía gran cosa, pero eran nuestros cinco minutos.

Cuando llegué al granero, él ya estaba allí, apoyado en una valla y mirando al vacío con los ojos hinchados.

—Mala noche, ¿eh? —pregunté.

Su respuesta fue resoplar.

—Dime que en algún momento volveré a dormir, por favor.

—No puedo, te recuerdo que cada vez que he estado a punto de conseguirlo he tenido un nuevo bebé.

—Sí, ¿eh? Habéis aprovechado bien el tiempo.

Me reí y serví dos tazas de café del termo sin responder. Pero lo que me vino a la mente fue pensar en que sí, se nos daba muy bien aprovechar el tiempo. Daba, en pasado, porque desde que había nacido Mollie… Todo había cambiado. Aún más, quiero decir.

En realidad, cuando Grace se quedó embarazada de Archie, ya cometí el error de pensar que sería lo mismo que con Briana, solo que por partida doble. Nuestro hijo resultó ser tan distinto a su hermana que tuvimos que aprender a ser padres de nuevo. Y con Mollie había sido lo mismo, sumado al estrés que suponía tener dos hijos más que demandaban atenciones, como era lógico.

Ellos no tenían la culpa. Eran niños comportándose como tales, pero nosotros tampoco la teníamos. Sentía que, en algún momento, había perdido a mi esposa y no era capaz de recuperarla. La sentía tan lejos que algunos días ni siquiera sabía de qué hablar con ella.

Nunca supe en qué momento pasó eso. Jamás lo esperé. Yo siempre pensé… que éramos distintos. Dios, fuimos tan egocéntricos al creernos diferentes, únicos y especiales… Lo cierto era que la rutina nos había engullido como a la mayoría de los matrimonios con hijos pequeños. O eso me gustaba pensar. Me negaba a creer que nosotros éramos los únicos que atravesábamos aquella situación tan rara. Y los ratos con Aidan me lo confirmaban, porque intuía que él estaba igual con mi hermana, aunque ninguno de los dos hablaba de ello.

Podría decir que todo aquello se debía solo a la falta de tiempo, pero no era cierto. Había algo, cierta apatía relacionada con el cansancio que estaba cada día más presente. Grace no parecía encontrar nunca el momento para acercarse a mí y yo no sabía cómo hacerlo sin parecer torpe o insensible, pues el posparto de Mollie había sido eterno.

No quería que pensara que la presionaba para acostarnos, así que fui dejando pasar los meses. No sé, supongo que la vida me tragó, igual que hizo con ella. En aquel punto, no sabía cómo acercarme a mi propia esposa sin hacerla sentir mal o irritada. A veces la miraba solo para recrearme en ella porque, joder, Grace seguía siendo la mujer más bonita que había visto nunca. Y, aunque ella solía responder sonriendo cuando me pillaba, enseguida los dos volvíamos a nuestros quehaceres.

No ayudaba el hecho de no haber podido cogernos unas vacaciones de verdad en años. El dinero no sobraba, pero además esperábamos a que Briana fuera un poco más mayor para viajar. Entonces, nació Archie y volvimos a esperar y luego… Bueno, luego llegó Mollie y volvíamos a estar en el mismo punto. No había conseguido salir de Irlanda salvo cuando fuimos de luna de miel y eso me picaba. Siempre me había convencido de que, casi a mis cuarenta años, ya habría cumplido mi sueño de ver otras partes del mundo. No demasiadas, no era tan ambicioso, pero sí algunas.

Todo eso daba igual porque adoraba a mi mujer. No hubiera cambiado nuestra familia por nada del mundo, pero a veces, solo a veces, echaba de menos los tiempos en que solo éramos ella y yo. Añoraba hablar durante horas tumbados en una manta a los pies de nuestro árbol, enredarnos en las caricias del otro sin prisas, poder ver una película para un público mayor de seis años, por ejemplo. No sé, eran tonterías, detalles que antes teníamos y en esos momentos ya no. Pero, cuando lo pensaba, me creía tan culpable y mal padre que acababa sintiéndome mucho peor. Quería a mis hijos más que a mi propia vida y, aun así, había momentos en que pensaba que me habían robado a su madre.

Tragué saliva, odiaba aquellos pensamientos intrusivos.

—Hoy estás todavía más callado de lo normal —dijo Aidan.

—No he dormido bien —mentí.

—¿Mollie ha estado intensa?

Encogí los hombros, para no afirmar ni negar. Di un último sorbo a mi café y le pregunté algunas cosas relacionadas con el ganado, luego me fui a trabajar y me dediqué a hacer lo mismo que en los últimos tiempos: mantener la cabeza y el cuerpo tan ocupados que los pensamientos intrusivos no tuvieran hueco para entrar.

Volví a casa ya de noche. Las cosas se habían torcido con una valla y ni siquiera me había dado tiempo a comer algo caliente.

Me quité las botas en el porche y sentí un dolor de cabeza tan punzante que, antes de entrar, ya estaba rezando para que los niños estuvieran dormidos. Lo que, por supuesto, me llevó a sentirme aún peor padre. Llevaba todo el día sin verlos, Grace seguramente habría tenido que ir a la tienda y luego ocuparse de ellos, pero, aun así, yo solo quería una pastilla y cerrar los ojos para que la presión cediera.

Entré en casa y me encontré con que sí, estaban dormidos. Era como un milagro, porque en realidad había oscurecido, pero no era tan tan tarde.

Oí la ducha, así que imaginé que Grace estaba dentro. Por un instante, tuve el impulso de desnudarme e ir con ella, pero me daba reparo. Joder, me daba reparo buscar a mi mujer en la ducha. Si aquello no era un síntoma de tener problemas…

Abrí el frigorífico con la idea de tomar algún refresco y me encontré de lleno con un bote de sirope… vacío.

No tendría por qué ser algo alarmante, en general, pero es que ese bote había estado lleno el día anterior. Era de cristal, así que no había posibilidad de que se hubiera caído y derramado.

Podría ser que alguno de los niños lo hubiera vaciado, eso sí. Tragué saliva y deseé con todas mis fuerzas que fuera eso. Cuando la puerta del baño se abrió, cerré la del frigorífico con cierta ansiedad.

—¡Hola! No te he oído llegar.

—Estabas en la ducha —contesté.

Grace estaba en albornoz y descalza, secándose el pelo con una toalla. Estaba preciosa, pero sus ojos… estaban hinchados.

Tragué saliva de nuevo.

No, aquello no podía estar pasando otra vez.

Me acerqué y besé sus labios con suavidad. Ella me acarició el cuello con las uñas antes de alejarse y rebuscar en el cesto de la ropa limpia un pijama que ponerse.

—¿Cómo es que los niños están ya dormidos? ¿Se han puesto demasiado intensos?

—No. Bueno, no más de lo normal —sonrió—. Cenaron y los vi cansados. Se nota que estamos a mitad de semana ya.

—¿Estás bien?

—Claro, ¿por?

—Tienes los ojos hinchados.

—Ah, me ha entrado un poco de jabón.

—¿Segura?

—Sí, claro. ¿Por qué lo preguntas?

Estaba tensa. Intentaba disimular con todas sus fuerzas, pero, por el amor de Dios, conocía a Grace de toda la vida. Sabía bien cuándo fingía.

—¿Qué ha pasado con el sirope? He visto que está vacío.

Fue un segundo. Puede que menos. Un segundo bastó para que mi realidad se hiciera añicos y entendiera que mis hijos no lo habían derramado. Grace miró el frigorífico con pánico hasta que pareció darse cuenta de lo que hacía y carraspeó. Luego miró al suelo intentando controlarse.

—¿Qué ha pasado? —preguntó fingiendo no saber de qué hablaba.

Y dolió. Joder, cómo dolió darme cuenta de que había vuelto a dejarme fuera.

—Grace, si te lo has comido todo…

—No me lo he comido todo —mintió.

Sé que mentía porque su boca decía una cosa, pero su expresión corporal, sus ojos y el modo en que tragaba saliva, otra.

—Ayer estaba lleno —dije.

Guardó silencio y me sentí tan mal por ella que me rasqué la nuca y añadí con un murmullo:

—A lo mejor han sido los niños…

Me sentí mal en cuanto lo dije. No habían sido nuestros hijos. Ella lo sabía y yo también, pero confiaba en que ella se diera cuenta de eso. Y funcionó, porque Grace tenía demonios que le hacían caer en cosas malas para ella, pero jamás culparía a sus hijos de algo que no hubiesen hecho.

—Los niños han comido bien —dijo.

Me apoyé en la isla de la cocina y esperé. No quería atosigarla, pero sentía que algo se resquebrajaba de nuevo.

—Ha sido una tontería —explicó—. He hecho tortitas para desayunar y creo que se me ha ido un poco la mano. Nada grave. Está controlado.

No. No lo estaba. En las últimas semanas, habían sido varias las veces que la había visto comer de pie o directamente del frigorífico. Aquello en una persona sin TCA no era nada raro, pero ella había pasado una bulimia, tenía ciertas pautas que la ayudaban a mantener un control y las estaba dejando de lado. Las alarmas, que hasta entonces solo habían resonado a lo lejos, saltaron en ese momento con toda su fuerza.

—Grace…

No sabía cómo decir aquello sin que sonara como un cabrón. En aquel momento me hubiese cambiado por cualquier ser humano del planeta. De verdad, cualquiera. Pero era mi esposa. Era Grace. Mi Grace. Si quedar como un cabrón servía para ayudarla, aunque me odiara, tenía que hacerlo.

—No hay de qué preocuparse —me dijo, sabía que ni ella ni yo nos creíamos eso.

—Quizá es buena idea que contactes de nuevo con la última nutricionista que te llevó. Estabas contenta con ella.

—No necesito una nutricionista porque todo está bien. No he olvidado cómo alimentarme.

—¿Y la psicóloga? —probé—. Si estás muy estresada, a lo mejor...

—¡No estoy tan estresada como para necesitar psicóloga, Liam! ¿Tú la necesitas, acaso? —espetó. Guardé silencio, aguantando su estallido—. No, ¿verdad? Tú simplemente te quedas en silencio, te cierras al mundo y haces como si no pasara nada. Esa actitud es muchísimo más sana.

—No estás siendo justa —murmuré.

Grace tenía razón en lo que decía. Era cierto que quizá yo también debería ir al psicólogo para aprender algunas formas de mejorar. Pero era su problema el que estábamos tratando en aquel instante.

—¿Por qué no estoy siendo justa? —preguntó—. ¿Por qué tú eres fuerte y yo no? Tú no necesitas un psicólogo porque todo lo haces genial, ¿verdad? Pero yo sí. Yo me como un día, un solo y jodido día, un poco más de sirope y tengo que volver a tratarme como una adicta.

—Solo he hecho una sugerencia, nada más.

—Pues hazme un favor y guárdate tus sugerencias, igual que te guardas todo lo demás.

Fue como si me dieran una bofetada. Entendí de golpe que todo aquello no estaba naciendo de la rabia de un solo día. Grace me estaba acusando de callarme, pero si soltaba aquello con tanto veneno era porque ella también se había guardado mucho lo que sentía hasta que no había podido más.

—Al parecer tienes un montón de quejas sobre mí que no habías compartido antes.

Eso le dolió y pensé, por triste que fuera, que ya estábamos empatados.

—¿Por qué tengo que compartirlo todo yo si tú no lo haces? ¿Pretendes que vaya y te cuente todas mis preocupaciones mientras tú te callas las tuyas o les restas importancia? —dijo.

Guardé silencio. Al parecer, había tocado los puntos clave para que Grace estallara y ella siguió insistiendo:

—Dime, Liam. ¿Qué se supone que tengo que hacer para que mi marido me trate como a una igual y comparta conmigo sus miedos y sus frustraciones?

—Si no he compartido mis miedos y mis frustraciones es porque he dado por hecho que son los mismos que los tuyos y no quería hacerte sentir mal.

—¿No querías hacerme sentir mal? ¿Y por eso llevas meses sin tocarme? ¿Por no hacerme sentir mal?

—¡Pues sí, joder! —grité—. ¿Cómo demonios voy a atreverme a tocarte si cada vez que nos quedamos solos estás tan cansada que solo hablas de dormir o te empeñas en aprovechar para hacer las mil cosas pendientes de esta casa?

—No se te ocurra culparme, Liam. ¡Ni una vez me has propuesto algo distinto!

—¡Intentaba respetar tus ritmos, Grace!

—¡Pues felicidades! Los has respetado tanto tanto tanto que ahora pienso que te da asco tocarme.

Estoy seguro de que hay infartos que duelen menos que aquellas palabras. ¿Asco? Joder, ¿cómo iba a darme asco tocarla? Era mi mujer, pero eso ni siquiera era una respuesta. Grace era… Yo siempre iba a desearla. Siempre. Incluso cuando fuéramos viejos y nuestros cuerpos se negaran a cooperar. Y me mataba que de verdad creyera lo contrario.

—Grace…

—Y no contento con eso, vienes a acusarme de comerme el puto sirope un día. ¡Un día! ¿No puedo ni siquiera cometer un error un maldito día? ¡Pues lo siento, Liam! ¡Perdóname por no tener tu control ni ser tan jodidamente perfecta como tú!

Mollie lloró, alertada por los gritos, y Grace se llevó las manos a la cara, intentando controlarse.

—Oye… —susurré.

No pude decir más. Alzó las manos, como si estuviera a punto de colapsar, y se alejó caminando hacia atrás.

—Tengo que salir de aquí.

—Grace, por favor, quédate y hablemos.

El llanto de Mollie alertó a Briana, que salió de la habitación con ojos soñolientos y cara de asustada.

—¿Qué pasa, mami?

Grace no respondió. Las lágrimas caían por sus mejillas, su respiración estaba tan acelerada que temí que se fuera a desmayar. En sus ojos había tal miedo y cansancio que, cuando abrió la puerta, quise rogarle que no se fuera.

No lo hice. No sé por qué. Todavía hoy me pregunto qué diablos me detuvo. Quizá fue el llanto de Mollie, la incertidumbre de Briana o que, simplemente, no tenía ni idea de cómo frenar todo aquello.

A veces, cuando los faros de un coche te alumbran en mitad de la noche, es más fácil mantenerte quieto y dejar que te arrolle que intentar huir porque algo te dice que, por mucho que lo intentes, no servirá de nada.

79

Grace

Hay algo que nadie te dice cuando te conviertes en madre. No te explican que vas a dar tu vida por tus hijos hasta el punto de sentirte como la peor persona del mundo si un día sientes que ya no puedes más. Que no soportas oír un solo llanto, berrinche o discusión más. Y, si a eso le sumas una discusión con la persona que quieres y con la que compartes paternidad…, el caos está servido.

Aquel día la vida pudo conmigo, todo se desarmaba por minutos. Cuando Liam llegó a casa y supo leer con tanta exactitud lo que había pasado con el sirope, sentí rabia e ira. Odiaba que me conociera tan bien y odiaba aún más odiar eso, pues significaba que lo que en realidad no me gustaba era saber que no podía mentirle con facilidad.

Porque yo necesitaba mentirle.

Y eso, para sorpresa de nadie, me hizo sentir aún peor.

Fui a casa de Sarah y Aidan. Sabía que no era la mejor elección del mundo, pero las otras eran el pub del pueblo o la casa de mis suegros. No quería que los vecinos de Kilway o los padres de mi marido viesen el estado en el que me encontraba.

Cuando llegué, por suerte, me encontré con que Aidan estaba en la cama durmiendo a mi sobrino y Sarah descansaba en el sofá de su salón, hablando por videollamada con Eve. Me senté a su lado, saludé y le acaricié el vientre con cariño y preocupación, pues los gemelos estaban creciendo a un ritmo trepidante ahí dentro. Luego miré la pantalla y saludé a mi cuñada, que sonrió en cuanto me vio.

—¿Cómo estás?

—Bien —respondí, pero hubiera sido mejor si no me hubiese echado a llorar en cuanto dije la palabra.

Eso hizo que Sarah me rodeara los hombros e Eve me mirase con preocupación. En momentos así, odiaba tenerla tan lejos. Seguía viviendo en Ámsterdam con Annie. No habían formalizado su situación, decían que no necesitaban un papel que les asegurara que se amaban y yo las entendía. Trabajaban cada una en lo suyo y de vez en cuando todavía se veían con Sienna. Se había prometido con un chico, según las últimas noticias que tenía. Todo parecía ir bien y en calma en esa parte del mundo mientras que, en la nuestra, todo se desmoronaba por segundos.

—¿Qué ha pasado, cielo? —preguntó Eve desde la pantalla del móvil de Sarah.

—No es nada, de verdad. Una discusión tonta con Liam.

—¿Necesitas que vaya y le pegue? —preguntó Sarah, cosa que me hizo reír.

—No hace falta. Solo necesito… espacio. Mejor contadme vosotras vuestras novedades.

Me arrebujé en el costado de Sarah como si fuera una niña pequeña, cuando en realidad era una mujer de casi cuarenta años que había dejado solos a su marido y a sus hijos. Ese pensamiento me hizo llorar más, pero ni Sarah ni Eve hicieron comentarios. Sabían bien que tendía a cerrarme en banda cuando algo me preocupaba. Más tarde entendí que, en realidad, Sarah solo hacía tiempo para retenerme allí mientras mi hermano salía del dormitorio de su hijo.

Cuando eso pasó, porque por supuesto que pasó, Aidan clavó sus ojos en mí y frunció el ceño de inmediato.

—Vamos a dar un paseo —dijo.

—Hace frío —contesté.

—Te prestaré un abrigo.

—Aidan…

—Vamos, Grace. —Mi hermano se acercó a mí, tiró de mi mano y me puso en pie, luego besó los labios de Sarah—. Vuelvo pronto.

—Adiós, cuñadito —dijo Eve desde la pantalla.

Aidan se rio y se despidió de Eve antes de darme un abrigo, obligarme a ponérmelo y sacarme de la casa.

—Oye, eres mucho más dulce con Sarah.

—Eso es porque de ella estoy enamorado y tú eres el incordio que me ha tocado aguantar en esta vida —replicó.

Bufé, pero vi su pequeña sonrisa y acabé riéndome.

—Venga, caminemos —dijo.

—Aidan, no te ofendas, pero no quiero caminar.

—Te irá bien y a mí también. Además, Grace, huele genial. Hoy ha llovido, la tierra está mojada y es maravilloso.

—No dirás eso cuando mañana te toque meterte en el barro para examinar a los animales.

Mi hermano se rio en respuesta. El trabajo en la granja de Liam era desagradecido, pero el de ser un veterinario rural no lo era menos. Aidan trabajaba duro cada día, pero se le veía bien, feliz. Sobre todo desde que estaba con Sarah. En alguna ocasión, le había preguntado si echaba de menos Estados Unidos y la respuesta había sido clara: no. Él, igual que yo, tenía su vida en Irlanda. Nuestro hermano Ollie y nuestra madre, en cambio, se habían adaptado tanto a Estados Unidos que ya veían nuestro pueblo como un sitio vacacional y nada más.

—¿Has discutido con Liam? —me preguntó.

Guardé silencio mientras recorríamos el camino de tierra alumbrado solo por la linterna de Aidan.

Cualquier persona odiaría caminar por mitad del campo de noche, pero yo había crecido allí. Conocía bien el terreno y, además, la noche tenía algo protector. Era como si pudiera respaldarme en la oscuridad. Podía hablar con cierta calma porque no tenía que esforzarme en poner una cara neutra. Después de todo, lo que yo vislumbraba de mi hermano cuando lo miraba era su figura, puesto que la linterna alumbraba el camino y no a nosotros.

—Grace, si has discutido con Liam, puedes decírmelo.

—Ha sido una tontería.

Miré nuestro árbol a lo lejos y, por un instante, el deseo de refugiarme allí me asaltó. Pero justo al lado estaba nuestra casa y todavía tenía la luz encendida, así que volví a mirar al suelo.

A veces las discusiones por tonterías son las peores. Si no tienes cuidado, se enquistan y acaban provocando más dolor del que puede esperarse al principio.

—Es que… estoy saturada, eso es todo.

—Liam parece preocupado últimamente.

—Liam siempre está preocupado —dije.

—No hablo de su carácter serio. En los últimos tiempos, lo veo un poco… apagado. No sé si tú también lo has notado.

Sí, claro que lo había notado. Liam nunca había sido muy hablador, pero en los últimos tiempos lo era aún menos. Parecía guardarse toda la conversación para nuestros hijos, con los que sí que charlaba bastante. A veces lo pillaba mirándome de soslayo, pero la vida siempre parecía tener otro plan para nosotros. Al principio la frustración por no tener tiempo a solas fue normal, pero entonces la cabeza empezó a jugarme malas pasadas. ¿Y si ya no le gustaba mi cuerpo? Mis pechos se habían caído de un modo considerable después de dar de mamar a tres niños. Por Dios, Mollie aún lactaba. Mi vientre tenía estrías, ya casi no recordaba lo liso que había sido cuando tenía veinte años. Y me costaba mucho creer que entonces hubiera tenido problemas tan graves con él cuando, en aquel instante, parecía estar peor que nunca.

«Te has cuidado poco, la verdad».

Cerré los ojos. No podía creerme que aquello estuviera volviendo. Cuando me dieron el alta, yo pensé que se habría acabado. Sé que todo el mundo me dijo que debía tener cuidado toda la vida y pedir ayuda al mínimo indicio, pero lo cierto era que me costaba tanto asimilar que estaba volviendo a tener pensamientos intrusivos y obsesivos que me veía incapaz de hablar con nadie.

Recordé el modo en que había acusado a Liam de no tocarme y sentí que la vergüenza me asaltaba. Nunca me había quejado del tema. No quería que él se sintiera mal o, peor aún, que admitiera que en realidad yo tenía razón y ya no me deseaba.

En mis días buenos, era capaz de racionalizar y pensar que Liam me quería y me lo demostraba cada día. Me decía que el sexo solo era una parte en una relación, pero en los días malos… nada servía. Miles de pensamientos negativos se adueñaban de mi mente y, cuando lo veía en casa, estaba tan sumida en mi propio drama que no era capaz de prestar atención a sus señales, si es que las había habido.

—Será una etapa —murmuré, era incapaz de abrirme con Aidan—. No sé, ya lo superaremos. Solo necesito espacio.

Era mentira. Necesitaba algo más que espacio y empezaba a preguntarme si era una etapa de verdad o aquello era algo peor.

No le conté a Aidan nada del sirope, por supuesto. Hacerlo habría supuesto que se pusiera alerta y de verdad que necesitaba evadir aquello un poco más.

Caminamos durante una hora, más o menos. Hasta que sentí los pies doloridos y la baja temperatura me dejó la cara fría como el hielo. Estaba cerca de mi casa. En realidad, estaba más cerca de mi casa que de la de mi hermano, pero lo acompañé yo a él en vez de irme yo sola.

Sabía que Aidan se moría por indagar más, pero me conocía bien. Si se pasaba, iba a cerrarme en banda, así que dejó que lo acompañara. Cuando entré en casa con él, Sarah nos miró con tal sorpresa que me sentí aún peor. Ella esperaba que me marchase con Liam después de estar con mi hermano, no porque no me quisiera allí, sino porque nunca me había marchado de casa en medio de la noche y menos durante tanto tiempo.

—Podemos preparar el sofá cama para que te quedes a dormir —dijo mi cuñada.

Mi hermano me miró con seriedad, pero estaba segura de que el ofrecimiento también venía de él. Podía dormir allí, pero ¿era lo que quería? Mis ojos se anegaron de lágrimas. La sola idea de dormir lejos de mis niños y de Liam me aterrorizaba y, al mismo tiempo, odiaba tener que volver y enfrentarme a la discusión que teníamos a medias. Me sentía tan embotada como años atrás, cuando tendía a congelarme y ser incapaz de tomar decisiones, por pequeñas que fueran.

Entonces mi teléfono sonó y, cuando lo miré, descubrí un mensaje de Liam. Había adjuntado una foto donde aparecían los tres niños y él en nuestra cama. Solo eso sirvió para que mis lágrimas no cesaran, así que no es de extrañar que me rompiera del todo cuando leí su texto.

Liam:

Ellos te quieren y te necesitan bien. Yo te adoro y te necesito bien. Por favor, Grace, te lo ruego, vuelve a casa y deja que te ayude.

Sentí los brazos de mi cuñada y fui consciente entonces de que lloraba con tanta fuerza que me agitaba por completo. Podía parecer que lloraba por la discusión, pero no. Lloraba porque el miedo había vuelto a cogerme de la mano y no sabía si esa vez sería capaz de empezar de nuevo y soltarlo.

Y sobre todo lloraba porque acababa de fallarles, una vez más, a las personas que más quería en el mundo.

80

Liam

Me pasé toda la noche sin dormir. Daba igual cuántas veces cerrara los ojos, abrazara a mis hijos e inspirara su aroma para sentirme a salvo. Ella no estaba a nuestro lado y me pesaba como una losa por dentro.

Por fortuna, Grace sabía ser madre incluso cuando no podía más y tenía leche materna congelada. La saqué aquella noche para alimentar a Mollie, que me miró con cara de rencor todas y cada una de las veces que quiso mamar y le metí un biberón.

—Yo también quiero que vuelva ya —susurré en un momento dado, cuando se negaba a dormirse de nuevo.

Ella me miró sin entender, o quizá comprendiendo demasiado. Suspiró y se durmió sin llorar ni ponerse nerviosa, como si en vez de un bebé fuese una personita mayor capaz de percibir que mamá no estaba y papá se encontraba al límite.

Durante aquella noche, pensé un millón de veces en las distintas formas que podría haber usado para decir lo que dije. Me pregunté si debería haberme callado con el tema del sirope y me imaginé lo que hubiese pasado en ese supuesto. Quizá la cosa hubiera quedado ahí, sí, pero también existía la posibilidad de que al día siguiente no fuera el sirope, sino un atracón de yogur o de crema de cacao. Y más tarde los vómitos, los mareos, la anemia, Grace perdiéndose en su cabeza de nuevo.

Joder, sudaba solo de imaginarlo.

Por la mañana temprano, llamé a algunos trabajadores de la granja y les dije que no me encontraba bien y no trabajaría ese día. Lo creyeron de inmediato, porque solo había faltado cuando nacieron mis hijos y algún momento puntual en el que de verdad me encontraba fatal. Era del pensamiento de que, como dueño de la granja, el primero que tenía que dar ejemplo era yo.

Aquel día, sin embargo, ya no se trataba de que Grace no hubiera venido a dormir, sino de que me sentía como si me hubiera pasado un camión por encima a nivel emocional. Tenía el terror atascado en la garganta, porque no sabía qué pensaba mi esposa o qué decisiones estaba tomando por su cuenta, y lo peor, sin duda, fue tener que fingir delante de los niños. Despertarlos, hacer el desayuno y prepararlos para la escuela, pero esta vez sin Grace. Ellos preguntaron por su madre, como era lógico, y yo salvé la situación diciendo que se había tenido que ir antes a la tienda. No quería ni pensar en lo que tendría que llegar a explicarles si Grace no…

No, no podía pensar en ello. No podía, porque sentía que me moría con la sola idea de que ella no volviera a casa.

Volvería. Ella no dejaría a sus hijos de ese modo. Y a mí… Bueno, me gustaba pensar que me quería lo suficiente como para luchar por lo nuestro, pero, pasado un rato desde que Briana y Archie se habían ido a la escuela, yo todavía no sabía nada de ella.

Cuando Mollie se echó una pequeña siesta, aproveché para ponerla en la cama con la cámara de bebés activada y salir. Saqué nuestra caja de la trampilla, me senté a los pies de nuestro árbol y cogí nuestro contrato, amarillento y desgastado por el evidente paso del tiempo. Habíamos tenido que restaurar innumerables veces ciertas partes. Por ejemplo, ahora el cuaderno estaba forrado de plástico adhesivo, pero aun así era nuestro cuaderno y mantenía su esencia. Leí con nostalgia las palabras que escribieron dos niños en la primera página y sentí tantas ganas de llorar que apreté los puños. ¿Cómo era posible que hubieran pasado tantos años? Si cerraba los ojos, todavía podía ver a Grace mellada diciéndome que no me riera de ella o el que perdería sus dientes iba a ser yo. Parecía que había pasado una vida y, cuando me concentré en nuestra acta matrimonial y los patucos de nuestros hijos, me di cuenta de que así era. Grace y yo habíamos pasado toda una vida juntos. Por eso era incapaz de imaginar mis días sin ella.

Por eso la única noche que dormimos en casas separadas desde que nos habíamos casado se me hizo lo más parecido a visitar el infierno.

Miré las últimas páginas del cuaderno que estaban escritas. A veces Grace lo abría y, sin previo aviso, añadía promesas un tanto locas. En una ocasión, prometió en mi nombre que le haría masajes cada vez que el periodo la estuviera matando de dolor; no podía negarme porque yo ya había hecho una promesa en su nombre. Recuerdo lo que me reí hasta que me hizo firmarlo de verdad. Debo decir que le saqué mucho partido a esos masajes en cuanto se pudo, pero, en aquel instante, incluso aquello me parecía triste.

—¿No has ido a trabajar?

Me sobresalté cuando oí su voz. Estaba frente a mí con un abrigo de su hermano que le quedaba inmenso, los ojos rojos e hinchados y el pelo recogido en un moño improvisado. Me levanté tan rápido que derramé el contenido de la caja y maldije. Luego me agaché y lo recogí todo. Lo metí dentro de la caja, la cerré, la dejé a los pies del árbol y me acerqué a Grace.

—Me preguntaba si volverías a casa y yo… quería estar aquí si lo hacías.

Ella asintió y sus ojos volvieron a llenarse de lágrimas. Me resultó un tanto milagroso porque, tal y como estaban, daba la sensación de que ya habían derramado todas las lágrimas que tenía en el cuerpo durante la noche. Me sentí tan miserable que me miré los pies, inseguro.

—Yo tampoco iré a la tienda. No me encuentro muy bien.

—¿Necesitas que te prepare algo? ¿Un té?

—Me gustaría más que habláramos acerca de que, al parecer, la he jodido tanto como para poner en peligro la unidad de esta familia.

—Tú no has jodido nada —dije alzando la cabeza de inmediato y me acerqué a ella.

—Liam… —Su voz tembló y yo quise morirme, pero fingí con todas mis fuerzas—. No estoy bien. No me encuentro bien.

—Lo sé.

—Me acabé todo el sirope.

—No pasa nada, cielo. Solo fue un día y…

—No fue solo un día —confesó acongojada—. Las voces han vuelto. No son tan fuertes como hace años, pero… están regresando. Y no sé si puedo con ellas de nuevo.

La abracé. Sentía que hacía demasiado tiempo que no la tocaba. Rodeé su cuerpo con mis brazos y la estreché con tantas fuerzas que temí cortarle un poco la respiración.

—Claro que puedes, Grace. No he conocido a nadie tan valiente como tú en toda mi vida.

Ella sollozó y enterró la cara en mi cuello.

—No me siento valiente, sino fracasada.

—No eres ninguna fracasada. No digas eso.

—Estoy harta de que tengas que cuidarme. Estoy harta de ser una carga para ti —lloró desconsolada.

Pensé en todo lo que habíamos atravesado para llegar hasta ese punto. Nuestra vida había tenido cosas increíblemente buenas, pero habíamos sufrido mucho, era innegable. Sin embargo, yo también había fallado a veces y no sabía cómo hacerle ver a Grace que no consideraba que yo fuera el único que tiraba del carro, porque sin ella… nada de aquello sería posible.

—Tú nunca podrías ser una carga.

—Deberías estar cansado de cuidarme.

—Tú también me cuidas —dije con voz ronca—. Y no podría cansarme de intentar que estés bien. Tienes que durarme muchos años, Grace Fitzgerald. Hasta que seamos dos viejos cascarrabias y pasemos el día dándonos gritos.

Ella separó su cara de mi cuello y me miró agotada. Estaba sufriendo y tenía el rostro lleno de lágrimas, pero de alguna manera se las ingenió para sonreír. ¿Cómo podía pensar que no era valiente? Si no paraba de darme lecciones acerca de encontrar el modo de sonreír cuando la tormenta parecía arrasar con todo.

—Es una visión de futuro interesante —susurró.

Me reí, pero tuve unas ganas tremendas de llorar. La besé por primera vez en mucho tiempo. Demasiado, teniendo en cuenta lo que la había echado de menos. Y, aunque ella lloró, me obligué a pensar que ya habíamos superado todo aquello una vez y volveríamos a hacerlo. No había otra opción. Grace no podía darse por vencida porque merecía como nadie ser feliz.

Y, si ella no lo sentía así, entonces me tocaría a mí recordárselo.

81

Grace

Leí el cartel que colgaba en la puerta de la última nutricionista que había tenido. Me giré y miré a Liam con lágrimas en los ojos.

—No sé si puedo —admití.

Él me abrazó un segundo justo antes de separarse de mí. Se metió la mano en el bolsillo y sacó algo que se colocó sobre la palma de la mano para mostrármelo.

Era el anillo con forma de trébol que había puesto en nuestra caja cuando solo era una niña. Me costó reconocerlo, porque ya no estaba negro debido al paso del tiempo. La plata brillaba y, cuando miré a mi marido a los ojos, él solo sonrió y me cogió la mano para ponérmelo.

—Cuando tenías siete años, te quedaba enorme —dijo. Me lo puso en el dedo, justo al lado del anillo que había usado desde que nos habíamos prometido y, más tarde, nos casamos—. He pensado que nuestra caja tiene objetos de sobra que sirvan para mantener en pie nuestras promesas y a lo mejor, con suerte, llevar este anillo hoy te daba el empujoncito que necesitas.

—Liam…, me siento tan fracasada… —La voz se me rompió, pero él enmarcó mis mejillas entre sus manos.

—Esto no es un fracaso, Grace. No has vuelto atrás, aunque ahora lo creas. Solo es una pequeña parada en el camino, pero seguirás adelante, como has hecho siempre —dijo antes de besarme en los labios con dulzura. Se separó para poder mirarme y, sobre todo, para que yo pudiera mirarlo a él—. Tenías solo siete años cuando prometiste que seríamos amigos por siempre jamás. No tenías ni idea de lo que estaba por venir, pero aun así me hiciste firmar aquel contrato.

—Era una niña estúpida y…

—Eras una niña increíble que sabía que iba a convertirse en una mujer aún más increíble. Hemos pasado por mucho y, pese a la distancia, los años y los momentos difíciles, hemos llegado hasta aquí juntos, como mejores amigos, además de marido y mujer. Puedes con esto, Grace. Solo debes tener presente que, pase lo que pase, eres una superheroína para Briana, Archie y Mollie.

—¿Y para ti?

Liam sonrió de medio lado. No separó los labios, pero se le marcó ese pequeño hoyuelo de la mejilla que tan embobada había mirado infinidad de veces.

—No podría decir que eres mi superheroína favorita porque eres más que eso. Y no es porque hayas acabado siendo la madre de mis hijos, aunque también. Es porque, tanto tiempo después, no solo sigues siendo mi mejor amiga, sino que te las has ingeniado para acabar siendo el gran amor de mi vida, Grace Fitzgerald.

Sonreí, emocionada. Liam no era un hombre especialmente romántico a la hora de hablar. De hecho, solía ser gruñón y quejica gran parte del tiempo. A él le iba más lo de demostrar el amor con hechos, pero, cuando decía cosas como aquella, sentía la adrenalina nacer a borbotones dentro de mí. Besé sus labios una última vez y asentí, aunque sabía que no era un asentimiento seguro. Me giré y cogí el picaporte de la puerta intentando creer de verdad que aquello no era una vuelta atrás ni un fracaso.

—Puedes con esto, Grace —susurró él justo cuando abrí la puerta. Se acercó y me abrazó por detrás—. Recuerda que no es la misma lucha, porque ya sabes a qué tipo de guerra vas. Esta vez tus armas son más fuertes, tú eres más fuerte.

—No te vayas —murmuré emocionada.

—Nunca.

Entré en la consulta sin mirarlo, pero tenía la certeza de que seguiría ahí cuando saliera.

Porque si en algo se había hecho especialista Liam O'Callaghan era en estar.

Simplemente estar.

Tan fácil en apariencia.

Tan complicado en realidad.

82

Liam

El vídeo de los primeros pasos de Mollie iba a tener tan poca calidad como el de sus hermanos. Daba igual que ya hubiese tenido tres hijos, que aprendieran a caminar me hacía sentir enfermo de euforia. En la grabación, solo se me oía a mí gritando como un loco un montón de palabras para animarla. Nuestra hija pequeña empezó a reírse de un modo tan histérico que acabó sentándose de culo, lo que nos hizo reír a Grace y a mí.

—¡Se cae todo el rato! ¿Tanto lío para eso? —preguntaba Briana un tanto celosa por la atención que recibía su hermana en aquel momento.

Solté el móvil, la abracé y la subí sobre mis rodillas, pese a sus protestas. A sus siete años, empezaba a tener ratos en los que se sentía muy mayor y otros en los que se mostraba como la niña pequeña necesitada de atenciones que era. Como hijo mayor, yo entendía perfectamente los sentimientos contradictorios que empezaba a tener.

—Tú siempre vas a ser nuestro primer bebé —susurré haciendo que me mirara—. Siempre vas a ser la niña que me enseñó a cambiar pañales, el primer bebé que bañé, la primera a la que di biberón y la primera con la que grité como un loco cuando caminó. Tú me enseñaste a entender un poquito mejor a mis padres, Briana. —Ella me miró con sus inmensos y preciosos ojos como platos—. Sé que es un poco difícil para ti ser la mayor y que, a veces, parece que nos pasamos el día con los pequeños, pero no quiero que te olvides de que, antes de que ellos llegaran, mamá, tú y yo aprendimos juntos y a la vez a ser una familia.

Mi hija me abrazó con fuerza y sentí que merecía la pena luchar contra la tendencia que tenía de guardarme lo que sentía. Si bien era cierto que había aprendido a entender a mis padres, siempre me había pesado un poco saber que mi padre me había puesto una carga casi insoportable sobre los hombros sin explicarme los motivos. Lo entendía, de verdad, pero quería hacerlo un poco mejor con mis propios hijos, por eso había ido a terapia después de hablarlo con Grace.

Por eso pude entender que sanar al niño que fui era importante para poder ser un buen padre.

Miré a Grace, que me hizo un gesto con las manos para que no me preocupara por sus lágrimas. Sonrió y besé a nuestra hija mayor de nuevo antes de soltarla y ver el modo en que ella misma ponía en pie a Mollie.

—Venga, pequeñaja, tienes que darnos algo mejor que tres pasos seguidos.

Me reí, volví a activar la cámara y, esa vez, todos animamos como posesos a Mollie a caminar. La pequeña nos miró como si fuéramos una panda de locos antes de regalarnos una sonrisa desdentada y lanzarse al estrellato con sus primeros pasos. Esta vez no caminó hacia mí, sino hacia sus hermanos, que saltaban y le mostraban sus brazos como premio final del camino. Cuando Mollie los alcanzó, los tres se cayeron al suelo mientras se reían y celebraban el gran triunfo de la pequeña O'Callaghan.

Yo, por mi parte, caminé hasta mi esposa y la besé sin apagar la cámara, pero sin apuntar a ningún lugar en concreto.

—El día de mañana, nuestros hijos verán este vídeo y se preguntarán qué hacías para mover tanto la cámara —dijo ella riéndose.

—Responderé que estaba besando a la mujer más increíble del mundo y entonces lo entenderán.

—O pondrán los ojos en blanco.

Sí, eso era más probable, pero, de todos modos, volví a besar a Grace.

—Tengo algo para ti.

La miré extrañado y apagué la cámara cuando se fue a nuestro dormitorio. Esperé sin saber si ir tras ella o quedarme allí, vigilando a los niños.

Al final opté por lo primero.

La encontré sentada a los pies de nuestra cama con un sobre entre las manos. Palmeó el colchón, a su lado, y cuando me senté me lo pasó.

—¿Y esto? —pregunté.

—Ábrelo.

Lo hice y descubrí unos billetes para ir a Roma en solo unos días. Miré a Grace, descolocado al máximo.

—¿Qué...?

—Tus padres van a quedarse con los niños una semana. Tú y yo, Liam, vamos a ver esta pequeña parte del mundo juntos. Ya va siendo hora de empezar a cumplir otro tipo de sueños, ¿no crees?

La miré embobado. Aquella mujer llevaba meses luchando de nuevo contra monstruos pasados y, de algún modo, había encontrado la forma de hacer y planear aquello.

No había sido fácil, algunos días directamente había sentido que todo se desmoronaba, pero allí estaba ella, fuerte como nunca, sonriendo pese a todo lo que había pasado y regalándome una de las pocas cosas que aún anhelaba en la vida.

Tragué saliva, la besé y agradecí como nunca tenerla en mi vida.

—Puede que olvide muchas cosas a lo largo de la vida, pero… esto que somos tú y yo no se irá jamás, Grace.

Ella se emocionó y me abrazó de ese modo que hacía que quisiera rodearla y protegerla de todo lo malo que tenía el mundo. Quería decirle que la quería, que no imaginaba la vida sin ella, pero nuestros hijos entraron en tropel. Se subieron a la cama para saltar y entendí que, en realidad, ella eso ya lo sabía, por eso seguíamos allí, luchando día a día por ser la mejor familia posible.

Aunque no lo logramos y nunca fuimos la familia perfecta, no cambiaría un solo segundo de los que viví junto a ellos. Ni siquiera de los malos momentos, porque esos nos enseñaron hasta dónde éramos capaces de aguantar juntos sin derrumbarnos.

83

Liam

Caí exhausto en la cama del hotel que teníamos en Roma. Sentí el aliento de Grace en mi cuello y me hice a un lado, quería darle espacio para que intentase recuperar la respiración. Ella se encaramó a mi cuerpo y sonreí como un idiota. Aquel viaje estaba resultando ser agotador y satisfactorio como ninguno antes. Ni siquiera el de la luna de miel.

No sé si fue por los meses que habíamos atravesado o por la prueba tan grande que había supuesto crear una familia para nosotros como pareja, pero sentía que en aquellos instantes quería a Grace mucho más de lo que la había querido cuando nos casamos, y eso que entonces pensé que era imposible.

Al principio, esta reflexión me parecía rara, pero cuanto más lo pensaba, más cuenta me daba de que tenía todo el sentido del mundo. Cuando nos casamos, pensábamos que éramos invencibles. Habíamos pasado por muchas cosas buenas y malas juntos y dimos por hecho que aquel era nuestro premio. Creímos de verdad que nos casaríamos y viviríamos un cuento de hadas porque es lo que nos enseñan desde pequeños. Es el «vivieron felices y comieron perdices» que les leemos a los niños en los cuentos.

El problema es que nadie habla de lo que viene después.

La carga mental que supone tener niños pequeños y demandantes, pese a quererlos más que a nadie en el mundo. El desgaste que supone salir a trabajar cada día y volver solo para encontrar más trabajo dentro de casa. En algún momento, las responsabilidades pudieron más que nosotros mismos y acabamos rendidos ante una realidad en la que solo existían pañales, noches sin dormir, trabajos estresantes y unas energías mínimas para entregarnos a nosotros mismos en los pocos ratos en los que conseguíamos intimidad.

—Te quiero tanto, Liam... —La voz de Grace me sacó de mis pensamientos.

La miré. Tenía las mejillas sonrosadas y las pecas adornaban su cara como si de un manto de estrellas se tratara. Su pelo del color de los atardeceres más bonitos estaba enredado en la almohada y su cuerpo, blanco, sufrido y perfecto, pegado al mío. Ya no era la chica con la que me había acostado años atrás, pero era mejor, porque la había desnudado tantas veces como para saberme su cuerpo de memoria. Asimilaba cada nueva marca de su piel y me aseguraba de pasar mis dedos, labios y lengua por ellas para que entendiera que, para mí, seguía siendo igual o más hermosa que al principio.

Cometí el error de alejarme para no lastimarla y le hice más daño que nunca. Estaba seguro de que cometería otros errores a lo largo de nuestra vida, pero ese no se repetiría.

—Te quiero tanto que la sola idea de perderte, de perdernos de nuevo, me arruina la existencia —confesé entre susurros.

Ella se emocionó y me abrazó con más fuerza.

—Quiero que busquemos una niñera una vez a la semana cuando volvamos —me propuso—. Un día para ti y para mí. Una cena, un paseo, una salida al cine. Me da igual, pero quiero un rato en el que no haya nada más importante que nosotros.

La besé y asentí.

—Me parece buena idea —susurré.

—Y uno de los dos se operará para no tener más niños —susurró—. Adoro a nuestros hijos, pero no quiero pasar por un nuevo embarazo, parto y posparto.

—Lo haré yo —acepté—. Me operaré.

—¿De verdad?

—Has tenido tres partos, cielo. Sería un capullo arrogante si no lo hiciera —dije. Ella se rio y sonreí por imitación—. ¿Qué?

—Sí que eres un poco capullo arrogante a veces, pero te agradezco que aceptes operarte.

—No podría negarme, cielo. Es un plan perfecto.

—El plan sí. Nuestra vida… no. ¿Te das cuenta? —dijo. La miré sin entender y ella me acarició el mentón—. Nos conocemos desde que yo nací, hemos vivido un millón de cosas bonitas, pero, al contrario de lo que pensaba de joven, nuestra vida nunca ha sido perfecta. Siempre ha habido algo haciendo sombra. La bulimia, los embarazos, la ansiedad…

Giré con ella en la cama, la dejé tumbada de espaldas y me quedé a su lado, de costado, pero acariciando su cuerpo mientras me aseguraba de que nos mirábamos a los ojos para tener aquella conversación.

—¿Eso te pone mal? —pregunté.

Ella suspiró con nostalgia y pareció pensarlo unos instantes antes de hablar.

—No del todo, en realidad —respondió. La miré sin entender y encogió los hombros—. Supongo que lo que quiero decir es que es un poco duro darme cuenta de que la vida no ha resultado ser un cuento de hadas.

Sonreí, por fin entendía lo que quería decir. Le besé la nariz antes de apoyar su frente en la mía.

—Nuestra vida no es un cuento de hadas, pero es real, Grace. Es una vida donde existe el estrés, el cansancio físico y mental, los problemas y las discusiones. —Me separé para mirarla a los ojos y que me viera sonreír—. Pero también es una vida en la que tenemos unos hijos maravillosos, una familia que crece cada día que pasa y un camino muy muy largo recorrido juntos. No es perfecta, desde luego, pero es bonita. Y a veces bonito es mejor que perfecto.

Ella me miró unos segundos en silencio antes de esbozar una pequeña sonrisa que hizo que me temblaran las manos. Joder, que increíble era que aún tuviera aquel poder sobre mí.

—Creo que tienes razón —susurró.

—La tengo —dije en tono presuntuoso.

Me dio un manotazo en el hombro antes de empujarme y hacerme girar para que, esta vez, me cayera de espaldas en el colchón.

—¿Crees que nos quedarán muchas trabas en el camino, O'Callaghan?

Observé su pelo enredado, sus ojos llenos de picardía y sus labios del tono de las fresas maduras. Le acaricié el mentón y la besé, no hacerlo me parecía imposible.

—Ninguna que no podamos superar, Fitzgerald, dalo por hecho.

Ella sonrió y yo… no las vi, pero sentí que lejos de aquella cama, en nuestro árbol, las hadas bailaban en honor a nosotros.

Epílogo

Grace

Dejo que la brisa de esta tarde de solsticio me dé en la cara e incluso alzo las mejillas para asegurarme de recibirla. El columpio de madera que Liam fabricó y colgó de nuestro árbol cuando nuestros hijos eran pequeños se mueve con la suavidad de siempre. Hemos tenido que cambiar las cuerdas dos veces. La primera cuando Archie las rompió con doce años al intentar hacer una acrobacia que no salió bien. La segunda hace solo unos años, cuando nació nuestro primer nieto, el hijo de Briana. El columpio llevaba años sin apenas usarse y Liam se empeñó en que necesitaba que fuera seguro cuando el pequeño Max creciera tanto como para usarlo. Ahora lo disfrutan él y sus primos a diario.

Siento las lágrimas pujar por salir, pero las contengo. Me aferro a las cuerdas. Siento que mi fuerza ya no es la misma y me recreo en los toques cariñosos de mi marido en la espalda.

—Avísame cuando quieras bajarte —me dice.

Recuerdo los días en los que me impulsaba solo para saltar desde lo más alto y, aun así, conseguía caer de pie. Ahora parece que quedan lejísimos, pero, si cierro los ojos, todavía puedo sentir la adrenalina bombear en mi interior justo antes de caer.

Era tan joven, tan vital…

—¿Cómo te sientes al tener setenta y cinco años? —pregunta entonces Liam.

Su voz ha cambiado con el paso del tiempo. Cada vez es más ronca y pausada, como si, conforme pasa la vida, hubiera decidido que no merece la pena hablar deprisa.

Ahora habla menos, pero dice más que nunca.

—Vieja si me miro en el espejo y joven si cierro los ojos —admito.

Él para el columpio poco a poco. Cuando siento sus labios en mi coronilla, me asalta el deseo de llorar como si fuera una niña pequeña. Aun así no lo hago, porque este es Liam, mi Liam, y no puedo permitirme desaprovechar los pocos momentos en los que puede estar conmigo.

—Todavía eres la mujer más hermosa que he visto nunca —me susurra al oído.

Sonrío, sé que eso no es cierto. Mi pelo es tan blanco como la nieve, salvando alguna hebra gris. Ni siquiera recuerdo en qué momento dejé de tintármelo. Solo sé que, un día, al mirarme en el espejo, fui consciente de que era como si hubieran esparcido tiza sobre él.

—Eso lo dices porque el amor te ciega.

Su risa en mi espalda es el sonido más maravilloso y triste del mundo.

Maravilloso porque sigue aquí, conmigo, pese a saber que estamos en el final del camino.

Triste porque…

Liam interrumpe mis pensamientos al pasar por mi lado y agacharse, no sin esfuerzo, junto a nuestra trampilla. Me quedo sentada en el columpio, pendiente de sus movimientos y pensando en lo torpes que se han vuelto con el tiempo. Sus manos tiemblan ahora casi todo el rato, pero aun así consigue sujetar las mías en las noches más duras.

La trampilla se abre y Liam saca nuestra caja. La última vez que la abrimos decidí darle barniz para que aguantase mejor las inclemencias del tiempo irlandés y toda una vida bajo tierra, aun con todos los cuidados. Mi marido la abre, pero, en vez de coger nuestro contrato, lo veo sacarse una hoja de papel del bolsillo y meterla dentro. La curiosidad hace que me levante. Me acerco a él, que se está poniendo de pie y, cuando quedamos a la misma altura, me tiende la caja.

—Léela —susurra.

Me ayuda a llegar hasta un banco que pusimos junto al árbol, al otro lado del columpio. Me gustaría decir que lo hicimos por gusto, pero la realidad es que un día cualquiera tuvimos que llamar a nuestra hija pequeña, Mollie, para que nos ayudara a levantarnos después de sentarnos en el suelo. Fue uno de esos momentos en los que fuimos conscientes de que nos hacíamos mayores y ya no podíamos pasarnos horas sentados a los pies de un árbol sin que nuestro cuerpo sufriera.

Liam se sienta a mi lado, pero no habla. Sus ojos azules están centrados en el horizonte y observa la granja con la misma mezcla de amor y presión que le ha provocado siempre.

Cojo el papel que mi marido ha metido en la caja antes de ponerla a mi lado y lo abro con cuidado. Reconozco su letra de inmediato.

Me llamo Liam O'Callaghan, nací en Kilway hace setenta y seis años, tuve la suerte de crecer y vivir junto a mi esposa, Grace Fitzgerald, con la que tuve tres hijos: Briana, Archie y Mollie. He sido increíblemente feliz.

Hace dos meses me confirmaron que tengo alzhéimer.

Cierro los ojos, incapaz de seguir. Siento que mi alma vuelve a romperse en mil pedazos. Pero entonces los dedos de Liam se posan en mi nuca, la acarician y me instan a mirarlo. Cuando lo hago, lo único que encuentro en los suyos es paz.

—No quiero que te despidas —digo con la voz rota.

—Esto no es una despedida, Grace —responde sonriendo, cosa que hace que su rostro se llene de arrugas—. Solo es una serie de cosas que necesito que no olvides nunca. Por favor, sigue leyendo.

Te preguntarás por qué escribo una carta para ti y pongo todos mis datos básicos al principio. O no, porque tú siempre has sido tan lista a la hora de entender mi cabeza que no has necesitado hacer demasiadas preguntas. Seguro que ya sabes que solo intento ser práctico por si un día yo mismo leo esto, pero ya no soy yo.

No es una despedida, mi querida Grace, es solo un modo de aprovechar, ahora que aún soy dueño de mis recuerdos a ratos, para darte las gracias por las notas que cuelgas en las paredes de nuestra casa, donde escribes el nombre de nuestros hijos y nietos.

Gracias por dejarme hacer café cada mañana, aunque vigiles de soslayo si me dejo la cafetera encendida.

Gracias por contarme cada día una historia del pasado, como si te empeñaras en grabarla en esta mente que se empecina en olvidarlo todo.

Gracias por soportar mi mal humor cuando no consigo recordar dónde dejé mis zapatos el día anterior.

Ojalá pudiera decirte todo lo que siento y quiero en esta carta, pero me temo que mi tiempo y mis palabras no son infinitas.

Al menos, eso sí, voy a escribirte esto, para que te asegures de no olvidarlo nunca, tú que puedes: he sido el hombre más feliz del mundo solo porque he tenido la fortuna de compartir mi vida contigo y quiero pedirte, rogarte más bien, que recuerdes eso cuando esta enfermedad se adueñe de mi mente para siempre y me haga creer que no te conozco.

Cuando yo ya no parezca yo y, un día cualquiera, al despertar, me mires a los ojos y ya no puedas reconocerme en ellos.

Recuerda esto cuando olvide el nombre de alguno de nuestros nietos o nuestros propios hijos, no de un modo puntual, como ahora, sino para siempre. Y si algún día olvido el tuyo... Si algún día olvido el tuyo, agárrate a esto que te digo con todas tus fuerzas: has sido el motivo por el que nunca dejé de creer en ellas.

Me lamenté muchos años por no haber podido ver a las hadas hasta que me di cuenta de que no tenía que verlas, porque las sentía conmigo cada vez que te tocaba.

Has sido la magia de mi vida, Grace Fitzgerald.

Siempre estaré a tu lado, hasta cuando creas que no.

Liam O'Callaghan

Siento el peso de mis lágrimas como nunca, pero me esfuerzo por doblar la hoja, meterla en la caja y girarme para sujetar las manos de Liam, que espera en silencio.

—Puedes estar tranquilo, O'Callaghan, cuando dejes de recordar de manera definitiva, viviremos de mis recuerdos. Tengo de sobra para los dos. Prometo cuidar de ti del mismo modo que tú has cuidado de mí toda la vida y solo espero estar a la altura —digo. Él se emociona, pero no me detengo—. Y prometo seguir creyendo en las hadas, hasta cuando parezca que nos han abandonado. Sobre todo entonces.

—Tengo miedo, Grace —admite con voz temblorosa.

Siento que el mundo se parte en dos. Liam O'Callaghan está enfermo y, por primera vez, entiendo todo lo que me dijo a lo largo de nuestra vida, cuando prometió que cuidar de mí nunca había sido una carga, sino un privilegio.

—Te atenderé hasta el último de tus días o de los míos. Lo que llegue antes. Y cuando tus recuerdos se vayan, cuando tu memoria ya no dé más de sí, prometo recordarte que tú y yo siempre creímos en las hadas, hasta cuando prometimos no hacerlo. Sobre todo entonces. Sobre todo tú.

Saco el contrato de la caja, busco la página en la que él prometió aquello mismo cuando solo éramos dos adolescentes y se lo muestro.

Él acaricia las letras con los dedos temblorosos y la mirada vidriosa. No sé si, como yo, piensa en lo mucho que ha cambiado su letra estos años, pero eso no lo hace peor, sino mejor. Hemos plasmado en letras toda nuestra vida y no todo el mundo puede ver reflejados sus días de un modo tan bonito.

Su mano deja el contrato y busca la mía. Entrelaza nuestros dedos y se los lleva a los labios con tanto cariño que me rompo un poquito por dentro. Siento que los días se agotan y no he tenido suficiente de él. De nosotros.

—Volvería a recorrer cada paso del camino a tu lado, Grace Fitzgerald.

—¿No hay nada que lamentes? —pregunto emocionada.

Él se lo piensa unos instantes antes de apartar la caja con el contrato a un lado y abrazarme por el costado.

—Solo una cosa —me dice—: lo corta que ha resultado ser la vida a tu lado.

Las lágrimas me vencen y salen de mis ojos mientras asiento e intento sonreír a duras penas.

—Siempre nos quedarán las hadas —susurro.

Liam sonríe y, por un instante, es como si volviera a tener ocho años y solo fuese un niño travieso con toda la vida por delante. Mira hacia arriba, a las ramas del árbol que nos ha visto crecer, y suspira con algo muy parecido a la gratitud antes de posar sus ojos en mí de un modo que no olvidaré nunca.

—Sí. Siempre nos quedarán las hadas… y el tiempo que tuvimos.

Nota

Son muchas las personas que, como Grace, conviven con un trastorno de la conducta alimentaria (TCA) y sufren las consecuencias de algo que, quizá, no entienden, pero dificulta su vida a diario.

Creo que lo más importante es que entendamos que todo el mundo puede padecer un TCA en algún momento de su vida y, en contra de lo que se piensa, las personas que lo sufren no tienen que estar extremadamente delgadas siempre; al igual que la bulimia, por ejemplo, no se trata solo de vomitar, sino que hay muchos otros factores que influyen y hacen sufrir a quienes la padecen.

Muchas veces ni siquiera necesitas que te ocurra algo traumático para tener un TCA. Las revistas de moda, las redes sociales, las tiendas de ropa y el tallaje que cambia constantemente, el culto a la delgadez, la gordofobia o el rechazo a los cuerpos no normativos están presentes en nuestra vida de un modo tan abrumador que ni siquiera somos conscientes del bombardeo emocional que supone.

Por eso, si piensas que puedes estar padeciendo un TCA o conoces a alguien que pueda estar sufriéndolo, por favor, no pienses que solo son «cosas de chicas». No lo son, lo padecen chicas y chicos a diario y puedes superarlo, te lo prometo, solo necesitas que alguien especializado en psicología o nutrición te ayude.

A continuación te dejo algunos sitios webs en los que puedes leer más acerca de estos trastornos e, incluso, pedir ayuda.

ACAB: Assocació contra l'Anorèxia i la Bulímia
https://www.acab.org/es/

Proyecto Princesas:
https://proyectoprincesas.com/recursos-tca/

Beatriz Esteban:
https://www.beatrizesteban.es/terapia-tca/

Agradecimientos

Desde hace un tiempo escribir este apartado es, además de emocionante, muy difícil, porque tengo la fortuna de estar rodeada de muchísimas personas a las que tengo que agradecer estar ahí día a día para mí y no quiero olvidarme de nadie.

El primer lugar tiene que ser para mi familia, como siempre. Mis padres, mi marido, mis hijas, mi hermana, mi cuñado y todos los que me apoyan constantemente, no solo leyéndome, sino animándome a seguir escribiendo cada vez que ven que el síndrome del impostor me secuestra (que es más a menudo de lo que me gusta reconocer).

Gracias a las personitas maravillosas (y un poquito locas) con las que fui de viaje a Galicia. Los consejos ayudaron, pero el apoyo fue un trampolín inmenso para escribir la historia de Grace y Liam.

A mis amigas y compañeras escritoras, porque nosotras sabemos lo duro que puede llegar a ser este proceso y lo bonito que es compartirlo con alguien más.

A mis lectoras cero, siempre listas para leer mis locuras.

Gracias especialmente a Irene Álvarez por la inestimable ayuda que me ofreció con sus conocimientos sobre nutrición y TCA para poder hacer esta historia desde el máximo respeto.

A Gemma y Marco, mis editores, por confiar siempre en mi trabajo y, además, emocionarse con mis libros tanto como yo.

A Inma, Cris y todo el equipo de Montena que hace posible que mis libros sigan llegando a las estanterías. Sin vuestro trabajo este sueño no existiría.

Y gracias a vosotros porque, con este, van la friolera de veinte libros publicados. Veinte libros que habéis leído de un modo u otro. Veinte libros que me han traído una comunidad que nunca soñé tener y la posibilidad de trabajar haciendo lo que más me gusta.

No voy a cansarme de decirlo: sois el soporte de unas alas que cada vez se hacen más grandes.

¡Vamos a por más!

Nos vemos por los libros. =)